LA CITADELLE DE LA MÉMOIRE

DU MÊME AUTEUR

J'AI CRIÉ, roman, Éditions Fexis, Athènes, 1964.
LES DERNIERS BARBARES, roman, Seuil, 1969.
LE LIVRE NOIR DE LA DICTATURE EN GRÈCE, Seuil, 1969 (en collaboration avec « Athènes-Presse Libre »).
ZONE DE SURVEILLANCE, roman, Seuil, 1972.
LES RATS DE HAMBOURG, roman, Seuil, 1976.
ATHÈNES, essai, Seuil, 1979 (Coll. « Petite Planète »).
L'HOMME QUI DONNAIT AUX PIGEONS, roman, Seuil, 1980.
RÉCIT DES TEMPS PERDUS, Seuil, 1982.
L'AÏEUL, roman, Seuil, 1985.
GRÈCE, essai, Seuil, 1988 (Coll. « Points Planète »).
LES ENFANTS D'ULYSSE, roman, Seuil, 1989.

Aris Fakinos

LA CITADELLE DE LA MÉMOIRE

roman

traduit du grec par
Roselyne Majesté-Larrouy

Fayard

Cet ouvrage est la traduction intégrale, publiée pour la première fois en France, du livre de langue grecque :

ΤΟ ΚΑΣΤΡΟ ΤΗΣ ΜΝΗΜΗΣ

A Mémo,

qui a soutenu vaillamment
un autre siège.

PREMIÈRE PARTIE

1

Massive, innombrable, l'armée de l'Empire arrivait, c'étaient des nuées ininterrompues de fantassins, des processions de cavaliers à l'infini. Les Ottomans affluaient, affluaient sans cesse, ils recouvraient peu à peu la plaine de Paliokastro d'une foule tumultueuse, parlant une multitude de langues, arborant mille couleurs. Les uns portaient des braies et des fez, d'autres des djellabas et des colbacks, d'autres encore des turbans décorés, empanachés. Par endroits se détachaient des colonnes d'Asiates dont les torses nus luisaient comme des taches d'huile, plus loin on distinguait des Kurdes et des Circassiens coiffés de leurs bandeaux noirs, des Perses et des Arabes munis de sabres immenses et chevauchant de puissants coursiers. Se tenant à quelque distance des formations qui les précédaient, mais aussi de celles qui les suivaient, comme pour marquer leur différence par rapport à tous les autres corps de l'armée, avançaient les unités qui joueraient un grand rôle dans le siège : le génie, avec ses sapeurs et ses artificiers, l'artillerie, avec ses canonniers, ses servants, ses tireurs.

Sitôt déchargés de leur attirail, sitôt descendus de cheval, tous, sans exception, saisissaient pioches, pelles et pics, ouvraient des tranchées, élevaient des parapets, dressaient des tentes, des écuries, des baraquements. Puis ils coulaient du pisé dans des banches, bâtissaient des ateliers pour les forgerons, les maréchaux-ferrants et les menuisiers, des échoppes pour les bourreliers. Depuis la première assise du camp jusqu'aux montagnes environnantes et jusqu'à l'horizon, la plaine tout entière retentissait du ferraillement des marteaux qui tombaient et retombaient avec acharnement sur le métal incandescent, du choc des masses et des maillets qui frappaient poutres, planches, madriers, du halètement des soufflets de forge qui s'époumonaient, qui soupiraient. Et du fond d'un ravin aux pentes boisées, le vent rapportait la rumeur de centaines de scies, répercutait les coups secs et obstinés des haches qui s'enfonçaient dans la chair des arbres, qui équarrissaient les troncs, qui coupaient les branches.

L'armée ottomane travaillait dur, sans relâche.

De gigantesques Mongols à la nuque de taureau et aux bras gros comme des poteaux allaient et venaient avec des fouets et des triques, ils frappaient, cognaient, tabassaient. Le premier qu'ils surprenaient à lambiner ou à se défiler, ils l'empoignaient, le ligotaient, le traînaient par les pieds. Au milieu du camp s'élevait une estrade sur laquelle se tenait jour et nuit le bourreau — un Tatar tout en muscles, vrai mastodonte velu comme un ours et marqué de petite vérole. Son kandjar s'abattait, rapide, expéditif. Ses aides accouraient alors et saupoudraient soigneusement de cendres et de sel la tête du décapité pour empêcher la décomposition, puis ils l'empalaient au bout d'une pique et la promenaient partout, de chantier en chantier, d'atelier en atelier, la montrant bien à toute l'armée pour qu'elle sache à quoi s'en tenir, qu'elle file doux.

Les cuisines de cette immense fourmilière furent installées en bordure du ravin, les soldats de corvée avaient ainsi presque à portée de main de quoi nourrir les foyers qui restaient constamment allumés. Enveloppés dans les flammes, les énormes chaudrons de gruau ou de légumes secs crachaient de perpétuelles vapeurs, rougeoyaient, mugissaient. Juchés sur de hauts escabeaux, les cuistots touillaient à l'aide de pelles en bois — çà et là, le gruau giclait, bouillant comme de la lave, et leur éclaboussait la figure, certains suffoquaient dans la fumée et s'évanouissaient, ils dégringolaient sur les braises, hurlaient. Personne ne les tirait de là, personne ne s'occupait d'eux. Il ne fallait pas retarder d'un seul instant la préparation de la tambouille, et d'autres couraient les remplacer, jetaient du bois dans le feu, saisissaient les pelles abandonnées.

Soudain, des tambours résonnaient.

Alors c'était la ruée, tout le monde défilait à la queue leu leu, Turcs, Kurdes, Arabes, Perses, Circassiens, Mongols, tous exténués, en sueur, chacun avec son écuelle de bois et sa gourde, certains avec de grands vases ou des bassines pour porter la soupe à ceux qui étaient de corvée ou qui montaient la garde. Dès qu'ils atteignaient les chaudrons, les cuistots leur remplissaient la gamelle et eux se dépêchaient de manger, avalaient avidement leur ration. Au début, avant l'arrivée des premiers convois de ravitaillement en provenance des lointains camps de Salonique et de Komotini où était basée l'Intendance, les vivres suffisaient à peine. Et malgré la discipline de fer qu'avait imposée le chef de l'armée, des querelles éclataient près des cuisines, on tirait les couteaux, on dégainait les épées. Les officiers avaient beau surgir aussitôt à cheval en brandissant leurs kandjars, et les Mongols rappliquer avec leurs fouets et leurs triques, on s'étripait déjà devant les marmites. Une fois que les choses étaient rentrées dans l'ordre, sur son estrade le bourreau se remettait au travail. On lui apportait à lui aussi sa gamelle avec sa ration. Mais pour ne pas perdre de temps, il n'interrompait pas sa besogne pour manger, il levait et abaissait son sabre tout en jouant des mâchoires.

La situation changea dès lors qu'arrivèrent les caravanes.

Elles apportaient des milliers de sacs de blé, de maïs, de légumes secs et de gruau, un nombre incalculable de cages pleines de lapins, de poules, de dindes. Dans tous les alentours, aux lisières de la plaine, au pied des montagnes, on vit brouter des troupeaux de moutons et de vaches ; les bouchers se mirent à égorger à la chaîne, à dépecer, à débiter. Les moulins tournaient toute la journée, les boulangers emplissaient les fours de branchages et les chauffaient, ils n'arrêtaient pas d'écouvillonner, d'enfourner.

Il n'y eut plus de bagarres devant les cuisines. Les Mongols accordèrent quelque répit à leurs fouets et à leurs triques. Quant au bourreau, il pouvait à présent, à l'heure de la soupe, poser son sabre et manger tranquillement.

Un jour, alors que tout envoi de troupes supplémentaires avait cessé depuis longtemps, on aperçut de nouveaux arrivants sur la route. Épuisés par Dieu sait combien de jours et de nuits de marche, couverts de poussière, les brodequins ou les galoches tout crottés de boue séchée, les vêtements en lambeaux, marchands, colporteurs, camelots affluaient par centaines et se dispersaient dans la plaine. Tout leur bien, toute leur marchandise tenait dans un ballot qu'ils trimballaient sur le dos, à leur ceinture pendaient une gourde d'eau et une bourse de cuir. Ils en avaient vu des expéditions et des guerres dans leur existence, ils pouvaient se vanter d'en avoir suivi des batailles, plus encore que les plus vieux soldats ! Leurs yeux étaient tellement rassasiés de massacres, saturés de carnages, que ces spectacles ne les impressionnaient plus. Tout ce qui leur importait, c'était de trouver à vendre leur marchandise, de pouvoir gagner leur croûte et envoyer de temps à autre quelques aspres à la famille, aux parents restés dans leurs lointains villages.

Les règlements de l'armée ne prévoyaient pas de gîte pour eux ni à l'intérieur du camp ni à l'extérieur. La nuit, s'il y avait une auberge bon marché dans les environs, les aubergistes les laissaient dormir dans un coin de l'écurie, ou bien, quand il ne gelait pas, ils leur donnaient un petit tapis qu'ils pouvaient étendre au fond d'une charrette, dans la cour. Dès les premiers beaux jours d'avril, tous ces vendeurs ambulants ne se souciaient plus de trouver un abri, ils vivaient à la spartiate, couchaient sur une natte, sur un morceau de toile, à même le sol.

Lorsque, un matin, on entendit résonner au loin trompettes et tambours, toute l'armée comprit qu'il s'agissait des médecins et des infirmiers. C'était toujours ainsi qu'ils annonçaient leur arrivée, à grand renfort de fanfare, pour faire oublier les souffrances et les malheurs qu'évoquait leur présence, pour ne pas saper le moral des troupes. Mais les soldats avaient beau savoir que ces gens-là œuvraient pour leur bien, nul ne les fréquentait, nul ne recherchait leur compagnie. Et quand leurs chemins se croisaient, ils faisaient même semblant de ne pas les voir et crachaient de côté pour conjurer le mauvais sort.

La plupart voyageaient à cheval ou à dos de mulet, l'escarcelle bien renflée, et avec une suite de serviteurs, d'aides, d'esclaves. Propres et soigneusement habillés, ils avaient les vêtements tout ornés de falbalas et de dentelles, portaient autour du cou des chaînes, des amulettes, tout un tas de breloques, et leur poitrine était bardée de décorations. Certains avaient également à leur service un crieur public qui précédait le maître pour aller vanter sa renommée et ses exploits — combien de blessés graves il avait arrachés des griffes de la mort, combien de plaies affreuses il avait guéries grâce à ses remèdes, dans quelles batailles sa science avait sauvé les foules.

Peu après arrivèrent deux caravanes d'artisans.

Tanneurs et bourreliers pour la plupart, ils trouvèrent leurs baraques et leurs ateliers installés près du ravin, de sorte qu'ils avaient de l'eau à portée de main et en abondance ; sans cela, impossible de tremper les peaux et de tanner les cuirs. Et alors, adieu la bonne soupe, ce sont les araignées qui remplissent les caisses, et de son côté l'armée est obligée de faire venir la marchandise toute prête de la capitale ou des ports d'Asie Mineure. D'où un retard considérable et des risques énormes, les pirates écumant la mer Égée, le pays étant infesté de brigands.

Sachant combien l'armée avait besoin d'eux, combien leur savoir-faire était précieux dans une guerre, les tanneurs en particulier étaient devenus aussi imbus de leur importance que les médecins, leur corporation avait fini par former un État dans l'État. Et comme c'étaient presque tous des violents qui aimaient la bagarre et qui jouaient facilement du couteau, ils semaient partout la terreur et personne ne leur parlait. Même les Tatars les craignaient, eux qui passaient pour les plus intrépides et les plus farouches guerriers — bien plus, on disait que les janissaires eux-mêmes évitaient de se frotter à eux.

Sans feu ni lieu (quelles femmes auraient pu se marier

et vivre avec des brutes pareilles ?), ils se réunissaient souvent le soir pour trinquer ensemble, faire la foire, danser. Et au plus fort de la bringue, quand de bonnes doses de raki avaient coulé des calebasses, des disputes éclataient, dégénéraient en rixes, les coups de couteau pleuvaient. Les cris, les vociférations et les braillements des tanneurs s'entendaient jusqu'à l'autre bout du camp, mais les gardes faisaient la sourde oreille, les Tatars ne bougeaient pas de leurs baraquements.

Bien que leur travail les amenât à traiter fréquemment avec le clan des tanneurs, les cordonniers étaient de tout autres gens. Eux, on ne les entendait jamais, ils n'organisaient ni fêtes ni beuveries dans leurs ateliers. D'ailleurs, comment en auraient-ils eu le temps, les pauvres... Il y avait de tels mouvements de troupes que les souliers des fantassins étaient tout éculés au bout de quelques semaines à peine, les caravanes avaient de grandes distances à parcourir et n'arrivaient pas à temps pour renouveler l'équipement de l'armée. C'était donc aux cordonniers de résoudre le problème : courbés sur leur petit banc, ils se colletaient jour et nuit avec les peaux et les cuirs, ils recousaient galoches et brodequins, mettaient des semelles, rapiéçaient. A force d'avoir tiré pendant toute leur vie sur leurs ficelles cirées, ils avaient les doigts tout calleux, l'alène et le tranchet leur avaient labouré la paume des mains. Combien de fois, dans la fièvre du travail, leur sang n'avait-il pas coloré le cuir des chaussures avant le vernis, combien de pointes de bois ne s'étaient-elles pas fichées sous leurs ongles, combien de coups de marteau perdus leurs genoux n'avaient-ils pas reçus...

Ce n'étaient peut-être pas des fêtards et des ivrognes comme ces sauvages de tanneurs, mais ils ne méprisaient pas le raki. De temps en temps, quand ils étaient surchargés de travail et qu'ils sentaient la fatigue les menacer, les envahir, ils disaient à leurs apprentis de chercher parmi les embauchoirs, les râpes, les pots de vernis et de colle. Il y avait toujours une petite fiole qui dormait dans un coin de l'échoppe, on trouvait toujours quelque part un peu de pastourma ou un bout de soutzouk [1]. Et tout en travaillant, les pauvres cordonniers buvaient un coup, en braves et honnêtes ouvriers, pacifiques, peu bavards. Parfois, en venant déposer ou reprendre leurs souliers, les soldats restaient un moment leur tenir compagnie. En sirotant le raki qu'on leur offrait là, ils racontaient leurs soucis, confiaient leurs espoirs, leurs rêves. Les cordonniers les écoutaient patiemment, secouaient la tête avec compassion, ils les comprenaient. Comme eux, ils étaient de familles pauvres et de pays lointains ; comme eux, ils avaient des parents qui blanchissaient, qui vieillissaient, une maison abandonnée à cause de la guerre et qui se délabrait peu à peu.

« Dieu sait combien de temps va durer ce siège », soupiraient-ils.

Personne ne répondait, personne ne savait. La conversation tirait en longueur, le jour s'épuisait, le soleil déclinait. Et lorsque venait le crépuscule, les apprentis allumaient lampes à huile et chandelles, les verres à raki se vidaient. Au loin, on entendait les tambours avertissant les soldats qu'il était l'heure de regagner le camp. Plus tard, au cœur de la nuit, il y avait toujours un cordonnier qui veillait. Et comme personne n'était plus là pour lui tenir compagnie, il se mettait à chanter tout doucement un air lent, mélancolique. Parfois la rumeur de l'eau qui roulait au fond du ravin couvrait son chant. Parfois encore, dans une

1. Pastourma : viande séchée, salée et épicée. Soutzouk : sorte de saucisson sec. (N.d.T.)

baraque voisine, un derviche prenait son ney ou son saz et répondait avec sa musique à la complainte du cordonnier.

Un après-midi, au fin fond de la plaine, là où la route se perdait derrière une colline, une autre caravane apparut. Elle était longue d'une vingtaine de voitures à quatre roues, toutes si vastes et si somptueuses qu'on aurait dit des carrosses de grands seigneurs. Il y avait des portières à l'avant et à l'arrière, des fenêtres garnies de persiennes et agrémentées de petits rideaux brodés, et une mosaïque de couleurs sur les toits. Le soleil, qui à cette heure-là cheminait vers le couchant, frappait les clous argentés et les chapelets de perles qui décoraient le harnais des chevaux, faisait miroiter les petits carreaux des croisées, chatoyer les parures d'argent sur les turbans des cochers.

Dès que les sentinelles postées tout le long de la route eurent alerté le camp, une centaine de janissaires armés jusqu'aux dents sautèrent sur leurs chevaux et filèrent intercepter la caravane. Quand ils approchèrent de la première voiture, ils bloquèrent le passage et l'officier qui les commandait indiqua du doigt aux voyageurs le flanc d'un coteau où se trouvaient deux auberges. Le chef de la caravane, un eunuque mongol portant un poignard à la ceinture et des anneaux d'or aux oreilles, se jeta à terre et se prosterna ; il dit quelque chose, puis sortit de sa poitrine un sauf-conduit qu'il tendit. L'officier des janissaires promena un regard indifférent sur le papier, eut un sourire de mépris et désigna à nouveau les auberges. Mais l'eunuque insista, il commença à s'énerver, à protester. Alors le janissaire tira son kandjar et, cette fois, ce fut avec la pointe de son arme qu'il lui signifia la direction à suivre.

Le Mongol cessa de protester.

Devant les auberges la caravane s'arrêta, les cochers mirent aussitôt pied à terre et ouvrirent la porte arrière des quatre premières voitures. Alors, sagement, sans bruit, il en descendit de petits garçons potelés, aux joues lisses, vêtus de longues jupes vaporeuses. La plupart avaient fait des bouclettes à leurs cheveux, d'autres portaient une frange qui glissait sur leur front, d'autres encore avaient des tresses qui flottaient sur la peau rosée de leurs épaules. Tous trottinaient sans rien dire, souriants, gracieux, avec un dandinement de la taille. Ils serraient dans leurs bras des poupées, des jouets, des coffrets de bois sculpté renfermant fanfreluches et objets de toilette. Avant de les faire entrer dans l'auberge, les cochers les comptaient en murmurant affectueusement leur nom, tandis que l'eunuque mongol qui se tenait sur le perron les embrassait en donnant à chacun une poignée de boules de gomme.

Des autres voitures, on vit sortir des femmes.

Jeunes et belles en grande majorité, les formes onduleuses, les hanches pleines, la poitrine opulente. Les voiles de soie essayaient en vain de masquer les lèvres écarlates, les yeux et les joues fardés : la lueur pourpre du soleil couchant réussissait à se glisser derrière les plis de l'étoffe, à écarter les parements de dentelle et à s'étendre délicatement sur les visages, à chatouiller doucement les gorges. Légères, ondoyantes, les femmes avançaient deux par deux en se tenant par la main comme des sœurs, échangeant quelques mots à voix basse, poussant çà et là de petits gloussements, mais sans même tourner la tête vers les fringants chevaux des janissaires qui grattaient nerveusement le sol de leurs sabots et qui hennissaient.

Tard dans la nuit, une trentaine de tanneurs ivres s'attroupèrent devant les auberges, ils hurlaient qu'on leur ouvre, donnaient des coups de pied dans les portes, jetaient des cailloux aux fenêtres. Pris de peur, les aubergistes envoyèrent secrètement un roulier chercher secours au camp. Bientôt un détachement arriva, mais entre-temps les tanneurs s'étaient multipliés, s'étaient armés. Dès qu'ils virent les soldats qui venaient les disperser, ils sortirent les poignards et se ruèrent sur eux.

Soudain, et tandis que bon nombre de cadavres jonchaient déjà le sol, le cri d'un eunuque, perçant, féminin, jaillit d'une fenêtre :

« Les janissaires ! »

Un bruit étrange étouffa l'écho de ce cri, une sorte de grondement souterrain fit vibrer la route et tous les environs, des bêtes effrayées s'échappèrent des buissons et s'enfuirent vers la montagne. Personne n'arrivait à comprendre ce qui se passait au juste, certains criaient au tremblement de terre, les femmes invoquaient Allah, celles qui étaient chrétiennes se signaient.

Brusquement, sur les lames des couteaux brandis se refléta une multitude de flammes pourpres qui semblaient surgir dans le ciel comme des traînées lumineuses et qui jaillissaient toujours plus denses, déferlant partout à la ronde, formant des fleuves de feu, ceinturant la région.

« Les janissaires ! » retentit à nouveau le cri.

Tout à coup, comme domptés par quelque puissance surnaturelle, les fleuves de feu s'immobilisèrent. Aubergistes, voituriers, tanneurs, tous, à l'intérieur comme à l'extérieur des auberges, se virent cernés par des janissaires à cheval dont la plupart tenaient des flambeaux ardents. Certains avaient déjà dégainé leur yatagan.

Ils comprirent aussitôt ce qui les attendait.

Ils avaient devant eux une des unités de janissaires nouvellement créées par le sérasker[1] lui-même. Le sultan lui ayant donné l'autorisation de faire tous les changements ou les réformes qu'il souhaitait au sein de son armée, de mettre en application ses idées, le sérasker avait en effet remanié le corps des janissaires : il avait choisi les meilleurs et les avait confiés à des officiers français pour les former au combat non plus seulement dans l'infanterie mais aussi dans la cavalerie, il avait modifié leur armement et instauré une discipline de fer.

Un aubergiste déboucha d'une porte, tomba à genoux, avança à quatre pattes. Il rampa ainsi sur quelques mètres puis s'arrêta et se prosterna le front à terre :

« Pitié, Sélim pacha », supplia-t-il.

Devant lui se dressait un magnifique cheval noir au mors d'argent, au harnais chamarré d'or, qui secouait fièrement et impatiemment le cou.

Sur un geste du cavalier, les janissaires élevèrent leurs torches — une lueur pourpre auréola leur chef. Dans la clarté diffuse des flammes apparut d'abord son ample turban de soie, son cimeterre damasquiné, sa barbe rousse bien soignée. Ce devait être un homme d'une taille peu commune, car même les colosses de son escorte faisaient figure de nains auprès de lui.

« Pitié, mon pacha », implora encore l'aubergiste.

Sans le moindre mouvement de la tête, Sélim pacha jeta un coup d'œil indifférent sur la silhouette qui se dessinait confusément devant son cheval, la flamme d'une torche scintillait dans ses yeux.

« Omar ! » cria-t-il.

1. Titre ottoman de commandant en chef de l'armée. (N.d.T.)

Le capitaine des janissaires éperonna sa monture et s'approcha. Le sérasker lui montra les tanneurs :

« Qu'on en finisse avec eux, et vite ! » ordonna-t-il.

A son tour Omar donna ses instructions. Bientôt, deux hommes apportèrent devant la porte d'une des auberges un gros tronçon de pin et en taillèrent un peu l'écorce au milieu pour y faire une légère échancrure. A peine eurent-ils terminé que les tanneurs avaient déjà les mains liées derrière le dos. Alors les janissaires les saisirent un par un et les traînèrent, tantôt par les cheveux et tantôt par les pieds. Devant le billot ils les faisaient mettre à genoux et leur appuyaient le cou à l'endroit où le bois avait été creusé. Et dès que le sabre du janissaire qui faisait office de bourreau s'abattait en sifflant, la tête d'un tanneur dégringolait d'un côté du billot, son corps s'affaissait de l'autre.

Le travail prit un bon bout de temps.

Quand il ne resta plus un seul tanneur, le chef de l'armée rappela Omar et lui dit quelque chose, mais à voix basse cette fois. D'un coup de pied le capitaine des janissaires fit se relever l'aubergiste toujours prosterné et qui n'osait même pas décoller le front du sol, le poussa violemment dans son auberge, ferma la porte et regroupa ses troupes. Un à un, les hommes regagnèrent leur place, se remirent en formation, puis ils piquèrent leurs chevaux et repartirent vers le camp sans leur officier. Longtemps encore, dans l'obscurité de la plaine, on distingua les flammes des torches qui s'éloignaient, on entendait le trot paisible et cadencé des chevaux et leurs hennissements, leur souffle bruyant chaque fois que des bestioles effarouchées surgissaient devant leurs pattes.

Bientôt, la plaine retrouva le calme.

Les auberges n'étaient plus éclairées que par les lampes à huile et les chandelles qui brûlaient dans les chambres et sur les tables, ainsi que par les lanternes suspendues au-dessus des portes d'entrée. Voyant que les soldats étaient partis, les femmes et les garçonnets, soulagés, s'étaient mis aux fenêtres, ils papotaient à mi-voix, poussaient de petits éclats de rire, buvaient du sorbet ou mâchonnaient de la gomme. Dans cette nuit noire, ils ne pouvaient voir le monceau de têtes coupées des tanneurs ni leurs corps tronqués, leurs couteaux éparpillés et désormais inutiles.

Ils ne voyaient pas non plus le sérasker accompagné d'Omar.

Sur leurs chevaux, immobiles comme s'ils avaient pris racine, les deux hommes s'étaient fondus dans les ténèbres et demeuraient silencieux. Semblant obéir à un ordre, leurs chevaux n'agitaient pas la crinière, ne grattaient pas le sol de leurs sabots, évitaient même de remuer la queue.

A une fenêtre une femme se mit à chantonner. Sa voix était belle et douce, son chant sobre et lent. Ce devait être une Circassienne, car les paroles de la chanson évoquaient les cimes du Caucase, il était question d'un petit village perdu au cœur de ses innombrables montagnes, de la vie tranquille des paysans qui gagnaient leur pain en menant paître leurs troupeaux de chèvres et de brebis sur ses hauts pâturages.

Soudain, comme si cette mélodie paisible et nostalgique avait fait naître un trouble importun qu'il fallait chasser, effacer, une autre femme frappa dans ses mains, les fit claquer de plus en plus fort, rompant le rythme monotone de la chanson, la transformant en un air vif, saccadé, presque barbare. Un garçon d'une douzaine d'années, de ceux qui avaient bouclettes et jupes vaporeuses, sortit d'un coffret son petit baglama, un autre aux cils huilés et aux lèvres peintes prit son saz, et l'on se mit à danser, d'autres femmes arrivèrent des chambres voisines, la fête battit son plein. L'aubergiste, qui venait d'échapper de justesse au couperet turc, tentait vainement de tempérer les ardeurs, de dompter ces femelles déchaînées : se sentant délivrées de la frayeur que leur avaient causée les janissaires, elles chantaient et dansaient avec une frénésie redoublée, se provoquaient l'une l'autre avec leurs clins d'œil et leurs manières aguichantes, rejetaient un à un leurs vêtements, exhibaient leurs chairs les plus intimes.

Au cœur d'un bosquet touffu où ils s'étaient enfoncés pour ne pas être vus depuis les auberges, le sérasker et le capitaine des janissaires suivaient le spectacle sans rien dire, ils apercevaient les femmes qui se trémoussaient et se contorsionnaient, de plus en plus excitées, les garçons qui remuaient eux aussi les hanches et le ventre, qui se faisaient des cajoleries.

« Heureusement qu'ils ne peuvent pas voir ça de Paliokastro », soupira Sélim pacha.

Omar jeta un coup d'œil vers la petite citadelle épirote qu'ils étaient venus assiéger. Il y avait déjà longtemps que l'obscurité avait enveloppé de toutes parts la montagne imposante et austère que les Paliokastrites avaient choisie — Dieu seul savait depuis combien de siècles — pour jeter les bases de leurs premières maisons. On ne devinait même pas les redoutables murailles qu'ils avaient bâties peu à peu avec d'énormes blocs de pierre, on ne distinguait pas non plus le clocher tout blanc de leur église. Qui dans l'armée turque avait remarqué combien cette position était difficile à conquérir, qu'il n'y avait aucun accès nulle part, que cette cité de rien du tout était un véritable nid d'aigle, aussi impénétrable, aussi dangereux ? Omar se souvint d'un vieux menuisier qui avait dû participer à bon nombre de sièges dans sa vie, qui avait dû bien des fois se faire écharper à la guerre. Le jour de leur arrivée, il s'était arrêté un instant au bord de la route et avait contemplé au loin Paliokastro, bouche bée, hochant la tête avec un mélange d'admiration et de crainte. « Qu'as-tu à ouvrir de grands yeux ? Tu choisis une maison à piller ? » lui avait dit Omar pour le taquiner. « Non, effendi, je cherche un bon emplacement pour une tombe », avait répondu, songeur, le vieux menuisier.

Deux femmes toutes nues dansaient face à face comme des possédées, se rapprochaient et s'éloignaient tour à tour, s'enlaçaient, se tortillaient, se touchaient de la poitrine et du bas-ventre, leurs yeux se brouillaient. Faisant cercle autour d'elles, les autres les encourageaient par des cris, des acclamations, les garçons qui jouaient de leurs instruments accéléraient le rythme de la danse, on claquait des doigts, on tapait des mains.

D'un mouvement de la tête, le sérasker montra Paliokastro :

« Là-bas aussi ils ont des femmes, Omar, dit-il pensif. Seulement, au lieu de danser, elles sont en train de préparer des balles et de la charpie pour leurs maris. »

En nage, toutes rouges, les deux danseuses haletaient, la bouche entrouverte, comme atteintes d'une violente oppression qui les faisait suffoquer ; tantôt leurs corps ondulaient voluptueusement, harmonieusement, tantôt ils se convulsaient comme des serpents blessés. Bientôt, sur un brusque coup de hanches, elles achevèrent leur danse, se laissèrent tomber par terre, anéanties, et restèrent là, affalées l'une à côté de l'autre, muettes.

Sélim pacha cracha avec mépris à leur adresse.

« Demain, à la première heure, tu emmèneras tes

hommes me nettoyer le coin, dit-il en désignant les auberges.

— Nous aurons beau les chasser, elles reviendront, mon pacha, observa le chef des janissaires.

— Si elles reviennent, qu'on les liquide. »

Comme si elle avait attendu la fin de cette fête barbare, au-dessus de la montagne de Paliokastro surgit une pleine lune cuivrée. Sa lumière se répandit lentement sur toute cette terre sauvage, puis descendit vers la plaine, sautant silencieusement de rocher en rocher, se glissant entre les lentisques et les buissons, se faufilant sans crainte parmi les agaves.

Alors Paliokastro apparut.

D'abord comme une vision floue naissant à travers une brume lumineuse, suspendue entre ciel et terre, flottant au-dessus de l'obscurité de la plaine. Mais dès que la lune eut pris de la hauteur et baigné de sa lueur froide toute la montagne, Paliokastro se dessina tel un gigantesque fauve préhistorique accroché au versant par les griffes et les crocs. Un sentier de chèvres qui menait au sommet le plus proche traçait la queue de la bête. De part et d'autre de la montagne de profonds ravins sombres formaient ses pattes. Tout en haut, des rochers modelaient sa tête.

Soudain, un long hurlement déchira le silence.

Presque au même instant, jaillissant çà et là des hauteurs environnantes, sortant de gorges et de défilés, comme engendrés par le roc et les ténèbres, d'autres hurlements retentirent, stridents, continus. Bientôt la plaine fut envahie de cris qui fusaient de tous les points de l'horizon et qui se croisaient, se percutaient, s'engouffraient dans des crevasses et des précipices, se multipliaient, s'amplifiaient. Alors, comme s'ils avaient attendu leur tour, comme s'ils s'étaient concertés, les oiseaux de nuit décidèrent de se faire entendre eux aussi

— les chiens de Paliokastro aboyaient depuis longtemps, ils tiraient à tout rompre sur leurs chaînes.

Agglutinées devant les fenêtres, ayant jeté à la hâte un vêtement sur elles, muettes et glacées d'effroi, les femmes regardaient vers Paliokastro : leurs yeux écarquillés étaient emplis de la blême clarté lunaire qui se projetait sur les blocs de pierre des remparts, elles avaient le souffle coupé, la chair de poule. Elles n'avaient jamais vu nulle part un endroit aussi menaçant où, chose inouïe, les bêtes sauvages s'alliaient avec les hommes pour défendre à leurs côtés leurs repaires, leurs nids, leurs territoires communs, jamais elles n'auraient pu croire qu'il existait un pays où les pierres pouvaient s'animer et se mettre à gronder, à hurler, pour chasser les intrus qui voudraient leur passer dessus.

« Tu entends, Omar ? » demanda le sérasker.

Le capitaine des janissaires s'efforçait d'apaiser son cheval qui se cabrait, il tirait sur sa bride, lui caressait la crinière.

« Maintenant que notre musique à nous est terminée, ce sont les sentinelles des Grecs qui nous jouent la leur », ajouta Sélim pacha et il éperonna sa monture.

Omar le suivit.

2

Dans sa tente, Sélim pacha demeure éveillé.

Le serviteur arménien lui a préparé en vain son narguilé, avec du bon tabac parfumé de Bursa : le chef de l'armée est loin de songer à prendre du repos, à s'installer en tailleur dans son alcôve, le dos bien calé sur des coussins, pour accorder à son esprit un moment de relâche, de détente. Le siège qu'il a entrepris n'est pas une partie de plaisir, il ne ressemble à aucun autre ; la guerre risque de tirer en longueur, d'être dure, déroutante, imprévisible. Ce n'est pourtant pas la première fois que l'Empire tente de soumettre cette minuscule cité, de mater ces fous de giaours qui veulent coûte que coûte avoir leur propre État, lever leur propre étendard, vivre tout seuls. Jusqu'à présent Paliokastro a tenu le coup face à des armées immenses et puissantes, a désespéré bon nombre de séraskers. Passe encore si ses habitants possédaient quelque chose, des champs fertiles, des vignes, des oliviers — qui ne défend pas son bien, sa fortune ? Mais c'est pour une terre aussi stérile qu'une vieille de cent ans que ces têtes brûlées versent leur sang depuis des siècles, c'est pour un trou perdu semé de caillasse qu'ils sont prêts à mourir jusqu'au dernier. Allez donc faire plier des gens pareils... Sur eux la force n'a pas de prise, la ruse, la diplomatie non plus. Que peut-on bien leur promettre ? Avec quoi les appâter ? Autant se battre contre des fauves enragés que contre des hommes qui dédaignent l'argent, qui refusent la belle vie, qui protègent leur pauvreté comme d'autres leurs trésors.

Mais en voilà assez de ce cirque, il est temps que ça change. Le Divan a d'autres chats à fouetter, en Orient comme en Occident ; partout les ennemis du sultan augmentent, ce qui présage des troubles, des soulèvements, des guerres. Si le padischah veut se débarrasser au plus vite des entêtés qui sont ici, s'il veut en finir avec les bruines et les averses, c'est pour mieux se préparer à affronter les tornades.

Pour l'instant, l'Empire tient bon, il a des richesses et des moyens, des troupes considérables. Le sultan n'a qu'à lever le petit doigt et il rameute les foules ; des rayas venant des quatre coins de la terre courent se battre contre d'autres rayas [1], vont aussitôt se faire tuer pour le bon plaisir de leur maître commun. C'est toujours ainsi qu'agissent les grands et les puissants de ce monde, car ils ont de la jugeote, ce sont des esprits perspicaces, qui savent voir loin, élaborer des plans, s'organiser. Les petits peuples se réveillent toujours au dernier moment, quand tout est déjà arrangé. On dirait des gosses qui rentrent à la maison après l'école ou le jeu et s'asseoient autour de la table pour dîner avec leurs parents : on a retiré la marmite du feu, le repas est prêt ; qu'ils aiment ou qu'ils n'aiment pas, ils sont bien obligés de manger ce qu'on leur sert, il n'y a pas autre chose.

Sélim pacha se sent un peu plus tranquille.

Il sait que dans cette guerre il a carte blanche, le sultan lui fait entièrement confiance. C'est la première

1. Les Ottomans désignaient ainsi leurs sujets non musulmans. (N.d.T.)

fois dans l'histoire de l'Empire qu'un pacha dispose d'un tel pouvoir, d'une telle puissance. Avant de lui faire l'insigne honneur de l'inviter au sérail pour lui confier l'expédition, le padischah savait que son sérasker n'était pas n'importe quel officier. La Porte n'en avait pas un qui eût son expérience et ses états de service, toute une liste d'opérations et de missions à son actif, mais aussi ses connaissances, sa culture. Béni soit le nom de son défunt père, Hassan bey... Bien qu'issu d'une lignée de militaires, il ne s'est pas contenté de former son fils au métier des armes : il a veillé à lui donner très jeune de l'instruction. Sa demeure était fréquentée par un aréopage de lettrés, muftis, oulémas, poètes arabes et perses, musiciens, précepteurs giaours. Comment oublier ce père... Son souvenir, sa sagesse restent vivants dans le cœur de Sélim. « Le sabre et le canon, c'est bien, lui disait-il, c'est cela qui a fait l'Empire, c'est grâce à cela que les Turcs ont fondé une nation. Mais, désormais, c'est un autre genre d'armes qu'il nous faudra pour tenir tête aux peuples de l'Europe : l'instruction. »

Certains amis de Hassan bey le lui confirmaient, à leur manière. Grands commerçants d'Istanbul ou de Smyrne, roulant leur bosse à travers le monde, ils lui parlaient des grandes puissances occidentales, de leur histoire, des rois qui étaient sur les trônes et qui se chamaillaient. Dans les divers livres qu'ils lui rapportaient, il lut quantité de choses sur les intellectuels et les savants de l'Europe, il discutait avec ses maîtres de leurs inventions et de leurs théories, il étudiait toujours très attentivement leurs écrits chaque fois qu'il lui en tombait un entre les mains. C'est depuis lors, dès ces premières lectures, que les Grecs de l'Antiquité attirèrent son attention, il s'émerveilla des bonds immenses que la pensée humaine avait accomplis à leur époque, il fut fasciné par leurs philosophes, leurs hommes politiques, leurs poètes et leurs artistes. Quand il les comparait aux peuples civilisés de son époque à lui, il trouvait que les Grecs les dépassaient de cent coudées ; et pourtant, ils avaient vécu des milliers d'années avant les Européens, ils ne disposaient pas de leurs moyens et de leurs richesses, de leur terre féconde. A l'image des Paliokastrites, ils n'étaient qu'une poignée d'hommes, ils aimaient leur pays avec passion, comme eux ils ne voulaient pas être sous la coupe de maîtres étrangers. Sans guerres ni expéditions coûteuses, ils avaient réussi à conquérir le monde entier sans le noyer dans le sang. Grâce à une minuscule mais toute-puissante armée : les vingt-quatre petits soldats de leur alphabet.

Comment Sélim aurait-il pu imaginer que les circonstances l'amèneraient un jour à affronter les plus inflexibles de leurs descendants, à se mesurer avec eux, dans leur propre pays...

Le sérasker prête l'oreille.

Il devine ce que signifient ces nouveaux hurlements qu'on entend depuis un bon moment, il connaît les différents stratagèmes qu'inventent les Paliokastrites, leurs astuces, leurs ruses. Pour surveiller en permanence les mouvements de l'ennemi tout autour de leurs remparts et de leurs fortifications, ils tendent des pièges, capturent des loups, leur passent une corde autour du cou et les attachent çà et là, à des points névralgiques de la plaine, sur des sentiers secrets et dans des ravins, dans des passages stratégiques. A force de rester ainsi affamées, les bêtes sont capables de flairer la chair humaine à trois portées de fusil, et elles se mettent alors à hurler, donnant à ceux qui les retiennent prisonnières le signal du danger.

Pour repérer avec précision les positions de ces sentinelles à quatre pattes, le sérasker a envoyé des détachements à seule fin d'obliger les loups captifs à se manifester. Et maintenant, l'un après l'autre, les voilà pris dans les filets de ses soldats qui les immobilisent, les déplacent et les attachent ailleurs, pour les employer à leur tour, pour leur faire monter la garde autour de leurs propres lignes. Ont-elles le choix, les pauvres bêtes, ainsi enrôlées de force au service des humains ? Jusqu'à présent elles criaient famine pour le compte des Grecs. Dorénavant elles le feront pour le compte des Turcs. Si elles réussissent à survivre, Dieu sait pour quels maîtres leurs boyaux devront bientôt gargouiller...

Sélim pacha sourit, content. Il a soigneusement étudié ses adversaires d'aujourd'hui, il possède pas mal de renseignements sur les forces et les moyens dont ils disposent, il s'est entretenu avec d'anciens généraux en chef qui ont eu à se battre contre eux dans le passé. Plusieurs mois avant l'expédition, il a visité de fond en comble les services administratifs de l'armée, il a donné l'ordre de fouiller dans les armoires, de compulser les archives. Des greffiers recopièrent minutieusement tous les rapports qu'ils trouvèrent concernant Paliokastro, tous les ordres, toutes les correspondances, ils lui apportèrent des monceaux de dossiers, des masses de registres et de documents. Sélim éplucha tout, page par page, prenant des notes au fur et à mesure sur un carnet personnel, réfléchissant, analysant. Au bout de quelques semaines, il savait tout ce qui s'était passé à Paliokastro au cours des cent dernières années, il connaissait toutes les révoltes de ces giaours fous à lier, les noms de leurs notables, de leurs chefs militaires, de leurs popes, les prouesses qu'avaient accomplies jadis leurs héros.

Il ne restait qu'un point sur lequel il ne put réunir beaucoup d'informations : pourquoi et comment les ancêtres de ces gens-là avaient-ils choisi un endroit aussi sauvage, aussi inaccessible pour fonder leur petite cité ?

Voulant compléter ses connaissances sur ce sujet, Sélim demanda au sultan de lui accorder un court délai supplémentaire et lui expliqua son projet : dès le lendemain il partirait en grand secret et se rendrait dans la région de Paliokastro, il entrerait pour ainsi dire dans la gueule du loup. Naturellement, il voyagerait sous un autre nom, sous une autre identité : il se ferait passer pour un riche Persan lettré, de ceux qui dépensaient leur argent et leur temps à explorer du pays, il dirait qu'il était en train d'écrire un livre sur les rayas de l'Empire. Des voyageurs de ce genre, aisés et cultivés, surtout arabes, perses et francs, il y en avait tout un tas. Qui le soupçonnerait et pourquoi ? Partout où il irait, il présenterait sauf-conduits et faux papiers portant le sceau du sultan, il exhiberait une autorisation revêtue de sa signature.

Effectivement, personne ne soupçonna Sélim.

Il séjourna ainsi plusieurs semaines au monastère du Prophète Élie, qui était perché sur une haute montagne escarpée, juste en face de Paliokastro. Il n'y eut pas un ouvrage de la bibliothèque qu'il ne feuilletât, qu'il ne consultât, il demanda même à l'higoumène[1] la permission d'ouvrir les livres saints et il parcourut évangiles, graduels, psautiers. Du matin au soir, parfois même la nuit, il lisait, étudiait, recopiait — ses yeux papillotaient de sommeil mais il continuait. Combien de fois

1. Nom du Supérieur dans les monastères orthodoxes. (N.d.T.)

le pauvre moine qui faisait office de bibliothécaire ne l'avait-il pas trouvé vaincu par la fatigue et endormi, la tête appuyée sur un livre, la flamme de la lampe à huile vacillant dangereusement au-dessus de ses papiers ou lui ayant déjà brûlé une touffe de barbe...

Chaque matin, dès qu'il se réveillait, il grimpait à la bibliothèque et courait à la fenêtre, il fixait son regard dans le lointain, de l'autre côté de la plaine, sur cette montagne où au même instant Paliokastro se réveillait aussi. Se réveillait, façon de parler, car, même en temps de paix, il semblait que cette cité ne dormait presque jamais. La nuit, Sélim entendait les cloches que faisaient tinter les hommes en faction sur les remparts et dans les collines environnantes, les sifflements perçants que se renvoyaient les guetteurs du haut de sommets lointains, pour se contrôler mutuellement. Dès que le soleil allait poindre, le sérasker apercevait des patrouilles qui débouchaient des forêts voisines et des ravins, il admirait les grands et solides gaillards en fustanelle qui les composaient, avec leurs fez rouges et leur longue chevelure qui flottait sur leurs épaules, il observait avec quelle agilité ils sautaient de rocher en rocher comme des chèvres sauvages, la tête haute, le corps aussi souple qu'un roseau.

Absorbé par le spectacle, Sélim ne remarquait même pas le moine de la bibliothèque qui déposait pour lui sur la table un plateau avec une tisane de sauge et un biscuit, qui s'asseyait ensuite dans un coin sur un tabouret et qui l'attendait. Il s'appelait Isidore, et c'était un des plus anciens dans le monastère, un vieil homme d'environ soixante-dix ans, aux cheveux blancs, au regard brillant mais sans malice, à l'air digne. Il n'était encore qu'un gamin, raconta-t-il un jour, lorsque son père l'amena au monastère du Prophète Élie, un gamin tout chétif, et maladif par-dessus le marché : il n'était ni de taille à tirer le sabre ou le kandjar ni de force à résister aux privations et aux coups du sort. Alors, comment faire autrement, quand le bon Dieu vous donne un rejeton pareil ? En ce temps-là, les guerres se succédaient sans trêve. Et quand on n'était pas capable de se battre dans la plaine ou sur les remparts, on était une bouche inutile, on prenait de la place pour rien à la maison.

Lorsque le moine Isidore n'aidait pas Sélim en lui descendant les livres des rayonnages, il s'installait dans un coin et égrenait son chapelet, tout en observant le « savant perse » qui cherchait, feuilletait, étudiait. Parfois, fatigué par son labeur, le sérasker levait tout à coup la tête et regardait dans sa direction ; les regards des deux hommes se croisaient par-dessus les piles de bouquins et de manuscrits, à la manière des oiseaux voyageurs qui se rencontrent par-dessus les cimes des montagnes : l'espace d'une seconde, leur vol se modifie un peu, se fait irrégulier, trahit quelque trouble.

« Que cherches-tu au juste dans les livres ? » lui demanda un jour le moine.

Que lui dire ? Comment lui expliquer ? Sélim songea alors qu'une demie vérité était préférable à un mensonge tout entier qui risquait de l'embarquer dans une conversation périlleuse.

« Votre histoire », répondit-il.

Le vieux moine hocha la tête d'un air pensif et resta un long moment silencieux. Puis, comme s'il voulait prendre un peu de récréation, il alla se placer devant une fenêtre et laissa son regard vagabonder librement dans toute la contrée, traverser la plaine, gravir la montagne d'en face, rejoindre sa terre natale. Dieu sait, se dit Sélim qui le regardait à son insu, combien de fois il avait ainsi, à travers les fenêtres du monastère, parcouru des yeux cette même terre... La plupart de ces arbres, qui balançaient leur cime sous la brise venue des lointains rivages de la mer, ne devaient pas être plus hauts que ça lorsqu'il entra ici pour la première fois. Même ces énormes platanes près du ravin avaient certainement l'air moins imposants à l'époque, et les sentiers qui passaient parmi eux étaient sans doute encore informes. Seules les montagnes n'avaient pas dû changer ; elles, elles étaient immuables.

Soudain, le moine se retourna :

« Viens voir », dit-il.

Une centaine de cavaliers, sortis par quelque porte dérobée, avaient surgi hors des remparts et galopaient à bride abattue vers la plaine. A la façon dont le vent gonflait et agitait leurs fustanelles, on eût dit de petits nuages blancs brusquement emportés par une tempête qui les poussait avec fureur, qui essayait tantôt de les projeter dans les airs et de les disperser, tantôt de les flanquer par terre et de les traîner à même le sol. Mais les petits nuages n'en tenaient aucun compte, ils poursuivaient leur chemin, rapides, imperturbables, sans rompre les rangs, fermement agrippés à la selle ou à la croupe des chevaux, accrochés au manche des yatagans.

Lorsqu'ils eurent atteint les premiers champs, les hommes mirent aussitôt pied à terre et se précipitèrent dans des cabanes de chaume dressées à proximité ; ils en ressortirent chargés de houes et de pioches, transportant licous et harnais, tirant des charrues. Sélim eut à peine le temps de cligner des yeux qu'ils s'étaient délestés de leur armement et creusaient, labouraient, sarclaient. De temps à autre ils s'arrêtaient un court instant et balayaient d'un rapide regard la route, les hauteurs voisines et l'horizon, puis ils reprenaient leurs outils, travaillaient inlassablement.

« La voilà, notre histoire », murmura le moine.

Le sérasker le regarda d'un air interrogateur.

« Yatagan et pioche, pioche et yatagan », compléta Isidore.

Ce jour-là, pour la première fois, Sélim laissa de côté les livres pendant quelques heures, il ne nota rien sur ses papiers. Comme lui, le vieux moine ne bougea pas de la fenêtre. Mais les yeux d'Isidore ne suivaient pas les hommes qui labouraient, qui peinaient. Comme magnétisés, ils demeuraient fixés sur Paliokastro, comme si c'était la première fois qu'ils voyaient ses maisons et ses rues, ses bastions et ses meurtrières, ses infranchissables murailles.

En entendant son fidèle courrier Halil faire les cent pas devant la tente, le chef de l'armée se rappelle qu'il doit envoyer son rapport au sultan avant le lever du jour, qu'il doit respecter sa promesse de lui donner des nouvelles régulièrement, presque chaque jour, de lui exposer la situation quelle qu'elle soit, de lui demander son avis. Dans tout l'Empire, il n'y a pas un autre officier que le padischah tienne en si haute estime, à qui il témoigne une telle confiance. Jusqu'à présent, les rivaux de Sélim à Istanbul ont vainement tenté de le discréditer, ils ont toujours échoué dans leurs cabales, dans leurs accusations. Les deux hommes sont des amis de longue date, ils se connaissent intimement depuis leur enfance, ils ont été frères d'armes. Et rien n'est encore venu ternir cette amitié, aucun froid, pas la moindre brouille. Mais l'amitié c'est l'amitié, et la guerre c'est la guerre. Le sérasker sait bien que tant qu'il sera loin du sérail, de ses intrigues et de ses complots, il ne doit fournir aucun prétexte, aucun argument à ses détracteurs qui ne perdent pas la moindre occasion de le dénigrer auprès du sultan, qui n'attendent que son échec, qui guettent sa première défaite.

Sur un signe de son maître, Aram, le serviteur, apporte à Sélim pacha l'écritoire avec les plumes d'oie, le papier et l'encrier, puis il lui prépare du thé chaud. Et comme il sait qu'aussi longtemps qu'il écrira, le sérasker aura toujours besoin de lui pour quelque chose, il se pelotonne à proximité comme un chien fidèle et attend en silence.

« Mon révéré Padischah, je m'incline devant toi.

« Dans cette contrée le printemps ne ressemble pas à celui que je connais, les nuits sont glaciales. Ce soir, il fait un froid aussi coupant que le fil d'un couteau ; il trouve toujours un moyen d'entrer dans la chair, il pénètre jusqu'à l'os. J'entends au-dehors les pas de Halil. Le pauvre, il ne cesse d'aller et venir en essayant de se réchauffer, il bat la semelle pour ne pas geler sur place. Je lui ai permis de prendre avec lui pour la route une fiole de raki.

« C'est le meilleur messager de toute l'armée. Non seulement cavalier hors pair, mais fine lame. C'est lui qui te portera désormais mes rapports. Tu peux lui faire entièrement confiance et lui remettre tes ordres.

« J'ai bien peur, mon Padischah, qu'il nous faille communiquer et nous entretenir de cette manière encore pas mal de temps. Paliokastro a la coque dure, ses remparts sont solides et tous ses ouvrages de défense savamment construits. Quant à ses habitants, ils ne sont pas hommes à se battre seulement derrière leurs fortifications, à se cantonner dans leurs retranchements, à rester uniquement sur la défensive. Ils laissent toujours une petite formation d'élite à l'extérieur des remparts, ils patrouillent dans toutes les montagnes environnantes, ils tendent des pièges, lancent des attaques-surprise. Dans ce monastère où j'ai séjourné, j'ai lu dans de vieux papiers que les Paliokastrites ne combattent jamais de la même façon, qu'ils changent de tactique selon les circonstances et selon l'ennemi. Ce que nos troupes apprennent aujourd'hui grâce aux officiers français à qui tu as fait appel pour les former, eux, dans cette cité, ils le savent depuis longtemps, et ils l'ont appris tout seuls.

« Pour le moment, le moral de l'armée est bon, la discipline règne. Je tiens bien en main les janissaires, je tranche des têtes, je fais empaler les déserteurs. Pas de quartier. Et pour plus de tranquillité encore, j'ai chargé quelques hommes d'ouvrir les yeux et les oreilles, de faire bavarder leurs camarades et de me rapporter leurs faits et gestes. J'ai même dit aux scribes de me donner à lire les lettres qui arrivent pour les soldats, de m'en choisir aussi quelques-unes parmi celles qui partent. Ton Empire est immense, mon Padischah. Et c'est la méthode la plus pratique pour savoir ce qui se trame dans notre dos, ce qui se chuchote loin de nos oreilles.

« Je t'envoie une carte établie par l'ingénieur italien Giuseppe. Elle représente Paliokastro. Giuseppe est resté bouche bée devant la ville. Il m'a dit qu'il n'avait jamais vu une telle forteresse, un endroit aussi impénétrable. Et pourtant, il n'est pas novice en la matière, Giuseppe. Il en a assiégé des citadelles, il en a investi des places fortes grâce à sa science ! Tous les matins, dès qu'il commence à faire jour, lui et ses assistants s'en vont le plus près possible des remparts, ils observent avec leurs longues-vues, ils dessinent des plans. Le soir, quand ils reviennent, ils sont chargés de papiers et ils se réunissent dans leur tente pour les étudier.

« Paliokastro est bâti sur une montagne rocailleuse aux pentes très abruptes, tout entaillées de crevasses.

Au premier abord, on ne voit aucun accès, nulle part. Mais une fois que l'œil s'est habitué à l'âpreté de ce relief (je n'ai vu de paysage semblable que chez les Kurdes), on aperçoit à la lunette un étroit chemin carrossable qui escalade le versant ouest, qui passe entre des hauteurs fortifiées, pour se perdre ensuite tout en haut, derrière la ville, au nord. Avec Giuseppe nous sommes partis en reconnaissance. Même si nous n'avons guère pu approcher à cause des sentinelles qui sillonnent jour et nuit les parages et qui nous auraient repérés, nous nous sommes rendu compte que le chemin, creusé à travers les rochers, est visible depuis les remparts sur la totalité de son parcours et qu'un tir bien ajusté pourrait nous causer de grosses pertes. D'ailleurs, si nous passions par là, nous nous retrouverions sur une petite esplanade tout au bord d'un précipice, et qui atteint presque les remparts. C'est une minuscule plate-forme, minuscule et dangereuse. Comment faire tenir des troupes là-haut et se battre quand on sait qu'il n'y a pas de place pour manœuvrer, pas d'endroit où se replier ?

« Du côté est, c'est pire. Un ravin vertigineux coupe le flanc de la montagne. Sans compter que dans cette partie-là les murailles sont truffées de canons. Giuseppe, qui les a examinés à la longue-vue, dit que ce sont des canons français, parmi les meilleurs, d'une remarquable précision de tir.

« Ce que nous ferons, nous le ferons par le sud, à partir de la plaine. Là, nous pourrons mettre toutes nos forces en mouvement, nous déployer, utiliser notre artillerie. Le reste dépendra de la tactique que suivront les Paliokastrites. Je crois qu'ils tenteront de nous entraîner dans une guerre de harcèlement avec les groupes qu'ils disséminent dans les montagnes environnantes afin de morceler nos forces. Nous ne tomberons pas dans le piège : s'ils essaient de nous faire danser, c'est nous qui mènerons la danse.

« Apparemment, ceux qui ont bâti Paliokastro ont prévu tout ce qui peut être prévu pour assurer la défense d'une ville. Les maisons sont construites par niveaux successifs jusqu'au sommet de la montagne, l'encerclant ainsi sans discontinuer de bas en haut. Chaque niveau est séparé de l'autre par un passage fortifié sur tout le pourtour extérieur, une sorte de chemin de ronde pourvu d'un solide parapet fait de blocs de pierre et abritant de nombreux retranchements. Si bien que les Paliokastrites disposent de multiples lignes de défense. Si l'ennemi parvient à prendre pied sur les grandes murailles, ils peuvent se retrancher plus haut, en reculant d'un étage.

« Pour l'instant, mon Padischah, nous sommes encore en bas, dans la plaine. Dans une quinzaine de jours, l'armée sera fin prête. Je ne veux rien laisser au hasard. Quand Halil sera de retour avec tes ordres, peut-être aurons-nous d'ici là tenté une attaque, histoire de les éprouver, de les forcer à dévoiler leurs forces, pour voir comment ils ont organisé leur défense.

« Je me prosterne devant ton trône. Allah et le Prophète soient avec toi.

« Sélim pacha »

3

« ... Cette fois, on ne peut compter sur l'aide de personne. Tout au plus quelques villages voisins se soulèveront-ils, quelques klephtes nous donneront-ils un coup de main. Qui d'autre viendrait se fourrer dans le guêpier ? De la Thessalie et de la Roumélie [1], il n'y a rien à attendre, leurs notables nous conseilleront de filer doux, d'accepter les conditions de Sélim pacha et d'abattre nos remparts, de payer la capitation, de nous incliner. Eux, en matière de courbettes, ils s'y connaissent, ça fait des siècles qu'ils rampent, l'esclavage leur est entré dans le sang, ils ont fini par s'en accommoder, par s'y habituer.

« Et puis, après tout, est-ce qu'ils sont dans le besoin ? Nous autres ici, nous n'avons que de la rocaille à perte de vue, nos champs sont de vrais mouchoirs de poche. La faim, les privations, c'est notre lot depuis des années et des années. Mais eux, ils ont des terres fertiles, des oliveraies, des vignes. Après chaque récolte, leurs greniers sont pleins à craquer, leurs jarres débordent de vin et d'huile. Et malgré tout ce que les

1. Nom donné pendant l'occupation ottomane à la région de Grèce centrale comprise entre la Thessalie au nord et le Péloponnèse au sud. (N.d.T.)

Turcs leur prennent avec les dîmes, il leur en reste encore à profusion. Pourquoi se révolter, vous disent-ils, pour quelle raison s'attaquer aux Ottomans ? On ne vit pas si mal avec eux. Ils nous traitent de rayas ? Et alors ? Est-ce qu'on est les seuls ? Du Danube à la Tunisie et de la Perse à la Berbérie, tout le monde s'incline devant le sultan.

« Voilà leur façon de penser, leur façon de vivre. C'est comme les mulets qui ont porté le bât toute leur vie : ils sont tellement habitués qu'ils se moquent pas mal que le muletier leur pique la croupe avec son aiguillon ; du moment qu'ils ont du foin dans leur mangeoire, le reste, ils s'en balancent.

« Ils se comptent sur les doigts d'une main ceux qui sont prêts à se soulever et à prendre les armes. Le peuple est bien naïf aussi. Les notables, les kodjabachis[1] et les Phanariotes[2] n'arrêtent pas de les chapitrer, de leur répéter : " Patience, le moment n'est pas encore venu, attendons d'abord de voir ce que les Russes pourront faire pour nous, si nous aurons le soutien des Anglais et des Français, des Autrichiens. "

« Ils attendent tous que les Occidentaux leur viennent en aide, qu'ils leur servent la liberté dans l'assiette comme une galette. On les connaît bien, les Occidentaux, on a eu longtemps affaire à eux avant les Turcs, on les a vus à l'œuvre quand ils sont passés par ici au

1. Riches propriétaires grecs auxquels les Turcs avaient laissé les terres et qui administraient les communes en collaboration avec l'occupant. (N.d.T.)

2. Tirant leur nom du prestigieux quartier de Constantinople où ils résidaient pour la plupart, descendants de quelques familles de l'ancienne aristocratie byzantine, ces Grecs entrèrent dès le début de l'occupation dans la haute administration ottomane et formèrent une sorte de noblesse administrative héréditaire. (N.d.T.)

temps des Croisades... Soi-disant qu'ils allaient libérer les lieux saints, qu'ils allaient chasser les musulmans du tombeau du Christ. Tu parles, ils ont pris la moitié de la Grèce et en ont fait leur fief, ils ont pillé Constantinople, ils ont mis toute la ville à feu et à sang, ils ont brûlé ses églises. Et ce seraient ces gens-là qui rendraient à la Grèce sa liberté ? Ce seraient les barbares de l'Occident qui viendraient nous débarrasser des barbares de l'Orient ? Anglais, Français, Autrichiens, tous autant qu'ils sont, ils s'en fichent bien de la religion, ce n'est pas la liberté qui les préoccupe, ça ne les dérange pas que l'Islam règne à Jérusalem. Ils ont d'autres projets en tête, d'autres objectifs, ce qui les intéresse c'est le commerce, le profit, l'opulence. Et peu importe qu'aujourd'hui le Christ et Mahomet ne soient pas en très bons termes ; demain les choses peuvent changer. Les loups ne se mangent pas entre eux : les puissants se rencontreront pour discuter, ils se mettront d'accord. Et les maîtres resteront les maîtres, les esclaves resteront les esclaves. Nous autres, les petits peuples, nous serons toujours comme les haricots secs dans la marmite : certains au milieu, quelques-uns à la surface, la majorité au fond. Les cuisiniers du monde touilleront sans arrêt avec leurs cuillères, des haricots émergeront par-ci par-là, mais finalement, bon gré mal gré, ils cuiront tous.

« Ça fait longtemps que les Européens ont compris que ça ne va plus très bien chez les Ottomans, que la puissance de la Porte décline, que les coffres du sultan se vident. Ils se demandent combien de temps les Turcs tiendront le coup avec toutes ces guerres et ces révolutions. L'Empire a commencé à grincer, aujourd'hui les murs se lézardent, demain les fondations se mettront à bouger, après-demain le toit s'écroulera. Parfait, se disent-ils, laissons les Grecs, les Bulgares, les

Albanais, les Serbes se révolter, laissons-les se battre contre les Ottomans : sans le savoir, ils travaillent pour nous, ils nous déblaient le terrain en affaiblissant les Turcs. Plus tard, quand les Balkans se seront embrasés pour de bon et que le sultan ne pourra plus faire face, alors nous interviendrons comme toujours pour rétablir l'ordre, nous irons jouer les médiateurs. Nous chasserons les Turcs mais nous nous installerons à leur place, nous en profiterons pour barrer la route aux Russes qui ont eux aussi des visées dans la région, qui veulent leur part.

« Dans ce chambardement général, comment feronsnous pour nous en sortir, pour survivre ? Nous sommes un petit peuple, une poignée d'hommes. Qui se souciera de nous, de nos intérêts, de notre liberté ? »

Qui pourrait bien répondre à Costa Békas ?

Même s'il avait crié, le désert de la montagne aurait englouti son cri. Tout au plus aurait-il effrayé quelques oiseaux sauvages qui nichent çà et là dans les buissons et les arbres et qui voleraient maintenant au-dessus de lui en décrivant des cercles, qui le regarderaient étonnés, méfiants. Puis, quelque peu rassurés, ils descendraient l'un après l'autre et se percheraient alentour sur les rochers pour pouvoir l'observer, ils l'épieraient de leurs yeux ronds et brillants, ils étireraient leurs ailes. Dans le calme de la montagne, le capétan de Paliokastro percevrait à nouveau le tumulte des préparatifs qui continuent dans le camp des Turcs, la rumeur de leur immense armée. De temps à autre, des positions les plus avancées des Ottomans, le vent rapporterait à ses oreilles les propos des soldats, il capterait des bribes de turc, d'arabe, de persan, un tas de langues parlées dans tout l'Empire.

Des siècles d'occupation, de peur, de servitude. Costa Békas hoche la tête, il a un sourire amer. Dieu seul sait combien de hordes étrangères ont laissé leurs os dans toute la contrée, combien de guerres s'y sont déroulées, combien de sang y a coulé. Aucun autre endroit au monde n'a été le théâtre de massacres aussi effroyables pour la conquête de rochers désertiques et de montagnes chauves, nulle part ailleurs les hommes n'ont lutté aussi farouchement pour que leur coin perdu reste libre, pour que personne ne vienne fouler aux pieds leur parcelle de caillasse. Mais pourquoi diable sommes-nous si attachés à ce pays ? soupire le capétan. Qu'est-ce qui fait que nous ne voulons jamais décoller de cette terre stérile ? Qu'est-ce qui nous pousse à vénérer toute la vie ses pierres comme si c'était de l'or ?

Il n'y a toujours personne pour lui répondre.

Costa Békas penche la tête, ferme les yeux. Et pourtant, rien ne change au fond de lui, rien ne s'efface, tout demeure à sa place, lumineux, bien en relief, tangible : les montagnes, les vallons, les arbres, les sentiers, le séculaire chemin de pierre qui descend vers la rivière et rejoint le pont, un peu plus bas les humbles champs de Paliokastro. Ainsi, les yeux fermés, il pourrait avancer, se promener, se diriger n'importe où sans perdre un seul instant son chemin, sans trébucher sur une seule pierre. Il connaît cette terre dans ses moindres détails, jusqu'aux marques les plus infimes qu'elle a sur la peau, jusqu'aux recoins les plus secrets de son corps.

Tiens, là, sur ce petit plateau, il y a un chêne millénaire, légèrement en contrebas se hérisse un immense massif d'agaves, juste en face d'un vigoureux poirier sauvage. On raconte que jadis, quelque part par là, un grand serpent inoffensif et pacifique sortait regarder le monde, prendre le soleil. Personne n'en avait peur, personne ne lui jetait des pierres. Même les femmes qui descendaient laver le linge à la rivière passaient près de lui sans crainte, le saluaient, lui disaient bonjour. Il en fut ainsi pendant des années et des années, le serpent allait ici et là, flânait un peu partout au gré de sa fantaisie, puis il se lovait tranquillement devant son nid, faisait sa petite sieste. Jusqu'au jour où, en passant par là, les femmes ne le virent plus comme toujours dans son repaire. Elles eurent beau l'attendre, chercher partout, fouiller sous les buissons et parmi les myrtes, s'écorcher les mains en écartant les ronces, rien n'y fit, pas même la marmite de lait chaud qu'elles apportèrent dans l'espoir que la bonne odeur l'attirerait. Le reptile avait disparu... Mais tandis qu'elles jetaient encore un coup d'œil dans le nid vide, elles aperçurent tout au fond, dans le roc, une grande brèche. A l'aide de pics et de barres à mine, elles l'élargirent davantage, entrèrent, avancèrent en rampant et se retrouvèrent dans une grotte. Elles continuèrent encore, éclairées par leurs torches, mais elles finirent par s'égarer, elles n'arrivaient pas à ressortir, elles ne savaient pas où elles se trouvaient. Le lendemain, alors qu'on les croyait disparues à jamais et qu'on les pleurait dans leurs familles, quelques Paliokastrites qui fumaient leur narguilé sur la place entendirent des cris s'élever d'un vieux puits sec, non loin d'eux : c'étaient les femmes qui les appelaient au secours. Ils accoururent, leur jetèrent des cordes et des couffins, les remontèrent.

Ce fut grâce à ce serpent, et grâce à ces femmes qui n'avaient pas craint d'aller le rechercher dans les entrailles de la terre, que l'on découvrit ce tunnel qui traverse toute la montagne d'un versant à l'autre, qui passe sous les remparts et sous les maisons de Paliokastro. Qui sait, peut-être n'avaient-ils pas tort les anciens de la cité, lorsqu'ils affirmèrent, en apprenant la nouvelle, qu'il ne s'agissait pas d'un serpent ordinaire, qu'il était guidé, éclairé par des saints ou des dieux d'autrefois tombés dans l'oubli et qui voulaient par son intermédiaire montrer aux Paliokastrites qu'ils n'avaient pas perdu leur ancien pouvoir, ni éteint en eux leur amour pour leurs domaines de jadis, pour leur pays.

Les habitants de Paliokastro ne restèrent pas indifférents au cadeau des divinités chthoniennes et surent en tirer parti. Ils tinrent conseil, puis, munis de pioches, de pics et de pelles, ils agrandirent le trou du serpent et descendirent à leur tour, comme avaient fait les femmes. Ils travaillèrent avec acharnement, jour et nuit, sans relâche. Trois ans plus tard, le tunnel était devenu un vaste souterrain, il avait un tas de frères, de galeries et de ramifications qui partaient des profondeurs de la terre et qui aboutissaient à presque tous les points de l'horizon, qui communiquaient, certains allaient vers la plaine et d'autres vers le ravin, sur le flanc est de la montagne, tandis que deux autres couloirs débouchaient au fond d'un précipice, au nord.

Pour venir à bout de cet immense ouvrage que les Paliokastrites avaient imaginé afin de pouvoir sortir de la ville sans être vus et de renforcer sa défense, il fallut quantité de barils de poudre pour faire sauter les rochers, des milliers de pics et de pioches s'usèrent entre les mains des hommes, il y eut bien des accidents. Et pour trouver l'argent, Paliokastro fit de sévères économies, tout le monde apporta sa contribution, tout le monde se priva. Et comme, en dépit de tous les efforts, les caisses de la cité furent bientôt complètement vides, les femmes vendirent à des usuriers juifs d'Arta leurs parures et bijoux de mariage, chaque foyer mit à l'encan ses chaudrons de cuivre, tandis qu'un groupe d'hommes obtint des notables la permission d'aller se livrer quelque temps au brigandage pour attaquer des caravanes turques.

Lorsque, enfin, tout fut achevé, le pope fit sonner la grande cloche, appela toute la population à l'église et célébra une messe. Soudain, quand le moment de la consécration fut venu, il se plaça devant le sanctuaire, éleva bien haut le calice et demanda à l'assemblée de s'agenouiller et de prêter serment. Malédiction, dit le pope, malédiction implacable et sans rémission sur quiconque ouvrirait la bouche et dévoilerait à toute personne étrangère à la cité les chemins souterrains de Paliokastro, le secret de sa défense. Une honte ineffaçable poursuivrait éternellement sa famille, ses descendants, son nom. Et si jamais il échappait à la colère des hommes, au couteau et au fusil des Paliokastrites, si Dieu lui avait fixé une autre mort, qu'il n'y eût pas de sépulture pour accueillir son cadavre, qu'il n'y eût pas de terre pour recouvrir ses os.

Jusqu'à présent, le secret est bien gardé. A chaque siège, à chaque guerre, quand la bataille fait rage dans la plaine, grâce à ces passages dérobés les détachements paliokastrites peuvent évoluer avec une grande facilité, surgir brusquement derrière les lignes de l'ennemi, faire des percées là où personne ne les attend. Puis ils disparaissent devant les yeux de ceux qui les poursuivent ou qui tentent de leur couper la route, ils s'évaporent en un instant comme par enchantement et demeurent invisibles, à croire qu'ils se sont métamorphosés en buissons ou en arbres.

Ces dernières années, d'autres travaux ont été entrepris, les galeries souterraines se sont multipliées, on en a recreusé certaines parmi les anciennes, on les a agrandies, on a revêtu les parois de pierre. Les nouveaux tunnels que l'on a ouverts sont maintenant pourvus d'un tapis de sable qui amortit le pas des hommes ou le bruit des sabots des chevaux, on a installé partout des lanternes, on a entreposé à des endroits propices munitions et barils de poudre. Paliokastro peut se défendre plus efficacement qu'auparavant, résister pendant longtemps, défier même les armées les plus puissantes.

Mais, cette fois, la menace est particulièrement redoutable. Voilà des jours que Costa Békas étudie la situation, qu'il évalue les forces ottomanes, qu'il observe leur camp à la longue-vue, qu'il s'applique à inventorier leur équipement. Il n'a encore jamais vu de canons en si grand nombre et si modernes. L'artillerie de Sélim pacha paraît remarquablement mobile et puissante, elle a des officiers étrangers, des canonniers européens. Quant au génie, c'est le fameux Vénitien Giuseppe qui le commande, un homme de grande réputation à l'étranger, avec des succès retentissants à son actif. On dit que Sélim pacha lui a versé un plein sac d'or pour s'assurer ses services, pour l'enlever à l'armée autrichienne qui l'avait engagé afin d'organiser son génie, de résoudre les problèmes que présentaient ses ouvrages de défense.

D'un instant à l'autre, le soleil va se coucher.

De même qu'à la fin de sa journée le paysan consciencieux jette un dernier regard sur son champ avant de disparaître au détour de la route, ainsi l'astre du jour semble marquer un temps d'arrêt au-dessus des hauteurs d'en face et regarder une fois encore la plaine, l'inspecter, lui souhaiter bonne nuit. Au même instant, la lumière qui baigne d'une rougeur dorée les remparts de Paliokastro, auréole la petite cité d'un feu paisible, puis elle grimpe sur le toit des maisons, se tapit derrière les parapets et les meurtrières de leurs terrasses. De là, elle va bientôt elle aussi livrer bataille, elle se mesurera à la nuit qui monte lentement mais résolument vers la ville, elle se battra contre les ténèbres qui l'escortent, qui la suivent en renfort.

Costa Békas quitte son observatoire situé derrière un rocher, au pied de la montagne, il range la longue-vue dans son étui et siffle tout doucement son cheval. Marchant d'un pas serein et discret, l'animal vient près de lui, dresse les oreilles et attend l'ordre de son maître. Lui aussi s'est battu farouchement dans sa vie, il a reçu son compte de balles, les coups de sabre ont laissé de profondes cicatrices sur sa poitrine et sur ses flancs. Il n'a pas son pareil au combat, jamais il n'a fait honte à son cavalier. Il sait calculer ses mouvements selon les circonstances et selon la tactique de l'ennemi, il est capable de tromper la monture adverse par des subterfuges et des ruades qui mettent toujours Costa Békas dans une position avantageuse pour se défendre ou attaquer, pour bien manier son yatagan. Des milliers de Turcs l'ont admiré dans toutes les guerres, des armées entières l'ont convoité. Un tas de chefs militaires de la région, mais aussi d'autres provinces de Grèce, ont fait savoir au capétan Békas qu'ils sont prêts à lui offrir tout ce qu'ils possèdent, à se ruiner pour le lui acheter, pour l'acquérir et partir avec lui au combat, le chevaucher sur les champs de bataille.

Chaque fois qu'on lui apporte de tels messages, le capétan de Paliokastro commence par rire de bon cœur, il se sent fier de son cheval, mais ensuite, devant l'insistance des émissaires, il a du mal à contenir sa colère. Est-ce qu'on vend un ami, un frère, un compagnon d'armes ? Est-ce qu'on marchande sa bravoure et sa fidélité, les luttes qu'il a menées lui aussi pour son pays ? Est-ce qu'on jette ainsi ses mérites aux oubliettes ?

Ils ne se sont jamais séparés, ils se battent ensemble depuis des années et des années. Costa Békas a vu son cheval naître, sortir du ventre de sa mère. Ce n'était pas une mince affaire pour la pauvre jument, dans le feu d'une bataille très critique : ce jour-là, un petit détachement paliokastrite était tombé dans une embuscade turque très loin de la ville, personne n'avait réussi à s'échapper pour aller signaler l'attaque, il n'y avait aucun espoir de secours. Voyant que parmi les Paliokastrites se trouvait Lambro Békas, leur capétan, les Turcs redoublaient de fureur, resserraient de plus en plus leur étau, ne cessaient de charger. Avec son petit dans le ventre la jument faisait tout ce qu'elle pouvait, tour à tour elle se ruait sur les Turcs puis reculait, biaisait, elle avait sur son dos le père de Costa Békas, au-dessus de sa tête le yatagan du capétan lançait des éclairs, à ses oreilles retentissaient ses commandements, ses cris d'exhortation. Si jamais elle faisait un faux pas, si elle fléchissait un tant soit peu, les chevaux des Turcs lui tomberaient dessus comme des guêpes, les cavaliers ottomans la cribleraient de coups de kandjars, la tailleraient en pièces et en feraient autant de son maître.

Soudain, le poulain pointa le museau hors de son ventre, au milieu de la mêlée il resta à moitié suspendu entre ses jambes. La malheureuse jument se mit à perdre son sang, les palikares qui résistaient tout autour poussèrent des cris pour avertir le capétan, ils firent rempart de leurs corps pour que leur chef ne fût pas capturé vivant. « Costa, vite, accouche-la ! » cria Lambro Békas à son fils qui combattait derrière lui.

Costa Békas accourut.

Et tandis que la bataille faisait rage, il saisit comme il put le poulain, le retira en vitesse du ventre de sa mère, coupa le cordon ombilical avec son couteau. Soulagée, la jument se mit à hennir, bondit et fonça à nouveau sur les Turcs, au bord de l'évanouissement, les entrailles encore ouvertes, le sang dégoulinant sur ses pattes arrière. Mais peu lui importait. Car, avant de se jeter à nouveau dans la bataille, elle avait tourné la tête un court instant et du coin de l'œil elle avait vu Costa Békas se précipiter dans une grotte pour y déposer le nouveau-né, puis se poster devant l'entrée, le yatagan au poing, paré, déterminé.

4

Monastère du Prophète Élie — 1

Le texte qui suit est le début du récit du moine paliokastrite Isidore qui vécut au monastère du Prophète Élie, à environ une heure de route de sa cité natale, de 1730 aux toutes dernières années du siècle. Il s'agit d'une sorte de journal-chronique, comme en écrivaient autrefois certains moines qui avaient un peu d'instruction.

Le récit d'Isidore, Spyros Pressas pour le monde, est rédigé d'une écriture serrée dans les marges et sur les pages blanches d'un Nouveau Testament qui se trouve, avec d'autres livres liturgiques, dans la petite bibliothèque du monastère.

Çà et là dans divers monastères, bon nombre de textes semblables sont peu à peu grignotés par les vers. Qui prendrait la peine de s'en occuper ? Les quelques jeunes qui de nos jours renoncent au monde ont plus urgent à faire, ils tâchent de sauver de la ruine les monastères laissés à l'abandon, de protéger les vieilles icônes contre les trafiquants d'antiquités, de préserver des voleurs les reliques précieuses. Les vieux moines ont d'autres soucis en tête. Ils savent qu'il ne leur reste guère de temps, que l'huile de leur veilleuse commence à s'épuiser et qu'ils doivent se dépêcher, achever leur repentir. Ils laissent aux frères plus jeunes le soin de veiller sur les murs, sur les icônes, sur les livres et les papiers, les tracas de la vie ne les préoccupent plus. Eux, c'est leur âme qu'ils tâchent de sauver.

Aujourd'hui, au monastère du Prophète Élie, le bibliothécaire est Frère Mélétios.

C'est un vieillard aux cheveux blancs, avec une barbe longue de deux empans. Il est à moitié aveugle. Si vous lui dites que vous voulez jeter un coup d'œil sur la chronique d'Isidore, vous le verrez se lever à grand-peine du tabouret où il passe ses jours à égrener son chapelet, et se diriger lentement, en traînant la jambe, vers le fond de la bibliothèque. Là, après avoir fait son signe de croix, il ouvrira une armoire vermoulue et se mettra à palper un à un, sans regarder, les livres placés pêle-mêle sur les étagères.

Si vous lui offrez votre aide, il refusera poliment.

Tenant entre ses mains tremblantes le Nouveau Testament que ses doigts auront entre-temps localisé, il vous expliquera que ce n'est pas par dédain ou par un orgueil déplacé qu'il ne demande pas, qu'il ne veut pas qu'on l'aide. Il voit encore un petit peu, vous dira-t-il, mais il sait que tôt ou tard il perdra tout à fait la vue et c'est pourquoi il s'habitue dès maintenant à l'obscurité qui l'enveloppera, il apprend à vivre sans ses yeux.

Pendant que vous lirez la chronique d'Isidore, Mélétios marchera de long en large, discret, sans souffler mot. De temps à autre il s'arrêtera devant une fenêtre et regardera au dehors, il mettra la main en visière au-dessus de son front pour ne pas être gêné par le soleil et il essaiera de scruter les lointains. Puis, baissant la tête, il restera quelques instants pensif, comme s'il attendait que se gravent au fond de lui toutes les images de ce monde que sa vue sera parvenue à recueillir.

Je m'appelle Isidore, Spyros Pressas pour le monde. Je suis né à Paliokastro, et mon père m'a amené ici au monastère en 1730. Je devais avoir alors une dizaine d'années.

J'ai pris l'habit par nécessité. Mes parents — qu'ils reposent en paix — étaient des gens pauvres, il y avait dix bouches à nourrir à la maison, on tirait le diable par la queue. Pour nous les garçons, il n'y avait de salut que chez les klephtes[1] *ou dans les ordres. Mon frère aîné, Yannis, a rejoint les premiers avec Dimitros, le fils de Tzanis, notre voisin. Le deuxième de la famille était Constandis, que le Seigneur a rappelé à lui, une mauvaise maladie l'a emporté. Dieu ait son âme. Après moi il y avait un autre garçon, il s'appelait Lambis. Un jour qu'il était allé chercher des champignons dans la montagne, il a fait une chute et s'est cassé la jambe, la nuit les loups l'ont dévoré.*

De mes sœurs je me souviens bien de la première, Anastasia qu'elle s'appelait. Le jour où mon père a décidé de me mettre chez les moines, elle est tombée à ses pieds, elle le suppliait de me garder à la maison. Des années plus tard, quand je suis allé une fois à la maison, elle n'était plus là, elle s'était enfuie avec un camelot. On n'a plus entendu parler d'elle. Je me souviens aussi de la petite Dimitra. Les premières années elle venait avec ma mère me voir au monastère, même qu'elles allumaient les veilleuses sous les icônes. Ma mère ne voulait pas me regarder quand je portais la soutane, elle pleurait. Mon père venait très rarement me rendre

1. Brigands montagnards rebelles à l'occupant turc. (N.d.T.)

visite. Et puis, avec le temps, il n'est plus venu du tout. Paliokastro .... beaucoup de guerres en ce temps-là.

Je l'ai revu des années après, à l'époque où ma mère est morte. Que Dieu l'accueille dans le sein d'Abraham. Ce jour-là j'ai aussi revu mon frère Yannis, il lui manquait un bras, un Turc le lui avait fauché d'un coup de kandjar. On s'est embrassés, on pleurait comme des gosses. C'est là que j'ai appris qu'une autre de mes sœurs, Assimina, était tombée dans un puits abandonné et qu'elle était infirme. La malheureuse n'a pas supporté le malheur qui l'a frappée, elle a avalé du poison. Que le Très-Haut et Très-Miséricordieux lui pardonne dans son infinie bonté.

..
.... se battre contre des brigands, des Albano-Turcs[1]*. Mon père a été gravement blessé, et quand il s'est écroulé, ils se sont battus comme des lions autour de lui pour empêcher les mécréants de lui prendre ses armes. C'est le capétan en personne, Lambro Békas, qui est venu au monastère me le dire, c'est lui qui m'a apporté son yatagan. Moi, j'avais honte parce que je m'étais voué à Dieu et que je ne pouvais pas venger son sang. Ne te tourmente pas, m'a dit le capétan, le monastère aussi est un poste de combat, défends-le bien, fais-lui honneur.*

Une année, une femme est venue me demander. On l'a fait attendre dans la salle d'hôte. Moi je ne connaissais aucune femme. J'ai d'abord interrogé le portier qui lui avait ouvert, mais lui non plus il ne la connaissait pas. Alors je suis allé la voir. Elle m'a dit qu'elle s'appelait Philio et qu'elle était la plus petite de mes sœurs. Tant d'années avaient passé, est-ce que je

1. Albanais musulmans pro-ottomans. (N.d.T.)

pouvais me souvenir ? Moi avec la barbe et en froc, elle toute vêtue de noir, comment nous reconnaître ? Elle se retrouvait toute seule et elle allait quitter Paliokastro pour se retirer dans un monastère près d'Arta. Fais comme Dieu t'inspire, lui ai-je dit. Nous nous sommes souhaité l'un l'autre bonne vieillesse et nous ne nous sommes plus revus.

Philio m'a laissé la clé de la maison. Le désert là-dedans. Je n'y suis jamais allé. A quoi bon y retourner ? Quand on n'a plus de parents, plus de famille, à quoi ça sert des clés ? Les véritables portes sont celles qu'une main d'homme ouvre de l'intérieur.

Quand j'étais tout jeune novice, l'higoumène m'envoyait parfois avec un vieux moine à Paliokastro et ailleurs, dans d'autres contrées, plus loin. On allait recueillir les aumônes déposées pour nous dans le tronc des églises et dans les petites chapelles au fin fond de la campagne, et puis on revenait. Ainsi la vie au monastère ne me semblait pas trop pesante, je m'occupais, je m'habituais. Si bien qu'un jour, tandis que je regardais par la fenêtre de la cellule, je me suis aperçu que ça ne me remuait plus de voir mon pays de loin. C'était comme si je n'avais plus rien en moi, ni entrailles ni cœur. J'étais comme un sac vide. J'ai eu peur et je suis allé à l'église, je me suis agenouillé et j'ai supplié Dieu de ne pas me laisser comme ça.
morts. C'est un .... tant d'années ......
Sont à faire, les morts................ comme si je voyais toujours la même peinture accrochée au mur.
.... d'ici, seul le cimetière est bien visible, sur ma gauche quand je regarde la plaine. Les anciens l'ont fait là parce que Paliokastro est sur de la rocaille et qu'il n'y a pas beaucoup de terre pour recouvrir les morts. C'est un terrain où rien ne

pousse, c'est pourquoi ils l'ont choisi. Qu'est-ce qu'ils en ont à faire, les morts, de la bonne terre ? Eux, ce qu'ils avaient à semer, ils l'ont semé quand ils étaient vivants.

Les frères qui se sont endormis dans le Seigneur reposent ici. Nous avons un petit lopin à nous derrière le monastère. Là aussi il y a peu de terre, mais nous ne sommes pas nombreux nous non plus. Au moment de la translation des corps, nous transportons les ossements dans une grotte, sous le sanctuaire de l'église. On a gravé un nom sur la plupart des crânes. Sur d'autres il n'y a rien. Peu importe. Lorsque le Seigneur viendra dans Sa gloire, Il nous reconnaîtra. Il n'a pas besoin qu'on lui dise quoi que ce soit.

C'est aux hommes qu'il faut dire .... ne soit trop tard........... avec les quelques bribes d'instruction que j'ai. C'est Frère Arsénios qui m'a appris à lire et à écrire. Il était ici avant moi, il s'occupait des livres et des papiers du monastère.

.... au début je ne voulais pas. Rien qu'à voir tous ces tortillons alignés sur le papier, ça me rebutait. Les lettres me faisaient penser à ces petits vers qu'on trouve crevés dans la farine. Quand je l'ai dit à Arsénios, il a éclaté de rire. Tu sais pourquoi ils ont crevé, ceux-là ? qu'il me dit. Ils ont lutté contre d'autres vers, de plus costauds. Quels autres ? que je lui demande. Eh bien ceux qui vont un jour nous manger, qu'il me dit. Moi, ça m'a fait peur, je n'étais encore qu'un gamin. Et chaque fois que Frère Arsénios me faisait écrire, je traçais de grandes lettres pour qu'elles puissent l'emporter sur cette vermine qui m'effrayait.

Dans l'Ancien Testament j'ai lu à propos de la Tour de Babel que le Seigneur a maudit les hommes et les a fait parler en mille langues. Et voilà où nous en sommes arrivés aujourd'hui, à avoir chacun des asticots diffé-

rents pour écrire. Mais ceux qui nous mangeront sont les mêmes pour tous.

. . . .

. . . . *papier. J'écrivais sur ce que je pouvais trouver, sur de vieux registres, jusqu'à ce que j'apprenne bien. Et puis les autres frères sont allés se plaindre à l'higoumène que je gaspillais l'huile de la lampe à noircir des pages comme ça. Alors, à partir de ce jour, pour faire des économies, une nuit j'écrivais et la nuit suivante je restais dans le noir.*

. . . . *un rêve troublant. Les ennemis étaient arrivés par millions, et nous, sur nos remparts, nous étions prêts. Tout à coup, je me penche un peu par une meurtrière et qu'est-ce que je vois ? Un grand monstre, une sorte d'énorme dragon qui escaladait lentement la montagne. Sa queue était si longue qu'elle arrivait jusqu'à la plaine, on aurait dit un serpent avec des pattes et des griffes, et il crachait du feu. Partout où il passait, il ne restait rien par terre, même les pierres disparaissaient, le sol était tout fumant. Et* . . . .

. . . . *son corps.*

Alors je vois un Ange du Seigneur qui avait surgi là et qui nous distribuait des lances de feu pour combattre le monstre. Soudain il s'est arrêté devant moi mais il ne m'a rien donné à moi. Il s'est éloigné, et puis il s'est comme ravisé et il est revenu, il a arraché une plume de son aile droite et me l'a mise dans la main. Ensuite il a disparu.

J'ai eu peur d'avoir fait un rêve diabolique et je suis allé voir l'higoumène. Non, me dit-il, c'est un signe de Dieu. Le monstre que tu as vu, c'est la barbarie et la méchanceté de l'homme. C'est pourquoi il a une queue si grande, qui balaie toute la terre. Les lances de feu sont les paroles des prophètes et des saints, les armes des moines. Et la plume que l'Ange t'a mise dans la main, c'est la plume que tu as pour écrire. C'est ça ton arme à toi, ton épée.

Quelque temps après, il est tombé gravement malade. On avait beau faire, il ne se décidait pas à guérir. Il allait de mal en pis, on le voyait s'étioler. Et un jour, quand il a senti que l'heure était venue pour lui de payer la dette commune, il nous a rassemblés et nous a donné à chacun sa bénédiction. Quand mon tour est venu, il a dit à Sophronios, qui était préposé au cellier, de me donner de l'huile pour la lampe. Il l'a dit aussi au vieillard qui allait devenir higoumène à sa place. Et il fut fait selon sa volonté.

. . . . pas mal de temps . . . . une année . . . . malheurs les uns sur les autres . . . . encore pire après.

Un jour, le berger qui gardait nos chèvres sur la montagne est venu nous dire que le bouc ne voulait pas aller au pâturage avec les femelles, il les évitait, il ne les approchait pas. L'animal restait toute la journée sous un arbre, il refusait de se lever, sa barbe perdait ses poils et il avait les parties toutes ratatinées. On avait beau lui donner la meilleure pâture, l'exorciser, rien à faire. Tant et si bien qu'un jour on l'a trouvé raide là-bas, au pied de l'arbre, la bouche ouverte.

Et puis voilà qu'un matin, en allant paître, les chèvres se sont mises à courir comme des possédées, sans tenir compte ni du chien ni du berger, et toutes ensemble elles ont plongé dans un précipice. Et dans leur chute elles bêlaient si fort que leurs cris résonnaient partout à la ronde, dans toutes les montagnes.

Alors, nous sommes partis voir Khariton, l'ermite. Nous lui avons demandé sa bénédiction. C'est un saint homme. Et nous lui avons raconté nos tourments. Il nous a dit que tout venait des péchés du monde et que

Dieu nous disait là quelque chose à sa manière. Mais nous, on ne comprenait rien à Sa langue. Nous avons appris à parler un tas de langues, mais nous avons oublié la Sienne, a dit Khariton.

Peu de temps après, un étranger est arrivé au monastère. Il a dit qu'il venait de Perse et qu'il étudiait les vieux livres et les vieux écrits. Il avait l'air d'être un brave homme, et cultivé. Nous lui avons dit qu'il pouvait rester autant qu'il voulait.

5

Le cheval connaît par cœur l'itinéraire qu'il doit suivre et il marche librement, la bride sur le cou, les oreilles dressées. Çà et là, il ralentit son allure ou s'arrête un instant pour permettre à Costa Békas d'inspecter les retranchements qui sont disséminés un peu partout, de s'assurer que les sentinelles sont à leur poste. De temps à autre, dans le silence de la montagne, tandis que le regard du capétan examine attentivement un bouquet d'arbres ou l'entrée d'une grotte, on entend un caillou qui dégringole avec légèreté d'une hauteur et qui roule sur le sentier, s'immobilise devant les pattes du cheval comme s'il voulait lui couper le chemin. Parfois encore, alors que Costa Békas fouille des yeux une épaisse touffe de ronces, le pied du buisson laisse échapper un sifflement perçant, comme celui d'un serpent.

C'est ainsi que le capétan communique avec les hommes qui ont pris position tout autour de Paliokastro, c'est de cette manière que les guerriers qui surveillent tous les passages lui transmettent leur rapport. Cependant, malgré toute sa vigilance et son expérience, comme il est plongé dans une multitude de pensées qui depuis quelque temps fourmillent dans son esprit, il lui arrive de ne pas remarquer la cime d'un cyprès qui ne se balance pas tout à fait comme les autres, de ne pas entendre le petit cri que pousse une prétendue perdrix à quelques pas de lui. Mais le cheval veille pour lui et rien ne lui échappe, pas un mouvement suspect, pas un seul bruit étrange. Dès qu'il perçoit quelque chose, il souffle tout doucement, il avertit son maître.

Avant le coucher du soleil, Costa Békas aura sillonné toute la montagne, il sera descendu dans des gorges et des ravins, il aura franchi tous les cols et les défilés. Ses hommes entendront au loin le pas reconnaissable de son fameux cheval, ils verront son ombre passer tout contre leur retranchement, se projeter brusquement sur eux. Et, comme à chaque fois que le capétan fait son inspection, rapide et malin, l'animal en surprendra quelques-uns en train de bayer aux corneilles ou de somnoler, il ne leur laissera pas le temps d'attraper à côté d'eux leurs fusils, d'empoigner leurs yatagans. Costa Békas punira la plupart d'entre eux d'un regard féroce, d'un geste d'insulte il leur infligera la honte. A d'autres il ordonnera de quitter immédiatement la position qu'ils occupent, il les mettra à des postes moins exposés, moins importants. Entre-temps auront surgi des retranchements voisins les hommes qui prendront la relève, qui monteront la garde à leur place. Et tout cela en vitesse, sans mouvements ni paroles superflus, sans que les patrouilles turques se rendent compte de rien, avec ordre, avec méthode.

C'est ainsi que Costa Békas commande son armée ; jamais il ne laisse la discipline se relâcher, l'obéissance se dégrader. Il les connaît bien ses compatriotes, il les a étudiés en temps de guerre comme en temps de paix, il est conscient de leurs qualités, mais n'ignore pas leurs défauts. Au combat personne ne les surpasse, des hommes aussi valeureux on n'en trouve nulle part ailleurs. Mais voilà, ce sont des Grecs eux aussi, autant dire de rudes caboches, pas faciles à manier, des gens ombrageux, imprévisibles. Il faut tout un travail d'approche pour ne pas les braquer, pour les convaincre, pour contenir leur enthousiasme ou leur colère dans un moment difficile, pour leur faire retrouver leur calme quand ils ont le sang qui se met à bouillir. Autrement, ils sont capables de tout foutre en l'air sans qu'on ait eu le temps de dire ouf, de détruire en une fraction de seconde ce qu'il a fallu des années et des années pour bâtir, pour consolider.

Tirant presque imperceptiblement sur les rênes, Costa Békas immobilise le cheval en bordure d'un sentier escarpé, sur une petite esplanade, il laisse son regard vagabonder çà et là dans le lointain, parcourir toute la terre de Paliokastro, se poser un instant sur tous les lieux familiers, bien-aimés. Par temps clair, derrière la ligne de l'horizon, vers le nord, on distingue les hautes montagnes sauvages de l'Albanie, les premiers plateaux de l'Illyrie avec ses rares chemins pareils à des cicatrices qu'aurait laissées là le fouet de quelque divinité, avec ses crevasses profondes, vertigineuses. Certaines légendes du pays racontent que c'est à partir de cette région que les peuplades grecques se mirent un jour, l'une après l'autre, à descendre vers le sud où elles allèrent se répandre, essaimer.

Costa Békas songe souvent à tous ces gens qui cheminaient ainsi, presque à l'aveuglette, jour et nuit, jouets de l'adversité, soumis à d'indicibles épreuves, exposés à tous les dangers, avec l'unique espoir de voir se réaliser un jour les prophéties obscures et ambiguës de leurs prêtres et de leurs devins illuminés, avec, pour seul guide, la faim et la soif qui leur tenaillaient les entrailles. S'ils parvenaient à s'enraciner quelque part, c'était une chance, une bénédiction. Que leur nouvelle terre leur plût ou non, c'était celle-ci et pas une autre ; ils la respecteraient, l'aimeraient, veilleraient sur elle. Et plus tard, lorsque les dieux jugeraient que leur heure était venue, ils lui confieraient leurs os, ils poseraient les premières pierres tombales qui témoigneraient à tous ceux qui passeraient par là que certains avaient réussi à faire leur cette terre, — avec leur sueur et leur sang, avec leur mort.

Mais, par ces mêmes passages de montagne, il en arrivait d'autres qui avaient, eux, une malédiction dans le sang, dont le destin avait été tracé par la volonté d'une divinité hostile. Ils marchaient, avançaient, mais ils ne parvenaient pas à se fixer quelque part ; les plaines les rejetaient, les chemins les égaraient. Et lorsque, finalement, après bien des souffrances et des tourments, ils voyaient tout à coup miroiter à la lumière du soleil les eaux d'une mer, ils restaient saisis de stupeur devant son immensité, ils tremblaient devant sa puissance. Puis, quand ils s'approchaient du rivage, quand ils se mettaient à longer la côte dentelée, ils découvraient des centaines de petites criques cachées et bien abritées, ils remarquaient que les montagnes environnantes s'abaissaient peu à peu, formant une succession de promontoires. De là-haut ils embrassaient toute la mer, ils laissaient voguer leur regard jusqu'aux premières îles qui se profilaient confusément à l'horizon, ils suivaient mentalement les vents qui agitaient les flots, ils observaient la direction que prenaient les vagues. Alors seulement ils devinaient leur destinée, la vie qu'ils allaient mener : leurs pieds ne fouleraient jamais une terre ferme, leurs maisons navigueraient, voyageraient, ils ne cesseraient de labourer leurs mers avec des bateaux. Au lieu de pioches et de charrues, leurs bras manieraient des rames.

Chaque fois qu'il parcourt cette région, Costa Békas

se remémore une foule d'histoires de ce genre, pareilles à celles que sa mère tissait et retissait naguère, comme sa grand-mère aussi en racontait. Son père ne lui parlait presque jamais de ces choses-là, il lui expliquait que leur pays avait ses secrets, tout comme les gens qui l'habitent, mais qu'une vie entière ne suffisait pas pour apprendre sa langue, pour bavarder avec lui. C'est un art que seules les femmes possèdent, lui disait le vieux capétan, Dieu le leur a mis dans le sang à la naissance. C'est pourquoi la terre trouve mille moyens pour les garder près d'elle, qu'elle fait tout son possible pour ne pas les laisser partir, s'expatrier, l'abandonner comme le font souvent les hommes. Autrement, si elles la quittaient elles aussi, qui resterait-il auprès d'elle dans les moments difficiles pour s'occuper d'elle ? Qui prêterait l'oreille à ses chagrins et à ses plaintes ? Qui la consolerait ?

Le visage de Costa Békas s'est assombri, mille inquiétudes assaillent son esprit, de mauvais pressentiments lui alourdissent le cœur. Tous ces grands préparatifs de Sélim pacha montrent que cette fois les Turcs n'ont pas l'intention de repartir bredouilles. Par son insoumission Paliokastro donne le mauvais exemple aux autres rayas, et le sultan a décidé de se débarrasser de cette plaie qui s'envenime chaque jour davantage et qui risque d'infecter le corps tout entier de l'Empire, de l'atteindre bientôt en plein cœur. Si d'autres régions ne se soulèvent pas, Sélim pourra tranquillement concentrer toutes ses forces sur Paliokastro, les Turcs s'abattront sur la ville comme une avalanche de sauterelles et l'enseveliront, l'étoufferont... Puis ce sera le tour de tout le reste de la Grèce, aujourd'hui là et demain plus loin, le fer et le feu promis à quiconque se révoltera pour réclamer la liberté et l'indépendance, la hache impitoyable pour tous ceux qui refusent de s'incliner, de passer toute leur vie le front courbé.

Pourquoi les Ottomans hésiteraient-ils ? se dit le capétan. Qui auraient-ils à ménager, à redouter ? C'est ainsi que tous les empires, depuis la nuit des temps, gouvernent les peuples assujettis, c'est ainsi que se sont créés les plus vastes et les plus puissants États, les royaumes les plus illustres. Et même s'ils ont tous peu à peu décliné, périclité, s'ils se sont tous effondrés, qu'est-ce que ça a changé ? A leur place d'autres sont nés et ont pris la suite, ils ont hérité d'eux comme les enfants de leurs parents, les haches ont changé de mains, d'autres ont fait claquer les fouets. Notre mémoire renferme-t-elle autre chose que malheurs et tourments ? Ne savons-nous pas que ce n'est qu'avec du sang, de la sueur et des larmes que nous avons écrit toute notre histoire ? Depuis que le destin les a amenés sur cette terre, les Grecs s'emploient à faire les sentinelles et les portiers de l'Europe, à barrer la route aux Slaves, aux Asiates, aux barbares de toute espèce, ils n'arrêtent pas de se faire tuer pour que les Occidentaux puissent continuer à se la couler douce, à banqueter et à digérer en paix leurs festins. Mais le moyen de faire autrement ?... Dans notre pays, vois-tu, les actions humaines ne sont pas jugées uniquement par les vivants, mais aussi par une innombrable foule de morts, par des ancêtres de valeur, par des civilisations glorieuses. Comment ne pas soupeser chacune de nos paroles, chacun de nos actes, comment ne pas hésiter, comment ne pas éprouver de crainte ? Ce sont de sévères, de très sévères muletiers les siècles qui se tiennent derrière nous les Grecs, et qui nous piquent avec leurs aiguillons pour nous faire avancer, aussi vieux et aussi fourbus que nous soyons, aussi lourd que soit notre fardeau.

Costa Békas serre nerveusement les rênes du cheval qui écoute depuis un bon moment ses divagations, qui ressent son anxiété. Mais il fait tout son possible pour ne pas le montrer, pour ne pas laisser paraître l'inquiétude qui s'empare de lui. Il a vécu tant et tant d'années avec le capétan, qu'il a fini par lui ressembler : il sait être patient, oublier toutes ses rancœurs, faire taire ses tourments de cheval. Sans tourner la tête vers son maître, comme il le fait chaque fois qu'il veut lui montrer qu'il attend ses ordres, d'un air décidé il quitte la petite esplanade, se remet en route d'un pas ferme, et s'engage sur un sentier dont il sait qu'il le mènera au pied de la montagne, à l'est. Et comme Costa Békas ne lui dit rien, il continue de lui-même son chemin et descend le ravin profond et abrupt qui entaille ce versant de Paliokastro, puis il escalade la pente opposée, débouche sur un plateau et se dirige vers le bois. Dans quelques minutes il atteindra un bosquet et il y fera halte, il attendra en s'ébrouant doucement, discrètement, les yeux et les oreilles grands ouverts. Les guetteurs turcs les plus avancés ne seront plus très loin, aussi le capétan mettra-t-il pied à terre, il observera bien les alentours, il prêtera l'oreille. Puis, de la besace qui pend à son épaule, il sortira des chiffons de coutil bien serré et en enveloppera les sabots du cheval pour étouffer son pas. A partir de là, l'animal marchera sans bruit comme un chat sauvage, la narine à l'affût, encore plus vigilant. Il sait bien ce qui arrivera si on les repère depuis le camp, si les Turcs se lancent à leurs trousses. Comment Békas aurait-il le temps de lui enlever les étouffoirs pour pouvoir foncer, galoper, comment parviendrait-il à leur échapper...

Cette marche périlleuse durera une bonne heure.

Homme et cheval passeront à une demi-portée de fusil des postes de guet du camp, ils percevront l'écho de conversations et les allées et venues des Turcs, ils emprunteront des sentiers où ils risquent de se trouver nez à nez avec les Ottomans. La plupart du temps, les patrouilles ne comportent pas plus de trois hommes, quatre au maximum : Costa Békas n'aura guère de difficulté à s'en débarrasser avec son yatagan. Et s'ils tombent sur un détachement plus important, le cheval l'aura flairé à temps et aura trouvé un endroit où se tapir.

Lorsqu'ils seront à bonne distance du camp, la nuit sera tombée, les hodjas de l'armée auront terminé leurs invocations, les Turcs auront fait leur prière. Alors, sans plus aucune crainte, Costa Békas ôtera les chiffons des sabots du cheval et s'élancera vers la montagne qui ferme la plaine par le sud. Avec une confiance aveugle dans l'expérience de l'animal, il laissera flotter les rênes, se penchera sur son cou, enfoncera presque le visage dans sa crinière. Parfois, alors qu'il viendra de passer juste au-dessous d'une grosse branche où il aura manqué de peu s'écrabouiller la tête, il se retrouvera dans les airs, au-dessus d'un large fossé, puis à nouveau sur la terre ferme, des broussailles s'accrocheront à sa fustanelle, autour de lui des oiseaux nocturnes battront des ailes. Et la monture galopera, galopera sans cesse, la rosée de la nuit fouettera le visage du capétan, trempera sa barbe en bataille, se cristallisera sur ses épais sourcils.

Soudain, le cheval s'arrêtera.

Costa Békas mettra pied à terre et attendra quelques secondes. Puis, dès que ses yeux se seront un peu habitués à l'obscurité, il distinguera au-dessus de sa tête le contour vague et imposant d'une masse énorme qui couronnera le sommet de la montagne. Le capétan attendra sans bouger. Alors, le cheval soufflera tout doucement, comme pour lui signaler quelque chose. Tout là-haut, des pas et des grincements se feront entendre, tandis qu'au même instant un objet étrange descendra du ciel avec légèreté, passera devant le visage de Costa Békas et se posera délicatement par terre, à ses pieds.

Dans le couffin qui le fait monter lentement au monastère du Prophète Élie, Costa Békas réfléchit et tente de trouver la meilleure façon d'expliquer la situation aux moines. Ce sont des gens braves et de mérite, de saints hommes, mais ce n'est pas du tout facile de discuter avec eux. Les choses de ce monde, ils les mesurent à leur aune, ils ont leur propre balance pour les peser. Dans un plateau, ils mettent toute la vie des hommes, leurs joies et leurs peines, leurs péchés et leurs bonnes actions ; dans l'autre, au lieu de poids, ils placent un trône pour y installer Dieu. Comment les mortels pourraient-ils avoir gain de cause ? Leur plateau a-t-il la moindre chance de bouger ? Se peut-il que la balance penche un jour en leur faveur ?

Le couffin s'élève peu à peu, marquant seulement çà et là quelques instants d'arrêt, juste le temps pour ceux qui manœuvrent le treuil de reprendre haleine et d'empêcher la corde de trop tanguer. Puis l'ascension se poursuit, on entend une vieille poulie qui grince, un oiseau de nuit effrayé qui lui répond. En haut, dans le ciel sans nuages, les murailles se détachent nettement à présent, le capétan distingue ici et là des courtines crénelées et des bastions, des embrasures sombres de meurtrières. Il sourit dans sa barbe : malgré leur souci de la vie éternelle, ces moines-là ont lutté bien des fois pour celle d'ici-bas, ils se sont battus contre Slaves, Francs, Mahométans, leurs soutanes se sont imbibées de sang. Dans la plupart des cellules, à côté des icônes et des lampes à huile, il y a des sabres et des yatagans accrochés au mur, la poudrière du monastère est remplie de munitions.

Un jour, plusieurs mois avant l'arrivée des troupes de Sélim, l'higoumène fit savoir à Costa Békas qu'il avait grand besoin de s'entretenir avec lui, qu'il voulait lui demander son avis sur une affaire très grave. Lorsque le capétan entra dans le monastère, il trouva les moines en effervescence, en train d'aller et venir sur les murailles et de les asperger d'eau bénite, de les encenser. L'higoumène lui apprit qu'il se passait des choses inouïes et terribles au monastère, que Dieu leur envoyait des signes qui présageaient certainement quelque grand malheur. L'autre jour, en plein office, le chantre du chœur de gauche avait tout à coup poussé un mugissement, comme si on l'avait poignardé, il avait arrêté net ses psalmodies et entonné un air impie, il s'était mis à siffler, à taper dans ses mains. On avait eu beau l'amener devant le sanctuaire et passer le saint sacrement au-dessus de lui, pas moyen de le ramener à la raison. Au contraire, ça l'avait rendu encore plus endiablé, il avait roulé des yeux exorbités et de l'écume lui était sortie de la bouche. Et si ce n'était que ça... Quelques jours plus tard, on avait trouvé la corde de la cloche pleine de nœuds, d'un bout à l'autre. Personne n'était arrivé à les défaire. Et ce n'était pas faute d'oraisons, ils avaient prononcé un tas de formules d'exorcisme, récité quantité de prières et d'invocations. Mais ce signe ne suffisait pas encore apparemment, car Dieu leur en avait bientôt envoyé un autre, plus incroyable, plus effrayant. Le moine qui menait paître les chèvres du monastère était revenu de la bergerie en hurlant comme un fou, il se frappait la poitrine en se lamentant, il s'arrachait les cheveux, il n'avait jamais vu pareille chose de toute sa vie : du jour au lendemain, le bouc du troupeau avait perdu sa barbe, il lui était poussé des mamelles, on aurait dit une chèvre, il avait la voix d'une femelle.

En plein milieu de l'entretien avec l'higoumène, un grondement souterrain se fit entendre et la terre tressaillit comme une bête soudain transpercée par une vive douleur, des frissons lui parcoururent la peau comme sous l'empire d'une fièvre subite. Au même instant le monastère tout entier se mit à osciller sous l'effet du tremblement, les moines se précipitèrent hors de leurs cellules et se retrouvèrent tous dans les galeries et le préau, mais ils ne pouvaient se tenir debout, ils se cognaient et culbutaient les uns sur les autres, hurlaient des prières, appelaient Dieu, l'imploraient. Lorsque Costa Békas et l'higoumène parvinrent à se tenir sur leurs jambes et à sortir de la cellule où ils discutaient, ils découvrirent un ciel obscur comme si c'était le crépuscule, le soleil avait perdu presque tout son éclat et les fixait, triste et maladif, le regard voilé, le visage assombri. Et brusquement, du côté du levant, ils virent arriver vers eux un nuage noir qui s'étendait à mesure qu'il avançait, qui ressemblait à une chose vivante, avec un cœur qui battait rythmiquement, avec un corps et des membres qui se mouvaient. Il s'approcha et, quand il atteignit le sommet de Paliokastro, il s'étira dans tous les sens et se disloqua en une infinité de morceaux qui s'abattirent sur les remparts en déployant des milliers d'ailes, en dévoilant les nuées de corbeaux qui composaient leur masse mouvante.

Avec une légère secousse, le couffin s'immobilise.

Costa Békas se retient à la corde et saute sur l'étroite plate-forme où est installé le treuil, il baise la main de l'higoumène qui attend avec le portier. Tous deux sont encore tout essoufflés d'avoir tourné la manivelle, leurs soutanes sentent à la fois l'encens et la sueur. Montant du fond du monastère, de sa petite église, des psalmodies parviennent jusqu'aux oreilles du capétan. Par moments, comme enfantés par les ténèbres, surgissent de-ci de-là des moines muets et pressés, ils traversent la cour, puis disparaissent.

Avant de suivre l'higoumène qui se fond à son tour dans la nuit, le capétan jette un coup d'œil en bas, dans la plaine, sur le camp des Turcs. Vu ainsi de là-haut, tout paraît factice, onirique, comme peint sur une toile. Les torchères qui brûlent autour de la grande tente de Sélim pacha laissent une clarté pourpre et vacillante, leur fumée entraîne dans le ciel des myriades de flammèches et d'étincelles qui retombent comme une pluie lumineuse sur les janissaires qui montent la garde devant le quartier général du sérasker. Soudain, un cavalier sans armes, sans rien sur la tête, débouche sur la large esplanade qu'éclairent les torchères, saute à terre et crie quelque chose aux factionnaires en leur montrant un point du camp où des échoppes de cordonniers sont la proie de flammes qui menacent d'autres ateliers, qui risquent de réduire en cendres remises et baraquements, de provoquer une catastrophe. Costa Békas voit des centaines de soldats courir dans cette direction avec des seaux et des baquets. Encadrés par des Mongols aux sabres nus, ils foncent vers le cœur du brasier, des chevelures s'embrasent, des corps tout entiers flambent, mais personne n'ose reculer, car chacun sait qu'il aura aussitôt la tête tranchée. De toutes parts des cris retentissent, les tambours battent l'alarme, çà et là des trompettes hurlent.

Le spectacle du sinistre, le flamboiement de l'incendie, les tourbillons de fumée, le branle-bas des Turcs affolés rappellent à Costa Békas certaines vieilles icônes qu'il a vues au monastère, représentant la seconde Parousie et l'instant du Jugement dernier, montrant des scènes de l'Apocalypse. Dans son esprit tout se mêle et s'embrouille, histoires d'ici-bas et histoires de l'autre monde s'enchevêtrent, se confondent, la mémoire du capétan s'emplit de ces récits et faits extraordinaires que racontaient autrefois en les déclamant sur les routes et les places les musiciens et chanteurs ambulants, de ces événements prodigieux qu'égrenaient moines et prédicateurs illuminés. Les gens s'attroupaient et écoutaient, silencieux, fascinés, parler de duels épouvantables et sans merci entre des archanges tenant des glaives qui lançaient des flammes et des satans qui brandissaient des fourches gigantesques, de guerres implacables où s'affrontaient des bataillons de saints et des armées de démons, d'aires marmoréennes où luttaient sans trêve émissaires célestes et dragons envoyés par le diable.

Or, voici qu'avec le temps tous ces monstres qui vivaient sur la terre depuis des époques immémoriales, commencèrent à se raréfier, à se retirer sur des montagnes hautes et désertes, à s'enfoncer dans les profondeurs de la mer. Ceux qui subsistaient erraient, désœuvrés et tristes, ils ne trouvaient plus personne avec qui se mesurer, se battre, ils continuaient en vain à mugir et à menacer avec leurs griffes crochues, ils faisaient jouer leurs langues de feu pour rien : les hommes semblaient être indifférents à leur présence, ne pas les voir, ne pas les entendre. Désormais, ils s'étaient trouvé de nouveaux diables, plus accessibles, d'apparence humaine, qui vivaient parmi eux. Que leur importaient les autres, ces modèles désuets de démons surnaturels, prenant l'aspect de monstres ?

Costa Békas se retourne pour s'en aller, mais plus personne ne l'attend pour le mener jusqu'à l'higoumène, pour le guider à travers l'obscurité. Dans la petite église les psalmodies traînent en longueur, semblent interminables. Après un court instant de silence, quelqu'un commence la lecture d'une prophétie. Au début, le ton de sa voix est serein, son débit régulier, calme. Mais au bout de quelques phrases, l'anagnoste s'emporte et se met à lire d'une voix tonnante, passionnée. On dirait que c'est le prophète lui-même qui est redescendu sur terre et qui fulmine contre le peuple pécheur et dévoyé, qui l'exhorte à se repentir, à tomber à genoux et à demander pardon à Dieu afin d'échapper à sa colère, d'éviter son châtiment. Faisant le tour de la chapelle, l'officiant prie en agitant l'encensoir dont les clochettes tintent toutes ensemble, bien disciplinées, comme si elles étaient de l'avis du prophète, comme si elles partageaient ses visions.

Puis les psalmodies reprennent.

Se dirigeant vers la bibliothèque où il sait que l'higoumène l'attend, Costa Békas passe près de la vieille source miraculeuse qui, dit-on, se trouvait déjà là bien avant la construction du monastère, bien avant que le premier moine, un vieillard de Paliokastro touché par la grâce, ne choisît une grotte inaccessible de la montagne pour y faire son ermitage, pour finir ses jours là-haut, dans la prière et la pénitence. On dit que l'eau de cette source n'a jamais cessé de couler, que pas une seule fois sa veine souterraine ne s'est tarie. Même lors des chaleurs les plus accablantes de l'été, même quand les puits les plus profonds et tous les ruisseaux du pays sont à sec, la source du Prophète Elie continue à chuchoter, son eau est toujours pure et fraîche comme si elle venait d'un autre monde, un monde épargné par les calamités, à l'abri des fléaux de la nature.

Dans l'obscurité Costa Békas perçoit la blancheur

mate du marbre sculpté qui entoure la fontaine et forme une large vasque, il avance en foulant les dalles de pierre usées par les allées et venues des moines, fendillées çà et là sous le poids des siècles. Un peu plus haut, à une enjambée de l'endroit où jaillit l'eau, le capétan devine la silhouette imposante de la statue d'un dieu antique. Il est installé devant un haut rocher qui le surplombe un peu comme pour le protéger, qui lui couronne la tête de clématites et de myrtes, qui laisse glisser sur ses épaules et sur son dos des branches d'oliviers sauvages. Les moines qui bâtirent les premières cellules du monastère le trouvèrent là et le laissèrent à sa place, ils le respectèrent. Et un jour, lorsque le vieil ermite de Paliokastro mourut dans sa grotte, ils prirent le cadavre et l'ensevelirent aux pieds du dieu de marbre — peut-être pour qu'il le relaye de temps en temps dans la garde éternelle qu'il monte auprès de l'eau qui court, pour qu'il surveille lui aussi sa source.

Costa Békas sourit, rasséréné. Qui sait... Sur cette montagne perdue et ignorée, cet humble monastère a peut-être donné refuge aux dieux et aux démons des temps jadis, et peut-être qu'ils continuent à vivre là cachés, désespérés et désœuvrés, se prenant malgré tout à rêver, à attendre et à espérer comme les humains. Peut-être même qu'ils se réunissent quelquefois devant cette source pour évoquer les mondes anciens, leurs splendeurs passées, leur gloire d'antan. Le tumulte de la guerre qui va bientôt éclater dans la plaine de Paliokastro, le cliquetis des armes et les clameurs des guerriers leur rappellent peut-être les temps où ils s'armaient et se jetaient dans la bataille, où ils étaient blessés et tombaient, roulaient comme les hommes dans la poussière.

Le capétan n'hésite pas à leur adresser, à eux aussi,

une prière silencieuse : qu'ils fassent tout ce qu'ils peuvent pour la terre des Grecs qui est aussi leur terre, qu'ils donnent un coup de main. Après tout, ce pays, ils le connaissent mieux que le Christ ou que Mahomet, ils l'ont gouverné pendant des siècles et des siècles, ils n'ignorent aucun de ses secrets, ils connaissent bien la nature des hommes qui l'habitent.

6

Monastère du Prophète Élie — 2

Le simandre sonne les vêpres.

Les moines quittent un à un leurs cellules et sortent dans la galerie. Avant de prendre le chemin de l'église, ils s'arrangent un peu, se peignent la barbe avec les doigts, redressent leur bonnet, défroissent leur soutane. A la manière dont ils descendent et traversent la cour l'un après l'autre, ils ressemblent à un chapelet d'ombres faisant glisser sans bruit ses grains noirs d'un bout à l'autre du monastère, jouant tranquillement, silencieusement, avec lui-même.

Le soleil s'approche du couchant.

Au loin, sur les pentes de la montagne paliokastrite, on entend les bergers qui sifflent leurs chèvres, qui les pressent de suivre les chiens de troupeau, de regagner les bergeries — qu'elles attrapent quelque chose à mâchonner si elles peuvent, mais qu'elles se dépêchent, il n'est plus temps de brouter. Bientôt, dès que la nuit commencera à tomber, les petites bêtes libres de la montagne sortiront de leurs nids et de leurs cachettes, mille espèces d'animaux nocturnes chercheront à leur tour de quoi se garnir un peu le ventre. Comme un pauvre mais bon père de famille, ce pays sait distribuer avec sagesse, avec équité, la nourriture à tous ses nombreux enfants, il ne veut pas de grogneries et de disputes parmi la maisonnée. Ces maux-là, il les laisse à d'autres terres, à des contrées où les hommes ne font que se quereller et se colleter toute leur vie non pas pour l'indispensable mais pour le superflu.

Mélétios s'apprête à rejoindre l'église lui aussi.

Avant de s'en aller, il verse de l'huile dans les veilleuses qui brûlent devant les icônes, il fait sa prière, ses actions de grâce, puis il quitte la bibliothèque en refermant sans bruit la porte derrière lui pour ne pas déranger son unique lecteur. Mais celui-ci est absorbé dans son travail, plongé dans ses livres et ses papiers. Cela fait des jours qu'il étudie la chronique d'Isidore, qu'il s'évertue à lire à la loupe les pattes de mouche griffonnées par l'ancien bibliothécaire dans les marges du vieil Évangile, qu'il s'applique à recopier mot après mot son récit.

Les premiers temps, raconte Isidore, tout allait bien avec le fameux voyageur perse. Quoi d'étonnant à ce qu'un lettré passât toute la sainte journée dans la bibliothèque à compulser des piles entières de vieux bouquins, à recopier toutes sortes de documents, à étudier des correspondances jaunies par les années ? Ce n'était pas la première fois que les moines du Prophète Élie voyaient des visiteurs érudits farfouiller du matin au soir dans les armoires et les rayonnages de la bibliothèque, traduire dans leur langue des morceaux de textes qu'ils trouvaient sur des parchemins et dans des ouvrages anciens, s'abîmer les yeux à essayer de déchiffrer de vieux manuscrits byzantins à la maigre lueur de la bougie ou de la lampe à huile.

Or, à mesure que les jours passaient, les habitudes du Perse changeaient peu à peu. Isidore remarquait qu'il délaissait de plus en plus souvent ses recherches pour aller se promener le long des remparts du monastère, il le voyait qui s'arrêtait par moments et se mettait à examiner de tous côtés les bastions et les créneaux, qui passait parfois la tête par les meurtrières comme s'il voulait savoir exactement quelle partie de la plaine on avait devant les yeux quand on visait de là. Parfois encore, ses déambulations le conduisaient dans les remises et les caves du monastère, dans les corridors humides et sombres qui menaient aux celliers et aux greniers, dans les escaliers abrupts et glissants qui aboutissaient devant le magasin à munitions.

Mais ce qui inquiétait davantage Isidore, c'était que le Perse prenait toujours sous le bras un long étui de cuir d'où il tirait une longue-vue en bronze sculpté, et qu'il restait des heures durant l'œil rivé à son instrument, regardant inlassablement vers Paliokastro. Puis il scrutait les sentiers qui grimpaient jusqu'aux lisières de la cité, il suivait les cavaliers qui surgissaient à des endroits où on ne les attendait pas et qui s'élançaient dans la plaine en galopant à bride abattue, avec leurs fustanelles qui claquaient dans le vent comme des drapeaux blancs, avec leurs longues chevelures qui flottaient et chatoyaient comme les crinières noires de leurs chevaux.

Informé par Isidore, qui trouvait bizarres ces façons de faire, l'higoumène chargea deux jeunes novices de surveiller le Perse et de lui rapporter tous ses déplacements. Ils devaient même tâcher de le sonder, de le faire parler, ils apprendraient peut-être quelque chose sur sa vie, sur son passé, ils verraient ce qu'il dirait à propos de cette longue-vue et de ces étranges allées et venues.

Là-dessus, la chronique d'Isidore s'interrompt brusquement. A en juger par les gribouillis faits dans la marge du Nouveau Testament à ce point précis du récit, Isidore écrivit encore quelques mots mais les raya ensuite à la hâte, gauchement, nerveusement — la plume d'oie a tracé deux grosses ratures, l'encre a giclé, éclaboussant plusieurs lignes. Puis, soudain, un mot occupe presque toute la page, un mot écrit en grandes lettres majuscules et qui ressemble à une annonce, à un cri : TURCS.

« *Je les vois par la fenêtre de la bibliothèque, ils sont des millions. Quelqu'un sonne la cloche. Un autre court de cellule en cellule avertir les frères.*

Seigneur, sauve ton peuple.

. . . .

. . . . *des jours que je n'ai pas pris la plume. Ce n'est pas le moment de raconter ma vie maintenant que mon pays est en danger. On ne voit même plus la plaine tant il y a de Turcs, les légions des infidèles sont sans fin, elles affluent sans arrêt, jour et nuit.*

Voilà donc pourquoi Dieu nous envoyait tous ces signes. Mais comment se douter . . . .

. . . . *tous prêts à Paliokastro, les armes à la main, à leurs postes jour et nuit. Quel mal a fait cette ville pour qu'un empire aussi immense vienne s'en prendre à elle ? Ça ne lui suffit pas, au sultan, les rayas qui font les chiens couchants d'un bout à l'autre du monde ? Avec toutes les richesses qu'ils ont, les Ottomans, c'est le pauvre Paliokastro qui leur fait envie ?*

. . . . *mais les Paliokastrites ne sont pas du genre à ramper. Eux qui ne se sont soumis ni aux Francs, ni aux Slaves, ni aux Vénitiens, ni aux Génois, ils se soumettraient maintenant aux Turcs ?*

. . . . *nous entendons au loin le buccin du capétan Békas et cela nous réconforte. C'étaient des*

Francs qui l'avaient avec eux il y a deux siècles, et Marko Békas, qui était le capétan à l'époque, le leur prit en trophée. Ensuite il le laissa en héritage à son fils Loukas qui devint le chef d'une bande de klephtes et qui se battit farouchement contre les Turcs, qui défia Slaves et Mahométans.

Un jour qu'il était descendu avec ses hommes dans un village du bord de mer, Loukas attaqua un bateau algérien qui avait fait escale pour s'approvisionner en eau et il le mit à sac. C'est ainsi qu'il abandonna le brigandage pour la piraterie. Un homme de chez nous qui soit marin, ça ne s'était jamais vu. Loukas était le premier.

Il revenait au pays une fois l'an, le jour de Pâques. Il laissait son équipage sur le bateau et il montait dans le coin. Mais il n'allait pas jusqu'à Paliokastro pour ne pas trop s'éloigner de son bateau qui risquait de se faire aborder par une frégate anglaise ou française. Ottomans et Francs avaient promis un sac de lires à qui leur apporterait sa tête. Ils le cherchaient sur toutes les mers.

Quand il atteignait la plaine, il grimpait sur une hauteur et se mettait à jouer très fort du buccin. Et comme ça, tout le monde apprenait qu'il était vivant et continuait à combattre les Turcs, qu'il n'était pas encore tombé entre leurs griffes.

Et voilà qu'une année il ne reparut pas. Tous les Paliokastrites se dirent c'est fini, on a perdu Loukas. Et ils le pleurèrent. Et puis un jour, quelqu'un leur rapporta le buccin en leur disant de le donner à son fils. Aujourd'hui c'est Costa Békas qui l'a. De génération en génération, il est arrivé jusque dans ses mains.

Avec le temps, l'histoire du buccin commença à voyager de bouche en bouche, un peu partout se façonnèrent des contes que les vieillards disaient aux enfants, les musiciens se mirent à composer des chansons. A chaque foire, à chaque noce, à chaque occasion de réjouissance, il se trouvait toujours un chanteur pour égrener la belle légende de Loukas le corsaire, il n'y avait pas une fête sans qu'un poète ambulant ne vînt ajouter quelques vers sur la vie et les exploits du héros paliokastrite, sans qu'il lui fît de nouveaux éloges. Peu à peu, année après année, grâce à la voix de ces rhapsodes, le buccin de Loukas se fit entendre dans d'autres contrées de Grèce, le son de l'instrument réconfortait toutes ses provinces asservies, il parvenait jusque dans ses montagnes les plus reculées, les plus perdues.

La légende affirmait que personne d'autre que le corsaire de Paliokastro n'était capable de faire sortir une seule note des entrailles de corne de l'instrument, que tous les vaillants et généreux palikares qui formaient l'équipage de Loukas s'y essayaient et s'y réessayaient en vain. De son poste, devant le gouvernail, le corsaire observait en souriant les hommes qui prenaient l'un après l'autre le buccin et le collaient à leurs lèvres en soufflant de plus en plus fort, qui tantôt le traitaient avec délicatesse et l'exhortaient gentiment à se manifester, tantôt le rudoyaient, l'invectivaient. Mais rien à faire ; qu'on employât la douceur ou la force, l'instrument demeurait impassible, muet. Parfois, comme pour se moquer de ceux qui le tripotaient pendant des heures et des heures, comme s'il voulait leur donner de faux espoirs, il émettait tout à coup un ridicule cri rauque qui ne portait même pas à l'autre extrémité du bateau, qui faisait rire aux éclats le capitaine.

Mais, quand c'était lui qui le prenait, il devenait tout différent.

En pleine mer, lorsque le bateau de Loukas allait attaquer un bâtiment turc et que l'équipage était prêt à l'abordage, à l'instant propice il laissait échapper un son prolongé et sauvage comme un hurlement de loup affamé, le sang des adversaires se glaçait, les couteaux leur glissaient des mains, leurs canons visaient de travers. Les autres navires qui par hasard se trouvaient dans les mêmes eaux et qui l'entendaient changeaient aussitôt de cap, larguaient toutes leurs voiles, filaient aussi loin qu'ils pouvaient.

Lorsque Loukas apparaissait dans la plaine le jour de Pâques et se signalait aux siens, à sa ville, le son du buccin prenait d'autres accents, la joie qui envahissait le corsaire se transmettait à son instrument. Du haut des remparts de la cité, la population accourue en masse lui répondait par des cris et des sifflements, les sentinelles tiraient leurs yatagans et les agitaient en l'air. Parfois, quand le corsaire craignait qu'une bande de brigands lui tendît une embuscade à son retour, il jouait du buccin d'une manière spéciale et les Paliokastrites lâchaient alors dans la plaine une dizaine de cavaliers qui l'escortaient jusqu'à ce qu'il eût franchi les endroits les plus dangereux, jusqu'à ce qu'il aperçût au loin la mer et son bateau, qu'il distinguât sur le pont les hommes qui guettaient son retour.

Mais, une année, le malheur le frappa à l'aller.

Il était arrivé de nuit, le soir du samedi saint, peu avant la cérémonie de la Résurrection. Il avait l'intention de faire résonner son buccin sur le coup de minuit, à l'heure où retentiraient les cloches, où les Paliokastrites allumeraient leurs cierges en chantant en chœur « Christ est ressuscité », au moment où ils feraient exploser un tonneau de poudre pour saluer le Christ qui sortirait du tombeau, pour le remercier de cette immense grâce, pour honorer sa résurrection.

Mais il n'en eut pas le temps.

Des bandits albano-turcs qui l'avaient suivi sur tout le trajet, s'imaginant que le corsaire rentrait au pays la bourse bien remplie et chargé de présents pour les amis et la famille, fondirent brusquement sur lui et l'encerclèrent. Loukas tira son yatagan et se défendit hardiment, il se battit en vrai palikare, tailla en pièces bon nombre de brigands avant de s'écrouler, couvert de blessures, dans une mare de sang. Mais qu'est-ce que les bandits pouvaient bien lui prendre, lui qui n'avait pour toute fortune que son corps et ses vêtements et qui, au lieu d'une bourse, cachait dans sa chemise une espèce de vieille corne ?

Ils le laissèrent là et s'enfuirent.

A grand-peine, Loukas se traîna jusqu'au bord du chemin et s'efforça de déchirer sa chemise en lanières pour en garrotter une ou deux de ses blessures, pour arrêter le sang. Mais il n'y parvint pas ; ses bras aussi avaient subi les coups furieux des Albano-turcs, ils étaient criblés de plaies, ses doigts n'avaient plus de force.

Recroquevillé par terre, à l'agonie, il ouvrit péniblement les yeux et regarda le ciel pour apprendre l'heure des étoiles. Minuit approchait. Bientôt le Christ ressusciterait, mais lui allait mourir, crever comme un chien errant sur le bas-côté de la route, non loin de sa ville, sans qu'aucun de ses proches ne le sût.

Soudain, il eut comme l'impression qu'il n'était pas tout à fait seul. Il tendit un peu le bras mais sa main ne rencontra pas d'autre main, il ne perçut aucune voix humaine. Alors, mobilisant ses dernières forces, il laissa ses doigts ramper sur le sol comme un insecte blessé, tâtonner, chercher près de lui.

Son buccin était là.

Dans leur hâte à déguerpir avant qu'une patrouille de

Paliokastro ne surgît devant eux, les bandits l'avaient jeté par là. Au renflement qu'il faisait du côté du cœur, sous la chemise, ils avaient dû croire au début que c'était une bourse bien garnie qu'il cachait sur sa poitrine.

Avec le peu de force qui lui restait, Loukas le ramassa et le porta à ses lèvres. Mais il n'avait plus de souffle.

Le chef des corsaires fit encore un effort et parvint à se retourner pour se mettre à plat ventre. Et ainsi, face contre terre, il se mit à creuser avec les doigts, à ouvrir un trou avec les ongles. Puis, à tâtons, rassemblant la terre poignée par poignée, il ensevelit son buccin aussi profondément qu'il put.

C'est là-dessus que s'achèvent les plus anciennes chansons de l'époque.

Lorsque les chanteurs avaient fini de raconter l'enterrement du buccin, dès qu'ils avaient dit le dernier mot sur la mort de Loukas, ils se taisaient, ne rouvraient plus la bouche. Un jeune garçon qui apprenait le métier auprès d'eux faisait alors le tour de l'assistance et tous ceux qui étaient de la fête lui jetaient trois sous dans sa sébile. Le buccin du corsaire était désormais enfoui dans la terre, avec un petit tumulus au-dessus de lui, les entrailles glacées, sans espoir de renaître un jour à la vie, de faire entendre à nouveau sa voix.

Et les années passaient.

Et voici qu'un jour, un vendredi saint, on vit arriver à Paliokastro un musicien venu participer aux fêtes de Pâques dans la cité, jouer de son luth et chanter lors des réjouissances et des danses qui se dérouleraient sur la grande place, devant l'église, et récolter quelques sous.

Quand le portier qui lui ouvrit la porte de la ville lui demanda où il était né et s'il avait un foyer, de la famille, il répondit que Dieu seul savait qui étaient ses parents et que des rouliers l'avaient trouvé sur la route, tout bébé, abandonné par sa mère. Être orphelin, dit-il, n'avait jamais été pour lui un obstacle, ne lui avait jamais nui : où qu'il allât, quel que fût son chemin, il y avait toujours quelqu'un pour l'inviter à entrer chez lui et à partager son repas, pour lui offrir un gîte pour la nuit et lui dire au revoir le lendemain matin sur le seuil de la maison. Avec le travail qu'il faisait, quel besoin avait-il d'une famille ? Sur chaque route où il cheminait, dans chaque auberge où il s'arrêtait, il se retrouvait en compagnie de ses confrères, des musiciens, des comédiens, des saltimbanques, gens du voyage comme lui, toujours par monts et par vaux pour gagner leur pain, il mangeait et buvait avec eux, puis il étendait une natte par terre et dormait auprès d'eux.

Le jour suivant, en attendant l'heure de la Résurrection, il s'assit à une taverne et but un coup tout en bavardant avec les autres clients, leur parlant de sa vie et de ses pérégrinations, des gens qu'il avait rencontrés, des pays lointains et ignorés qu'il avait visités. Au cours de ses premiers voyages, leur dit-il, il avait eu la chance de faire la connaissance d'un grand instrumentiste d'Asie Mineure qui lui apprit le métier de sauveteur de chansons, qui lui enseigna comment recueillir les vieilles ballades à moitié oubliées qu'il lui arrivait d'entendre ici et là au gré de ses errances, comment en préserver d'autres du péril qui les menaçait dans la mémoire fatiguée des hommes, des vieux bardes. Jusqu'à présent, il avait sauvé de la mort bon nombre de ces chansons d'antan, il avait porté secours à un tas de strophes éparpillées et laissées à l'abandon, il avait rétabli pas mal de poèmes moribonds.

C'est ainsi qu'il avait recueilli l'ancienne chanson de Loukas.

Il l'avait trouvée alors qu'elle dépérissait dans la mémoire d'un vieux joueur de lyre du port de Galaxidi, et il s'apitoya sur son sort, s'émut de la voir en pareil état, avec des morceaux qui manquaient à ses vers, devina sa beauté de jadis. Le vieux joueur de lyre accepta de la lui confier car il vit que c'était un homme jeune et qui aurait plus de patience que lui pour la soigner et veiller sur elle, pour la guérir de son infirmité, pour estomper les marques que le passage du temps avait laissées sur son corps.

Et voilà que l'histoire de Loukas le corsaire se mit à reprendre vie, à retrouver la jeunesse, voilà que les hauts faits du héros paliokastrite furent à nouveau chantés sur sa terre natale, et qu'on réentendit comme autrefois, la veille du jour de Pâques, peu avant l'heure de la Résurrection du Christ, son buccin légendaire.

Les Paliokastrites qui entendirent la chanson du musicien inconnu ameutèrent aussitôt la cité entière, ils coururent dans tous les quartiers annoncer la bonne nouvelle, ils sonnèrent les cloches. Les portiers ne tardèrent pas à ouvrir les portes de la ville et l'on vit la foule se déverser dans la plaine, les palikares s'élancer à cheval, tous les guerriers brandir leurs yatagans. Il leur semblait qu'au loin, quelque part sur la montagne d'en face, Loukas faisait résonner son buccin, que le héros paliokastrite était de retour pour fêter la Résurrection avec eux.

7

« Méfions-nous des Européens, capétan », disait Photis, l'instituteur, chaque fois que Costa Békas lui apportait à traduire les lettres que lui envoyaient certains philhellènes de France. « Ne frayons pas trop avec les étrangers qui affirment vouloir le bien de la Grèce », ajoutait-il, « qui disent être ses amis et se préoccuper de sa liberté. Eux, ils lorgnent l'Empire du sultan, ils guettent l'occasion de lui tomber dessus, de se le partager. Seulement, dans leur élan, quand ils s'abattront sur lui comme des vautours sur leur proie, ils nous écharperont en même temps, ils ne s'apercevront même pas que nous sommes sous leurs griffes, dans leur bec. »

« Tu oublies que nous sommes des chrétiens, Photis », lui fit remarquer un jour Costa Békas.

Le maître d'école faillit éclater de rire mais se retint par respect :

« Et alors, capétan ? Quand les Croisés ont débarqué d'Occident, est-ce que cela les a empêchés de nous massacrer ? Combien de fois notre pays n'a-t-il pas été occupé par les Francs, par les Normands, par les Gênois, par les Vénitiens ?

— C'était en d'autres temps, peu à peu l'Europe change », répondit Costa Békas.

L'instituteur regarda le capétan qui était assis sur un banc de la classe comme un petit écolier et resta quelques instants silencieux. Puis il alla ouvrir une armoire, en sortit un grand rouleau de papier, le déroula et l'accrocha au mur :

« La voici, l'Europe, capétan. »

Sa voix était calme mais ferme. Sa main glissa tout doucement sur la carte, parcourut le continent d'une extrémité à l'autre, passa de l'Espagne en France, traversa les pays du nord, puis se mit à descendre vers les Balkans. Lorsqu'il atteignit la Grèce, ses doigts en longèrent les rivages dentelés, voyagèrent au-dessus de la mer Égée, effleurant l'une après l'autre toutes les îles :

« Quand ils regardent cette carte, capétan, même les plus jeunes de mes élèves se rendent compte que nous ne faisons partie ni de l'Occident ni de l'Orient. La Grèce n'est ni l'Europe ni l'Asie, c'est la Grèce, un point c'est tout, avec une histoire particulière et qui n'appartient qu'à elle ; c'est la seule nation dans tout cet espace qui ne doit sa civilisation ni aux Romains ni aux Arabes, qui n'écrit pas sa langue avec des caractères latins mais avec des lettres bien à elle. »

La main de Photis suivit une ligne fictive qui partait du cap Ténare[1] et montait tout au nord jusqu'aux confins de la Macédoine :

« Le malheur avec notre pays, capétan, c'est qu'il se trouve au milieu, entre Orient et Occident, qu'il est planté là comme un mur qui sépare deux champs appartenant à des clans ennemis, toujours en guerre l'un contre l'autre. Cela fait des siècles qu'ils nous

1. A l'extrémité sud du Péloponnèse. (N.d.T.)

assaillent, qu'ils tentent à tour de rôle de nous démolir, de nous balayer de là pour avoir le champ libre, pour pouvoir en venir aux mains, se colleter sans encombre. »

Il se pencha vers Costa Békas comme il faisait avec les enfants lorsqu'il voulait les aider à écrire ou à lire correctement :

« Nous sommes un obstacle, capétan, un obstacle pour deux mondes immenses et puissants, parce que justement nous nous trouvons là, entre les deux, parce que nous n'avons pas pris le parti de l'un contre l'autre, parce que nous ne sommes pas entrés dans leurs querelles, dans leurs guerres. Est-ce que tu comprends ce qui se passera, ce qui nous attend si nous allons avec l'un ou avec l'autre, si nous nous embarquons dans leurs galères ? »

Photis s'éloigna, il alla se placer devant une fenêtre de la classe et regarda au dehors. Le soleil, qui finissait sa course, empourprait les rochers de la montagne du Prophète Élie, jouait avec la cime des cyprès de la plaine — bientôt, il disparaîtrait derrière de lointains sommets. Là-bas, sur les remparts, de longs sifflements se firent entendre.

C'était ainsi que les sentinelles communiquaient leur rapport à Costa Békas.

Sans l'aide du capétan, Photis ne serait pas devenu instituteur.

Son père avait été tué au cours d'une bataille contre une bande d'Albano-Turcs et l'avait laissé orphelin alors qu'il n'était encore qu'un bambin. Quelques années plus tard, sa mère partit à son tour pour l'autre monde, emportée par la maudite phtisie. Photis resta seul, sans famille, sans protection, mais il ne désespéra pas ; malgré son tout jeune âge il se démena comme un adulte, il faisait des courses pour les uns, des petits travaux pour les autres, il allait son chemin comme il pouvait, mais toujours de manière à n'être un poids pour personne.

Comme il avait une belle voix, il allait le dimanche seconder le chantre à l'église, et c'est là, dans les psautiers, les livres d'Heures, les évangéliaires, qu'il puisa ses premières connaissances, il prit goût à la fréquentation des livres et peu à peu son esprit s'ouvrit, sa curiosité s'éveilla, au fond de son cœur naquit le désir d'apprendre encore. Mais comment faire ? Depuis des centaines d'années, les enfants de Paliokastro, comme des milliers d'autres enfants grecs, se débrouillaient avec les popes, qui les rassemblaient souvent très loin, la nuit, dans des grottes secrètes, pour leur lire évangiles et vies de saints, avec les chantres d'église et les moines, qui leur apprenaient à tracer sur une ardoise les lettres de l'alphabet, avec leurs parents et leurs grands-parents, qui leur égrenaient les légendes et les contes du pays.

Photis s'adressa à Costa Békas comme quiconque l'aurait fait à sa place : le capétan n'était pas seulement celui qui commandait l'armée de Paliokastro, il présidait aussi aux destinées de la cité, c'était le premier de ses notables. Au conseil de la ville, son avis avait du poids, sa parole comptait. Il n'aimait pas les palabres inutiles, les discussions interminables où l'on se chamaillait, où l'on s'invectivait, il évitait autant que possible les disputes. S'il en éclatait une, il intervenait rarement, ne prenait jamais un parti contre l'autre, ne voulait pas jeter de l'huile sur le feu ni se voir reprocher d'avoir formé un clan à l'intérieur de l'assemblée. Tant que durait la querelle, il se tenait là sans rien dire, l'air songeur, les yeux fixes, absorbé dans ses réflexions.

Mais il suivait tout, observait, écoutait, et quand il voyait que les choses s'envenimaient, il se levait, jetait à la ronde un regard farouche et dédaigneux et se dirigeait vers la porte. Aussitôt, le vacarme cessait, la discorde s'éteignait.

Lorsque Photis alla le trouver, Costa Békas l'accueillit chez lui comme un fils, comme un ami intime, comme quelqu'un de la famille, il l'écouta avec toute son attention. L'orphelin lui expliqua les choses comme il put, lui dit qu'il aimait lire et écrire, qu'il voulait aller auprès d'un véritable maître d'école, sur les bancs d'une vraie classe. Non, tout ce que Dieu lui accorderait d'apprendre, il ne le voulait pas pour lui seul, précisa-t-il, il ne le garderait pas dans sa tête comme un trésor dans un coffre, ce ne serait pas sa propriété. Il souhaitait, si par bonheur il arrivait à étudier, et si la ville voulait bien l'aider, devenir instituteur, construire une école pour que les enfants de Paliokastro puissent s'instruire sans avoir à courir la nuit dans la montagne pour se rendre dans les chapelles et les monastères, sans plus risquer de se faire égorger comme des boucs par les Turcs au fond des grottes.

Le capétan n'avait pas entendu beaucoup de jeunes raisonner ainsi. Qui songeait à ce genre de choses à cet âge-là, quel adolescent se torturait les méninges afin d'aider la ville, se souciait plus du bien commun, de l'intérêt des autres que du sien propre ? Ils n'étaient pas légion en ce monde les gens de cette espèce, dans une ville ils se comptaient sur les doigts d'une main. Peut-être était-ce une grande chance pour Paliokastro que cet orphelin singulier, qui voulait suivre une voie particulière, sa propre voie.

« C'est bien, tout ça, mon petit gars, mais où en trouveras-tu des maîtres ? Et avec quel argent les paieras-tu ? » demanda Costa Békas.

Photis avait la réponse toute prête :

« J'irai à l'étranger, capétan, et je travaillerai. Et quand je reviendrai...

— Quand tu reviendras... », l'interrompit le capétan en hochant la tête.

Il les connaissait, ces retours. Dans des villages voisins, il avait entendu bon nombre de parents d'expatriés lui raconter leur chagrin, lui parler de leurs enfants qui avaient brûlé les ponts derrière eux, qui avaient oublié leur pays. Les premières années de leur exil, ils envoyaient de temps à autre un petit mot au pope pour qu'il dise à la famille qu'ils allaient bien et qu'ils prospéraient, ils avaient ouvert des magasins, faisaient des affaires, gagnaient de l'argent à tire-larigot. Puis, peu à peu, les nouvelles qui parvenaient au pays s'espaçaient, finalement les expatriés cessaient d'écrire, personne ne savait plus où ils étaient ni ce qu'ils faisaient, le sinistre exil, le perfide exil les avait engloutis.

Mais Photis, lui, ne voulait pas partir pour gagner de l'argent, pour faire fortune, il ne rêvait pas d'être marchand, boutiquier. Ce qu'il désirait apporter avec lui à son retour, c'était un autre genre de richesses, des biens immatériels, impalpables, mais précieux pour son pays.

« Je vais y réfléchir et j'en parlerai aux notables », lui dit Costa Békas.

Quelques jours plus tard, quand le conseil de la cité se réunit, le capétan soutint avec ardeur le projet de l'orphelin. La ville devait aider l'adolescent, dit-il, elle pourrait ainsi avoir enfin un véritable maître d'école. Les idées qui hantaient ce garçon étaient peu ordinaires, expliqua-t-il, le rêve qu'il nourrissait n'était pas de ceux que l'on fait d'habitude à cet âge. Avait-on déjà vu un Paliokastrite dévoré par une telle passion pour l'école, pour les études ? Connaissait-on quelqu'un qui soit allé trimer à l'autre bout du monde non pas pour faire fortune mais pour s'instruire et revenir ensuite mettre son savoir à la disposition de son pays ? Depuis les temps les plus anciens, cette terre ne donnait que des guerriers : pas un Paliokastrite n'avait laissé fusil et yatagan pour apprendre à tenir crayon et porte-plume. De toute façon, il n'y avait d'école nulle part dans les environs, dans aucun bourg, dans aucune ville. Paliokastro, comme tout le reste de la Grèce, se contentait depuis des centaines d'années des pauvres bribes d'instruction tant bien que mal dispensées par quelques moines, des livres pieux que lisaient les popes.

Ce que verrait Photis dans son existence, personne ne pouvait même l'imaginer, souligna Costa Békas. Si tous les Paliokastrites pouvaient avoir l'âge de ce garçon pour jouir un jour avec lui de la liberté, pour le voir faire la classe à ses petits écoliers... Mais peu importait, à chaque génération sa destinée, son devoir. Eux, aujourd'hui, devaient semer. Un jour leurs enfants ou leurs petits-enfants moissonneraient.

Il ne fallait pas beaucoup d'argent pour le voyage de l'orphelin, précisa le capétan. Les marchands de Céphalonie qui leur procuraient de la poudre et qui devaient bientôt passer par Paliokastro, ne demanderaient pas grand-chose pour prendre Photis avec eux et l'emmener jusqu'à Iannina. Ensuite, il y aurait toujours un muletier pour le déposer à Igouménitsa où il prendrait une sacolève ou un caïque pour passer en face, à Corfou. Là, un tas de bateaux partaient souvent pour l'Italie. Photis débarquerait à Trieste, sa destination, où les Grecs formaient une communauté nombreuse et florissante, possédant échoppes, ateliers, commerces. Il trouverait bien quelque part un travail. C'était un bon garçon, honnête et loyal, il avait de la cervelle et n'irait pas se dévoyer, il n'oublierait pas son but, son pays. Un jour il reviendrait instruit, savant instituteur, il s'acquitterait au centuple de sa dette.

« Tu as bien réfléchi ? » demanda Costa Békas lorsque Photis vint chez lui pour lui dire au revoir. « C'est dur l'exil, tu sais, dur et dangereux.

— Du moment que j'ai ta bénédiction, capétan, rien ne peut me faire peur », répondit l'adolescent.

Costa Békas regarda par la fenêtre et plongea les yeux dans l'épais feuillage d'un vieux platane qu'avait jadis planté dans la cour un de ses ancêtres. Quand il était petit, il grimpait souvent sur cet immense arbre séculaire, il s'accrochait à ses grosses branches, prenait appui sans crainte au creux de ses fourches et se hissait jusqu'à son sommet. De là-haut, il dominait presque toute la partie sud de la cité, son regard ne rencontrait aucun obstacle jusqu'aux remparts, il dévalait les pentes abruptes et filait à travers la plaine, atteignait la montagne du Prophète-Élie. Pendant quelques instants, tout lui paraissait fictif, irréel, comme sorti d'un conte, comme dessiné sur une toile. Puis, dès que ses yeux tombaient sur les sentinelles postées çà et là sur des promontoires, dès qu'il entendait les sifflements que se renvoyaient les patrouilles à travers les montagnes environnantes, tout changeait, les contes s'achevaient, les dessins s'effaçaient. Il avait toujours l'impression que ce pays surveillait en silence et sans relâche les hommes qui l'habitaient, qu'il les empêchait de se laisser abuser par des visions chimériques, séduire par des fables, de s'oublier dans des songes.

« Ainsi, c'est décidé, tu pars, murmura, pensif, Costa Békas.

— Je reviendrai vite, capétan, tu verras », répondit Photis.

Dans le feuillage du platane une multitude d'oiseaux jouaient, voletaient de rameau en rameau, s'envolaient par petites nuées de son sommet, de ses branches les plus basses. Voyant que le soleil était sur le point de se coucher, ils faisaient une petite promenade autour de l'arbre puis revenaient se nicher dans ses bras, disparaissaient l'un derrière l'autre parmi ses feuilles.

« Je peux te le jurer », ajouta timidement l'adolescent.

Costa Békas étendit paisiblement sa lourde main et la posa sur l'épaule de Photis :

« Ce n'est pas la peine, mon petit », répondit-il.

A cet instant, une brise légère vint soudain caresser le platane, faisant frissonner son feuillage. Le jour tirait à sa fin. De tous les points de l'horizon arrivèrent en hâte les oiseaux qui étaient allés chercher leur nourriture loin de Paliokastro. Avec des battements d'ailes rapides, nerveux, comme s'ils craignaient de ne pas trouver de place sur les branches de l'arbre, ils s'enfonçaient à leur tour dans la feuillée hospitalière.

« Quoi qu'on fasse, on n'échappe pas à cette terre. Sache-le », poursuivit, songeur, le capétan.

Photis avait baissé la tête.

Le platane était maintenant chargé d'oiseaux qui pépiaient, qui bavardaient. Peut-être se racontaient-ils ce qu'ils avaient vu, entendu et souffert pendant toute cette journée passée loin de l'arbre, peut-être retraçaient-ils leurs tribulations, leurs découvertes.

Costa Békas raccompagna Photis jusqu'au portail de la cour.

« Même si tu voulais le renier, ce pays trouvera moyen de te ramener. Et s'il ne te ramène pas, il se vengera, il viendra te punir là où tu seras », dit le capétan et il serra l'adolescent dans ses bras.

Il endura mille tourments pour pouvoir étudier.

Il faisait toutes les besognes qu'il trouvait, tout ce qui se présentait, il mangeait un jour et l'autre pas, mais il persévérait, ne fléchissait pas, tenait bon. Et il étudiait, travaillait d'arrache-pied, jour et nuit, sans lever la tête de ses cahiers et de ses livres.

Les quelques sous que Costa Békas lui avait remis, noués dans un mouchoir, il les gardait en cas de besoin, pour se soigner s'il tombait malade ou pour payer son voyage si jamais il était contraint de rentrer précipitamment dans son pays. Mais chaque fois qu'il pensait à cette éventualité, il était pris d'une sorte de rage et serrait les dents : non, jamais il ne foulerait le sol de Paliokastro vaincu, ignorant. Plutôt mourir. A tout hasard il avait dit à ses camarades que si un jour ils le trouvaient mort dans sa chambre, il voulait qu'on jette son cadavre à la mer ou qu'on le donne en pâture aux chiens.

Personne ne l'avait jamais entendu se plaindre.

Se plaindre de quoi ? Comme tous les Paliokastrites, il avait l'habitude de voir pauvreté et privations fréquenter assidûment la maison, devenir les amies inséparables de la famille. D'ailleurs, il n'était pas un émigré, lui, contrairement à la plupart des Grecs qui vivaient autour de lui, il ne s'était pas expatrié pour amasser de l'argent, il n'avait pas l'intention de vieillir à l'étranger et de revenir un jour au pays les cheveux tout blancs, vêtu à l'occidentale, avec une chemise de soie, avec une chaîne en or et une montre pour jouer au grand seigneur.

Un jour, il parvint à dénicher un bon travail dans une

imprimerie spécialisée dans l'édition de livres grecs, mais dont les clients, non seulement à Trieste mais dans d'autres villes comme Florence, Pise ou Venise, lui envoyaient aussi à imprimer des textes venant d'un peu partout en Europe, de Vienne, de Paris, de Londres. La journée, l'imprimeur employait ses ouvriers à la composition de livres d'église, de poésies et d'histoires d'amour que lisaient les grandes dames dans leurs belles demeures, d'ouvrages édifiants, de clés des songes. Mais le soir, quand Photis en avait fini avec ses cours et qu'il venait prendre son travail, le propriétaire fermait bien la porte de l'atelier et s'occupait d'un autre genre de manuscrits, de livres politiques et philosophiques, de journaux qui parlaient de justice et de liberté, qui combattaient tous les tyrans, rois, empereurs et sultans, qui appelaient les peuples à se révolter, à renverser la tyrannie, à instaurer la république.

Dans cette imprimerie, Photis rencontra bon nombre d'esprits éclairés de toute l'Europe, aristocrates et bourgeois, intellectuels, poètes, artistes, officiers. Lorsque le futur instituteur de Paliokastro disait qu'il était Grec, ils le regardaient curieux et admiratifs, comme s'ils avaient devant eux un vestige de l'antiquité ou un animal préhistorique. Il existait donc encore des Grecs, demandaient-ils, après tout ce que la Grèce avait subi pendant des siècles et des siècles sous le joug des Romains, des Francs et des Turcs ?

Photis ne savait que leur répondre.

Peu à peu, avec le temps, lui aussi commença à trouver incroyable, inexplicable, l'existence de sa patrie, il n'arrivait pas non plus à comprendre comment il se faisait que ce pays avait survécu à tant et tant de conquêtes, d'invasions barbares, de guerres, de massacres. Ils n'avaient pas tort les étrangers de rester tout ébahis quand ils l'entendaient parler une langue que l'on parlait voilà trois mille ans et qu'il n'avait pas apprise dans des écoles et des universités. Parfois, tandis qu'il étudiait, il s'arrêtait un instant et ouvrait une Iliade, il lisait quelques vers à haute voix, presque en chantant, comme faisaient les musiciens ambulants lors des fêtes de Paliokastro. A s'entendre ainsi, rien qu'en prononçant le premier vers, les premiers mots, « Chante, déesse, la colère... », ses yeux s'emplissaient de larmes.

Le jour béni du retour, presque tous les Paliokastrites s'étaient massés au sommet des remparts pour attendre Photis et scrutaient l'horizon, espérant l'apercevoir alors même qu'il ne serait encore qu'un point dans le lointain, au fin fond de la plaine, guettant la poussière que soulèveraient sur la route les pattes de ses mulets, peut-être même le scintillement des harnais de ses chevaux qui tireraient une ou deux voitures chargées de bagages. Pourquoi n'aurait-il pas de voiture ? disaient-ils. Il avait certainement amassé un bon pécule après tant d'années à l'étranger. Qui sait quels habits splendides il devait porter, quelles belles manières il devait avoir maintenant qu'il était un lettré, comment il devait s'exprimer... Certains notables qui avaient des filles à marier se préparaient à le talonner, à lui envoyer la marieuse. Mais ce ne serait pas facile, car Photis n'avait pas de parents, et durant toutes ces années seul Costa Békas avait correspondu avec lui, c'était pour ainsi dire son père adoptif. Qui oserait approcher le capétan, l'entreprendre là-dessus ?

Quand on lui apportait une lettre de Photis, il enfourchait aussitôt son cheval et fonçait à travers la plaine, filait vers le monastère. Pendant que les moines remontaient le couffin, il ne cessait de palper l'enveloppe qu'il avait sur la poitrine, à chaque instant il la sortait et la regardait, l'embrassait comme une relique sacrée. Souvent, il en oubliait de saluer le portier, il ne voyait et n'entendait personne autour de lui, il courait droit vers la bibliothèque pour qu'Isidore lui lise la lettre et lui écrive ensuite la réponse.

Il trouvait le moine tantôt en train de lire, tantôt en train d'écrire à la plume dans les marges d'un gros livre, il le voyait lever de temps à autre un pan de sa soutane élimée pour essuyer sa sueur. Malgré toute sa hâte, Costa Békas n'osait pas interrompre le travail d'Isidore, il attendait en silence, patientait. Par moments, les lèvres du moine remuaient doucement mais aucun son ne sortait de sa bouche. Peut-être conversait-il avec tous ceux qui avaient écrit les livres qui s'alignaient tout autour sur les étagères et dans les armoires, peut-être parlait-il avec les saints qui l'observaient, immobiles et silencieux, du haut de leurs icônes. Le capétan se demandait parfois si c'était l'instruction qui faisait paraître Isidore différent des autres moines, qui lui donnait l'air d'un illuminé. Photis serait-il donc ainsi lorsqu'il reviendrait au pays ? Marcherait-il dans les rues en parlant tout seul ? Est-ce que trop étudier ne laissait pas, comme certaines maladies, des séquelles ?

A l'instant où Isidore prenait dans ses mains la lettre de Photis, le cœur de Costa Békas battait à coups redoublés. Penché lui aussi au-dessus du papier déplié, il essayait de deviner ce que disaient, ce que cachaient, ce qu'annonçaient ces petits signes incompréhensibles : les paroles qui ne sortaient pas de la bouche de quelqu'un de bien vivant en face de lui, l'effrayaient.

Alors qu'il avait informé toute la ville du retour de Photis, il hésitait à aller l'attendre avec les autres Paliokastrites. Qui sait ce qui leur passerait par l'esprit s'ils le voyaient ainsi songeur... Il lui était arrivé plusieurs fois de les entendre discuter de Photis, faire un tas de suppositions sur sa vie à l'étranger, sur les biens qu'il avait dû acquérir, évaluer le montant de sa fortune. Il ne les avait pas rabroués, il n'avait rien dit. Comment leur en vouloir ? On ne pouvait pas leur demander de regarder le monde avec d'autres yeux que les leurs, de le comprendre avec une autre cervelle. Pour eux, l'école, l'instruction, les études, c'était l'affaire des nantis, des grands propriétaires terriens, des célèbres familles du Phanar, des riches négociants de Moldavie et de Valachie[1]. Tous ces gens-là en effet veillaient méticuleusement, jalousement, à l'instruction de leurs enfants, ils les faisaient étudier auprès de doctes professeurs à Constantinople, à Smyrne et en Europe, ils leur gardaient bien au chaud les postes et les offices. Et il y avait des siècles que cela durait, des siècles que ces quelques grandes familles, qui avaient vendu leur âme aux Ottomans dès les premières années de l'occupation turque, gouvernaient les Grecs pour le compte des sultans, des siècles qu'elles encaissaient les dîmes et les capitations imposées aux rayas et les remettaient à leurs maîtres. Comment les gens du peuple pouvaient-ils savoir que lorsqu'un jour, avec l'aide de Dieu, la Grèce serait libérée, ce serait encore cette même caste qui tiendrait les rênes du pays, qu'elle continuerait telle une sangsue à sucer le sang du pauvre...

Du perron de sa maison où il était assis et attendait, Costa Békas entendit la clameur qui s'éleva soudain sur les remparts : Photis avait dû apparaître au loin, on avait dû l'apercevoir tout au bout de la plaine, sur la route !

1. Dans ces deux régions prospérait au XVIIIe siècle une forte colonie de riches commerçants grecs. (N.d.T.)

Le capétan se signa et respira profondément, un sourire fleurit sur ses lèvres : depuis des années il attendait cet instant, depuis des années il en rêvait. Pour la suite, il n'avait rien envisagé, il en discuterait avec Photis, avec l'instituteur, le premier lettré que Paliokastro avait jamais eu. Photis n'était pas fils de grand prince, il n'avait pas étudié grâce à l'argent de son père, il ne revenait pas pour prendre en mains la propriété paternelle, pour devenir un seigneur. Voici enfin que le pauvre peuple, le menu peuple avait commencé à former ses propres rejetons, à compter dans ses rangs des combattants instruits, de vrais instituteurs qui étaient sortis de son sein, qui connaissaient ses blessures, qui comprenaient ses tourments.

Costa Békas se dirigea vers les remparts.

Tandis qu'il approchait, il remarqua que le gros de la foule avait déjà commencé à s'en aller alors que Photis était encore loin. Commentaires et médisances allaient bon train, les propos étaient pleins de sous-entendus, on entendait çà et là des ricanements. Le premier lettré du pays n'avait même pas réussi à se payer un cheval, disaient certains, ça ne rapportait pas grand-chose, les études. L'instituteur de Paliokastro voyageait comme un vulgaire camelot, il était couvert de poussière de la tête aux pieds, il avait l'air d'un muletier, s'esclaffaient d'autres.

Feignant de ne pas entendre, de ne pas comprendre, répondant brièvement à ceux qui le saluaient, le capétan avança et monta sur un bastion.

Au premier regard qu'il jeta dans la plaine, il sentit son cœur tambouriner, il oublia toutes ses appréhensions : à califourchon sur un mulet, avec deux grands sacs accrochés au bât, Photis faisait des signes joyeux à ceux qui étaient restés sur les remparts et qui l'accueillaient en sifflant en cadence comme dans les fêtes quand on dansait, en agitant des mouchoirs. A quelques pas derrière, attaché à une corde, suivait un âne qui transportait la malle de l'instituteur et deux ou trois baluchons contenant son linge et ses quelques affaires. Tout à coup, quelqu'un montra quelque chose très haut dans le ciel et aussitôt tout le monde poussa des cris de joie, les sifflements redoublèrent d'intensité : vers le sud, parmi les nuages, un aigle décrivait des cercles en volant lentement, majestueusement, les ailes grandes ouvertes. A chaque tour qu'il accomplissait, l'oiseau s'abaissait un peu plus, le soleil au couchant lui empourprait le corps, on eût dit que ses plumes lançaient des flammes.

C'était un bon signe, un signe envoyé par Dieu.

Avant même d'avoir pu mettre pied à terre, Photis se retrouva encerclé, perdu dans une forêt de mains qui se tendaient de tous côtés pour le toucher, qui lui tapotaient affectueusement les épaules, qui le saluaient. Et tous lui adressaient des vœux qui leur sortaient du cœur, ils lui disaient et lui redisaient qu'il pouvait compter sur eux, ils feraient tout ce qui était en leur pouvoir pour l'aider à construire l'école dont il rêvait depuis des années, dès le lendemain ils s'occuperaient de rassembler leurs enfants qui traînaient dans les quartiers, qui passaient leur temps à jouer dans les ravins. Pour le moment, le temps de trouver l'argent et d'entreprendre les travaux, il pouvait les réunir dans l'église, comme le pope quand il leur faisait le catéchisme. Peu importait, l'essentiel était de leur ouvrir les yeux et d'en faire des hommes. N'était-ce pas à l'église qu'ils avaient été baptisés, qu'ils étaient devenus chrétiens ?

Soudain, la foule s'écarta avec respect.

Costa Békas avançait, noble, droit. Le vent du soir, qui à cette heure soufflait légèrement, agitait sa longue chevelure, les larges manches blanches de sa chemise. Et à la manière dont il tenait les bras grands ouverts pour accueillir Photis qui avait sauté à terre et qui accourait, on eût dit qu'il volait lui aussi, comme l'aigle tout à l'heure, que son corps n'avait plus de poids, que ses pieds ne touchaient plus le sol.

Tirant les bêtes qui transportaient ses affaires, Photis marchait seul à présent. La nuit était arrivée depuis longtemps, l'obscurité errait au-dessus des murailles, s'étalait sur la ville par vagues successives qui passaient au ras des maisons comme des nuages bas, glissaient de toit en toit pour se déverser dans les ruelles, franchissaient sans bruit les clôtures et rampaient lentement dans les cours, parvenaient jusqu'aux seuils, touchaient les portes. Jusqu'à l'aube, rien ne viendrait troubler le sommeil de la cité : déjà, les sentinelles allaient et venaient sur les remparts, se renvoyant les sifflements convenus, sonnant par intervalles les petites cloches du guet. Au loin, dans la plaine, leur répondaient de la même manière les détachements qui patrouillaient jusqu'au matin, l'œil vigilant, l'oreille à l'affût. Ces derniers temps, les brigands s'étaient multipliés dans la région, ils formaient des bandes redoutables, ils étaient armés jusqu'aux dents et, quand ils sortaient de leurs repaires, ils semaient partout la terreur, de jour comme de nuit.

Photis s'arrêta un instant et se mit à renifler l'air comme un chien. C'était l'heure où les femmes versaient de l'huile dans les lampes et les allumaient, où elles préparaient le dîner pour la famille — dans les cheminées, posées sur leur trépied de fer, les marmites fumaient. L'instituteur avait le cœur qui battait. Il s'était inutilement tourmenté pendant tout ce temps à l'étranger : même si on lui avait arraché le cœur, même si on avait réussi à effacer sa mémoire, à lui brouiller la cervelle, rien n'aurait changé pour lui. Même ainsi mutilé, infirme, son corps aurait trouvé tout seul son chemin, l'aurait infailliblement conduit dans son pays, guidé à travers toutes les ténèbres et mené sur son coin de terre, dans son nid.

Soudain, tandis qu'il longeait un muret, il sentit les rameaux bas d'un chèvrefeuille enlacer ses jambes, s'enchevêtrer autour de ses chevilles. Il ne voulut pas retirer brusquement les pieds, poursuivre son chemin en piétinant les jeunes pousses qui couraient par terre devant lui, qui jouaient innocemment et sans méfiance avec ses talons. En se baissant pour les écarter de la main, il se souvint du temps où il n'était encore qu'un petit enfant, il se rappela qu'alors, quand il sortait de la maison, sa tête arrivait à peine à mi-hauteur du muret. En ce temps-là, le chèvrefeuille le saluait toujours de la même façon, il se penchait tendrement au-dessus de lui, l'attrapait gentiment par les vêtements, lui caressait les cheveux. Et voici qu'à présent, comme s'il savait que beaucoup de temps s'était écoulé depuis cette époque, il jouait autrement avec lui. Ses plus hautes feuilles, qui autrefois ne consentaient pas à s'abaisser pour arriver à sa hauteur, se balançaient aujourd'hui devant son visage, effleuraient ses yeux, essuyaient de leur duvet délicat ses larmes.

8

Monastère du Prophète Élie — 3

Les archives du monastère sont réunies dans une armoire de la bibliothèque. On y trouve différents manuscrits, des rouleaux de parchemin portant encore leurs cachets de cire, des documents frappés en tête de page de l'aigle bicéphale, la correspondance officielle des higoumènes du Prophète-Élie. Lorsque Mélétios époussette et range l'armoire, près de lui, sur une table, des tas de papiers s'étalent et prennent l'air, actes revêtus du sceau d'empereurs byzantins et russes, lettres de rois francs et firmans de sultans, textes au bas desquels figure la signature de personnages illustres.

Pendant le ménage, les époques de l'Histoire se mélangent, les événements prennent un autre ordre, des années qui n'ont aucun rapport entre elles se rencontrent et se côtoient l'espace de quelques instants. Sur un coin de la table, un pape, deux souverains d'Espagne et un de la dynastie des Comnène attendent patiemment que Mélétios s'occupe d'eux, qu'il vérifie l'état de leur existence de papier, qu'il regarde si les pages qui contiennent leurs analyses théologiques et leurs théories infaillibles n'ont pas commencé à se désagréger, si leurs bulles et leurs édits ne partent pas en poussière. Finis, tous ces grands de la terre, disparus, ils ont plié bagage et fichu la paix aux peuples. Là où ils se trouvent à présent, ils ne torturent plus de gens au nom du Christ, ils ne tiennent plus personne sous leur coupe ; comme tout mortel, ils attendent leur tour pour aller s'agenouiller devant le trône de Dieu qui jugera leurs œuvres.

Parfois, Mélétios prend un parchemin dans le tas et le déroule, il va près de la fenêtre et l'examine attentivement à la lumière. Une circulaire du Service des Antiquités, récemment adressée à tous les monastères anciens, recommande aux moines chargés des bibliothèques de faire particulièrement attention aux manuscrits les jours de forte chaleur ou lorsque l'atmosphère est humide, car leur vieille encre, très sensible aux brusques variations de température, risque de s'altérer et les textes peuvent subir de sérieux dommages.

Mélétios hoche la tête et sourit amèrement. Voilà que les œuvres glorieuses des hommes n'arrivent même pas à survivre dans les armoires des bibliothèques et des musées, se dit-il, même les manuscrits et les livres ne résistent pas à la mort.

Il n'aurait jamais cru que, de nos jours, un lecteur s'intéresserait à la chronique d'Isidore et viendrait séjourner au monastère pour la lire et l'étudier tout à loisir... Depuis qu'il a la charge de la bibliothèque, depuis le jour où son défunt prédécesseur, en lui en faisant l'inventaire, lui a parlé de cette relique, Mélétios a eu beau le montrer à tous les visiteurs, personne n'a jamais accordé la moindre importance à ce livre. Qui aurait pris la peine de se pencher sur les pattes de mouche d'Isidore, alors que tout autour il y a tant de trésors à voir, tant de parchemins, de manuscrits précieux, de documents de valeur...

Mélétios constate avec tristesse que les visiteurs qui passent devant la bibliothèque se font de plus en plus rares. Mais plus rares encore sont ceux qui en franchissent le seuil, et ils entrent juste pour jeter un coup d'œil dans la vitrine qui renferme de vieux objets sacrés et des vêtements sacerdotaux, pour admirer les reliures d'orfèvrerie de quelques Évangiles. Mais comment leur en vouloir, ce sont de simples pèlerins, de pieux chrétiens. S'ils décident de monter sur ce piton rocheux, c'est par dévotion, en accomplissement d'un vœu, pour se recueillir et prier dans l'église du Prophète Élie.

Dernièrement, les moines ont demandé aux autorités une petite subvention pour faire des réparations dans le monastère, pour consolider certains bâtiments qui menacent de s'effondrer et refaire le plafond de la bibliothèque qui est tout fissuré, pour protéger les fresques.

L'higoumène a reçu en réponse une lettre d'Athènes disant qu'il n'y a pas de crédits disponibles pour ce genre de travaux et que maintenant, avec le grand marché européen, le pays doit faire face à des problèmes bien plus graves. De leur côté, les autorités ecclésiastiques proposent à la communauté du Prophète-Élie de prendre modèle sur certains monastères qui ont des besoins analogues, elles conseillent aux moines de mettre de l'eau dans leur vin comme le font tant d'autres, d'assouplir un peu la règle sévère qui rythme leur vie et qui ne leur permet pas de s'adapter à leur temps, de sauver leur monastère. Pourquoi ne pas entrer en contact avec la préfecture pour qu'elle leur ouvre une route digne de ce nom ? On pourrait ainsi accéder plus facilement au monastère, ce qui attirerait également les visiteurs étrangers. Pourquoi s'entêter à vivre retranchés sur ces rochers comme leurs prédécesseurs y vivaient il y a des siècles ? Qu'est-ce qu'ils ont à craindre désormais ? Les Turcs ? Les pirates ? Si elle s'organise bien, la communauté peut tirer profit du tourisme et ne plus avoir besoin de personne.

« Si on les écoute, on est foutus », soupire Mélétios. « Ceux qui sont venus là autrefois pour devenir moines, c'étaient des sages, ils connaissaient bien la vie, sous toutes ses faces, ils n'étaient pas sortis moines du ventre de leur mère. Et ce serait des paroles en l'air les conseils qu'ils nous donnent dans ces monceaux de papiers ? De la foutaise les recommandations qu'ils ont consignées là ? Ils nous disent et nous répètent attention, ne laissez pas entrer ici n'importe qui, les monastères ne sont ni des bazars ni des théâtres pour amuser la galerie. Et voilà maintenant qu'on vient nous dire organisez-vous et faites du tourisme, vendez des cartes postales, mettez un guichet à l'entrée... Non mais tu te rends compte ! Qu'est-ce qu'il faut pas entendre... Tu peux me dire ce qu'elle y a gagné la Grèce, depuis des années qu'elle fait ce boulot ? Le pays s'est rempli d'hôtels et de snacks, on a laissé tomber les champs et les vignes pour devenir serveurs, laquais, et non seulement on ne met plus les pieds à l'église, mais on va vendre sur le trottoir les icônes aux étrangers !... »

Mélétios va et vient dans la bibliothèque, il est en rage, sa barbe blanche s'agite, on dirait qu'elle a poussé non pas sur ses joues et son menton, mais sur son âme en colère :

« Mais nom de Dieu — pardonne-moi, Seigneur ! —, on a bien réussi pendant des siècles et des siècles à se débrouiller tout seuls dans ce pays, sans s'abaisser devant personne, sans mendier ! La Grèce n'est tout de même pas née de la dernière pluie... Et pourtant, il est tenace le refrain de la pauvreté, ça fait des milliers d'années qu'on nous le chante : depuis l'Antiquité nous ne vivons que d'olives et d'oignons, nous sommes même allés jusqu'à manger des lupins pour subsister. Mais dis-moi, comment les Grecs ont-ils pu faire tant de choses avec l'estomac à moitié vide ? Comment ont-ils pu écrire tant de livres à la lueur d'une lampe à huile ? »

Comme il se tient debout devant la fenêtre ouverte, l'éclat du soleil d'été ne permet pas de distinguer ses traits. Au cœur du morceau du ciel tout bleu qu'il a pour fond, le visage de Mélétios forme une tache noire.

La voix du vieux bibliothécaire semble descendre du firmament :

« Où sont-elles nos œuvres, depuis que nous nous empiffrons ? Qu'est-ce que nous avons écrit d'important depuis que nous disposons de lustres pour nous éclairer ? »

Tandis qu'il s'éloigne de la fenêtre et s'approche de la table, on dirait qu'il émerge de la lumière. Il a l'air plus calme, son regard a retrouvé sa sérénité, sa barbe ne tremble plus. D'un geste las il montre les livres qui l'entourent, les manuscrits, les papiers et les parchemins entassés sur la table.

« Je me demande à quoi nous a servi toute cette sagesse. »

Il touche l'Évangile ouvert d'Isidore, ses doigts tournent avec précaution ses pages usées. Soudain, comme s'il avait trouvé la page qu'il cherchait, il se penche un peu et, plissant les yeux pour mieux voir, lit quelques lignes avant de poursuivre son monologue :

« Tiens, c'est à ce moment-là, à l'époque d'Isidore, que le mal a commencé, quand les Européens ont découvert notre existence. Comme ils ont découvert celle des Chinois et des Indiens... L'ennuyeux avec ces gens-là, c'est qu'ils ressemblent à des gosses : ils croient que les choses commencent à exister à partir du moment où ils les voient pour la première fois, ils s'imaginent que la civilisation est née le jour où eux-mêmes se sont civilisés. Depuis le Moyen Âge, c'est-à-dire depuis qu'ils ont commencé à s'unifier et à former des États puissants et riches, les Européens n'ont pas cessé d'ensanglanter la terre entière, ils allument des guerres aux quatre coins de la planète, ils massacrent, ils démolissent. On dirait qu'ils veulent à tout prix détruire le monde et le refaire à leurs mesures, le faire tenir de force dans leur tête. »

Il se penche à nouveau un instant sur le texte d'Isidore comme pour retrouver le point de départ de sa réflexion :

« Tu veux que je te dise ? Je crois que c'est ça leur rôle, c'est ce jeu-là que Dieu leur a donné à jouer. Je te l'ai dit, c'est comme des gosses. Si tu leur mets dans les mains une boîte d'allumettes, certains restent jouer devant la cheminée, d'autres mettent le feu à la maison. »

Avec la large manche de sa soutane il essuie son front en sueur. Midi a sonné depuis longtemps, et la chaleur se fait de plus en plus étouffante. Tous les petits oiseaux du coin se sont réfugiés dans le feuillage du grand platane qui se dresse au milieu de la cour du monastère. Les ailes relevées pour aérer leurs petits corps, le bec entrouvert, ils attendent que la canicule passe, que la fraîcheur du soir arrive.

« A l'époque d'Isidore, il y avait beaucoup d'étrangers qui venaient en Grèce. Eux, c'était différent, rien à voir avec les touristes d'aujourd'hui, ils ne venaient pas pour se dorer nus sur les plages. Certains aimaient sincèrement ce pays, ils ont combattu les Turcs à nos côtés, ils ont parfois dépensé des fortunes pour notre cause, il y en a même qui ont laissé leur peau ici. Ah, ça, il n'y a pas à dire, ils se sont bel et bien battus pour la liberté et pour l'indépendance. Et pourtant, sans le vouloir, ils ont ouvert la route aux autres, aux armées et aux flottes anglaise, française et russe, à tous ceux qui sont venus pour s'installer en maîtres chez nous, dans le seul but de remplacer les Ottomans. Mais c'est de notre faute aussi : on leur a demandé leur aide, on les a implorés, suppliés. C'est nous qui avons ouvert la porte et laissé entrer le loup dans la bergerie. Et on s'étonne maintenant qu'il dévore un à un les moutons... Crois-moi, tous les maux de la terre viennent de la mendicité. Quand on tend la main pour quémander, on ne peut pas garder la tête haute. Tu as déjà vu un mendiant qui a l'air fier ? »

Sur la montagne d'en face retentissent des clochettes de troupeau. Ayant appris à se méfier des chaleurs suffocantes qui ont chaque été accablé le pays ces dernières années, chèvres et moutons s'arrêtent de brouter et cherchent un coin d'ombre, ils se replient derrière des rochers, se serrent sous des buissons. Insensible à leur martyre, le soleil ne compte pas les laisser sortir de leurs refuges avant longtemps. Tard dans l'après-midi, quand il sera las de chauffer à blanc tout ce qu'il trouve devant lui et de cogner dessus comme un forgeron furieux, alors il permettra à la moitié de la terre de reprendre ses esprits, de respirer à nouveau, et il s'en ira torturer à cœur joie l'autre moitié.

Avec la chaleur arrive un vent puissant, desséchant, venu des régions du sud. Un brusque souffle d'air entre par la fenêtre et remue les papiers qui sont sur la table, un rouleau de parchemin vole et tombe par terre, il se déroule aux pieds de Mélétios. Tout en se baissant pour le ramasser, le vieux bibliothécaire s'efforce de l'autre main de garder ouvert l'Évangile qui renferme la chronique d'Isidore, pour ne pas perdre la page.

... Depuis quelques jours nous avons trois Français au monastère. Les Turcs ne leur ont pas fait d'ennuis car ils ont un papier signé du sultan.

Ils se sont mis en route en hiver et c'est maintenant qu'ils sont arrivés, au printemps. Ils ont perdu beaucoup de temps à Venise parce qu'il y avait la peste et qu'ils ne trouvaient pas de bateau pour les amener jusqu'à Corfou. Ensuite ils ont pris un brick espagnol, mais des pirates se sont lancés à leurs trousses et le bateau a rebroussé chemin. Finalement ils sont partis sur une goélette de Prévéza.

Ils avaient l'intention de se rendre à Paliokastro, mais Sélim pacha ne les a pas laissés y aller. Ils voulaient aussi remettre une lettre au capétan Békas. Avec mille appréhensions, nous avons fait des signaux de fumée aux Paliokastrites pour qu'ils envoient quelqu'un.

....

.... *mais maintenant qu'il y a eu une révolution en France, beaucoup de choses vont changer, nous ont-ils dit. Selon eux, des temps meilleurs viendront pour tous les peuples opprimés. Plaise à Dieu qu'il en soit ainsi. Mais nous autres Grecs, avec tous les malheurs qui nous ont frappés, nous sommes devenus aussi incrédules que saint Thomas. Comment oublier tout ce que nous avons enduré ? Est-ce que l'âne oublie le fardeau qu'il a sur le dos ?*

.... *pour chercher la lettre. Quand on a entendu le signal, on s'est dit ça y est, ils nous ont envoyé quelqu'un de Paliokastro. On remonte le couffin, et qui voit-on dedans ? Le capétan Békas, en personne. Tu pars comme ça en laissant la*

ville ? Et s'il arrivait quelque chose pendant ce temps-là ? qu'on lui dit. S'il n'y a qu'un seul brave à Paliokastro, autant que la ville disparaisse, qu'il nous répond ....
à la bibliothèque. L'higoumène, qui est un savant homme, est venu. On a aussi appelé un frère qui connaît la langue des étrangers. Il est de Constantinople. Dans le temps, il était drogman là-bas ....
.... je les écoutais mais je prenais aussi des notes pour me rappeler. Les étrangers .... Il était question des femmes et des enfants. Pourquoi ne pas les faire partir dès maintenant ? Si jamais Paliokastro tombait, les Turcs ne laisseraient personne vivant. Les étrangers ont dit qu'ils pouvaient faire venir des caïques de Corfou pour prendre femmes et enfants à Igouménitsa. Ensuite, si ....

Le capétan a vu rouge. Il s'est levé pour partir, en criant à l'interprète : dis-leur que ce n'est pas pour fuir qu'on veut de l'aide, mais pour rester.

Mélétios laisse le livre ouvert sur la table et demeure tout songeur, promenant son regard çà et là dans la bibliothèque, sur les livres, les meubles, les bahuts qui renferment les précieuses archives du monastère, sur les chaises à la paille mangée, sur les tabourets au bois poli par l'usage, par le temps.

De nos jours encore, c'est dans cette petite salle que les moines préfèrent se réunir quand ils ont à discuter d'une question importante. Ils pourraient s'installer confortablement dans la salle capitulaire ou bien dans le vaste réfectoire où plus de cent moines prendraient aisément place. Mais non, c'est ici qu'ils viennent, ils se serrent les uns contre les autres, l'espace se remplit de soutanes ; avec la permission de l'higoumène, Mélétios prend dans un placard une bouteille de raki et un sachet de pois chiches grillés. Ici, contrairement à ce qui se passe lorsque la réunion a lieu ailleurs, la discussion se déroule toujours dans le calme et à voix basse, comme si les moines voulaient ainsi marquer leur respect pour les vieux livres et les vieux papiers, comme s'ils craignaient la réprobation des saints sur les vieilles icônes qui sont accrochées aux murs. Si les moines aiment cet endroit, c'est peut-être parce qu'à travers les fenêtres on embrasse toute la région et que leur regard peut se délasser un peu, voyager partout librement. Malgré leur austérité, les montagnes se prêtent plus facilement au dialogue avec l'âme humaine que les murs sombres d'une cellule.

« Faire partir les femmes et les enfants de Paliokastro... Mais pour les emmener où ? » soupire Mélétios.

Ses yeux se sont arrêtés au fin fond de la plaine, à l'endroit où finissait la route autrefois. A sa place serpente un étroit chemin de terre mal entretenu, plein d'ornières et parsemé de pierres tombées des camions qui le sillonnent depuis que l'on a ouvert des carrières dans les environs, ces dernières années. Parfois, très rarement, on y voit passer, soulevant des nuages de poussière, la fourgonnette d'un marchand ambulant, la camionnette d'un agriculteur qui vient du sud vendre ses pastèques et ses légumes. Pour ce qui est des étrangers, seuls quelques Allemands font de temps à autre une brève apparition dans une jeep de location et avec une carte d'état-major dans les mains. Quand ils arrivent à l'orée de la plaine, ils s'arrêtent pour consulter leurs guides de voyage, mais ils ont beau chercher, ils ne trouvent pas un mot sur l'endroit, aucun monument à visiter. Il n'a jamais rien dû se passer dans ce coin perdu et inhospitalier, se disent-ils, et ils s'en vont sans plus tarder.

« Récemment, nous avons eu la visite d'un groupe de Grecs qui habitent dans le sud de l'Italie. Ils nous ont dit que leurs ancêtres étaient d'ici et qu'ils avaient émigré en Calabre en 1740. La famine les avait mis aux abois, des familles entières étaient dans la misère, et là-dessus une épidémie s'est déclarée, fauchant les gens comme du blé. Les survivants, à peu près deux cents pauvres hères, ont rentré leurs larmes, se sont armés de courage et ont pris le chemin de l'exil. Mais avant de partir, ils sont allés au cimetière, ont exhumé les ossements de leurs pères et les ont déposés dans des coffrets afin de les enterrer dans leur nouvelle patrie. »

La chaleur est devenue insupportable. Mélétios rabat une à une les persiennes. Le temps que l'œil s'habitue à la pénombre, sa silhouette s'estompe.

« Là-bas, en Calabre où ils ont débarqué, ils ont réussi à s'enraciner, ils ont construit tout un village, ils ont prospéré. Mais ils n'ont pas oublié leur pays pour autant, ils n'ont renié ni leur religion ni leur langue. Ils respectaient les gens qui les avaient accueillis sur leur terre, mais ils ne frayaient pas trop avec eux, ils évitaient de se marier avec des étrangers. Ils faisaient tout leur possible pour ne pas laisser ce pays d'exil les séparer, les disperser aux quatre vents, désintégrer leur petite communauté. Mais à quoi bon ? Quand on se méfie du pain qu'on mange, on ne l'apprécie pas, on ne peut pas le mastiquer tranquillement quand on se demande sans arrêt s'il n'y a pas un caillou dans la farine, quand on a toujours peur de se casser les dents. Alors, que veux-tu, plus le temps passait et moins ils regardaient de près chaque bouchée qu'ils avalaient. »

Dehors, les cigales forcent la note. Mélétios reste un instant silencieux, on dirait qu'il a tendu l'oreille et qu'il les écoute attentivement chanter, comme s'il s'attendait à percevoir quelque chose de nouveau dans leur monotone ritournelle.

« Le pays, ce n'est pas un parfum qu'on met dans un flacon pour l'emporter partout où l'on va, pour l'avoir sous la main quand on a envie de le respirer », soupire-t-il.

D'un chant grave et chevrotant, une vieille cigale souligne les paroles du moine, semble tenir le bourdon derrière sa voix.

« Ils sont d'abord allés se recueillir à l'église, puis ils sont venus ici, à la bibliothèque, et m'ont demandé s'il n'existait pas un vieux registre, comme ceux que tenaient autrefois les popes et les moines pour inscrire les naissances et les décès, ou bien quelque vieux bouquin qui ferait mention de leurs ancêtres et de leur ancien village. Je leur ai déniché un récit écrit par un de nos higoumènes qui venait du même patelin. Dès qu'ils tombaient sur un événement ou sur un nom qui les intéressait, ils sautaient de joie, ils étaient comme des gosses, ils en pleuraient. Moi aussi je pleurais, mais pour une autre raison. Je pleurais parce que je les entendais parler entre eux une langue étrange, bâtarde, avec un peu de grec par-ci, un peu d'italien par-là, et Dieu sait avec un peu de quoi encore... »

Sentant que la chaleur va quelque peu décroître, les cigales mettent une légère sourdine à leurs stridulations. C'est l'heure pour elles de songer à chercher un lieu sûr, de se réfugier sur l'écorce des arbres, car maintenant que le soleil commence à décliner, les oiseaux vont affluer. Et malheur à elles s'ils les trouvent en train de baguenauder et de chanter sur les branches où ils viennent se percher, dans les recoins où ils ont fait leur nid.

9

Dans la petite chambre de l'instituteur, une lumière scintille. Costa Békas l'a prise depuis longtemps pour guide. Tandis qu'il monte vers l'école qui est tout en haut de la cité, on dirait qu'il voit briller là une étoile familière, et il semble avancer droit vers elle, sans détacher un seul instant les yeux de sa lueur tremblotante. Il sait que même si tous les autres corps célestes s'éclipsent, celui-là ne s'éteindra pas, ne bougera pas de place, qu'aucun nuage ne parviendra à le masquer de son voile de brume.

Bientôt, lorsque le pas du cheval résonnera sur le pavé de la cour, cette petite lumière se fera plus vive, elle s'approchera de la fenêtre, puis, après s'être arrêtée derrière la cheminée pour jouer un instant avec les ombres de la pièce, elle se dirigera vers la porte et s'immobilisera devant l'entrée du bâtiment, elle en éclairera le seuil. Le capétan attachera le cheval à un anneau fiché dans le mur et, dans le sillage mordoré de la lumière, entrera. Dès que la porte se refermera, la petite flamme s'éloignera, elle se blottira au creux de sa lampe et continuera paisiblement à grignoter sa mèche, à boire goutte à goutte son huile. Et comme d'autres fois, comme d'autres soirs, elle verra Costa Békas sortir de son sein un cahier défraîchi et se mettre à écrire, elle l'entendra lire.

A part cette discrète lampe et Photis, personne ne sait que le capétan va le soir à l'école pour apprendre à lire et à écrire. Costa Békas ne veut pas que la ville le sache, les notables n'en finiraient pas de lui demander pourquoi et comment, ses hommes et ses amis n'arrêteraient pas de lui lancer des piques.

L'idée a mûri peu à peu en lui.

Chaque fois qu'il allait rencontrer l'instituteur et qu'il trouvait les écoliers penchés sur leurs ardoises, quand il les entendait lire à voix haute le livre que Photis tenait ouvert devant eux, il avait l'impression que, sans le vouloir, sans même le soupçonner, les enfants de Paliokastro s'éloignaient chaque jour un peu plus du monde qu'ils connaissaient, que peu à peu ils perdaient le contact avec la terre sur laquelle ils marchaient. C'était comme s'ils avaient pris un chemin nouveau, inexploré, et qu'ils avançaient hardiment, sans hésiter, sans regarder autour d'eux ni se retourner de temps à autre comme le font tous les voyageurs, pour vérifier qu'ils ne se trompent pas de route, pour s'assurer qu'ils ne se sont pas égarés.

Il ne s'était même pas écoulé une année depuis l'inauguration de l'école, que Costa Békas commença à se demander s'il avait bien envisagé toutes les conséquences que cette entreprise aurait pour le pays, s'il avait assez tenu compte des imprévus, des dangers qu'elle pouvait comporter. Que savaient-ils en fait, aussi bien lui que Photis, des temps qui viendraient, des mondes qui naîtraient ? L'avenir du pays n'était ni leur champ ni leur fief. Qui leur avait donné le droit de prendre des décrets au nom des générations futures, de décider de ce qui était bon pour elles, d'hypothéquer leur vie ? En vertu de quoi se permettaient-ils de supprimer les chemins immémoriaux qu'avaient empruntés d'innombrables Paliokastrites avant eux, qu'avaient suivis leurs pères et leurs grands-pères, tous leurs ancêtres ? Leur pays avait derrière lui près de cinquante siècles d'histoire : les Grecs n'étaient pas nés d'hier, ils ne venaient pas tout juste d'entrer dans l'arène de l'histoire comme les autres peuples de l'Europe, leur mémoire en avait emmagasiné des choses, elle était pleine de trésors inestimables.

A en croire Photis, les peuples qui veilleraient à l'instruction de leurs enfants vivraient une vie meilleure, plus libre, plus éclairée. Est-ce à dire, se demandait Costa Békas sceptique, que nous avons marché à l'aveuglette pendant tant et tant d'années ? Nous vivions donc sans le savoir dans le noir ? Et comme ça, tout d'un coup, nous aurions ouvert les yeux ? Ces lumières qui doivent nous éclairer, est-ce qu'elles ne vont pas plutôt nous éblouir et nous aveugler définitivement ?

Cependant, on ne pouvait pas faire autrement : Paliokastro, comme d'ailleurs toute la Grèce, ne vivait pas seul au monde. Photis avait sans doute raison quand il disait que dorénavant les peuples communiqueraient de plus en plus facilement, qu'ils construiraient des bateaux qui navigueraient de plus en plus loin, de plus en plus vite. Certains savants prédisaient même qu'un jour les hommes trouveraient le moyen de voler comme les oiseaux. En même temps que les marchandises, que les biens et les richesses, un tas de choses immatérielles, impalpables, incontrôlables, feraient alors le tour de la terre, idées, connaissances, civilisations de pays lointains se répandraient partout — cachées dans les cales des navires comme des passagers clandestins, de nouvelles pensées, de nouvelles religions voyageraient. Qui pouvait deviner, qui pouvait même imaginer ce qui sortirait de tous ces remous, ce qui changerait, quels mondes seraient engloutis et quel aspect auraient ceux qui surgiraient à leur place...

Non, Costa Békas ne laisserait pas le pays affronter tout seul les tourbillons à venir, il ne resterait pas les bras croisés à le regarder se préparer pour son voyage, il ne le verrait pas avec indifférence rassembler ses affaires et se mettre en route avec ses petits baluchons. Il s'arrangerait avec l'instituteur et irait lui aussi à l'école, il prendrait l'ardoise et le crayon, il apprendrait à lire et à écrire. Il apprendrait tout ce qu'il pourrait, tout ce qu'il aurait le temps d'apprendre. C'était la seule façon d'arriver à percevoir ce qu'avait de bon et de mauvais, de tordu et de droit, le monde dans lequel vivraient un jour les enfants de Paliokastro, de pouvoir vivre à sa manière une petite partie de leur vie, un fragment, aussi minime fût-il, de leur avenir. Ce qu'il ne lui était pas donné de voir avec les yeux de son corps, peut-être parviendrait-il à le discerner avec ceux qui s'ouvriraient dans son esprit.

Ce soir, la lampe à huile semble impatiente.

Depuis qu'il fait nuit, elle a mille fois quitté son crochet au mur de la chambre : elle s'est tenue à la main de Photis et est allée jusqu'à la fenêtre pour que sa lumière puisse traverser la vitre, glisser dans la cour sombre et silencieuse. Tout à l'heure, lorsque, inquiet, l'instituteur a ouvert la porte et est sorti, la lampe s'est dépêchée de gorger d'huile sa mèche pour permettre à sa flamme de résister au vent qui s'était levé et qui soufflait. Protégée par la paume de Photis qui lui faisait un paravent, la lumière a pu cheminer plus loin, atteindre les limites de la cour, le petit muret qui la clôture.

Soudain, comme si elle voulait jouer avec l'obscurité, la clarté de la lampe a d'abord rampé par terre puis s'est portée sur les ruines d'un petit édifice circulaire, en a escaladé les pierres, s'est répandue à l'intérieur. Le maître d'école a oublié un instant son inquiétude quant au retard de Costa Békas, son regard a cessé de scruter opiniâtrement les ténèbres, il s'est apaisé.

On disait que ce vestige se trouvait là bien avant la création de la ville. Alors qu'ils creusaient les fondations de l'école, les terrassiers expliquèrent un jour à Photis qu'on ne savait pas, qu'on n'arrivait pas à comprendre ce qu'était au juste cette étrange construction, à quoi elle avait bien pu servir. A en juger par la manière dont les pierres étaient taillées et par le mortier qui avait été utilisé pour la bâtir, elle devait être très ancienne, byzantine, peut-être bien antique. En tout cas, il y avait une chose dont ils étaient sûrs : ceux qui s'étaient jadis réfugiés sur cette montagne et qui avaient jeté les bases des premières maisons de Paliokastro, avaient trouvé là ces ruines. Et ils n'y avaient pas touché, ils n'en avaient pas pris les pierres, ils avaient respecté leur âge. Qui aurait eu l'audace de se saisir d'un pic pour leur porter des coups ? Lequel d'entre eux aurait pris le risque de se couvrir d'opprobre en foulant aux pieds deux aunes de terrain qui semblaient n'appartenir à aucun mortel, en méprisant les siècles qui avaient passé là leur vie et qui avaient vu naître et mourir une à une leurs années ?

De cet endroit, qui était le point le plus élevé de la cité, le regard pouvait voyager partout librement, atteindre la ligne de l'horizon et la suivre, la dépasser, cheminer encore. Les montagnes se succédaient sans fin — à l'est, au sud et au nord, des neiges éternelles nacraient les sommets. Du côté ouest seulement, par temps clair, un œil exercé distinguait parfois l'éclat voilé de la mer. De vieilles légendes rapportaient que ce rivage avait vu déferler autrefois des milliers d'étrangers en armes — un peuple barbare, téméraire, assoiffé de massacres et de rapines. Personne ne savait, personne ne pouvait dire d'où étaient venus ces intrus, où se trouvait leur patrie, quel était leur nom. Ils arrivèrent ainsi, subitement, comme arrivent du large les tempêtes, les ouragans et les vents violents, ils se déversèrent partout comme des hordes sauvages. Les bateaux qui les avaient amenés attendirent des mois et des mois sur la grève le retour des flibustiers qui s'étaient enfoncés loin dans les terres de l'Épire et qui devaient revenir avec des charrettes chargées de butin et traînant à leur suite des esclaves enchaînés, survivants des villes et des campagnes dévastées. Or, le temps passait, et personne ne revenait, les navires pourrissaient lentement, inclinés sur le sable, le sel rongeait les voiles, les cordages.

On n'entendit plus parler de ces pirates, on ne tissa pas une seule chanson sur la suite de leur histoire, aucune mémoire ne voulut conserver quoi que ce fût de la fin de leur aventure.

La terre de Paliokastro a dû les avaler comme tant d'autres, se disait souvent l'instituteur quand il allait dans cette vieille rotonde et qu'il restait là à considérer le pays. C'est sans doute dans ces parages, quelque part dans la plaine et sur les hauteurs voisines, qu'ils rendirent le dernier soupir, qu'ils laissèrent leurs os. D'ici, les Paliokastrites d'alors durent les voir commencer à monter vers la cité, sabres et haches en mains, de longs couteaux à double tranchant passés à la ceinture. Ils durent ensuite les observer pendant des jours et des jours tandis qu'ils coupaient des arbres et fabriquaient des beffrois de siège et des échelles, qu'ils préparaient des grappins, affûtaient des poignards, déroulaient des cordes.

Dieu sait comment la ville réussit à s'en sortir, combien d'assauts elle dut subir et comment elle repoussa à chaque fois les flibustiers, les obligeant finalement à lever le siège et à reculer, à fuir... Les Paliokastrites n'eurent certainement pas besoin de faire une sortie pour se lancer à leur poursuite, de se ruer sur eux dans la plaine avec leur cavalerie. Il n'y avait aucune raison de prendre des risques inutiles, de perdre d'autres valeureux guerriers. A présent, les montagnes et les précipices de la région se chargeraient d'achever la besogne, les loups et les chacals continueraient la guerre chaque nuit.

Après leur victoire, c'est sûrement ici même, où s'élève cette ruine, qu'ils vinrent contempler leur plaine libérée, voir leur route débarrassée de tout pied ennemi. Alors, tous rassemblés là, ils durent faire une fête à tout casser, se mettre à danser, à chanter, les instruments de musique devaient résonner jusque dans les montagnes d'en face, le fumet des chèvres rôtissant sur les broches devait arriver jusqu'aux nues. En buvant et festoyant pendant des jours et des jours, ils essayèrent sans doute d'oublier le malheur qui avait une fois de plus dans son histoire frappé leur patrie, ils versèrent du vin sur le sol pour honorer leurs morts, ils firent des vœux pour que la paix tienne un peu plus longtemps cette fois sur leur terre.

Puis, cet antique poste de guet dut retrouver sa tranquillité. Délivrées quant à elles du pied ennemi des danseurs, les herbes sauvages redressèrent leurs petits corps malingres, les humbles fleurs de la montagne sortirent la tête de derrière les pierres et s'enhardirent à jeter un coup d'œil à la ronde. Peu à peu, jour après jour, le vestige solitaire reprit son visage habituel, les petites bêtes qui s'étaient dispersées ici et là retrouvèrent refuge dans son sein, elles remirent de l'ordre dans leurs nids chamboulés et lui confièrent, comme avant, leurs petits. De même qu'aux hommes, un nouveau répit leur était accordé pour qu'elles puissent elles aussi jouir de la vie qui leur restait, de leur liberté.

Depuis le jour où les troupes de Sélim pacha commencèrent à affluer, Photis ne cessa de se demander si les Paliokastrites réussiraient encore une fois à s'en sortir, s'ils avaient assez de forces pour soutenir un siège qui s'annonçait long et cruel. S'il n'avait pas l'expérience de la guerre, il avait du moins, comme tout le monde, des yeux pour voir ; depuis son observatoire, là, dans cette vieille rotonde, il suivait attentivement les Ottomans qui envahissaient la plaine, il voyait combien leurs préparatifs étaient méthodiques et intenses. La cité avait connu bien des guerres dans son histoire, mais cette fois-ci elle n'avait affaire ni à des flibustiers ni à des brigands, ce n'était pas n'importe quel adversaire que ses hommes avaient à combattre. Devant les remparts de Paliokastro se trouvait concentrée toute l'élite de l'armée ottomane, le sultan avait choisi pour sérasker le meilleur de ses généraux, il l'avait doté de moyens considérables, canons, engins et matériel de toute sorte, il lui avait même confié ses janissaires.

A l'évidence, la Porte avait décidé de donner une bonne leçon à toutes les populations montagnardes qui n'arrêtaient pas de se soulever, de se révolter, elle voulait mater cette cité qui n'avait jamais accepté de faire allégeance aux Turcs, de leur payer dîmes et capitations, de reconnaître leur autorité.

Les Ottomans savaient ce qu'ils faisaient.

Le sultan qui était monté sur le trône voilà trois ans, n'était pas n'importe qui. Il tenait d'une main ferme les rênes du pouvoir, c'était un monarque actif, audacieux, et un fin politique. Sitôt à la tête de l'Empire, il entreprit de réorganiser l'administration et tout le mécanisme étatique, de réinstaurer l'ordre et la discipline dans l'armée qui avait commencé à se désagréger après les conflits avec les Russes et les Autrichiens, à la suite de ses grandes défaites face aux Européens. Il savait parfaitement que l'Occident, depuis l'époque de Byzance, n'avait pas cessé de lorgner sur les Balkans et la mer Noire, qu'il voulait prendre pied dans les Dardanelles pour passer ensuite, comme Alexandre le Grand, en Asie Mineure et, de là, continuer vers le Moyen-Orient, l'Arabie, la Perse. Le sultan avait compris et soigneusement étudié le jeu des Occidentaux, la politique à double visage des Français, l'hypocrisie des Anglais, les redoutables machinations des Autrichiens. Tous, soi-disant, souffraient beaucoup de voir la Grèce sous le joug des Turcs, se tourmentaient pour les pauvres Grecs asservis, ils faisaient semblant de s'inquiéter à l'idée que les Ottomans pouvaient détruire leurs ruines antiques, profaner leurs illustres temples. Mais tout cela, au fond, ils s'en souciaient comme d'une guigne, ils envoyaient en Grèce un tas d'aventuriers intrépides qui se prétendaient de fervents admirateurs de l'Antiquité et qui, après avoir bien graissé la patte aux pachas cupides, détachaient des morceaux entiers de temples et de monuments et les expédiaient en Europe où ils servaient à décorer des palais princiers, embarquaient des statues pour en faire cadeau à leurs souverains.

Tout ce qui les intéressait, eux, c'était de s'enrichir. Ils ne visaient que leur profit, ne cherchaient qu'à étendre leur commerce. Leurs ambassadeurs et leurs consuls à Constantinople adressaient notes sur notes à leurs gouvernements et à leurs ministres : malgré trois siècles et demi de cruelle servitude, les Grecs n'avaient pas disparu, n'avaient pas capitulé, n'avaient pas abandonné leur terre pour s'éparpiller aux quatre coins du monde comme d'autres peuples. Profitant de l'indifférence ou de l'incapacité des Ottomans dans le domaine du commerce maritime, ils s'étaient assuré le monopole de cette activité, ils faisaient des affaires juteuses avec tout l'Orient, leurs bateaux ne cessaient de sillonner la Méditerranée, cette mer était redevenue, comme dans l'Antiquité, leur mer. Que se passerait-il, écrivaient les diplomates, si un jour la Grèce se libérait et acquérait son indépendance, si les Grecs étaient maîtres chez eux ? Comment pourrait-on alors mettre un frein à l'expansion de leur flotte marchande, les empêcher de commercer avec leurs vieux amis les Arabes, leur faire concurrence ?

Il n'y avait qu'une seule solution, soulignaient les ambassadeurs : les grandes puissances devaient envoyer, le plus rapidement possible, des hommes de confiance et des militaires aguerris qui, lorsqu'un jour les Grecs se soulèveraient et que cela commencerait à barder, encadreraient leur armée, se feraient les conseillers de leurs chefs politiques, étendraient partout leurs filets. De cette manière, si la Grèce échappait un jour aux Turcs, elle tomberait comme un fruit mûr dans le giron des Européens, lesquels n'auraient alors aucune difficulté à contrôler sa politique. Peu à peu, utilisant tantôt le bâton et tantôt la carotte, faisant jouer tantôt la ruse et tantôt l'argent, ils feraient de ce pays leur tremplin pour la Méditerranée orientale, ses ports serviraient de bases à leurs flottes qui, en cas de danger, trouveraient refuge dans ses îles.

Tout cela, le sultan le savait, ses conseillers avaient dû mille fois l'en entretenir, ses ambassadeurs lui avaient certainement envoyé bon nombre de rapports à ce sujet. Il ne laisserait pas les Occidentaux suivre tranquillement leur scénario, jouer comme à leur habitude les humanitaristes sensibles et compatissants, dresser la scène pour faire leur théâtre. Le danger était grand : s'il permettait aux Anglais, aux Français et aux Russes de fourrer leur nez dans les insurrections de la Grèce, il les aurait une heure plus tôt sur le dos, il creuserait la tombe de l'Empire, ferait entrer des loups affamés dans sa bergerie.

Photis était sûr que le sultan agirait vite et frapperait fort, qu'il ne laisserait pas les choses se dégrader. La Porte n'avait pas beaucoup de temps devant elle : la révolution qui avait éclaté en France était comme un vent qui soufflait sur des braises, elle faisait voler des étincelles et les emmenait loin, elle mettrait certainement le feu à d'autres pays. Le sultan pouvait-il ignorer quel genre de livres et de brochures sortait de l'imprimerie que les Français avaient installée dans leur ambassade à Constantinople, ce qu'avaient dans la tête ceux qui les distribuaient sous le manteau, ainsi que ceux qui les lisaient ? Était-il possible qu'il n'ait pas de renseignements sur la correspondance et les relations qu'entretenaient avec les révolutionnaires de France certains intellectuels grecs, certains marchands de Valachie et certains moines qui, sous prétexte d'affaires à régler pour leur monastère, allaient et venaient entre Vienne, Bucarest et Odessa ?

Non, le sultan n'hésiterait pas, il était bien résolu à porter un grand coup, son armée ne s'en irait pas avant d'avoir anéanti Paliokastro pour l'exemple, pour qu'on n'ait plus l'audace, nulle part ailleurs en Grèce, de relever la tête. Car il savait bien qu'il y avait un peu partout d'autres capétans de la trempe de Costa Békas, prêts à soulever les populations de leur région, à mobiliser leurs troupes, à lever leurs étendards. Il devait plonger le couteau vite et profond dans tous ces abcès avant qu'ils ne s'enveniment, avant que les Européens ne s'entendent entre eux et que ce soit eux qui viennent, avec leurs propres couteaux, avec leurs propres instruments, faire les chirurgiens.

La lampe avala toute une burette d'huile cette nuit-là sans voir pour autant Costa Békas sortir son vieux cahier, sa flamme attendit en vain que le capétan ouvre son livre de lecture. Pauvre petite lumière, comment pouvait-elle savoir que les leçons avaient pris fin, que les ardoises et les crayons avaient été relégués dans un coin et qu'ils ne serviraient plus pendant longtemps... Désormais, la parole était aux yatagans et aux fusils : Paliokastro retournait à son travail de toujours, laissait l'alphabet de côté et reprenait les armes pour sauver les siens de l'anéantissement, pour soustraire au fer du Turc ses femmes et ses enfants.

Vers le point du jour, la lampe commença à boire sa dernière réserve d'huile, mais sa flamme ne cessait de crépiter, de baisser. Si elle avait pu prendre figure humaine, avoir une bouche d'homme, elle aurait dit au revoir aux deux hommes et se serait retirée dans son coin, se serait blottie sur l'étagère où Photis finissait par la déposer, où elle passait d'habitude le reste de sa nuit. Et là, en attendant le sommeil, elle se serait remémorée tout ce qu'elle avait vu et entendu ce soir-là, elle aurait peut-être essayé de s'expliquer le trouble qui avait envahi son maître, de comprendre pourquoi, malgré son caractère doux et tout le respect qu'il avait pour Costa Békas, l'instituteur s'était plusieurs fois énervé, avait souvent élevé la voix.

La lettre que le capétan avait apportée du monastère avait été lue et relue des dizaines de fois. Et comme d'habitude, Photis s'était donné bien du mal pour traduire avec justesse ce qu'écrivait Étienne de Brissac, il avait beaucoup transpiré avant d'être certain de la signification exacte de certaines phrases ambiguës, alambiquées, qu'employait le Français. Tandis qu'il lisait la lettre et en livrait le contenu à Costa Békas, il hésitait soudain et s'arrêtait, fermait les yeux et réfléchissait, marmonnait entre ses dents. Puis, dès qu'il pensait avoir trouvé la solution, il inspirait profondément, comme s'il devait sauter un précipice ou s'élancer en haut d'une côte, gravir une pente abrupte.

Cette langue, l'instituteur la redoutait, il n'avait pas confiance dans ses mots. A l'époque où il était encore à l'étranger et où, par l'entremise de certains érudits grecs mondains, on l'invitait parfois dans les salons et les hôtels particuliers, il entendait toutes les grandes personnalités en vue de l'Europe parler français entre elles. C'était d'ailleurs la langue utilisée lors des conférences et des négociations, c'était dans cette langue que discutaient les rois, les ministres et les diplomates lorsqu'ils se réunissaient pour partager les territoires conquis par leurs armées, chaque fois qu'ils embobelinaient par des paroles ronflantes et creuses les peuples qu'ils avaient poussés à s'entre-tuer.

Mais Étienne de Brissac n'était ni un ministre ni un diplomate, c'était un aristocrate français de noblesse pauvre qui, loin de passer son temps à faire des révérences et à débiter des galanteries aux femmes dans les bals, restait du matin au soir dans la bibliothèque de son château, penché sur de gros livres reliés, s'abîmait la vue à lire la nuit, à la lumière d'un chandelier, des ouvrages grecs et latins, à traduire dans sa langue des volumes entiers. Les amis qu'il recevait dans sa demeure, située au bord d'une rivière dans les environs de Toulouse, appartenaient à diverses noblesses, mais ils lui ressemblaient, c'étaient comme lui des gens d'une grande érudition, ils avaient les mêmes habitudes et les mêmes passions que lui. Quand leurs carrosses traversaient le vaste parc et s'arrêtaient devant le grand escalier du château, le maître de maison n'avait pas une foule de laquais à envoyer au-devant de ses invités pour les aider à descendre, pour prendre leurs malles ou s'incliner humblement devant leurs épouses. Seuls deux vieux palefreniers à la démarche engourdie allaient dételer les chevaux et transportaient les rares bagages, tandis que les hôtes d'Étienne de Brissac pénétraient un à un dans le vestibule, serrant des livres entre leurs bras ou tenant sextants, théodolites, télescopes, mallettes et coffrets contenant toutes sortes d'instruments scientifiques.

Qui passait le soir devant les fenêtres de la grande salle du rez-de-chaussée, n'entendait pas de musique, pas de quadrilles ou de menuets comme dans d'autres grandes demeures, ne percevait pas de bavardages mondains ponctués de gloussements féminins, pas de froufroutements de crinolines. Les hôtes d'Étienne de Brissac dînaient sans tapage, n'échangeaient pas de propos futiles. Parfois, certains d'entre eux se levaient de table en mâchonnant, montaient dans leurs chambres et en revenaient chargés de livres et de papiers qu'ils feuilletaient et montraient aux autres. Après le dessert, une fois que les domestiques avaient desservi, un sommelier apportait sur un plateau des liqueurs et autres digestifs, en remplissait les verres des convives. Et tandis que les quelques femmes qu'on pouvait voir participer à ces dîners se retiraient dans un salon voisin pour jouer aux cartes ou se raconter leurs petits secrets, Étienne de Brissac et ses amis abordaient des sujets d'un tout autre genre, le ton de leur voix s'élevait, ils perdaient leur calme. Les mêmes mots et les mêmes phrases venaient et revenaient sur toutes les lèvres, il était question du roi et des institutions du pays, de son passé et de son avenir. Il y en avait qui soutenaient la monarchie, affirmant que c'était la meilleure forme de gouvernement pour un pays composé d'une mosaïque de peuples, chacun avec son histoire et ses traditions, avec une langue différente. Seule la royauté, disaient-ils, permettrait à la France de s'en sortir dans une Europe sans cesse déchirée par des guerres cruelles, sanglantes, de rivaliser avec les Anglais et les Russes qui avaient commencé à prendre pied dans les Balkans et qui, tôt ou tard, se jetteraient sur les Ottomans afin de prendre leur place, de se partager leurs possessions. D'autres invités n'étaient pas d'accord, ils prônaient fougueusement constitutions et républiques, parlaient de révolutions qui ne tarderaient pas à éclater un peu partout à travers l'Europe et qui emporteraient dans leur tourbillon tous les États, petits et grands, qui renverseraient des princes, balaieraient des rois et des empereurs, rallieraient à elles des peuples entiers.

Plus tard, quand la nuit était déjà bien avancée, le groupe d'amis quittait la salle à manger et sortait sur les balcons et les terrasses du château, ils installaient leurs télescopes sur des trépieds et observaient les astres, étudiaient leur trajectoire, déroulaient des cartes du ciel, comparaient et vérifiaient leurs observations. Mais la discussion qui avait commencé au dîner se poursuivait, là, au cœur de la nuit, dans l'obscurité, sous la voûte céleste émaillée d'étoiles, riche de ses constellations, de sa voie lactée, où une comète étirait sa queue lumineuse telle un lézard transi, où des étoiles filantes fusaient soudain dans l'immensité noire de l'abîme et rayaient le firmament de leurs fugitives clartés. L'œil collé au téléscope ou au viseur de leurs différents appareils, les amis d'Étienne de Brissac ne cessaient de discuter des mondes nouveaux qui allaient bientôt éclore ici et là sur la Terre, des sociétés neuves qui se développeraient peu à peu sur toute la planète, des peuples qui prendraient en mains leur destin et ne règleraient plus leurs différends en se faisant la guerre. Sous le firmament peuplé de millions d'astres, de soleils lointains et de constellations soumises à un mouvement constant et éternel, une poignée d'aristocrates cultivés rêvaient aux institutions futures du monde, voyaient déjà régner dans l'univers le bon sens et la sagesse, dissertaient jusqu'à l'aube sur la liberté, l'égalité et la fraternité.

Lorsqu'ils n'abordaient pas ce genre de questions, Étienne de Brissac et ses invités parlaient de leurs voyages, décrivaient les pays qu'ils avaient visités, lisaient des extraits de leurs carnets de route, commentaient leurs impressions. Ces derniers temps, la conversation roulait souvent sur les différents peuples de la Méditerranée et de l'Orient, ils évoquaient leur histoire et leur civilisation, les monuments laissés par les hommes qui avaient habité ces contrées des milliers d'années auparavant, les langues venues du fond des âges et que l'on continuait à parler sur leur sol. Cela leur paraissait incroyable qu'après tant et tant de siècles il existe encore des Égyptiens, des Perses, des Syriens, que, malgré les longues et cruelles occupations des Romains, des Francs et des Ottomans, les Grecs n'aient pas le moins du monde oublié leur glorieux passé et leurs traditions, qu'ils parlent et écrivent toujours la langue de leurs ancêtres. Pourquoi eux et pas d'autres ? se demandaient-ils. Les légions romaines avaient conquis et soumis non seulement la Grèce et une grande partie de l'Orient, mais aussi presque tous les peuples de l'Occident. Or, que restait-il d'eux aujourd'hui ? Pourquoi les Gaulois avaient-ils disparu de la face du monde sans laisser aucune trace, aucun vestige derrière eux ? Comment se faisait-il que les Carnutes, les Allobroges et les Aulerques se soient complètement évanouis, alors que les Thessaliens et les Thébains étaient bien vivants au centre de la Grèce, qu'il y avait toujours des Spartiates et des Messéniens dans le Péloponnèse ?

Toutes ces questions n'avaient cessé de les préoccuper depuis le premier soir où Étienne de Brissac leur avait parlé de son voyage en Grèce. Et chaque fois qu'ils revenaient sur ce sujet, ils constataient que malgré les études qu'ils avaient faites, malgré tous les livres qu'ils avaient lus, ils ne connaissaient presque rien de la Grèce contemporaine, de la Grèce vivante. Pour eux comme pour la plupart des gens cultivés d'Europe, l'histoire de la Grèce s'arrêtait là où s'arrêtaient les ouvrages qui parlaient d'elle : la grande majorité d'entre eux ne disaient pas un mot de la vie et de la civilisation des Grecs après la mort d'Alexandre le Grand, ils passaient sous silence Byzance et son époque. Parmi tous les humanistes hellénolâtres qui consacraient des livres aux Grecs, aucun n'avait mis les pieds dans leur pays, n'avait entendu parler leur langue. Erasme enseignait le grec sans savoir qu'il était toujours parlé par tout un peuple. Pascal ou Aldo Manuzio s'en doutaient-ils seulement ? L'idée avait-elle effleuré Montesquieu, Diderot, Voltaire ?

Voilà de quoi discutaient Étienne de Brissac et ses amis lorsqu'ils n'observaient pas les étoiles avec leurs lunettes astronomiques, ou qu'ils ne débattaient pas de politique. Pendant ce temps les petits verres d'armagnac se vidaient, se remplissaient et se vidaient à nouveau, les paupières s'alourdissaient, les esprits se troublaient quelque peu. Aux alentours de minuit, profitant des derniers moments de lucidité de ses hôtes,

Étienne de Brissac leur racontait pour la énième fois son voyage, leur montrait les dessins qu'il avait faits çà et là devant les différents monuments, leur lisait quelques-unes de ses notes.

Au début, ils l'écoutaient d'un air un peu las. Mais quand le maître de maison commençait à décrire la dernière étape de son voyage, son passage à travers les montagnes de l'Épire et son arrivée dans la citadelle fortifiée de Paliokastro, ils sortaient l'un après l'autre de l'engourdissement où l'alcool les avait plongés, oubliaient qu'ils connaissaient cette histoire, qu'ils l'avaient déjà entendue lors de précédents dîners. Fascinés comme de petits enfants au récit d'aventures extraordinaires se déroulant dans des contrées lointaines et inconnues, ils accompagnaient mentalement Étienne de Brissac tout le long de son itinéraire, suivaient les muletiers et leurs vigoureux mulets qui transportaient ses bagages, gravissaient avec lui des sentiers escarpés, marchaient les dents serrées au bord de précipices sans fond. Les montagnes succédaient aux montagnes, les gorges semblaient interminables. Où donc allait aboutir ce périlleux chemin qui les menait de défilé en défilé, de sommet en sommet, de plateau en plateau ? Quelle sorte d'endroit allait apparaître d'un instant à l'autre devant eux, si bien sûr ils ne tombaient pas auparavant sur une bande de brigands qui les égorgeraient, les détrousseraient, puis jetteraient leurs cadavres dans un ravin ?

Ils n'auraient pas su le dire, ils n'auraient pas même pu le soupçonner : c'était la première fois de leur vie qu'ils voyaient un tel désert de pierres, un sol aussi pauvre et avec si peu d'arbres, des montagnes aussi sauvages et inhospitalières. Dans leur pays à eux, presque partout où ils allaient, dans presque toutes les régions qu'ils traversaient, la terre était grasse et généreuse, les roues de leurs voitures s'enfonçaient jusqu'aux moyeux dans l'herbe drue et verte, les ruisseaux murmuraient tout près, à leurs pieds.

Plus le récit d'Étienne de Brissac avançait, plus ses invités se sentaient inquiets, ils avaient le sentiment qu'ils n'étaient pas seuls dans cette pierraille désolée et que quelque part sur une hauteur, derrière un rocher, quelqu'un les épiait — peut-être des bandits, peut-être de ces rebelles traqués par le pouvoir ottoman. Mais ils avaient beau tendre l'oreille, ouvrir l'œil, essayer d'apercevoir quelque chose, rien à faire : leur vue n'était pas habituée à cette lumière abondante et forte qui inondait de toutes parts la contrée, leurs yeux ne supportaient pas l'implacable éclat du soleil qui les assiégeait de partout. Chaque fois qu'ils s'adressaient à leurs guides et les interrogeaient, ceux-ci répondaient par monosyllabes ou leur faisaient signe de ne pas parler, ils arrêtaient les mulets, s'allongeaient par terre à plat ventre et collaient l'oreille contre le sol.

Soudain, lors d'un de ces arrêts, les muletiers semblèrent avoir entendu quelque chose car ils échangèrent rapidement quelques paroles à voix basse et se mirent à scruter les alentours, la main sur leurs armes. Au bout d'un moment, ne remarquant rien de suspect, ils décidèrent de se remettre en route. C'est alors qu'apparurent tout à coup, au détour du chemin, une dizaine de cavaliers paliokastrites qui attendaient là, yatagans rengainés, silencieux et immobiles sur leurs montures. Lorsque la petite escorte s'approcha, l'homme qui selon toute apparence commandait le détachement salua Étienne de Brissac avec simplicité, avec cordialité, et lui désigna un cheval gris sellé. Content de laisser là le bât inconfortable de son mulet, l'étranger grimpa sur le cheval, serra fermement ses rênes et lui caressa la crinière avec confiance.

Lorsqu'il arrivait à ce point de son récit, Étienne de Brissac n'oubliait pas de rappeler à son auditoire que Paliokastro était prévenu depuis plusieurs semaines, que les notables de la cité avaient été informés de sa venue et que c'était un certain Dallapiccola, un richissime comte de Corfou, qui l'avait recommandé au capétan Békas. Bien connu de tous les voyageurs européens qui passaient par son île, Dallapiccola était un financier réputé en Orient comme en Occident pour ses accointances parmi les armateurs, les banquiers et les grands usuriers de tous les ports importants du monde, pour les relations et les amitiés qu'il entretenait avec d'illustres personnalités politiques de toute l'Europe, pour les connaissances qu'il avait dans les cours royales et dans les antichambres ministérielles. Sa maison, une luxueuse demeure qui s'élevait au bord d'un rivage magnifique près de la ville de Corfou, était fréquentée par des gens de toutes les races et de tous les pays du monde, voyageurs et hommes politiques, artistes, intellectuels, musiciens. Parfois aussi, un autre genre d'individus demandaient à être reçus, et l'on voyait attendre dans son salon des bandits armés jusqu'aux dents, flanqués de leurs gardes du corps, des pirates et des marins contrebandiers. Dallapiccola traitait avec tous, faisait son beurre avec tout le monde, avec les grands comme avec les petits, avec les Européens, les Slaves, les Orientaux, avec les saints comme avec les diables.

C'était lui qui avait affrété un caïque pour faire passer Étienne de Brissac de Corfou en Grèce continentale, et qui lui avait trouvé des muletiers expérimentés pour le conduire sans dommages à travers les gorges dangereuses et la pierraille désertique de l'Épire jusqu'aux remparts de Paliokastro. A partir de là, c'était Costa Békas qui le prendrait en charge. Dallapiccola le connaissait bien, depuis des années, il faisait souvent affaire avec des pirates et des marchands pour le compte de la cité isolée, il lui fournissait du blé pour qu'elle puisse faire son pain, de la nourriture pour les chevaux de ses guerriers. En période de danger, des convois de mulets empruntaient des sentiers dérobés et sûrs et apportaient jusqu'à Paliokastro armes et munitions, boulets de canons, barils de poudre.

Un endroit comme celui-là, on n'en trouvait pas un autre dans tout le reste de la Grèce. Depuis les temps les plus anciens, cette ville n'avait pas laissé un seul ennemi fouler son sol, elle n'avait cédé ni aux Slaves ni aux Byzantins, elle n'acceptait pas de payer aux Turcs les impôts et les taxes qu'ils exigeaient.

Certains Grecs disaient qu'à Paliokastro le temps s'était arrêté depuis des siècles et des siècles, que derrière les murailles de cette citadelle la vie s'était comme figée. Mais Étienne de Brissac n'était pas du tout de cet avis, et chaque fois qu'il abordait le sujet avec ses amis, il faisait remarquer que pour pouvoir juger l'actuel Paliokastro, il fallait d'abord connaître la longue histoire très mouvementée de ses habitants, écouter les vieilles chansons que les gens du pays chantaient lors des fêtes ou des veillées, les contes et les légendes que racontaient les vieillards. La mémoire des hommes, disait-il, avait enregistré par le menu le passé du pays, son cheminement de siècle en siècle, les époques noires mais aussi les moments heureux de son existence. Et les Paliokastrites n'étaient pas de ces peuples qui oublient facilement, ils ne laissaient pas la déesse Léthé endormir leur mémoire avec ses philtres, ils ne reniaient pas, ne cachaient pas leurs travers ancestraux.

Dès les premières années de la domination ottomane, ils se trouvèrent dans une situation plus difficile que la plupart des Grecs. Ils étaient peu nombreux, une poignée d'hommes, et par-dessus le marché ils vivaient sur une terre des plus pauvres. Comment s'en sortir sur cette rocaille ? Comment survivre ? S'ils avaient été des insulaires, ils auraient armé des bateaux et labouré les mers, ils auraient combattu les Turcs dans toute l'Égée comme le faisaient les habitants d'Hydra et de Spetsès, ils auraient vécu libres sur leur coin de terre flottant. Mais ce n'étaient pas des insulaires. Et ils ne voulaient pas commencer à s'expatrier comme tant d'autres qui vivaient aussi dans des contrées pauvres, ils ne voulaient pas voir leur pays se vider peu à peu, mourir. Ils refusaient de faire de Paliokastro un immense cimetière qui aurait pour pierres tombales des maisons en ruines, à jamais muettes. Ils n'avaient pas surmonté tant d'infortunes, évité tant de fois la servitude pour se retrouver sans patrie, errant aux quatre vents, pour voir leurs enfants se convertir à une autre religion et parler une autre langue, se faire happer par l'exil.

Ils décidèrent de rester, de ne pas déserter la terre de leurs ancêtres, avec l'espoir que les Ottomans les laisseraient tranquilles au moins les premiers temps, qu'ils ne chercheraient pas à leur mettre le grappin dessus. Pourquoi le sultan enverrait-il des soldats se faire massacrer sur les rochers de Paliokastro ? Quel butin pourraient bien y faire ses troupes ? Qu'y avait-il à prendre dans ce coin perdu qui parvenait à peine à nourrir ses habitants ? Et si les Turcs avaient besoin d'esclaves, ils en trouveraient bien plus facilement ailleurs. Ils savaient bien que les Paliokastrites n'étaient pas hommes à se laisser prendre vivants par leurs ennemis, à se laisser enchaîner et traîner sur les marchés aux esclaves.

Souvent, tard dans la nuit, alors qu'ils étaient sur le point de se retirer dans leurs chambres, les amis d'Étienne de Brissac apprenaient de la bouche de leur hôte les dernières nouvelles de Paliokastro. Dans l'une de ses lettres, Costa Békas écrivait à son lointain ami que maintenant, avec le nouveau sultan qui était monté sur le trône, les Turcs avaient changé de tactique face aux rayas et qu'il s'inquiétait sérieusement pour l'avenir de son pays. Voyant que l'Empire avait commencé à dégringoler la pente, le sultan s'était attelé à régler tous les problèmes importants, il avait passé la bride à son armée indisciplinée et la tenait bien en mains, ses bourreaux avaient tranché bon nombre de têtes d'officiers. Quand la nouvelle d'un soulèvement arrivait à Constantinople, il ne tergiversait pas, ne laissait pas la situation s'envenimer : il envoyait aussitôt des troupes pour faire place nette, passait les rayas par le fer, du bébé au vieillard, noyait la révolte dans le sang. Costa Békas craignait que ce ne fût bientôt le tour de Paliokastro. Jusqu'à quand les Ottomans supporteraient-ils de voir cette cité leur échapper, garder son insolente liberté, ne tenir aucun compte des ordres du sultan, se moquer éperdument des lois de la Sublime Porte ?

Les craintes du capétan n'étaient pas sans fondement, disait Étienne de Brissac en prenant congé de ses amis. Le sultan qui se trouvait aujourd'hui sur le trône de Mehmet le Conquérant [1] mettait tout en œuvre pour arrêter le déclin de l'Empire que les récentes guerres avaient sérieusement ébranlé, pour retarder le début de la chute. Avant de décider de la politique à adopter face aux grandes puissances qui avaient commencé à resserrer leur étau autour de lui et à le menacer, il lui fallait d'abord, pour avoir la tête tranquille, mettre de l'ordre

1. Mehmet II, qui prit Constantinople en 1453. (N.d.T.)

chez lui, remettre au pas les rayas de Grèce et de tous les Balkans.

Il n'y avait pas de temps à perdre, annonça un soir à ses amis Étienne de Brissac. Dans un message qu'il lui avait envoyé de Corfou, Dallapiccola écrivait qu'un de ses agents à Constantinople avait appris d'un secrétaire du sérail que le sultan avait donné l'ordre de lever une armée pour aller dans quelques mois nettoyer la Grèce des klephtes qui étaient de plus en plus nombreux dans les montagnes, pour donner une bonne leçon à tous les rebelles. Dallapiccola était convaincu qu'avant de descendre plus au sud, l'armée du sultan règlerait tous ses autres comptes et que l'une de ses premières cibles serait sans aucun doute Paliokastro.

Il fallait faire vite, insista Étienne de Brissac en conjurant ses amis de tout entreprendre, de remuer ciel et terre, de réunir des fonds, d'envoyer rapidement vivres et munitions par l'entremise de Dallapiccola. Les circonstances étaient propices : la révolution qui avait éclaté à Paris voilà près de trois ans, avait semé la confusion dans la France entière, le pays était sens dessus dessous, personne ne savait plus qui était l'ennemi et qui l'ami, quels étaient ceux qui contrôlaient réellement la situation, où était l'État et s'il existait encore. Au milieu de cette effervescence qui régnait dans toutes les grandes villes, qui s'étonnerait de voir sortir du port de Marseille deux bateaux chargés d'armes et de munitions ? Étienne de Brissac s'était déjà assuré le concours de certains négociants de la ville qui avaient adhéré à la révolution. Il leur avait promis que lorsque la Grèce se révolterait à son tour et chasserait les Turcs, son ami Dallapiccola interviendrait pour favoriser l'implantation de comptoirs marseillais non seulement à Corfou mais dans tout le reste de l'Heptanèse.

Dans la chambre de Photis, Costa Békas tend l'oreille. D'un moment à l'autre il entendra résonner dans la cour de l'école les pas pressés de Dimos, le palikare qu'il a choisi pour messager, pour relier la cité au monde extérieur. Il a confiance en lui, il connaît sa bravoure et ses capacités. Il y a peu de temps, alors que les Turcs avaient déjà envahi la région et qu'ils préparaient leur campement, il l'a envoyé prévenir Dallapiccola, l'informer de la situation afin qu'il puisse prendre ses mesures, lui dire d'avertir les muletiers qui devaient apporter armes et munitions de changer d'itinéraire, de ne pas arriver par la plaine.

Cette fois, Dimos est chargé d'une mission bien plus importante : il doit remettre le plus rapidement possible à Dallapiccola la réponse de Costa Békas à la lettre d'Étienne de Brissac. Or, les Turcs sont maintenant bien organisés, leur camp est prêt, tous les chemins et toutes les montagnes environnantes sont surveillés par leurs patrouilles.

Dimos empruntera la galerie qui passe sous les remparts et débouchera au fond d'un ravin ; protégé par les roseaux et les joncs, il avancera en pataugeant dans l'eau et dans la boue. S'il entend un bruit suspect, s'il soupçonne la présence de Turcs dans les parages, il se jettera par terre et se confondra avec le sol, il se tapira sous un buisson de ronces. Quand il quittera sa cachette, il aura le visage tout égratigné par les épines, ses mains saigneront. Mais il s'en fichera, il n'y fera même pas attention, il aura l'esprit ailleurs, tout à sa mission, il ne pensera qu'à cette lettre importante enfouie au creux de sa poitrine.

Si tout va bien, s'il ne fait pas de mauvaise rencontre, en une demi-heure il atteindra l'autre extrémité du ravin, il s'arrêtera un instant sous le pont et prêtera l'oreille pour s'assurer que la voie est libre. Lorsqu'il aura vérifié qu'il n'y a personne sur la route, il sifflera tout doucement, selon le signal convenu. Presque aussitôt, un autre sifflement discret lui répondra, et de la bouche d'une grotte surgira un homme tenant par la bride un cheval sellé. Dès que Dimos l'aura enfourché et sera parti, l'autre regagnera sa grotte. Il est posté là depuis le jour où les lointaines sentinelles de Paliokastro ont signalé l'arrivée des Turcs. Et il restera là, il ne bougera pas tant qu'il n'en aura pas reçu l'ordre. Il a pour tâche de veiller sur trois des meilleurs chevaux du pays réservés aux messagers, lesquels n'auront pas ainsi à traverser la plaine, à passer près des lignes ennemies.

Quand Dimos arrivera à Igoumenitsa, ce sera de nouveau la nuit. Un caïque l'attendra dans une crique isolée et fera immédiatement voile vers Corfou. A partir de là, c'est Dallapiccola qui se chargera du reste : le banquier saura bien trouver un bateau en partance pour Toulon, Antibes ou Marseille, il veillera à ce que la lettre ne s'égare pas, à ce qu'elle soit acheminée sans retard.

Costa Békas l'imagine déjà dans les mains d'Étienne de Brissac, il voit son ami français l'ouvrir et se mettre à la lire, s'efforcer de déchiffrer le français bancal de l'instituteur. Ah, bien sûr, se dit le capétan, quand on se bat depuis des siècles pour sauver sa propre langue, on n'a pas le temps d'en apprendre d'autres... Mais peu importe, l'essentiel c'est qu'Étienne de Brissac soit averti, qu'il sache que depuis la dernière lettre qu'il a reçue de Paliokastro, les choses ont changé, que les Turcs sont arrivés, que leur armée a envahi la plaine. Il n'y a pas de temps à perdre, qu'il fasse ce qu'il peut, mais vite. Pour l'instant, qu'il envoie les armes en question, car ici ça ne va pas tarder à barder. Plus tard, si Paliokastro est encore vivant, on verra pour les volontaires dont il parle.

Dehors, dans la cour, on entend les pas de Dimos.

Costa Békas prend un morceau de cire à cacheter et l'approche de la flamme de la lampe qui fait un ultime effort pour s'acquitter de cette tâche supplémentaire qui lui est demandée. Mais la pauvre lampe n'a plus guère de force — elle est restée allumée une nuit entière et sa mèche fume, elle a les entrailles complètement sèches. Lorsque la porte s'ouvre et qu'entre le messager, la flamme jette un dernier éclat et s'éteint.

Dans la première clarté du jour qui se répand dans la pièce, personne n'y fait attention.

10

Courbé sur la crinière du cheval qui galope à bride abattue, Dimos serre les dents. Il en a encore à peu près pour une demi-heure à foncer ainsi sur la route, et le danger est grand de tomber sur une patrouille turque. Il aurait pu prendre à travers les montagnes, emprunter des petits sentiers et déboucher sur la route loin du camp, de manière à éviter toute mauvaise rencontre. Mais cela l'aurait obligé à faire un grand détour — sans compter que le cheval n'aurait pas pu courir et qu'il aurait pris du retard inutilement.

Avant que la route se perde derrière une colline, Dimos tourne la tête et jette un coup d'œil sur la cité. Le soleil vient juste de se lever et il se promène déjà sur les remparts, sa lumière se reflète çà et là sur les armes des sentinelles qui lancent des éclairs, comme si elles faisaient des signaux au messager. Dans la brume rosée de l'aube, la ville guette, fin prête, elle regarde par les créneaux et les meurtrières, elle est à l'affût, elle observe avec une multitude d'yeux. En bas, dans la plaine, le camp est en effervescence, les derviches sont debout depuis le point du jour et fanatisent les troupes à grand renfort de cris et de chants, on entend des roulements de tambours. Tout montre que le premier assaut des Ottomans est imminent et que, dès que le soleil sera juste un peu plus haut, l'armée s'ébranlera.

Dimos se courbe davantage encore sur le cou du cheval, et de ses talons il aiguillonne l'animal, lui donne à comprendre qu'il doit se surpasser.

Soudain, un bruit étrange arrive jusqu'aux oreilles du messager. Dimos a l'impression que les sabots du cheval rendent un son bizarre, confus. Sans freiner son élan, il se penche un peu et jette un coup d'œil aux pattes de l'animal pour voir s'il ne traîne pas une touffe de broussailles ou un paquet de ronces autour de ses jarrets. Non, rien.

C'est alors seulement que Dimos aperçoit un cavalier turc, à peine à une portée de fusil derrière lui !

Il galope comme lui à fond de train, pique sans cesse sa monture et l'exhorte de la voix. Dimos le reconnaît d'un seul coup d'œil. C'est Halil, le meilleur courrier de Sélim pacha, il est collé lui aussi comme une huître sur la crinière de son cheval et n'a pour tout bagage que sa précieuse sacoche attachée à sa selle.

Dimos le connaît, ils se sont croisés deux ou trois fois sur cette route, et sur d'autres chemins aussi. Mais en ces instants-là, on dirait qu'ils oublient que l'un est turc et l'autre grec, ils ne mettent jamais la main sur le manche de leur yatagan ou de leur pistolet. Leur devoir à tous deux est de parvenir le plus vite possible à destination, de remettre en mains sûres les dépêches ou la correspondance qu'ils transportent sur eux et dans leurs sacoches.

« Mieux vaut l'éviter cette fois, se dit Dimos. Inutile qu'il me voie bifurquer vers l'ouest », et il presse autant qu'il peut son cheval.

Mais l'animal galope déjà de toutes ses forces, sa bouche blanchit d'écume, ses pieds ne touchent plus terre. Halil a lui aussi un cheval puissant, la distance qui sépare les deux cavaliers diminue, le Turc se rapproche, il côtoie maintenant le Grec. D'un geste rapide, Dimos s'assure que la lettre de Costa Békas est bien calée sur sa poitrine, tandis qu'au même instant Halil tâte sa sacoche.

Soudain, le Turc tourne la tête. Le Grec fait pareil. Les deux messagers se regardent droit dans les yeux, franchement, presque amicalement.

Ils galopent depuis un bon moment l'un à côté de l'autre, leurs chevaux ruissellent de sueur, des vapeurs s'échappent de leurs naseaux, la salive s'est cristallisée autour de leur bouche comme de la neige. Lorsque le chemin se rétrécit et qu'il n'y a pas de place pour deux cavaliers côte à côte, c'est tantôt l'un et tantôt l'autre qui reste en arrière. Et chaque fois qu'ils approchent d'une zone dangereuse où des bandits risquent de leur tendre une embuscade, un seul regard leur suffit pour se mettre d'accord, ils surveillent les parages, l'un vers la droite, l'autre vers la gauche, tiennent d'une main les rênes et de l'autre le pistolet.

Loin devant eux, à l'un des lacets de la route, ils voient blanchoyer l'auberge de Samuel. Bientôt, ils distingueront nettement le grand platane qui s'élève devant l'entrée, les diligences, les calèches et les charrettes qui sont alignées dans la vaste cour. Postillons, marchands, rouliers et presque tous les voyageurs s'arrêtent toujours là pour se délasser et changer d'attelage, les plus démunis mangent un morceau de pain et des olives puis vont faire un somme dans un coin de l'écurie, sur la paille, les paysans de passage attachent leurs mulets aux anneaux qui sont fichés dans le muret de la cour, ils s'enroulent dans leurs houppelandes et dorment à côté de leurs bêtes.

Samuel n'a ni amis ni ennemis, il est bien avec tout le monde, gens du pays ou d'ailleurs, honnêtes voyageurs ou contrebandiers et même criminels en cavale, bandits et gendarmes, Grecs et Turcs. Dans son auberge se mêlent toutes sortes d'individus de sac et de corde, parfois des disputes éclatent, il y a de la bagarre, on sort les couteaux et les pistolets. Samuel empoche de bons dessous de table et se charge des cadavres, il les balance la nuit dans des puits secs. Les autorités locales le savent mais ferment les yeux, car avec les larges bakchichs qu'elles lui versent aussi, Samuel leur fournit un tas de renseignements, il est leur oreille secrète qui recueille tout ce qui se passe dans la région.

Sélim pacha a certainement bien organisé son affaire, songe Dimos, il a dû payer grassement Samuel pour qu'il tienne toujours deux ou trois bons chevaux à la disposition de ses courriers. Mais de son côté Costa Békas a fait la même chose afin que l'aubergiste soigne et nourrisse bien les coursiers que chevauche son messager.

« Reste à voir quel argent sera le plus au goût de Samuel aujourd'hui. Celui des Grecs ou celui des Turcs ? » se demande Dimos et il retient un peu son cheval pour ne pas arriver le premier à l'auberge.

Comme s'il devinait sa pensée, Halil lui fait signe de s'arrêter. Les deux hommes mettent pied à terre. Il ne leur reste plus qu'une centaine de pas jusqu'à l'auberge. Épuisés, les chevaux tiennent à peine sur leurs jambes, leurs ventres se soulèvent comme des soufflets de forge, la sueur coule à flots de tout leur corps, sous eux la terre devient boueuse.

« Parole, le Grec ? demande Halil.

— Parole, le Turc », répond Dimos.

Ils se regardent dans les yeux, mettent la main sur le

cœur. Cela leur suffit. Ils font le reste du chemin à pied, côte à côte.

Lorsqu'ils pénètrent dans la cour, Samuel se précipite au-devant d'eux. Il est gros, courtaud, a la démarche pesante. Il n'a même pas fait dix pas et le voilà déjà essoufflé, haletant. En voyant Dimos en compagnie de Halil, il reste bouche bée, il ne sait comment se comporter, il gesticule nerveusement. Son esprit malin travaille à toute vitesse, pèse le pour et le contre de chaque mot, les risques et les avantages des différentes façons de procéder. Quelle que soit l'attitude qu'il adoptera, Samuel sait qu'il devra être prêt à faire volte-face à tout instant. Dans la vie, il faut savoir se composer mille visages, porter en toute circonstance le masque qui convient.

Quand les deux hommes approchent, l'aubergiste se décide : alors qu'il salue Dimos simplement, sans trop de manières, il s'incline profondément devant Halil.

« A tes ordres, effendi », balbutie-t-il.

Le courrier de Sélim pacha le regarde avec indifférence aller à reculons vers l'auberge, puis s'empresser d'essuyer une table avec son tablier. S'il le fallait, il n'hésiterait pas à la nettoyer avec sa langue. Dimos, qui l'observe lui aussi, en a honte pour lui. Ce n'est pas la première fois que Samuel se comporte ainsi, qu'il passe aussi curieusement d'une attitude à l'autre. Il en fait tantôt peu et tantôt trop, parfois il incline à peine la tête, et parfois il se répand en salamalecs, se courbe jusqu'à terre.

Le messager de Costa Békas n'a jamais pu comprendre comment un homme peut se prosterner devant un autre homme. En Grèce, depuis les temps les plus anciens, c'est quelque chose de vil et de méprisable, qui n'est pas digne des peuples qui ont un esprit libre, on considère que ce sont là des façons de faire orientales.

Dimos se souvient de la stupéfaction des Paliokastrites lorsqu'ils virent arriver un jour chez eux un aristocrate qui venait d'Europe : tous les gens de sa suite s'inclinaient devant lui comme devant un dieu, se précipitaient pour le servir, lui apportaient tout entre les mains comme s'ils avaient affaire à un invalide !

Halil boit sans rien dire. Soudain, voyant Samuel qui reste planté derrière lui à attendre ses ordres, il tire sa sacoche qui pend sur son dos et la ramène devant lui pour plus de sûreté. Dimos regarde avec admiration la bandoulière toute ornée de motifs brodés de fils rouges et argent. Autour du fermoir il y a encore d'autres belles broderies, ce sont des lettres arabes.

« C'est une jolie Circassienne qui m'en a fait cadeau, explique Halil avec un petit sourire.

— Tu as beaucoup voyagé ? demande Dimos tout songeur.

— Que veux-tu, là où va le pacha, je le suis. Il est grand, l'Empire. »

Samuel s'approche en hésitant, la tête courbée :

« Je te prépare un narguilé, effendi ? » demande-t-il timidement.

Pour toute réponse, Halil lève la main et lui indique « deux » avec les doigts. L'aubergiste demeure hésitant.

« Et vite, gronde le Turc.

— Il est comment, le monde que tu as vu ? demande Dimos dès que Samuel s'éloigne.

— Grand, il ne tient pas dans les mots », soupire Halil.

La porte de l'auberge s'ouvre et laisse apparaître la haute stature d'un vieillard aux cheveux blancs, à la barbe longue et soignée. Il est aveugle. Sa main tient un gros bâton de chêne vert, à son épaule pend une large besace. Tandis qu'il s'arrête un moment sur le seuil et promène son regard fixe au-dessus des têtes des voyageurs qui sont en train de boire et de manger, on dirait qu'il fouille l'espace de l'oreille, qu'il écoute attentivement une voix qui semble descendre de très haut et qui lui dit quelque chose, qui le conseille, qui le guide en secret. Pendant quelques instants l'assistance reste muette. La plupart des clients se penchent au-dessus de leurs assiettes et de leurs verres, d'autres font semblant de regarder ailleurs. Mais le plus inquiet de tous est Samuel : la sueur coule sur son front bien qu'il ne fasse pas chaud dans l'auberge, il a le menton qui tremble. Il a beau faire tout son possible pour dissimuler sa peur, il n'y parvient pas. Il ne cesse de jeter des regards angoissés tantôt vers Halil, tantôt vers un groupe de marchands turcs armés jusqu'aux dents et qui, maintenant qu'ils se sont bien restaurés, se délectent à fumer leurs narguilés.

Dimos le connaît, cet aveugle. Il l'a vu bien des fois dans plusieurs auberges tâcher de gagner son pain en disant des poèmes et des chansons, il l'a croisé sur différents chemins et sentiers de chèvres, il l'a rencontré à des carrefours alors que le vieil homme se reposait assis sur une pierre. A la belle saison, il se montre assez souvent dans la région, en hiver il ne fait que de rares apparitions. Personne ne sait d'où il vient ni même quel est son nom. Mais, partout où il va, tout le monde l'appelle « grand-père ». Et dès qu'ils l'aperçoivent, les gens accourent et lui baisent la main droite comme si c'était un saint, ils lui demandent sa bénédiction puis l'invitent chez eux, lui offrent à boire et à manger, écoutent avidement les histoires qu'il leur raconte, les chansons qu'il leur chante.

Les agas et les kodjabachis l'ont à l'œil, ils font tout ce qu'ils peuvent pour lui mettre des bâtons dans les roues, ils envoient des hommes pour l'empêcher d'entrer dans certains villages. Ils n'hésiteraient pas à se débarrasser de lui s'ils étaient sûrs que cela ne provoquerait pas de remous, s'ils ne craignaient pas qu'en apprenant sa disparition les rayas n'érigent en martyr ce chanteur ambulant. Ce qui les dérange, c'est que les paroles de ses chansons ne ressemblent pas aux vers des autres rimailleurs, que ce qu'elles racontent n'incite pas les gens à se tenir bien tranquilles en leur offrant de quoi s'amuser, rire, se distraire, ne contribue pas à leur faire oublier leur servitude, leur infortune, leurs tourments. Dès que le vieil aveugle commence à dire ses poèmes, tous ceux qui l'écoutent sentent les larmes leur monter aux yeux, leur mémoire se met à saigner comme une plaie encore béante, ils se souviennent des temps heureux, de leur gloire passée, de l'époque où ils étaient libres sur leur terre.

Un jour, dans un bourg de Thessalie où il était allé chanter, la population se souleva le lendemain même de son passage, elle s'attaqua à la garde de l'aga, elle voulait pendre le chef turc à un olivier. Une autre fois, ce fut tout un village de Béotie que les chansons et les poèmes du vieil homme poussèrent à la révolte : à peine eut-il achevé que les villageois sonnèrent les cloches, s'armèrent de pioches et de fourches et prirent position sur un pont, à l'affût des percepteurs ottomans qui devaient venir le lendemain matin prélever des impôts.

Dimos jette un coup d'œil sur l'aveugle et sourit : « Moi, je connais un mot qui contient tout. Non seulement le monde mais Dieu lui-même », dit-il comme s'il s'adressait à lui-même.

Conduit par un garçonnet qui travaille à l'auberge, le « grand-père » va s'asseoir dans un coin, sur un tabouret. Puis, avec des gestes tranquilles et lents, il sort de sa besace un petit sandour[1] joliment sculpté, le pose sur ses genoux et se met à l'accorder.

Halil ne lui prête pas la moindre attention.

« Dis, le Grec, qu'est-ce que c'est, ce mot-là ? » demande-t-il.

Dimos se penche au-dessus de la table et regarde le messager de Sélim pacha dans les yeux, hardiment :

« Liberté », répond-il.

Aux tables voisines on a entendu le mot, des têtes se tournent brusquement, on se lance des regards inquiets d'un visage à l'autre. Prévoyant une bagarre, quelques rouliers péloponnésiens ont déjà la main sur la poignée de leur pistolet. Certains voyageurs venus de Iannina se lèvent discrètement et sortent dans la cour, ils se retranchent derrière une charrette, attendent que l'orage passe. Samuel tremble comme une feuille, il ne sait que faire, où tourner les yeux, qui surveiller en premier.

Halil, lui, ne s'inquiète pas.

Il a confiance en Dimos. Même si c'est la première fois qu'il discute avec lui, qu'il entend le son de sa voix, qu'il voit son visage de près. Il ne songe même pas au fait que l'homme qui est assis en face de lui et qui boit tranquillement un verre est un ennemi. Ce à quoi il pense en un tel moment, c'est qu'ils ont tous les deux sillonné les mêmes routes avec leurs chevaux, qu'ils ont joué leur vie à pile ou face en sautant les mêmes précipices obscurs et sans fond, qu'ils ont affronté les mêmes dangers le long des mêmes défilés.

La menace d'une bagarre semblant finalement s'éloigner, Samuel reprend courage, il remplit un cruchon de raki et l'offre aux deux messagers — c'est la tournée du patron, dit-il. Ce n'est pas son habitude de faire de

1. Sorte de tympanon. (N.d.T.)

telles largesses ; chaque fois qu'il perd de l'argent, c'est comme s'il perdait une partie de son corps. Mais cette fois il ne peut pas faire autrement. Si tous ces gaillards-là avaient tiré le pistolet, s'ils en étaient venus aux mains, l'auberge serait à présent complètement saccagée — peut-être même que dans la foulée ils y auraient mis le feu.

Pendant un bon bout de temps, Dimos et Halil sirotent leur raki en silence, l'air songeur. Les Péloponnésiens ont remis leurs pistolets dans leur ceinture, on ne voit plus briller les couteaux. Les voyageurs de Iannina qui s'étaient planqués derrière la charrette reviennent un à un et reprennent leur conversation.

L'aveugle a fini d'accorder son sandour et, au son de l'instrument, se met à chanter doucement un air de Paliokastro. En l'entendant, Dimos sent son cœur se serrer, car il sait ce que disent les paroles de la chanson, ce que signifie son rythme allègre et syncopé. C'était la chanson des maçons et des ouvriers qui bâtirent jadis les remparts de la cité, ce sont eux qui la chantèrent pour la première fois quand ils construisirent ses bastions, quand ils élevèrent les postes de guet qui permirent à ses sentinelles de surveiller la plaine et les flancs des montagnes environnantes. Tandis qu'elles vont et viennent en sautillant sur les cordes du sandour, les baguettes d'ivoire font résonner à l'oreille de Dimos un tas de bruits étranges, lui renvoient l'écho de coups, de martèlements. Peu à peu, à mesure que le jeu du musicien s'intensifie, le messager de Costa Békas croit entendre les marteaux des tailleurs de pierre qui frappent et fendent impitoyablement le roc, ses oreilles s'emplissent du tintement des pics, du halètement incessant des terrassiers. Soudain, d'une extrémité à l'autre de la montagne, retentit une voix de stentor — c'est le maître d'œuvre qui d'une hauteur hurle dans un porte-voix, donne un ordre. Une centaine d'hommes robustes accourent, empoignent un câble et le tirent tous ensemble au rythme cadencé d'un « oh, hisse », la sueur coule à flots de leur front : un énorme bloc de pierre, taillé, prêt, se soulève lentement de terre et monte, suspendu au-dessus de leurs têtes. Un nouveau cri d'exhortation du maître d'œuvre, et cette fois le bloc de pierre se déplace horizontalement, voyage dans les airs, puis s'abaisse et se pose délicatement sur la muraille naissante. Et voici un autre bloc de pierre, encore plus grand, encore plus effrayant, les poulies du palan grincent, crissent, leurs axes crachent de la fumée. Sur les bras et la poitrine des hommes qui tirent le câble, les muscles tendus ressemblent à de grosses cordes, les veines se gonflent de sang, elles se dessinent sous la peau, saillantes, sombres. Mais, malgré tout l'effort, toute la peine que réclame ce dur labeur, on n'entend pas la moindre plainte, pas le moindre murmure.

L'esprit embrumé par le raki, Dimos se lève tout d'un coup comme s'il voulait lui aussi accourir, donner un coup de main aux ouvriers, ajouter un bras de plus, une force de plus sur le câble. Pour hisser plus vite le bloc de pierre, le faire monter haut, plus haut encore, pour que le rempart s'élève et que la ville soit protégée, pour que l'ennemi ne la trouve pas sans défense. Insensiblement, sans s'en apercevoir, Dimos commence à fléchir le corps, à tendre les bras, à frapper le sol de ses pieds, à obéir au rythme que lui impose le sandour de l'aveugle, à danser.

Un sourire d'extase fleurit et se répand sur le visage du musicien. Lui, il n'a pas besoin de la lumière du monde pour voir le danseur qui, à chaque mouvement, reconstruit la ville tout seul et depuis le début, qui, à chaque torsion de son corps, jette les bases d'une maison, qui, à chaque bond, dresse un nouveau bastion sur les remparts. Dans les yeux ténébreux du vieil aveugle jaillissent soudain des flots de lumière, des soleils resplendissants se lèvent, des mondes et des gens d'autrefois renaissent. Deux hommes, le vieux musicien d'un côté, Dimos de l'autre, l'un avec son chant et son instrument, l'autre avec sa danse, deux hommes ont pris dans leurs bras une cité entière et la soulèvent de terre, ils la portent, la serrent bien fort contre eux et avancent, voyagent. Où qu'ils aillent désormais, aussi longtemps qu'ils vagabonderont, ils auront toujours avec eux la terre de cette ville, comme des plantes dans des pots ils vivront sur elle, ils se nourriront de sa sève.

A peine Dimos est-il revenu à la table que Halil se lève à son tour, il sort quelques pièces de sa bourse et les donne à l'aveugle, il lui commande une danse turque, un lent zeïmbek. Le raki de Samuel lui a aussi monté à la tête, l'alcool s'est insinué jusque dans les moindres recoins de son esprit, il chamboule tout dans sa mémoire. Tandis qu'il danse, il lui semble entendre mille musiques, il a l'impression que ses jambes obéissent à un rythme et son cœur à un autre. Il est grand, immense le territoire de l'Empire, ses chansons trimballent avec elles une infinité de pays et de mondes. Certaines parlent de steppes et de plaines qui s'étendent à perte de vue, d'autres de montagnes très hautes et couvertes de neige, d'autres encore de contrées fertiles, verdoyantes, de prairies et de rivières, quelques-unes évoquent le désert et le sable brûlant de la Barbarie, de l'Égypte, de l'Arabie. Mais, aussi loin que Halil ait voyagé jusqu'à présent, quels que soient les pays où il soit allé avec l'armée, il n'a vu partout qu'un seul et même Empire, qu'un seul pouvoir et qu'un seul ordre, celui que fait régner le fouet du sultan.

Halil danse son zeïmbek, il ouvre les bras à la

manière d'un oiseau qui déploie ses ailes, il tend son corps vers le haut comme s'il voulait s'envoler et traverser le ciel de l'Empire tout entier, voir d'en haut l'immensité du monde ottoman. Il y a là des centaines de peuples, de tribus et de nations qui vivent depuis des siècles sous la domination des Turcs, sous les lois du sultan. Slaves, Grecs, Albanais, Arabes, Kurdes, autant de rayas qui se prosternent devant le padischah et lui paient la capitation, qui font des courbettes à ses pachas, qui redoutent sa colère.

Halil danse, son corps s'arcboute, souple, noble, ses bras se meuvent avec la légèreté d'une plante aquatique, dessinent des figures étranges. Le Turc ferme les yeux comme pour retenir tout au fond de lui la joie que lui procurent les derniers instants de la danse, il redresse le torse en un coup de reins puis s'arrête ; il reste quelques secondes immobile avant de regagner sa place lentement, gravement, fièrement.

« Je crois que c'est l'heure, dit-il à Dimos.

— Oui, c'est l'heure », répond celui-ci.

Samuel les attend déjà dans la cour, tenant par les rênes leurs montures. Les chevaux sellés grattent impatiemment le sol de leurs sabots, à la vue des cavaliers ils se cambrent, hennissent. Avant de les enfourcher, les deux messagers les examinent bien, ils regardent s'ils n'ont pas une blessure quelque part, inspectent leur dos au niveau des reins et sous la selle, leur palpent les pattes.

Soudain, l'aveugle apparaît sur le perron, la besace pendue à l'épaule, le bâton à la main.

« Où vas-tu ? » demande Dimos.

Le « grand-père » lève la main et fait un mouvement vague comme s'il ne savait pas où il allait ou comme s'il ne pouvait pas le préciser. Son geste indique à la fois le nord et le sud, l'est et l'ouest, tandis que son regard fixe est déjà loin, qu'il vogue au-dessus de la ligne floue et incertaine de l'horizon.

Ils se sont arrêtés au milieu d'un carrefour.

Cela fait un bon moment qu'ils ont laissé derrière eux l'auberge et la carafe de raki, que le sandour ne résonne plus à leurs oreilles. Ils ont eu le loisir de boire un coup, ils ont dansé le temps qu'ils ont pu ; ce qui les attend maintenant, c'est l'angoisse et la solitude du chemin. Chacun avec son cheval et avec ses appréhensions, avec tout ce qui est fixé par son propre destin.

Ils se tiennent sur leur monture immobiles comme des statues, muets. Ils restent fidèles à ce que les siècles leur ont appris, à ce que des générations et des générations leur ont enseigné : pas de pleurnicheries, pas de jérémiades ; parler peu et juste. Voilà près de mille ans que leurs peuples se parlent non pas avec des mots mais avec des sabres, avec des yatagans, avec des balles, qu'ils sont séparés par des dettes de sang et de mort, par des haines irréconciliables. Ils savent qu'ils n'ont pas le droit d'ignorer leur Histoire, leur passé, de faire comme si jamais aucun parent, aucun maître d'école ne leur en avait soufflé mot, de jeter au rebut les récits qu'ils tiennent de leurs grands-pères.

Soudain, le cheval de Dimos tourne et fait quelques pas pour se dégourdir les pattes, pour être prêt à reprendre son galop. Sans le vouloir, les deux messagers se retrouvent l'un en face de l'autre, ils se regardent, ils ont envie de dire quelque chose mais ils n'y arrivent pas, aucun mot ne sort de leur bouche. Une expression de solidarité, mais aussi de désespoir, est née sur leur visage, on dirait des malades qui viennent d'apprendre qu'ils souffrent de la même maladie, une maladie grave, sans remède, inguérissable.

DEUXIÈME PARTIE

11

Monastère du Prophète Élie — 4

Depuis quelques jours le monastère présente un mouvement inhabituel. Le Département des Antiquités byzantines a envoyé d'Athènes une équipe chargée d'estimer et de répertorier les trésors artistiques du Prophète-Élie, d'examiner et de photographier les icônes et les fresques, de reproduire les manuscrits sur microfilms, d'expertiser les livres précieux.

Toute la journée Mélétios est sur des charbons ardents, il soupire et se tripote nerveusement la barbe, il fait tout son possible pour ne pas perdre patience. Mais chaque fois qu'il parvient à étouffer la colère qui le dévore, il y a toujours quelqu'un qui le force à retomber dans le péché. L'un vient lui demander d'ouvrir les fenêtres, là-dessus un autre arrive et voudrait bien qu'on tire les persiennes et qu'on baisse les stores. Un technicien de l'équipe a chaud et ronchonne, soi-disant que la sueur qui lui dégouline du front risque de bousiller l'appareil qu'il utilise ; là-bas, un de ses collègues se plaint de ce que la bibliothèque est traversée de courants d'air et répète sans arrêt qu'il va attraper la crève. Où qu'il aille, dans quelque coin qu'il se réfugie, le vieux bibliothécaire a les pieds cernés de fils et de câbles, il trébuche sur des outils, sur toutes sortes d'instruments.

Tout à coup, ses oreilles sont abreuvées d'un flot de jurons lâchés par quelqu'un qui photographie des icônes. S'efforçant une fois encore de se contenir, Mélétios s'approche de lui :

« Qu'est-ce qui t'arrive, mon fils ? » demande-t-il.

Avec un geste de lassitude l'autre lui montre une crucifixion. Posé sur un trépied, un violent projecteur frappe le Christ en plein visage, l'implacable lumière torture le corps du Crucifié bien plus que ne le firent ses bourreaux romains.

« C'est mauvais ces photos, les icônes sont trop sombres. A force de les enfumer avec votre encens et vos cierges, vous les avez abîmées », explique le photographe.

Comme s'il ne l'avait pas entendu, Mélétios s'incline devant l'icône qui est placée sur un chevalet et fait son signe de croix, ses lèvres murmurent quelque chose. Dans l'ombre que jette un instant sur l'icône le corps du moine, le visage du Christ disparaît, la croix se fond dans la nuit qui recouvre soudain le Golgotha. Seule une mince bande lumineuse qui s'échappe du faisceau du projecteur, tombe sur un coquelicot d'un rouge vif qui a poussé parmi d'autres fleurs sauvages près de la croix, sous les pieds cloués du Crucifié.

« Ce sont des œuvres d'art », ajoute le photographe en voyant Mélétios baiser l'icône.

Le bibliothécaire se retourne lentement, paisiblement :

« Non, mon enfant, ce sont des œuvres de foi », répond-il.

L'autre regarde le vieux moine d'un air ahuri comme si on lui avait parlé dans une langue étrangère.

L'icône est à nouveau éclairée par le projecteur. Sur

la colline, à quelques pas de la croix, des soldats romains ont étendu par terre une chlamyde et jouent aux dés les vêtements du Christ qui sont entassés à côté d'eux. Abîmés dans leur affliction, dans leur méditation, deux disciples s'apprêtent à partir. Devant leurs pieds s'ouvre un sentier qui descend le long de la colline en serpentant, puis traverse la plaine et rejoint la route qui vient de la ville pécheresse, de Jérusalem.

Pendant un bon moment, Mélétios suit en silence le travail de l'équipe, il observe attentivement les différents appareils, les écrans, les boutons. Quelque chose lui dit qu'il n'y a rien de bon à attendre de tout ce remue-ménage. Qui sait ce qu'ils peuvent encore combiner, ces escogriffes à cravate et à serviette noire qui sont venus d'Athènes il y a quelque temps inspecter le monastère, qui sait quelles nouvelles conditions ils vont poser pour lui accorder le prêt qu'il a demandé... Leurs intentions sont déjà suffisamment claires : ils ont bien dit que le Prophète-Élie n'obtiendrait ce prêt que s'il acceptait d'exploiter son patrimoine, que s'il se décidait à mettre en valeur ses trésors.

Mélétios a une grimace ironique :

« En somme, il faut qu'on devienne des commerçants, qu'on transforme le monastère en magasin, qu'on expose le bon Dieu et ses saints comme de la marchandise », marmonne-t-il.

Lorsque l'équipe des Antiquités a débarqué, il est allé trouver l'higoumène pour discuter avec lui, pour lui faire part de ses craintes. Qu'est-ce que c'était que cette soudaine idée d'inventaire ? Pourquoi toutes ces machines, pourquoi tant de gens, tant de frais ? Comment se faisait-il qu'on ait trouvé de l'argent pour ce travail, alors qu'il n'y avait pas un sou pour la subvention que demandait le monastère ? Tout cela est bien étrange, a-t-il fait remarquer à l'higoumène, on doit leur mijoter quelque chose à Athènes. Peut-être qu'ils cherchent là un prétexte pour nommer un administrateur, comme ils l'ont fait dans d'autres monastères, après quoi ils trouveront bien une raison pour tout emmener à la capitale, pour tout mettre dans les musées.

Il n'est pas le seul à s'inquiéter, a ajouté Mélétios, d'autres frères ont flairé là quelque chose de louche, et même ce visiteur qu'ils ont accueilli depuis quelque temps et qui travaille à la bibliothèque, qui écrit un livre sur Paliokastro. C'est quelqu'un qui vit dans le monde et qui le connaît, il voyage, il voit des choses que les moines ne voient pas. Selon lui la communauté doit être vigilante, prendre garde à ses reliques, à ses livres et à ses icônes. Il se passe bien des choses, à ce qu'il dit, dans le monde entier les hommes qui sont au pouvoir ne respectent plus rien, partout c'est le règne de l'argent. L'un après l'autre, tous les peuples tombent en adoration devant le Veau d'or dont parle l'Ancien Testament, ils se prosternent devant Mammon [1].

Le photographe en a fini avec la crucifixion.

Sur le chevalet il a maintenant placé saint Jean le Précurseur, le projecteur jette une lumière crue sur la peau de chèvre qui couvre son corps osseux, sur sa barbe broussailleuse. La main levée du Baptiste montre le palais damné d'Hérode. Sur un parchemin déroulé qui est accroché au bâton du saint, sont inscrites en lettres rouges ses terribles menaces, ses malédictions. Au loin, dans la ville dont on aperçoit les premières maisons tout au fond de l'icône, les gens courent, affolés, ferment portes et fenêtres, se bouchent les oreilles avec leurs mains pour ne pas entendre sa voix.

Faisant attention à ne pas se prendre les pieds dans

1. Dieu syrien qui présidait aux richesses. (N.d.T.)

les câbles qui jonchent le sol, Mélétios s'approche de l'unique lecteur de la bibliothèque mais ne le dérange pas, ne lui parle pas. Il est déjà assez dérangé par les gens de l'équipe qui lui ont concédé un bout de la table, juste de quoi serrer ses livres et ses papiers, poursuivre tant bien que mal son travail. Lorsqu'ils passent à côté de lui, ils le regardent de travers comme si sa présence les gênait. S'ils se mettent à discuter de l'inventaire, il y a toujours quelqu'un parmi eux qui tout d'un coup fait un signe dans sa direction, et tous alors baissent la voix, on dirait qu'ils ont affaire à un ennemi ou à un espion. Parfois encore, en le voyant transpirer sur la vieille machine à écrire déglinguée qu'il a empruntée à la bibliothèque, ils plaisantent entre eux et se moquent de lui, on les entend rire.

Pour lui donner du courage, pour lui montrer qu'il le soutient, Mélétios pose doucement la main sur son épaule et jette un coup d'œil sur l'Évangile qui est toujours ouvert. Quand le lecteur se retourne, il voit le vieux bibliothécaire lui sourire, confiant, complice.

... Les Turcs sont prêts. Ils ne vont pas tarder à lancer leur première attaque. Je n'ai jamais vu autant de troupes, autant de canons. Comment Paliokastro pourra-t-il s'en sortir avec toutes ces légions d'infidèles ?

L'autre jour, l'higoumène est venu me trouver. Il y avait deux autres frères à ce moment-là dans la bibliothèque, ils étaient en train de ranger, mais l'higoumène leur a dit de sortir, puis il a fermé la porte à clé, il a pris un Évangile et m'a fait jurer de ne rien dire à personne de tout ce que je verrais. Ensuite il m'a demandé de l'aider à déplacer un coffre qui contient des objets d'église, il a poussé délicatement une plinthe, la dalle qui était dessous a pivoté comme sur des gonds, et l'entrée d'un tunnel est apparue. Il y avait même un escalier. J'en suis resté bouche bée. Toute une vie là, et dire que je ne savais rien.

Nous avons pris des bougies et nous sommes descendus, nous avons suivi une galerie. J'avais l'impression que j'étais entré vivant dans l'autre monde, tant il faisait sombre. Et puis nous nous sommes retrouvés dans une grotte ; elle était grande, elle pouvait bien contenir une centaine de personnes. L'higoumène a levé la bougie et m'a montré des inscriptions gravées un peu partout sur le roc. C'est là que les premiers Chrétiens s'abritaient pour célébrer la messe, m'a-t-il dit. Mais nous, nous allions abriter là les icônes et les saintes reliques, et tout ce que nous avions encore de précieux.

Après .... deux jours et deux nuits pour tout descendre, lui et moi, ... les avons enveloppés de toile cirée pour les protéger de l'humidité.

« Si des Turcs entrent dans le monastère, m'a dit l'higoumène, ta seule et unique tâche sera de veiller sur tout ce qui est là. Quoi qu'il arrive, tu ne sortiras pas de cette grotte. Même s'ils nous égorgent tous un à un, s'ils nous coupent en morceaux et nous jettent en pâture aux chiens. Tu n'ouvriras et ne sortiras d'ici que lorsque les infidèles seront partis. »

Et comment je le saurai ? lui ai-je demandé.

« Tu le devineras au silence qui se fera tout d'un coup, me dit-il. Et aussi quand tu entendras ensuite les vautours s'abattre sur nos cadavres pour les dévorer, quand tu sentiras la fumée qui s'échappera du monastère en flammes. »

.... je ferais peut-être bien de descendre dès maintenant pour m'habituer peu à peu à l'obscurité. Mais que Dieu me préserve

plutôt d'avoir jamais à le faire. Si j'avais su, à l'époque où le pauvre Arsénios m'apprenait l'alphabet... Les lettres, me disait-il, c'est le soleil qui éclaire l'esprit de l'homme. Et voilà où ça risque de me mener, à vivre dans les profondeurs de la terre.

Midi.

Les gens de l'équipe sont sortis dans la cour et cassent la croûte à l'ombre d'un platane. Dans la bibliothèque les appareils aussi font une pause, les projecteurs sont éteints. Sur l'écran d'un ordinateur, des mots emprionnés dans des cadres clignotent, des flèches lumineuses les surveillent, les guettent, immobiles. Lorsqu'on appuie sur une certaine touche, elles s'animent brusquement et courent, elles se jettent sur les mots et les frappent, les poussent, les piquent comme les bouviers font avec leurs bœufs.

Mélétios et son lecteur achèvent de leur côté leur frugale collation. Tout à l'heure un moine leur a apporté une grande jatte de yaourt et un melon. Cela fait plusieurs jours qu'ils déjeunent ainsi à l'écart, qu'ils partagent fraternellement le repas qu'on leur apporte des cuisines, tout en bavardant à voix basse. Si quelqu'un pouvait les entendre, il s'apercevrait que le plus souvent ils parlent de temps et de lieux d'autrefois, qu'ils évoquent des contes de jadis, des légendes très anciennes. Lorsqu'il leur arrive de ne plus se souvenir d'une expression, d'un mot ou d'un événement, leurs visages s'assombrissent comme s'ils venaient d'apprendre la mort d'un ami commun, d'un ami très cher. Mais sitôt que quelque chose commence à prendre vie dans leur mémoire, ils sont tout joyeux et rient comme des gosses qui, après s'être perdus dans une épaisse forêt, auraient contre toute attente retrouvé le sentier qui mène à leur maison, chez leurs parents.

Soudain, mâchant encore, Mélétios se lève et va jusqu'à la porte d'un pas traînant, il jette un coup d'œil dans la cour :

« Nous avons encore un peu de temps », dit-il.

Avant de se rasseoir, il se tourne vers l'est et se signe, il murmure comme à son habitude, aussi spontanément qu'il la sent jaillir en lui à cet instant, une prière toute personnelle, qui lui vient comme ça, selon l'inspiration du moment. Il n'aime pas les paroles toutes prêtes, standardisées, les mots et les phrases qui rampent sur une multitude de lèvres, qui trimballent tous les tourments et tous les espoirs du monde, qui finissent par devenir pareils à ces portefaix qui accourent où qu'on les appelle pour gagner leur journée.

Cette fois, la prière de Mélétios parle du pain quotidien que Dieu lui a assuré aujourd'hui encore, de la grâce qu'il lui a faite de le laisser un jour de plus sur terre. Sur un dernier signe de croix, le vieux bibliothécaire remercie le Créateur qui lui a accordé pour ce déjeuner l'amicale compagnie d'un de ses semblables, qui lui a donné la grande joie de déguster une cuillerée de yaourt, de tenir entre ses mains un melon parfumé.

L'opérateur de l'ordinateur est revenu s'asseoir devant sa machine. Tout à coup, sur l'écran, un mot bondit et court de-ci de-là, on dirait qu'il tente de s'évader du cadre qui l'emprisonne, qu'il cherche un endroit où se cacher. Une flèche lumineuse le remarque et se lance à sa poursuite, le rattrape, le menace. Le mot abandonne la lutte, obéit et retourne à sa place comme une brebis qui serait allée caracoler quelques minutes loin du troupeau et qui se retrouverait subitement face au chien du berger.

« J'espère qu'on n'aura pas besoin de redescendre

tout cela dans la grotte », monologue Mélétios en désignant à la ronde les piles de livres.

Même s'ils le faisaient, cela ne servirait à rien. Aujourd'hui personne ne peut dire avec certitude qui sont les ennemis et qui les amis, de qui il doit se méfier, d'où vont venir les coups. De nos jours, toutes les frontières, matérielles et immatérielles, sont floues, mouvantes, les gens ne s'y retrouvent plus, ne savent plus de quel côté se tourner. A l'époque d'Isidore les choses étaient relativement plus claires : par ici les fidèles, par là les infidèles ; d'un côté les soi-disant civilisés, de l'autre les soi-disant barbares. Les peuples s'entre-tuaient ouvertement, on n'avait pas besoin d'une résolution des Nations unies pour remplir la terre de cadavres. Les Vandales, les Huns et les Mongols serraient des couteaux entre leurs dents, brandissaient des haches, des torches ardentes. Qui pouvait douter de leurs intentions ? Qui pouvait ignorer ce qui l'attendait s'il tombait entre leurs mains ? Mais comment reconnaître les barbares d'aujourd'hui ? Rien ne permet plus de les distinguer, ils ne tiennent ni fléaux ni kandjars, ils portent costumes et cravates identiques à mille autres et se baladent impunément parmi nous, ils parlent la même langue que nous.

Un type de l'équipe s'approche en tenant une icône qui représente une scène de l'Apocalypse ou de la seconde Parousie. Dans une plaine à peine éclairée par un soleil malade, des milliers de pécheurs attendent à genoux, les yeux exorbités de terreur, le visage décomposé. Tout en haut, dans le ciel, un archange a pointé un glaive de feu sur tout ce peuple agenouillé et s'apprête à le frapper sans pitié, à le précipiter dans un abîme noir et sans fond.

« Je ne la trouve pas sur le catalogue », dit à Mélétios l'homme de l'équipe.

A la façon dont il tient l'icône, sa paume couvre le visage de l'archange. Sur le glaive de feu sont inscrits ces mots : « Malheur, malheur à ceux qui habitent sur la terre. »

« Quel catalogue, mon enfant ? »

L'autre laisse l'icône sur la table et apporte un livre qui porte un titre allemand, il l'ouvre devant Mélétios :

« Là-dedans on a répertorié toutes les icônes byzantines qui existent, les monastères, les églises, les collections et les musées où elles se trouvent, le prix qu'elles valent dans le marché », explique-t-il.

Mélétios ne manifeste aucune surprise. Depuis le jour où l'équipe est arrivée, il a entendu des choses qu'il n'avait pas entendues de toute sa vie, rien ne l'étonne plus. Il reste impassible même lorsqu'il voit les feux des projecteurs braqués sur le corps des saints comme si c'étaient des acteurs sur une scène de théâtre, les livres sacrés et les manuscrits mis en rang pour la photo, les objets liturgiques d'or et d'argent déversés en vrac sur la balance, comme les pommes de terre et les oignons dans les épiceries. Dans ce catalogue allemand, toutes les icônes byzantines sont décrites dans les moindres détails, chacune a son numéro de code, son prix : tant de milliers de dollars une nativité du XIIe ou du XIVe siècle, tant une crucifixion datant du règne de Jean Tsimiskès [1], tant une résurrection de l'époque des Paléologues. Tout y est inscrit, la valeur des icônes sur la place de Londres ou de Francfort, à combien on peut estimer la signature de tel peintre du Mont-Athos, les imitations de ses œuvres. D'innombrables saints ont été mis sur le marché, en Orient comme en Occident, on leur a apposé un tampon sur le dos, on leur a donné un tas de certificats d'authenticité.

1. Empereur byzantin du Xe siècle.

Des prophètes, qui jadis fulminaient des imprécations contre les hommes à cause de leur cupidité, les aident à présent à faire de l'argent, se transforment en investissements, en crédits bancaires, en opérations boursières. Il ne leur est pas facile de se cacher, de trouver un endroit tranquille et sûr. Ils ont beau s'abriter dans les chapelles les plus isolées, se réfugier sur l'iconostase des églises, ceux qui sont chargés de la rédaction du catalogue en sont aussitôt informés et se précipitent pour consigner les nouvelles références des saints, le nom et l'adresse de leurs propriétaires.

« Cette Apocalypse n'est mentionnée nulle part. Et je dois faire une estimation, ne serait-ce que provisoire », insiste l'homme de l'équipe.

Il prend une grande et grosse loupe et la promène au-dessus de l'icône, il cherche une signature, une date, une indication. Au moment où elle passe sur le visage de l'archange, la petite lampe de la loupe éclaire son regard, sa chevelure flottante, son manteau éclatant de blancheur. Puis, tandis que l'examen continue, la lumière illumine un autre ange, qui n'apparaissait pas jusqu'à maintenant. Presque dissimulé derrière une nuée cendrée, il tient une trompette et s'apprête à la porter à ses lèvres pour annoncer la venue du Juge. Au milieu du firmament les nuages se sont déjà écartés, le soleil s'est arrêté et attend, l'heure approche.

« Combien ça peut valoir à peu près ? pense tout haut l'autre.

— Ça, mon enfant, nous ne le saurons qu'au dernier instant », répond ironiquement Mélétios.

Ses yeux se sont fixés sur l'icône avec une tendresse manifeste, ils en reconnaissent chaque détail, ils remarquent les minuscules taches provoquées par l'humidité, les lézardes presque invisibles qui fendent çà et là la terre aux pieds des pécheurs, la peinture qui présente mille craquelures sur leurs mains et sur leurs corps, tout autour de leurs têtes. Il était jeune, Mélétios, il devait avoir à peine vingt ans lorsqu'il se prosterna pour la première fois devant cette Apocalypse. C'était la veille de sa tonsure, l'higoumène lui avait dit de rester agenouillé devant elle, de prier toute la nuit en implorant Dieu de lui donner force et patience pour la dure et sévère vie monastique qui allait bientôt commencer pour lui. Là-haut, sur leur icône, les deux anges lui avaient tenu compagnie dans l'obscurité, lui avaient prêté assistance. Et le lendemain, quand il était entré dans l'église pour la cérémonie de la tonsure, il les avait sentis avancer à ses côtés, l'un marchant à sa droite et l'autre à sa gauche, il avait vu les frères s'incliner devant leur autorité, célébrer la gloire de Dieu que leur apparition annonçait.

Mélétios tend les mains et prend son icône bien aimée, il la serre dans ses bras, les anges sont couverts par sa barbe, les pécheurs trouvent un abri provisoire derrière ses larges manches.

« Malheur, malheur à ceux qui habitent sur la terre », murmurent ses lèvres.

12

Bientôt le jour.

Le camp turc attend le signal de l'attaque : d'abord les tambours, qui rouleront dès que le ciel commencera à s'éclaircir, puis les trompettes, qui retentiront sitôt que le soleil surgira de terre. Alors, toute cette fourmilière s'ébranlera, se mettra en marche. Lourde au début, pataude, le temps que les hommes fassent une centaine de pas et trouvent leur rythme ; plus rapide ensuite, plus déterminée, quand la première lumière du jour aura fait apparaître les étendards de l'ennemi au sommet des remparts de Paliokastro.

Soudain, les trompettes sonneront à nouveau.

De toutes parts, de tous les coins de la plaine, des clameurs, des cris sauvages, des cors leur répondront. Sous les pieds de l'armée turque la terre tremblera, un grondement sourd s'échappera de ses entrailles. Du creux des arbres, des taillis et des buissons, les oiseaux s'envoleront par nuées, ils fileront à tire-d'aile vers les montagnes environnantes, iront chercher refuge sur les hauteurs. La bataille s'engagera dès que le soleil sortira la tête au-dessus d'une colline, quand le jour se sera solidement installé.

Pour l'instant, personne ne bouge.

Sur les positions les plus avancées du camp, les

akindjis [1] tiennent fermement les rênes de leurs chevaux qui hennissent d'impatience, certains remettent pied à terre et jettent un dernier coup d'œil sur la bride, sur le harnais, s'assurent que la selle est bien en place. Ils sont armés de kandjars différents de ceux des fantassins, plus grands et moins recourbés, faits pour le combat à cheval, pour atteindre facilement d'en haut les têtes à trancher. La plupart d'entre eux ont à la ceinture des torches enduites de résine qu'ils allument pour lancer sur les buissons qui dissimulent souvent les retranchements, pour mettre le feu à des abris où les assiégés peuvent avoir caché armes et munitions.

Près des akindjis, à des points stratégiques de la plaine, fourmillent les azabs [2] avec leurs yatagans courts, légers, avec leurs poignards et leurs pistolets passés dans la ceinture. Comme à chaque bataille, ce sont eux qui attaqueront en premier pour faire sortir le serpent de son trou, eux qui laisseront le plus grand nombre de cadavres derrière eux, qui essuieront le premier feu de l'ennemi, le plus dense, le plus meurtrier, ce seront les premiers à se faire tailler en pièces par les yatagans paliokastrites. Mais ils n'y pensent même pas : toute la nuit précédente, les derviches n'ont pas cessé de les fanatiser de mille manières, de leur échauffer la cervelle, de leur décrire le paradis, de leur parler de ses collines de pilaf et de ses rivières de miel, d'évoquer les belles houris qui danseront pour eux au son des saz célestes. A présent, ils sont prêts à foncer vers la montagne en hurlant, à l'escalader avec le kandjar entre les dents, à se lancer à l'assaut des remparts, chargés d'échelles, de grappins, de cordes.

1. Unité de cavalerie légère et très rapide, célèbre pour ses raids dévastateurs et ses pillages. (N.d.T.)
2. Un des corps d'infanterie de l'armée ottomane. (N.d.T.)

Les balles pourront bien leur pleuvoir dessus, cela ne leur fera ni chaud ni froid, ils ne sentiront même pas les yatagans qui se planteront dans leur ventre, qui leur couperont les oreilles ou les mains. Ils sont désormais certains que plus ils massacreront d'infidèles, plus Allah leur ouvrira grand les bras, que morts ou vifs ils entreront dans l'Histoire, que la gloire éternelle leur est assurée.

Les canonniers, des étrangers pour la plupart, sont encore plus indifférents. Ils savent qu'à cette phase du siège ils ne courent aucun danger, que leurs lignes sont loin de l'ennemi. Pour arriver jusqu'à eux, les Paliokastrites doivent franchir tout le camp, se frayer un passage à travers l'armée.

Les Paliokastrites...

Aucun des soldats de Sélim pacha ne les a jamais vus de près, aucun d'eux ne sait comment ils se battent, quelle est leur tactique. Bien sûr, ils ont beaucoup entendu parler de leur bravoure, il circule une foule de rumeurs à propos de leur cité. On raconte que depuis la nuit des temps ces gens-là ont conclu un pacte secret avec des dieux et des démons anciens qui leur prêtent main-forte dans les moments critiques, on dit qu'ils n'ont pas la même religion que les autres Grecs. C'est pourquoi ils vivent ainsi, seuls et isolés dans cette rocaille, c'est pourquoi aussi, dans tout le reste de la Grèce, leurs frères évitent d'avoir des rapports trop étroits avec leur ville.

Un jour, des bourreliers qui travaillaient près de la rivière affirmèrent qu'ils avaient vu une dizaine de cavaliers paliokastrites surgir tout à coup devant eux comme s'ils étaient sortis de terre, passer sur un pont à la vitesse de l'éclair et disparaître dans le lointain, derrière des hauteurs. Les fers de leurs chevaux jetaient des étincelles, flamboyaient, et une nuée noire de corneilles volait au-dessus de leurs têtes comme pour les escorter. Les bourreliers enfourchèrent aussitôt leurs montures et se lancèrent à leur poursuite, mais ils eurent beau les chercher partout, fouiller derrière ces collines où ils avaient disparu, il n'y avait aucune trace des Paliokastrites : ils s'étaient volatilisés.

Dès que cette histoire arriva aux oreilles de Sélim pacha, le sérasker envoya Omar et quelques janissaires se saisir des bourreliers et les lui amener. Il les fit entrer dans sa tente, s'enferma avec eux et les interrogea. Au bout d'un long moment, il sortit, appela de nouveau Omar et lui demanda de sentir leur haleine pour voir s'ils avaient bu. Après examen, le capitaine des janissaires déclara que les bourreliers devaient avoir descendu chacun un bon seau de raki.

On les envoya devant le conseil de guerre.

Peu de temps après, leurs têtes furent empalées sur des lances par les aides du bourreau et exhibées à travers tout le camp.

Mustafa attend lui aussi le signal.

Simple azab, il est en première ligne, avec son petit yatagan et son coutelas passé dans la ceinture. Voilà près de vingt ans qu'il s'est enrôlé. En ce temps-là une terrible famine s'était abattue sur sa terre natale, les gens mouraient comme des mouches dans son village. Cela faisait presque deux ans qu'il n'avait pas plu, et les rares champs de la région dépérissaient, à peine sorti de terre le maïs séchait. Comment Mustafa pourrait-il oublier ces années noires où lui et les siens se nourrissaient d'herbes sauvages, de racines bouillies, de glands... Toute sa vie il se souviendra de ces interminables processions d'affamés qui passaient jour et nuit sur la grand-route, toute sa vie il sera hanté par le souvenir de tous ces cadavres qui parsemaient les chemins menant à Erzerum ou Adana.

Années cruelles, impitoyables, les gens étaient prêts à tout pour pouvoir manger, plus rien ne comptait pour eux, ils étaient devenus de véritables bêtes furieuses. C'était le carnage autour d'un morceau de pain, on s'égorgeait pour de l'eau, on se massacrait pour une poignée de maïs. Les routes grouillaient de voleurs, de brigands, d'assassins. Les gendarmes n'arrêtaient pas d'en tuer, les exécutions se multipliaient, mais la foule des miséreux désespérés était toujours aussi nombreuse et de nouveaux affamés allaient sans cesse grossir les rangs des bandits, ils prenaient les montagnes et frappaient aveuglément, n'importe où, s'attaquant même aux troupes du sultan.

Un jour, des crieurs publics arrivèrent dans le village de Mustafa : l'armée recrutait des volontaires.

Mustafa fut parmi les premiers à sauter sur l'occasion et jamais il ne le regretta. Il eut de quoi manger, se rassasier, et réussit même, en prenant un peu sur sa pauvre solde, un peu sur le butin, à mettre quelques sous de côté. Et de plus il voyagea, vit du monde, découvrit des pays lointains et inconnus, entendit parler un tas de langues. De guerre en guerre, de bataille en bataille, il apprenait un peu plus la vie ; toutes les horreurs, toutes les atrocités qu'il voyait lui faisaient toujours comprendre quelque chose de plus. Ce qui l'étonna tout d'abord, ce fut de constater à quel point les hommes se ressemblaient quand ils tenaient une épée ou un fusil, combien ils étaient impitoyables envers leurs adversaires, mais indulgents, pleins de compassion pour eux-mêmes. Les pauvres aussi se ressemblaient tous : partout, dans n'importe quel coin du monde, ils portaient les mêmes haillons, logeaient dans les mêmes trous et les mêmes masures, les écuelles que leurs enfants affamés tendaient aux passants étaient toutes aussi vides.

Lorsque l'armée se déplaçait, Mustafa observait les paysans qui creusaient et peinaient dans les champs, qui luttaient toute la journée avec la terre. Ils se courbaient tous de la même manière quand ils semaient, quand ils moissonnaient ou arrosaient, ils remontaient tous à la même heure sur leurs ânes ou sur leurs mulets pour rentrer le soir au village. Chaque fois qu'il le pouvait, Mustafa entrait dans les bourgades et s'approchait des maisons, s'arrêtait çà et là le long des ruelles. Il restait à contempler les choses les plus simples, les plus ordinaires, comme si c'était la première fois qu'il les voyait, il promenait un regard plein de tendresse sur les écuries et les poulaillers, admirait les gerbes de blé qui attendaient le battage, tendait l'oreille la nuit pour écouter le craquement des pastèques qui grossissaient dans les potagers. Lorsqu'il n'y avait pas de danger et que ses supérieurs l'y autorisaient, il allait bavarder avec les paysans. Le plus souvent, il ne comprenait rien à leur langue, mais cela ne le dérangeait pas : il arrivait à communiquer avec eux en employant un mélange de mots étrangers qu'il connaissait, il apprenait le nom des gens, leur demandait s'ils étaient contents de leur récolte, si Allah avait envoyé de la pluie dans leur région.

Naguère, dans un bourg d'Asie Mineure, il trouva les rues désertes, les cours vides, toutes les portes closes. Au bout d'un moment, deux gamins qui s'étaient attardés à jouer dans un fossé passèrent comme des flèches devant lui, s'engouffrèrent dans une maison et ne reparurent plus. « Mieux vaut déguerpir avant qu'il ne nous arrive malheur », conseilla un des camarades qui étaient avec Mustafa.

Soudain, tandis qu'ils s'en allaient, un chien se mit à

aboyer après eux, mais au même instant une femme sortit de sa maisonnette et courut houspiller l'animal qui avait parlé aux étrangers — il n'avait pourtant fait que son devoir de chien, que son travail. Mustafa la salua, mais la femme fit semblant de ne pas l'entendre, de ne pas le voir. Tenant son voile pour qu'il ne s'ouvre pas, elle jeta un bout de pain sec au chien, lui versa un peu d'eau dans un récipient et rentra chez elle précipitamment.

Quelque temps plus tard, Mustafa vit sa mère en rêve. Il revenait enfin à la maison, après tant et tant d'années, il était harassé, dépenaillé, tout saupoudré de la poussière du chemin. La vieille femme se tenait debout sur le seuil, et Mustafa, qui l'avait aperçue au loin, accourut vers elle, ouvrit grand les bras, voulut la serrer contre lui. Mais alors, sa mère détourna le visage comme si elle était en colère, comme si elle avait cessé d'aimer son fils, comme si elle refusait de le voir. Et lorsque, ensuite, elle se retourna et disparut à l'intérieur de la maison, Mustafa n'osa pas la suivre ; il était planté là sur le seuil et regardait la porte qui était restée entrebâillée, qui claquait au vent et grinçait sur ses gonds.

Dans tous les pays qu'il parcourut, Mustafa se heurta souvent à la haine du raya, mais nulle part il ne la sentit aussi profonde, aussi farouche qu'en Grèce. A l'époque où il servait en Crète dans le corps des azabs, il avait appris quelques bribes de grec et arrivait à le baragouiner, il échangeait parfois quelques propos avec les Crétois, achetait dans leurs boutiques, entrait dans leurs cafés. Dès qu'il s'asseyait, il y avait au moins deux ou trois clients qui s'empressaient de lui payer à boire, souvent même ils lui commandaient aussi un narguilé. Il lui fallut longtemps, à Mustafa, avant de comprendre que ce n'était ni par flagornerie ni par amabilité : s'ils lui offraient aussitôt à boire, s'ils lui faisaient si vite apporter un narguilé, c'était par précaution, pour le devancer, pour lui couper l'herbe sous les pieds, pour ne pas avoir à lui dire merci. Et lorsqu'il leur arrivait de jouer aux cartes avec lui, ils s'arrangeaient toujours pour perdre. Non pour lui faire plaisir, comme il le croyait au début, mais parce que, s'ils avaient gagné, ils auraient dû accepter son argent.

Un jour, Mustafa n'y tint plus : « Qu'est-ce qu'il a mon argent, la peste ? » demanda-t-il à ses compagnons de jeu. Ceux-ci eurent l'air quelque peu honteux. Aussi, pour ne rien laisser paraître, prirent-ils l'argent qu'ils avaient gagné. Mais ils le donnèrent aussitôt à un mendiant qui passait à ce moment dans la rue.

Des affronts pareils, pires même, Mustafa en avale beaucoup, sans presque jamais protester, sans faire d'esclandre. C'est là son défaut, il le sait, il la connaît bien cette peur, cette lâcheté qui lui vrille le cœur dans les moments difficiles. Mais il n'y peut rien, il est né comme ça, c'est Allah qui l'a fait ainsi. Bonne ou mauvaise, on n'échappe pas à sa nature, il n'est personne au monde qui puisse changer le sang qui coule dans ses veines.

Malgré tous les massacres que ses yeux ont vus, malgré toutes les guerres auxquelles il a participé, il ne s'est pas endurci. Chaque fois qu'il entend le sinistre bruit des yatagans sortant tous en même temps des fourreaux, il a la chair de poule, la charge de la cavalerie le saisit d'effroi, la ruée des ennemis hurlant sabre au clair le fait pisser de trouille. Avant chaque bataille périlleuse, les plus hardis de ses compagnons d'armes lui donnent du courage, d'autres lui disent de se soûler au raki, de se bourrer de haschisch. Il a tout essayé, rien n'y fait. Heureusement qu'il y en a d'autres, beaucoup d'autres, dans son cas. Même s'ils ne l'avouent pas. Dès que les tambours battent la charge, Mustafa les voit jouer les intrépides, se mettre en marche d'un pas vaillant et décidé, s'élancer parmi les premiers. C'est que les lignes ennemies sont encore loin, les adversaires attendent embusqués, ils ne réagissent pas. Mais quand pleuvent les premières balles, tout change, oubliée l'intrépidité, remisée la bravoure.

Le signal.

Cours, Mustafa, cours, et ne regarde ni à droite ni à gauche. Plus vite tu atteindras les retranchements des Paliokastrites, mieux ça vaudra. Si tu hésites maintenant, si tu ralentis un tant soit peu, ce sont les tiens qui vont te tomber dessus et te mettre en pièces, hommes et chevaux te réduiront en bouillie. Alors cours, rassemble ton courage comme autrefois, quand tu étais gosse et que tu partais de la maison battre la campagne pour trouver quelque chose à manger, que tu allais au hasard des routes, que tu mendiais. Souviens-toi, l'hiver, tu enfonçais jusqu'aux genoux dans la boue du chemin ; en été, tu te couvrais la tête de chiffons mouillés pour ne pas être étourdi par les feux du soleil. Lorsque tu arrivais à un carrefour, tu t'asseyais sur une pierre et tu attendais que passe la calèche de quelque seigneur, la carriole d'un camelot ou d'un marchand de bestiaux. Tu tendais la main, et à la grâce de Dieu. Parfois, il y avait des femmes dans la calèche, belles comme les houris du paradis, avec de grands cils noirs qui brillaient, avec les joues et les lèvres peintes. Si le cocher s'arrêtait, elles relevaient gracieusement leur voile et souriaient, elles te caressaient les cheveux, puis allongeaient les pieds en te donnant un carré de velours pour que tu leur essuies leurs petites mules. Les servantes qui les accompagnaient te gratifiaient toujours de quelque chose, te laissaient un morceau de pain, te mettaient dans l'écuelle une poignée de boulgour[1].

Cours, Mustafa.

Inutile de chercher, il n'y a pas d'échappatoire. Même si tu pouvais revenir te nicher dans le ventre de ta mère, ça ne changerait rien. Est-ce que tu as évité la peur là-dedans ? La pauvre Ezmé t'avait dans son ventre et allait trimer chez les autres, elle sarclait ou moissonnait dans les champs des beys, elle faisait des lessives dans les fermes domaniales. Quand elle entendait les crieurs publics annoncer l'arrivée de caravanes venant distribuer de la farine ou du pain aux populations affamées, elle attrapait un sac et courait. Enceinte ou pas, rien ne l'arrêtait, son ventre traînait jusqu'à terre mais elle s'en fichait : bientôt la famille allait s'agrandir, un enfant de plus attendrait chaque jour à la maison, la bouche ouverte.

Ton premier combat, c'est là, dans les entrailles de ta mère, que tu l'as livré, Mustafa. Peut-être que tu ne l'as pas senti, que tu ne t'en es pas rendu compte, mais lui a trouvé moyen de t'atteindre, il t'est entré dans le sang et s'est mêlé à lui pour toujours. Pourquoi donc crois-tu qu'en ce moment même où ta vie est à nouveau en danger, il te monte aux lèvres ce goût amer comme du fiel ? Cela fait des années que tu essaies de te débarrasser de cette amertume, mais tu n'y parviens pas, tu es poursuivi par l'histoire que ta mère t'a racontée un jour, lorsqu'elle t'a expliqué comment tu as été marqué par la peur pour la première fois de ta vie. Tiens, regarde tes compagnons d'armes, tous ces soldats qui courent à côté de toi, en même temps que toi. Comme à chaque bataille, tu as l'impression que ce ne sont pas

1. Blé cuit concassé. (N.d.T.)

des yatagans, des kandjars, des armes qu'ils tiennent, mais des sacs, des paniers, des besaces, et que les hommes de la caravane vont bientôt leur donner à manger pour qu'ils ne crèvent pas de faim, qu'ils vont leur distribuer du boulgour, du maïs, des galettes. Regarde, tout le village court, il faut arriver à temps pour la distribution, et ta mère court aussi, mais avec toi dans son ventre la pauvre Ezmé ne peut pas cavaler aussi vite que les autres, elle trébuche tout le temps, tombe, se relève, continue, s'acharne.

Cours, Mustafa.

Tout à coup, autour de toi, on s'agite, on pousse des cris, on se bat. Non, ce ne sont pas les Paliokastrites, mais les paysans affamés qui en viennent aux mains avec les gendarmes chargés de surveiller les charrettes de nourriture, ils mugissent comme des bêtes furieuses, renversent tout, les hommes tirent le couteau et s'étripent, les femmes s'attrapent par les cheveux. Le corps de ta mère est secoué comme un bateau dans la tempête, et toi, au milieu de ce monde déchaîné, tu es bousculé, tu ne peux pas respirer, tu étouffes.

Soudain, Ezmé aperçoit un sac plein.

Elle s'élance pour s'en emparer, mais une autre femme la voit, elle est enceinte elle aussi mais plus jeune, plus vigoureuse, dans son ventre elle porte ton premier adversaire, ton premier ennemi. Comme toi, il est en danger, il est bousculé, il souffre. Qui sait, peut-être qu'en ce moment il est lui aussi simple azab dans l'armée de Sélim pacha, qu'il court en hurlant, qu'il a la même amertume que toi sur les lèvres, qu'il ressent la même terreur... Ta mère et la sienne se sont empoignées, elles se mordent, se frappent, mais voilà que les douleurs les prennent toutes deux, elles n'en peuvent plus, lâchent prise, serrent leur ventre de leurs mains et s'en vont à l'écart, elles se fourrent sous un buisson, s'allongent côte à côte et accouchent.

Cours, Mustafa.

Les retranchements paliokastrites sont à présent bien visibles, des fez rouges apparaissent derrière les rochers, les armes crachent du feu, les yatagans lancent des éclairs.

Les bruits seuls guident Mustafa, cliquetis d'armes, traînements de pieds, râles, gémissements. Est-ce que c'est son sang à lui qui lui a ainsi trempé les cheveux, qui ruisselle de ses sourcils ? Mustafa s'arrête, lève la main et touche son visage, tâte ses yeux. Quelqu'un, qui marche constamment derrière lui, le pousse doucement :

« Avance, on n'est pas encore arrivés », lui dit-il amicalement.

Mais comme la nuit est vite tombée ! Il vient seulement de s'en rendre compte. Il s'est donc battu durant toute une journée ? Quand il a senti ce coup violent sur la nuque, c'était juste au moment où il levait son yatagan pour la première fois. Il était devant un retranchement et les balles pleuvaient dru.

« T'en fais pas, d'ici à ce qu'on rentre au camp, tu reverras clair. »

Ainsi, il ne voit plus ? Il est aveugle ? Cela a dû se passer alors qu'il fonçait à l'assaut du retranchement. Tout ce dont il se souvient c'est ce fracas qui lui a ébranlé tout le corps, cette explosion qui s'est produite au même instant dans sa tête. Sa tête... Mais par quel miracle n'a-t-elle pas été tranchée par ce yatagan ?

« Le coup était destiné à un autre. C'est pourquoi tu n'as reçu que le plat de la lame, explique la voix. Tu l'as échappé belle. »

Échappé belle... Il l'a entendu dire tant et tant de fois ce mot-là... Par des estropiés, des culs-de-jatte traînant leurs moignons par terre, des hommes mutilés des bras, des oreilles, ou qui n'ont plus pour visage qu'une masse informe de chair.

« Ça m'est arrivé une fois à moi aussi. C'est à cause du coup. »

Le camarade qui parle le prend par les épaules, le soutient et l'aide à descendre peu à peu le flanc abrupt d'un ravin. Mustafa entend des pierres dégringoler derrière eux, les dépasser et finir leur course plus bas dans des clapotements d'eau.

« Tu as mis longtemps pour recouvrer la vue ?

— Quelques jours. »

Parvenus au fond du ravin, ils font une halte pour reprendre haleine. Au-dessus de leurs têtes il y a de plus en plus d'azabs qui descendent, l'endroit s'est empli de corps qui bougent, qui se regroupent çà et là dans les passages et s'accrochent aux rochers, formant d'énormes grappes vivantes. Brusquement, quelqu'un glisse et tombe, il roule, cherche à s'agripper quelque part, rencontre un pied et le saisit, l'entraîne, emporte tout le monde. En l'espace de quelques secondes tout n'est plus qu'un amas confus et tumultueux d'où s'échappent des hurlements, des tintements de ferraille, des injures.

« S'ils nous attaquent ici maintenant, pas un de nous n'en réchappera », dit le camarade de Mustafa.

Mustafa se frotte en vain les yeux :

« Je crois que pour moi la guerre est finie, soupire-t-il.

— D'où viens-tu ?

— D'un village près d'Adana.

— Tu es marié ?

— Je n'ai pas eu le temps. On m'a bien proposé une jeune fille, mais c'était juste avant que je m'enrôle. »

Elle était venue un jour à la maison avec sa mère. Mustafa la vit et elle lui plut, elle avait l'air d'une gentille fille, paisible, honnête. Elle était très jeune encore, un fruit vert, sa poitrine commençait juste à s'arrondir, ses hanches n'étaient pas bien pleines, mais cela ne le dérangeait pas. Elle se développerait, s'épanouirait, le travail la mûrirait, elle apprendrait peu à peu tous les secrets de la vie, l'un après l'autre et chacun en son temps, elle serait instruite par la nécessité, par la pauvreté.

Les deux mères s'étaient assises devant la cheminée et discutaient tranquillement à voix basse, d'un air grave. L'oreille de Mustafa percevait quelques mots par-ci par-là, il était question de dot, enfin, de quelques malheureuses bricoles, draps, chaudron, trépied pour poser la marmite sur le feu. Au bout d'un moment, les deux femmes se levèrent et lui montrèrent en souriant une paire de chaussons rouges avec des cordons jaunes, que la jeune fille avait soigneusement tricotés.

« Pourquoi ne t'es-tu pas marié, puisqu'elle te plaisait ?

— Je ne sais pas ce qui m'a pris. J'ai eu pitié d'elle. »

C'était la coutume, il le savait, sa mère le lui avait dit. Ezmé regardait tantôt la jeune fille et tantôt Mustafa, elle souriait et attendait. Toutes les choses du mariage devaient se dérouler comme il convenait, selon le rituel fixé par les anciens, qui savaient ce qu'il fallait faire pour établir solidement le couple, pour qu'Allah lui soit favorable. Mais alors que Mustafa se penchait pour mettre les chaussons, la mère fit un signe à sa fille et celle-ci se précipita, prit les chaussons des mains de Mustafa et s'agenouilla à ses pieds pour les lui enfiler elle-même, comme il convenait.

« Et c'est pour ça que tu n'as pas voulu d'elle ?

— Pas exactement, mais voilà, comment dire... Quand je l'ai vue comme ça, à mes pieds, ça m'a rappelé ces années où je mendiais, où j'attendais les voitures des riches aux carrefours. Je me précipitais et je m'agenouillais comme elle, j'essuyais les mules des grandes dames. »

Ils se prennent par la main comme des écoliers qui reviennent de l'école, ils entrent dans l'eau et ressortent de l'autre côté, sur l'autre versant du ravin. Une odeur lourde, écœurante, arrive aux narines de Mustafa.

« Ce doit être le sang, dit son compagnon.

— On ne les délogera jamais de là-haut. Ils nous élimineront peu à peu comme aujourd'hui.

— Mais nous aussi nous en éliminons chaque fois quelques-uns. Combien de temps ils pourront tenir ? Ils ne sont pas bien nombreux.

— Il paraît que leurs femmes se battent aussi. »

Ah, s'il avait eu un peu plus de jugeote à l'époque... Sa mère lui en aurait présenté une autre, elle lui aurait trouvé une gentille femme, une bonne épouse. Cette fois, il n'aurait pas fait le difficile avec les chaussons, il aurait tendu non seulement les pieds mais aussi les bras.

« J'aurais dû écouter ma mère...

— Et ton père ?

— Je le voyais rarement, le pauvre... »

C'était la nuit quand il partait, Ali, et c'était la nuit quand il rentrait à la maison. Il lui fallait deux bonnes heures de marche pour se rendre à la mine, il devait passer par un défilé sur la montagne d'en face, traverser ensuite une petite plaine. Lorsqu'il arrivait devant le puits central de la mine, les autres faisaient déjà la queue. Dès que son tour venait, Ali prenait le pic qu'on lui donnait, s'asseyait dans une benne et on le descendait. A cette heure, il y avait encore des étoiles dans le ciel.

Des années et des années dans les profondeurs de la terre. Dehors, le jour se levait, midi venait, le soir tombait, mais Ali ne voyait jamais le soleil, il avait oublié comment était le monde la journée, comment volaient les oiseaux, comment brillaient les gouttes de rosée sur les feuilles des arbres. Autour du cou, suspendue à un cordon, il avait une petite bouteille d'huile pour alimenter sa lampe. Parfois, pour ne pas manger sec le boulgour qu'on lui mettait dans une écuelle de bois, il versait dessus quelques gouttes d'huile, de quoi lui donner un peu de saveur, mais la lumière durait alors moins longtemps et Ali était obligé de creuser dans le noir.

« Où sommes-nous ? demande Mustafa.

— Nous approchons du camp. »

Là-bas, au loin, retentissent des clairons qui sonnent l'appel dans la tente du sérasker. Bientôt, les officiers qui ont dirigé l'offensive s'y rassembleront, ils commenteront la première bataille de cette guerre, étaleront des cartes sur les tables, feront leur rapport. Soudain, la porte s'ouvrira, un janissaire apparaîtra, s'inclinera jusqu'à terre et remettra à Sélim pacha la liste des pertes.

Pendant quelques instants, le silence se répandra dans la tente.

Puis le sérasker prendra un épais registre, le journal du siège, et y inscrira quelque chose. Quelques mots. Une ou deux lignes tout au plus.

13

Calmement, sans bruit, sans précipitation, les Paliokastrites remontent leurs morts dans la ville. Échauffé par la bataille, couvert de poussière, Costa Békas se tient devant la grande porte de la citadelle et regarde en silence les corps qui passent étendus et découverts sur des brancards, les fustanelles ensanglantées qui pendent et frôlent le sol, qui s'accrochent aux cailloux pointus et aux ronces. Par moments, lorsqu'il reconnaît le pistolet damasquiné d'un vieux compagnon d'armes, le fez ornementé d'un voisin ou les cheveux gris d'un ami de son âge, il fait un signe de la main et la procession des morts s'arrête. Pendant quelques instants le regard de Costa Békas reste fixé sur le tué, comme si le capétan s'appliquait à graver ses traits dans sa mémoire, comme s'il faisait revivre au fond de lui des épisodes de la vie du guerrier mort, de ses combats.

Bientôt, devant l'entrée de sa maison, le défunt sera accueilli par sa famille, entouré par ses enfants, par ses amis. Puis la cité tout entière défilera là pour lui rendre hommage, les adultes montreront aux enfants les blessures que le mort a sur la poitrine, tout le monde baisera ses mains en croix, touchera respectueusement le fusil ou le yatagan qui sera posé près de lui. Tard dans la nuit, quand il aura terminé l'inspection des troupes, Costa Békas se rendra à son tour dans chacune des maisons endeuillées. Non pour se lamenter ou présenter ses condoléances, mais pour saluer ses compagnons tombés au feu, pour remettre leurs armes à leurs fils. D'ailleurs, on n'entendra nulle part le moindre gémissement. Paliokastro n'a pas le temps de se répandre en pleurs et en lamentations. Les morts avec les morts, et les vivants avec les vivants, ceints de leurs armes, sur les remparts, à leurs postes.

L'autre jour, Costa Békas les a tous réunis et leur a parlé clairement, sans ambages. Sélim pacha, leur a-t-il dit, n'est pas n'importe qui, il dispose d'une armée puissante et bien entraînée, il sait la commander, l'utiliser. Selon toute apparence, le sultan a décidé de se débarrasser une bonne fois pour toutes de cette cité insoumise et rebelle qui n'a jamais accepté de s'incliner devant son trône, il est résolu à détruire ce repaire d'aigles qui volent libres depuis des siècles, qui donnent le mauvais exemple à d'autres oiseaux. Voici venir des temps difficiles pour tous les Grecs, a dit le capétan. Comme autrefois, c'est à nouveau en Grèce que les grandes nations viendront se mesurer, régler leurs différends, c'est là que s'affronteront encore une fois l'Orient et l'Occident, que chrétiens et musulmans s'empoigneront et s'étriperont.

Paliokastro est en danger de mort, cria Costa Békas pour que tout le monde l'entende bien. Quelle que soit la décision qui serait prise, elle devait être mûrement réfléchie. Ceux qui pensaient qu'il fallait essayer de sauver la ville sans faire la guerre, de négocier avec Sélim pacha, devaient le dire franchement. Il n'y avait aucune honte à vouloir préserver son pays sans faire couler le sang, à vouloir tout tenter pour ne pas envoyer inutilement des hommes à la boucherie. Voilà des siècles que la Grèce était en lutte, ses villages s'étaient dépeuplés, ses enfants s'en allaient déchirés, s'expatriaient, ses champs restaient en friche.

De même, ceux qui étaient d'avis qu'il n'y avait pas d'autre solution que la lutte, devaient s'exprimer librement eux aussi. Personne ne les traiterait de fanfarons, personne ne pourrait prétendre qu'ils étaient de ceux qui se battent plus facilement en paroles qu'avec des armes. Il n'était pas un seul Paliokastrite qui n'eût de cicatrices sur le corps, dont l'existence ne fût jalonnée de batailles, de sièges et de massacres.

Peu d'entre eux prirent la parole, et encore furent-ils très brefs. Montrant la vaste tache noire que formait la fourmilière ottomane là-bas, dans la plaine, les nuages de poussière que soulevaient au loin sur la route les incessants convois amenant des renforts à Sélim pacha, ils disaient tous à peu près la même chose : à quoi bon négocier ? Qu'est-ce qu'ils y gagneraient ? Le sérasker exigerait d'abord que Paliokastro détruise ses remparts, rende ses canons et ses armes, accepte l'autorité d'un bey sur son sol. Ensuite, tous les autres malheurs arriveraient tout seuls, à la queue leu leu, comme les grains d'un chapelet, ce seraient les dîmes et les capitations, l'assujettissement, l'insupportable servitude.

« Voyons si on ne peut pas au moins sauver les femmes et les enfants, dit quelqu'un.

— Admettons qu'on puisse. Que se passera-t-il après ? » répliqua Costa Békas.

Un long silence se fit. Chacun remuait dans sa mémoire tout ce qu'il avait entendu raconter à propos de villes et de villages voisins qui avaient connu pareille situation, tout ce qui était arrivé, partout en Grèce, à ceux qui avaient choisi de partir : larmes, lamentations, déracinements, marches dans la nuit à travers montagnes et gorges, avec la peur, l'angoisse au cœur. Puis la vie misérable et noire dans des contrées lointaines et inhospitalières, les touffeurs de l'été et les gels de l'hiver dans des grottes et sous les arbres au milieu des champs, dans des maisons en ruine, dans des bergeries abandonnées. Tous vêtus de vieilles hardes jetées au rebut, tendant leurs écuelles vides, dans l'amertume d'une liberté d'emprunt. Les femmes de Paliokastro, qui étaient habituées à vivre la tête haute, à promener autour d'elles un regard fier, à manier au besoin le yatagan, seraient réduites à mendier de porte en porte, à attendre le bon secours d'autrui dans les rues et sur les places, avec leurs bébés dans les bras... Que diraient-elles à ces enfants quand ils seraient grands ? Comment leur expliqueraient-elles ? Quelle réponse leur donneraient-elles lorsqu'un jour ils leur demanderaient de quel droit elles les avaient ainsi condamnés à l'errance perpétuelle, à l'humiliant exil ?

« Que se passera-t-il après ? » insista Costa Békas.

Personne ne répondit. Ni celui qui avait posé la question ni aucun autre, personne n'avait plus aucune remarque à faire. Dans le silence qui se répandit, on n'entendait que les tambours et les trompettes des Turcs qui étaient de plus en plus nombreux dans la plaine. Sur les remparts, comme pour leur répondre, retentissaient les sifflements convenus entre les hommes qui montaient la garde. Par moments, résonnant alentour dans les montagnes, leur parvenaient les cris des aigles qui décrivaient des cercles dans le ciel, surveillant de haut leur territoire, regardant attentivement si quelque bête sauvage ne s'approchait pas de leur nid.

Concentrant toute son attention, considérant et pesant mille choses à la fois, Costa Békas examine la carte de Paliokastro et de la plaine qui est accrochée au mur de la salle de classe, devant lui. Peu versé dans la cartographie, aidé uniquement d'un ouvrage traitant du sujet qu'il a rapporté de Venise, Photis s'est donné bien du mal pour l'établir : il passait toute la journée à observer le camp des Turcs à la longue-vue, à reproduire minutieusement tous les détails du relief, les montagnes environnantes avec leurs sommets et leurs pentes, les ravins qui s'ouvraient çà et là sur les flancs de leur masse imposante. Suivant avec soin les conseils que donnait le livre, il ne cessait d'améliorer sa carte, de la remplir d'un tas de signes, de points et de petits cercles indiquant les positions des troupes ennemies, de lignes sinueuses figurant les sentiers, les passages. Quand l'instituteur eut terminé, son pays se trouvait restreint à un bout de papier, les montagnes de Paliokastro tenaient sur une minuscule surface, ses retranchements étaient transformés en petits rectangles hachurés. Rien n'avait été négligé, rien ne manquait, on pouvait même localiser les ateliers des tanneurs, les tentes des janissaires, l'endroit où étaient rangées les voitures des marchands et des médecins, les levées de terre qui protégeaient les dépôts de munitions des Ottomans.

C'est devant cette carte que Costa Békas a élaboré le plan audacieux dont il a eu l'idée, c'est devant elle qu'il a étudié avec les notables toutes les phases de l'opération qui a mûri depuis longtemps dans son esprit.

Il n'aurait pas besoin de beaucoup d'hommes, seulement une cinquantaine de cavaliers qui sortiraient de nuit par le ravin, qui fonceraient avec lui dans l'obscurité. Le temps que les sentinelles des Turcs se rendent bien compte de ce qui se passe, les Paliokastrites auraient déjà pénétré loin à l'intérieur du camp, ils se frayeraient un chemin en massacrant les factionnaires pris de court, ils continueraient, avanceraient. Avant que les Turcs aient eu le temps de se ressaisir et d'allumer des flambeaux pour voir un peu plus clair autour d'eux, les cavaliers de Costa Békas se seraient approchés des canons et se jetteraient sur leur cible, les canonniers. Ils frapperaient fort, tueraient sans merci. Si tout allait bien, s'ils n'étaient pas cernés par les Turcs, ils auraient assez de temps pour en liquider bon nombre, la plupart — avec un peu de chance, peut-être même qu'ils les extermineraient tous. Puis ils fuiraient par l'autre côté du camp et rejoindraient le ravin, ils cacheraient vite les chevaux dans une grotte qu'ils utilisaient pour les attaques de nuit, s'enfonceraient dans une galerie et disparaîtraient.

Ce serait un grand coup pour le moral des Turcs.

Non seulement parce que les Paliokastrites auraient montré à Sélim pacha qu'ils pouvaient traverser la plaine comme si elle était déserte, comme si l'armée turque n'existait pas, mais parce qu'ils rendraient pour longtemps son artillerie muette, inutilisable. Costa Békas savait bien que le sérasker aurait beaucoup de mal à remplacer les artilleurs étrangers, tous ces Italiens et ces Autrichiens qu'il payait une fortune en pièces d'or et pour lesquels il était aux petits soins comme si c'étaient les propres enfants du sultan — il leur offrait le raki sous l'auvent de sa tente, conviait leur chef à sa table. Le temps qu'il trouve d'autres Européens qui connaissent bien le travail, qu'il envoie un message à Constantinople et que de là le sultan prévienne ses ambassadeurs de recruter de nouveaux canonniers, plusieurs mois s'écouleraient. En attendant, Paliokastro en profiterait pour mieux organiser sa défense, ses hommes pourraient faire des sorties et des attaques sans craindre les canons, et peut-être qu'arriverait la fameuse aide annoncée par les Français.

Costa Békas réfléchit, fignole son plan, en repasse chaque détail, il regarde la carte et tente de deviner, d'imaginer toutes les complications éventuelles. Derrière lui, Photis verse une burette d'huile dans la lampe, il est lui aussi plongé dans ses pensées, il fait ses calculs.

« A ton avis, capétan, ils sont combien, les canonniers ? dit-il soudain.

— Une centaine, peut-être davantage, répond Costa Békas sans détacher son regard de la carte.

— Et qui est à leur tête ?

— Un Vénitien, Giuseppe. Il travaille depuis des années pour les Turcs, c'est un des meilleurs officiers du génie. »

L'instituteur essuie ses mains huileuses avec un chiffon et regarde à son tour la carte. Il a compris toute la difficulté, tout le danger que présente le plan du capétan, il partage ses craintes, de sombres pensées envahissent son esprit. Bon, admettons que les gars risquent leur vie, que cinquante Paliokastrites se sacrifient pour décapiter l'artillerie de Sélim pacha. Mais finalement, à quoi cela servira-t-il ? Le sérasker ne mettra pas si longtemps à dénicher de nouveaux canonniers. Dès que le sultan ouvrira ses coffres, dès qu'il leur fera miroiter son or, ils se précipiteront par centaines, les mercenaires, et sans le moindre scrupule. Pourquoi hésiteraient-ils ? Les ambassadeurs turcs en Europe connaissent parfaitement leur travail, ils discutent et font des tractations avec les gouvernements de l'Occident, s'assurent les bons offices de ministres afin qu'ils ferment les yeux en cas de difficulté, qu'ils fassent les innocents, les étonnés. Le sultan a désormais saisi les faiblesses des Occidentaux, il sait bien qu'ils cherchent à prendre pied dans les Balkans, qu'ils reluquent les côtes de la Dalmatie, la terre des Albanais, celle des Serbes, qu'ils rêvent d'avoir un jour un accès sur la mer Noire, de régner sur l'Égée. Au besoin, ils sont prêts à envoyer des troupes en Grèce pour aider l'Empire ottoman à se maintenir encore un peu, le temps pour eux de mieux fourbir leurs armes, après quoi ils l'abattront et se le partageront. Qu'est-ce qui les en empêchera ? Qu'est-ce qui pourrait bien les retenir ? Tout au plus entendra-t-on protester quelques aristocrates éclairés, tels que ces Français qui envoient des lettres à Costa Békas, et pleurnicher deux ou trois philhellènes. Ensuite, quand les Turcs se seront emparés de Paliokastro, qu'ils auront rasé ses maisons, massacré ses femmes et ses enfants, ils prétendront tous être rongés de remords, de grands débats s'élèveront dans leurs salons. Entre les quadrilles et les menuets, comtes et marquis exprimeront poliment leur indignation, on évoquera les Grecs civilisés et les barbares ottomans, des dames parfumées sortiront leurs mouchoirs de soie pour essuyer leurs larmes.

Cette fois, il faut se battre autrement, songe l'instituteur. La situation n'admet pas d'hésitations, pas de demi-mesures, il faut trancher le nœud : pour lutter contre la sauvagerie, on doit savoir employer la sauvagerie, agir sans scrupules face à ceux qui n'en ont aucun. Rien ne sert de se battre en hommes civilisés quand on a affaire à des loups en furie.

« J'ai une idée, capétan. »

Costa Békas se retourne, regarde Photis et écarquille les yeux, il ne peut cacher sa surprise. Le visage du maître d'école est décomposé, des rides profondes lui barrent le front, il a le menton qui tremble.

« Qu'est-ce qu'il y a, Photis ?

— Écoute, capétan... C'est au sujet des canonniers. D'accord, il faut se débarrasser d'eux. Mais supposons qu'on l'ait fait, ça nous avance à quoi ? Dans deux ou trois mois, il en viendra d'autres, plus nombreux peut-être, plus expérimentés.

— On aura le temps de consolider les fortifications, de faire de nouveaux retranchements. Et d'ici là on aura reçu les armes et les munitions annoncées. J'ai tout soigneusement calculé. Pour ce qui est du danger, si c'est ça qui t'inquiète, on ne peut pas faire autrement. Mais en les surprenant dans leur sommeil, je crois qu'on en fauchera pas mal sans trop de risques.

— D'autres les remplaceront, insista Photis. Les canons se remettront à fonctionner, et cette fois ils seront bien gardés. »

Costa Békas observe à nouveau la carte, son regard vagabonde au-dessus de la ville dessinée, s'arrête par endroits sur la ligne crénelée des remparts, puis descend dans la plaine et se faufile parmi les unités turques, passe près des tentes des azabs et continue sa rapide et silencieuse avancée jusqu'à l'emplacement des canons.

« Nous ne pouvons rien faire d'autre, Photis.

— Si, capétan. »

Le visage de l'instituteur est maintenant un peu plus serein. Son regard à lui n'est pas rivé sur la carte mais sur le ciel obscur qui s'étend comme un drap noir devant la fenêtre.

« Danger pour danger, capétan, tant qu'à risquer le coup, pourquoi ne pas faire en même temps quelque chose qui ne sera pas plus dangereux et qui nous aidera peut-être beaucoup par la suite ?

— Que veux-tu dire ?

— Eh bien, en éliminer le plus possible sur place, mais en prendre aussi quelques-uns vivants et les amener ici comme otages. Quand les nouveaux canonniers débarqueront d'Europe, nous en sortirons deux ou trois anciens sur les remparts et nous leur trancherons le cou sous les yeux de leurs compatriotes. Ensuite nous enverrons un message à Sélim pacha : si tous les étrangers qu'il a recrutés dans son armée ne rentrent pas chez eux, les autres otages seront exécutés l'un après l'autre ou pendus à une corde du haut des remparts pour être livrés en pâture aux vautours. Quand ils verront leurs compatriotes mourir devant leurs yeux, ils plieront bagage et déguerpiront. Sans compter que la nouvelle se répandra en Europe et refroidira le zèle de tous ceux qui voudraient se faire embaucher dans l'armée turque pour se remplir l'escarcelle avec l'or du sultan, pour s'enrichir avec le sang des Grecs.

Costa Békas demeure pensif.

Tout à l'heure, l'idée lui a traversé l'esprit à lui aussi, mais le capétan en a tout de suite vu les inconvénients. Pareille entreprise provoquerait un tollé général dans la ville : les Paliokastrites n'avaient jamais triché à la guerre, jamais usé de bassesse, ce n'était pas dans leur caractère de faire du chantage. Aussi grand que fût le danger qui les menaçait, ils n'accepteraient pas facilement de se livrer à des actes aussi vils, aussi déshonorants, ils ne pouvaient pas se ficher ainsi de leur histoire. D'ailleurs, une telle action risquait plutôt de nuire à Paliokastro au moment où la cité attendait l'aide des quelques amis qu'elle avait en Europe. Que dirait Étienne de Brissac lorsqu'il apprendrait que Costa Békas ne se battait plus en homme d'honneur, qu'il donnait dans la crapulerie et le chantage comme un bandit de la pire engeance, comme un criminel aux abois ?

« J'imagine que tu as pensé au bruit que ça fera dans toute la Grèce, répond le capétan. Tu sais que la nouvelle voyagera, qu'elle ira loin. L'autre jour encore, nous avons envoyé une lettre à ces Français en leur demandant leur aide, nous attendons des armes et des munitions, peut-être même des canons. Si nous recourons à de tels procédés, tous les turcophiles d'Europe en profiteront pour nous traiter de sauvages, de barbares, leurs gouvernements saisiront l'occasion pour aider, ouvertement désormais, les Ottomans.

— Peut-être bien qu'ils nous traiteront de sauvages, capétan, mais ils nous considéreront avec bien plus d'attention qu'avant, car ils auront vu que nous aussi nous pouvons employer la violence, c'est-à-dire parler leur langage. C'est le seul que les Européens comprennent, le seul qu'ils utilisent depuis des siècles avec tout le monde. Est-ce que les Romains, les Vandales, les Normands en ont parlé un autre avec les peuples qu'ils ont asservis, qu'ils ont anéantis ? Est-ce que les Croisés et tous les autres Occidentaux qui ont déferlé en Grèce jusqu'à présent se sont privés de nous le faire entendre ? Depuis quand se permettent-ils de distribuer des titres de civilisation, eux qui ont mis tout un continent à feu et à sang avec la bénédiction des papes, qui ont rempli l'Europe entière de cadavres pour les beaux yeux de Luther et de Calvin ? Qui sont les sauvages, capétan ? Nous, les Grecs, qui avons empêché les Turcs de passer d'Orient en Occident pour assujettir la chrétienté, ou le goupillon latin, qui jusqu'à aujourd'hui a exterminé plus de fidèles que d'infidèles, qui a même dépassé en barbarie les Mahométans ?

Costa Békas regarde, stupéfait, le maître d'école. Photis n'a pas connu les guerres que lui a connues, il n'en a pas vécu les ravages, il n'a pas passé sa vie avec le fusil ou le yatagan à la main, ses cheveux n'ont pas blanchi dans les batailles. Et pourtant, quand on l'écoute, quand on est attentif à ses paroles, on a l'impression que cet homme a essuyé un tas de tourmentes, qu'il s'est entretenu avec des milliers de savants dans le monde entier, qu'il a recueilli une infinité d'avis différents, que sa tête est pleine de récits effrayants, d'histoires incroyables. Voilà peut-être le plus grand avantage qu'on puisse retirer de l'instruction, de l'école, des livres : nouer des relations avec tout le monde sans bouger de chez soi, prendre part à d'impitoyables batailles sans risquer sa vie.

« Tu as raison, Photis, mais nous ne sommes ni des Francs ni des Vandales. Notre histoire, nous ne l'avons pas écrite avec le sang des autres mais avec le nôtre », répond le capétan.

D'un geste las, l'instituteur montre les étagères de sa petite bibliothèque :

« Tu vois tous ces livres, capétan ? Histoire de la Grèce, Histoire de l'Empire romain, Hérodote, Thucydide, Homère, César... Il y a des fleuves de sang là-dedans, de sang oublié ou trahi, vendu pour une once de liberté frelatée, pour quelques miettes de dignité. Un nombre incalculable de luttes, d'efforts et de sacrifices qu'on a fait tenir en quelques pages, des millions de morts qui se sont accommodés de deux ou trois lignes, de silences coupables. Les historiens savent très bien justifier, arranger, gommer les ignominies des grands, rabâcher et amplifier les erreurs des petits. Chacun d'entre eux mesure le monde à son aune, le coupe et le refaçonne pour le mettre à sa taille, pour le faire tenir dans sa petite cervelle. »

Par la fenêtre de la classe on distingue en bas, dans la plaine, les feux que les Turcs ont allumés en divers points du camp. Par moments, lorsqu'une rafale de vent prend la direction de la cité, Costa Békas et Photis perçoivent les longues prières traînantes des hodjas, les neys et les chants plaintifs des derviches.

« Jadis, capétan, vivait en Attique, dans la région d'Athènes, une brute, un redoutable malfaiteur qui s'appelait Procuste. Chaque fois qu'un voyageur passait près de son repaire, il l'attrapait et le menait devant deux lits : l'un était long et large, l'autre court et très étroit. Si le prisonnier était de petite taille, Procuste le couchait sur le grand lit et se mettait à lui tirer les bras et les jambes, à lui rallonger de force le corps, à lui disloquer les membres. Et si le pauvre voyageur avait la malchance d'être grand, il l'attachait sur le petit lit, prenait une hachette et crap, coupait tout ce qui dépassait, main, pied, tête, tout ce qui était en trop. Personne n'y échappait : Procuste estropiait tous ceux qui passaient par là, il les taillait comme si c'étaient des haies, il les mettait tous aux dimensions de ses lits. Eh bien, ils font pareil, capétan, ceux qui écrivent l'Histoire : au lieu de lits, ils ont les pages de leurs livres et ils y couchent des peuples entiers, ils les rallongent ou les raccourcissent selon le cas, ils les estropient à leur convenance. »

Costa Békas prend sa longue-vue et regarde par la fenêtre le camp turc. Pour la première fois, en voyant ainsi les feux qui brûlent jusqu'au fin fond de la plaine, qui ont même franchi la route et arrivent au pied de la montagne du Prophète Élie, il mesure l'immensité de l'étendue de terre qu'occupe l'armée de Sélim pacha, il saisit maintenant dans toute leur ampleur les funestes ravages que peut causer cette fourmilière. Mais pourquoi avoir mobilisé une telle foule pour conquérir une si minuscule cité qui n'a jamais fait de tort à personne ? Pourquoi cette haine pour une poignée d'hommes qui vivent depuis des siècles dans la solitude de leurs montagnes, avec leur histoire, avec leurs chagrins, avec leurs rêves ? Pourquoi leur présence dérange-t-elle autant ?

Semblant deviner les pensées de Costa Békas, Photis s'approche de lui et pose doucement la main sur son épaule comme il fait avec ses élèves lorsqu'il les voit embarrassés devant le tableau ou qu'ils ont oublié un détail de grammaire ou d'orthographe :

« Il y a de plus en plus de Procustes dans le monde, capétan. Et devant ceux-là, ni les Turcs, ni les Vandales, ni les Mahométans ne font le poids. Si jusqu'à présent c'est la mémoire des hommes qu'ils se contentent de torturer et de déformer, dans les temps à venir ils n'hésiteront pas à jeter sur leurs lits, pour la tailler et la mettre aux dimensions qu'ils veulent, la vie elle-même. »

En bas, dans le camp des Turcs, un roulement de tambours donne le signal du coucher. L'un après l'autre les feux s'éteignent. Çà et là, devant les dernières flammes qui s'échappent des braises, les soldats se dépêchent d'avaler en catimini une ultime gorgée de raki, bavardent encore un peu debout. Plus loin, vers les baraquements installés au bord de la rivière, les derviches achèvent leurs danses, les neys se taisent. Bientôt ne retentiront plus que les sifflements que se lanceront de temps à autres les sentinelles paliokastrites. Dans les montagnes environnantes, les hurlements des chacals leur répondront.

14

Monastère du Prophète Élie — 5

Assis sur le seuil de la bibliothèque, Mélétios chantonne une chanson paliokastrite. A la façon dont il est courbé, sa voix rocailleuse semble sortir de la terre, quelque part devant lui, par la fente qui balafre une dalle branlante du pavé usé. Chaque fois que le vieux bibliothécaire marque un temps d'arrêt pour essayer de se rappeler la suite de la chanson, il se tourne et jette un coup d'œil plein de compassion sur son pauvre lecteur qui travaille encore à la tombée de la nuit sur son coin de table, dans l'espace exigu que lui ont laissé les gens de l'équipe. Un chandelier à trois bougies fait ce qu'il peut pour éclairer un tant soit peu les pages jaunies de l'Évangile, les livres et les papiers du lecteur, ses notes. La clarté diffuse des bougies flotte au milieu de la petite salle comme une brume, ici et là sur les murs se dessinent des ombres étranges, tremblotantes, qui effleurent le visage des saints sur les icônes, qui jouent avec la barbe et les cheveux blancs des prophètes, qui cachent quelques instants le regard franc et bienveillant des anges.

Comme chaque soir à pareille heure, la bibliothèque paraît s'être soudain peuplée de présences immatérielles venues faire le ménage, mettre de l'ordre dans leur royaume d'autrefois, ressusciter des époques disparues, redonner vie à des temps anciens. Pendant quelques heures encore, jusqu'à ce que retentissent les premiers chants des coqs dans les villages environnants, jusqu'à ce que les oiseaux commencent à pépier dans les platanes, la nuit sera habitée par une foule de visions, dehors des pas résonneront sur le pavé mais personne n'apparaîtra, on entendra tinter des clochettes d'encensoirs tenus par des mains invisibles.

Brusquement, la voix de Mélétios s'intensifie.

Par une nuit d'avril, dit la chanson, sur les murailles de la citadelle assiégée par l'armée turque, on entendit un bruit sec et discret, comme un verrou délicatement tiré, puis un léger grincement de porte qui s'ouvre. Aussi silencieux que des félins à la poursuite de leur proie, sortirent l'un derrière l'autre une cinquantaine de Paliokastrites qui dévalèrent la pente puis s'enfoncèrent dans un ravin.

Mélétios s'embrouille dans un vers qui ne lui revient pas bien et s'arrête, il reprend la chanson depuis le début, sur les murailles de Paliokastro le verrou cliquette à nouveau, la porte se remet à grincer, le détachement ressort et redescend la pente. Sautant de rocher en rocher, aussi lestes que des chèvres sauvages, les hommes de Costa Békas regagnent le fond du ravin, ils avancent dans l'eau, se faufilent parmi les roseaux et les joncs, puis pénètrent dans une grotte.

Dehors, dans la cour, quelqu'un de l'équipe a allumé un transistor et écoute les informations : la situation s'est, paraît-il, envenimée dans les Balkans, l'Europe ne cesse de lancer des appels au cessez-le-feu, elle s'inquiète pour la sécurité du monde et pour la paix. Bavardages, hypocrisie, duplicité, paroles éculées, lassantes. Surtout lorsqu'on les entend ici, sur cette montagne qui en a tant vu dans son existence, lorsqu'on foule cette terre qui connaît par cœur tous les tripatouillages de l'Histoire. Qu'est-ce qu'ils en ont à faire des « inquiétudes » des Européens les peuples si souvent opprimés qui vivent dans cette région du monde, comment pourraient-ils croire à leur sincérité ? Comme s'ils n'avaient pas une longue expérience, comme s'ils ignoraient combien de fois les grandes nations de l'Europe les poussèrent à s'entre-déchirer pour pouvoir ensuite venir jouer les pacificateurs, les bons Samaritains, les philanthropes...

Indifférent aux informations, Mélétios enroule et redéroule la chanson, donne plus de force à sa voix, sa mémoire prend un plus grand élan. Le vieux bibliothécaire suit les hommes de Costa Békas dans le ravin, mais cette fois il ne les perd pas de vue, il entre avec eux dans la grotte, les voit enfourcher leurs chevaux. Où se dirigent-ils ainsi dans la nuit opaque ? Pourquoi portent-ils des fustanelles noires et se sont-ils barbouillés le visage de suie ?

« Cette chanson, on la chante encore aujourd'hui dans le pays, explique Mélétios. Mais personne ne la connaît plus en entier. Les uns n'en savent que quelques vers, les autres en chantent des strophes et des strophes. L'année dernière, à la fête du Prophète Élie, j'ai entendu un jeune chanteur en inventer de nouvelles. »

A la radio, les informations sont terminées.

Finies pour ce soir les « inquiétudes » de l'Europe, elle ne doit pas gaspiller sa philanthropie. A quoi ses diplomates occuperont-ils leur temps s'ils ne gardent pas un peu de travail pour le lendemain ? Comment les médiateurs pourront-ils justifier leurs voyages et toucher leurs frais de mission ? Qu'est-ce que les journalistes écriront dans leurs journaux ?

Mélétios arrive au cœur de la chanson.

Les Paliokastrites sortent un à un du ravin, leurs chevaux avancent prudemment et sans bruit, ils ont les sabots enveloppés de chiffons. Costa Békas ouvre la marche et guide ses palikares qui le suivent, déterminés, le yatagan à nu.

Soudain, le détachement s'arrête.

Les hommes libèrent les pieds des chevaux, se remettent vite en selle et foncent vers le camp turc, approchent, se jettent dans la tanière du loup, s'engouffrent dans sa gueule. La bête se réveille, s'affole, les Ottomans cherchent leurs armes dans le noir, se tombent dessus, se frappent, s'entre-tuent. Les Paliokastrites se frayent un passage à coups de yatagan, leurs chevaux piétinent des cadavres, on entend des trompettes et des tambours, çà et là des torches s'allument. Lumière inutile : dans cette confusion, dans ce tumulte, personne ne sait ce qui se passe, personne ne peut voir où et combien sont les ennemis, ce qu'ils font, où ils vont. Pendant ce temps, Costa Békas et ses palikares sont arrivés à proximité des canons, ils s'élancent vers les tentes des canonniers et massacrent sans pitié tous ceux qu'ils peuvent, tous ceux qu'ils trouvent, en attrapent certains et les traînent vivants par les cheveux.

« Il y a encore pas mal de vers, mais je ne m'en souviens pas très bien », soupire Mélétios.

Il en dit quelques-uns, par bribes.

En cette nuit d'avril, les Paliokastrites semèrent l'effroi et la désolation dans le camp de Sélim pacha, lui firent un mal irréparable...

Aux premières lueurs de l'aube, le sérasker convoqua dans sa tente les officiers de son armée, puis fit prévenir le bourreau de se tenir prêt, de bien affûter son kandjar, car il aurait bientôt beaucoup de travail...

Lorsque le soleil se montra pour de bon, l'estrade du bourreau était rouge de sang, des têtes s'entassaient tout près dans un panier...

Puis du haut de leurs remparts, les Paliokastrites virent Sélim pacha et son escorte galoper à bride abattue vers le monastère du Prophète Élie, s'arrêter au pied de la montagne et sonner une cloche pour que les moines les entendent et qu'ils actionnent le treuil, qu'ils fassent descendre le couffin...

Mélétios se tait.

Dans le calme qui se répand, on entend le lointain ululement d'une chouette. Comme si le cri de l'oiseau l'avait rappelé à l'ordre, le lecteur, qui veille toujours, se replonge dans ses livres, se remet à son travail. La lumière du chandelier cesse de jouer avec la barbe des saints sur les icônes et vient éclairer les pages de l'Évangile, le carnet et les feuilles où se réfugient peu à peu, mot après mot, les paroles d'Isidore.

... Il était donc écrit que nous devions revoir ce maudit Perse que nous avons hébergé et nourri au monastère. Dire que je lui préparais son lit de mes propres mains... Ah, le Seigneur nous a bien punis de tous nos péchés. Aveugles que nous étions, nous n'avons rien compris, rien soupçonné.

Le voilà donc revenu. Seulement maintenant, il ne joue plus le Perse, il est celui qu'il est, un Turc, le fameux sérasker Sélim pacha.

Ainsi, voilà que les présages se vérifient, que les mauvais songes se réalisent, que les années néfastes sont arrivées. Dieu nous a abandonnés, nous a ôté la mémoire et le discernement, nous avons couvé l'œuf du serpent. Puis nous avons nourri le serpenteau, nous l'avons réchauffé dans notre sein.

. . . .
. . . . *venu avec son escorte et nous l'avons reçu ici, il s'est assis à l'endroit où il s'asseyait quand il faisait le savant perse. J'en ai eu froid dans le dos de le revoir là, tout près, ce mécréant, ce serpent de malheur. Il m'a reconnu lui aussi, mais il n'a rien dit sur le moment, pas un mot. Il n'arrêtait pas de regarder la bibliothèque : elle était presque vide puisqu'on avait tout caché, on avait même enlevé les icônes.*
. . . . *faire savoir à la ville qu'après cette infamie et ce carnage, elle n'avait aucune pitié à attendre. Ils passeraient tout le monde par le fer et raseraient tout, ils ne laisseraient pas pierre sur pierre. Mais s'ils relâchaient les étrangers qu'ils avaient pris, peut-être que le sultan serait indulgent et accorderait la vie sauve aux femmes et aux enfants* . . . . *et avant de s'en aller, Sélim pacha a fait sortir tout le monde, sauf moi. Je me suis dit ça y est, ma dernière heure est arrivée. Bien fait pour moi, ça m'apprendra, j'avais bien besoin d'être aux petits soins pour lui comme si c'était mon cousin.*

Alors, il me montre les étagères qui étaient vides et me dit : « Vous êtes de fins matois vous autres. » Je lui réponds non, mon pacha, pas matois mais peu nombreux. Il me regarde et éclate de rire. « Et c'est avec les livres que vous comptez devenir plus nombreux ? » qu'il me fait.

La chouette ulule, monotone, inlassable.

Alentour, sur les arbres, dans les buissons, des milliers d'oiseaux dorment insouciants dans leurs nids, couvent tranquillement leurs petits œufs, attendent, la tête enfouie sous l'aile, que Dieu commande au jour de se lever. Mais la chouette veille, fait le guet, elle monte la garde depuis que le monde est monde, ses yeux de phosphore percent les ténèbres, scrutent comme des phares tous les points de l'horizon.

Assis sur un tabouret, Mélétios considère la bibliothèque comme si c'était la première fois qu'il la voyait, son regard erre parmi les appareils de l'équipe, escalade les piles de livres, puis se perd dans l'enchevêtrement des câbles qui courent sur le sol.

Soudain, le vieux bibliothécaire se tourne vers le lecteur qui travaille, contemple un instant en silence les flammes des bougies et se met à monologuer comme s'il s'adressait à la lumière :

« Le monde grouille de Sélim pachas qui se présentent comme des savants perses... Mais nous, rien à faire, on ne voit pas, on ne comprend pas, on ne veut pas comprendre même si on sait qu'ils se trouvent parmi nous et qu'ils nous observent, nous étudient... Il paraît que nous sommes un peuple hospitalier. Mais voilà, ce n'est pas seulement la porte qu'on a grande ouverte, mais la tête, on y laisse entrer toutes les idées, toutes les théories. Il n'a pas tort, Isidore. Tu vois ce qu'il dit ? Nous réchauffons contre nous le serpent qui un jour nous avalera, nous l'avons pris dans les bras et nous le berçons sur notre sein. »

Il se lève, va d'un pas traînant jusqu'à la fenêtre ouverte et regarde au-dehors, vers l'immensité obscure de la plaine, vers la montagne de Paliokastro :

« Nous abandonnons sans nous battre, sans résister, tous nos anciens remparts l'un après l'autre, tous les retranchements qui nous ont mille fois sauvés jusqu'à présent non seulement de l'esclavage et de l'anéantissement, mais aussi de l'asservissement mental... »

Pendant quelques instants, on n'entend plus le ululement de la chouette. L'oiseau de nuit doit chercher un autre endroit, un meilleur poste de guet sur une plus haute branche. Tout d'un coup, son cri perçant retentit à nouveau du côté de Paliokastro.

« Nous croyons que les étrangers respectent notre pays et notre passé parce que nous les voyons venir en masse admirer nos antiquités, parce qu'ils écrivent une foule de livres sur nos ancêtres, qu'ils se réfèrent sans cesse à notre civilisation. Mais tout ça, c'est de la comédie, de la comédie et rien d'autre. Au fond, non seulement ils se fichent pas mal de nous, mais notre présence les dérange. Oui, ça a l'air de te surprendre, mais c'est comme ça. Si nous n'existions pas, si nous avions disparu de la face du monde comme tant et tant de peuples, ils seraient bien plus libres de faire ce qu'ils veulent avec notre histoire, de l'interpréter selon leur bon plaisir, de la tailler et de la recoudre à leurs mesures, de se l'approprier peu à peu. Tu n'as qu'à lire les récits de voyage et autres “ Itinéraires ” des voyageurs européens qui sont venus visiter la Grèce à partir du XVIIe siècle, et tu verras, tu comprendras... Ils sont tous en admiration devant les ruines, ils adorent les paysages grecs, mais ça les dérange qu'il y ait encore des Grecs, ils le disent, ils l'écrivent. »

Tandis qu'il parlait, d'autres chouettes sont venues monter la garde, l'obscurité de la plaine s'est peuplée de ululements, on entend de petits cris de bestioles nocturnes, des aboiements de chiens de berger, des bêlements venant de bergeries lointaines. Mélétios a tendu l'oreille, il écoute avec attention comme s'il essayait de trier les sons que la terre émet, de traduire ses messages, de comprendre sa langue.

Il se tourne à nouveau vers la lumière qui éclaire la table de la bibliothèque :

« As-tu remarqué les expressions qu'utilisent les Européens quand ils se réfèrent à la Grèce ? Tu les as certainement déjà entendus dire “ la Grèce est le berceau de notre civilisation ", " son histoire est notre histoire "... Est-ce que tu as observé combien ils soulignent ce " notre " ? Ça ne te paraît pas bizarre ? Oui, c'est vrai, les idées et la philosophie de nos ancêtres ont fait le tour de la terre, les savants de la Grèce antique sont entrés dans toutes les bibliothèques d'Europe et ont réveillé les penseurs de l'Occident ; grâce à Alexandre Le Grand, aux Romains et à Byzance, ils sont arrivés jusqu'au cœur de l'Orient. Bon, et alors ? Qu'est-ce que ça prouve ? »

Le vieux bibliothécaire fait un geste en direction des livres qui sont sur la table et sur les étagères, montre les parchemins déroulés devant les appareils photographiques, l'armoire qui renferme les manuscrits :

« Est-ce à cause de tout ça si les Européens ont ensanglanté le monde entier, s'ils ont dévasté presque toute la terre ? Est-ce que c'est Homère qui a dit aux Espagnols de massacrer des millions d'Indiens ? Est-ce que c'est Pindare qui a incité les Allemands à exterminer les Juifs ? C'est peut-être Eschyle qui a lancé la bombe atomique sur les Japonais, ou qui a récemment assassiné des milliers d'Arabes au Moyen-Orient ? La civilisation grecque a fini par servir de justification à tous les barbares civilisés, d'argument commode pour légitimer leurs abominations, leurs crimes, leurs génocides. Quand est-ce qu'il y aura quelqu'un pour dire à tous ces messieurs que la Grèce, qu'ils font semblant d'admirer et de respecter, n'est pas responsable de la désolation du monde actuel, que rien dans son histoire ne leur permet de l'invoquer, de la rendre de force complice de leurs actes ? »

Dans la nuit qui s'est installée pour de bon, les questions de Mélétios ressemblent aux cris d'un animal seul et désemparé dans un coin perdu, les mots qu'il emploie appartiennent à une langue que personne ne parle plus. Seules les chouettes, vestiges comme lui d'autres mondes, d'autres temps, comprennent peut-être les paroles du vieux bibliothécaire et lui répondent de loin par de puissants ululements.

15

Lorsque Sélim pacha eut écrit le dernier mot de son rapport, il jeta sa plume d'un geste las sur un coin de la table et regarda par la fenêtre de sa tente. D'un moment à l'autre, derrière les montagnes d'en face, l'aube quitterait le sommeil et se lèverait, les coqs la sentaient déjà qui s'éveillait tout doucement, ils claironnaient la nouvelle à qui mieux mieux. Des chèvres sauvages, qui l'avaient flairée elles aussi, bondissaient çà et là sur les rochers du Prophète-Élie, faisaient dégringoler du flanc de la montagne une pluie de pierres et de gravier. Aram, le serviteur, se leva de son tabouret, s'approcha discrètement et changea une fois encore les bougies du chandelier.

Comme il avait fait durant presque toute la nuit lorsque sa pensée butait sur une phrase ou sur un mot, le sérasker sortit un instant sur le seuil de sa tente pour se dégourdir le corps, laissa son regard vagabonder à travers la plaine, entendit les cris réglementaires que poussaient les patrouilles qui se croisaient aux points principaux du camp. Après la soudaine attaque meurtrière qu'avait menée la nuit précédente un détachement paliokastrite, Sélim pacha avait doublé les effectifs de garde et fait circuler des rondes partout. Apparemment, tout allait bien pour l'instant, Omar faisait bien son travail. Les instructions du sérasker étaient formelles : tout factionnaire surpris à dormir ou à rêvasser devait être exécuté immédiatement, sur place.

Deux ou trois fois, alors qu'il rédigeait son rapport au sultan, Sélim pacha avait levé la tête de son papier pour écouter. Dès que retentissait quelque part la voix d'Omar, aussitôt une autre voix lui répondait, un sifflement fusait ou une clochette tintait. Par contre, si le garde ne répondait pas sur-le-champ, Sélim l'entendait bientôt brailler et supplier, puis un janissaire arrivait et jetait devant la tente du sérasker la tête de la sentinelle prise en défaut.

Le pacha se remettait alors à son rapport.

Sans cela, on ne parviendrait à rien, écrivait-il au sultan. L'incursion nocturne qu'avaient organisée les Paliokastrites montrait bien la nécessité de prendre des mesures supplémentaires, plus sévères, pour assurer la sécurité du camp et parer à tout autre coup fourré que pouvaient leur décocher ces fauves sournois qui connaissaient un tas de traquenards, qui n'hésitaient devant rien. Malgré toutes les investigations d'Omar, on n'avait pas encore établi d'où avait surgi le détachement, comment il avait pu arriver jusqu'au camp sans éveiller les soupçons des sentinelles, ni comment il avait disparu après l'opération.

Lorsque lui-même entendit de sa tente le tumulte, il était trop tard pour réagir. Les Paliokastrites (qui, comme il l'apprit ensuite par des soldats qu'il avait fait interroger, avaient à leur tête leur chef de guerre, le capétan Békas) s'étaient déjà enfoncés loin dans le camp et avançaient, massacraient, ils se dirigeaient vers le sud. Il crut un instant que leur objectif était sa tente : de vieux bouquins qu'il avait lus lors de son séjour au monastère du Prophète Élie signalaient que les Paliokastrites étaient coutumiers de ce genre d'opérations depuis les époques les plus anciennes et qu'ils avaient souvent réussi à paralyser les troupes de leurs adversaires en éliminant leurs chefs.

Mais il s'était trompé.

Quand, le temps de s'armer, il se précipita hors de la tente, il constata que le détachement paliokastrite avait pour cible un autre point du camp, qu'il filait vers les levées de terre qui protégeaient les canons.

En vain essaya-t-il de les contenir en envoyant les janissaires leur barrer la route : dans le noir, dans la confusion qui régnait, les hommes d'Omar se mirent à frapper à l'aveuglette, à prendre les amis pour des ennemis, à s'étriper entre eux. Sélim pacha comprit alors que c'était fichu, et que le mieux qu'il avait à faire était de rappeler les janissaires et de laisser passer la tempête. Autrement, s'il avait insisté, on aurait à présent davantage de morts à déplorer dans les rangs de l'armée.

Lorsque finalement il parvint à se frayer un passage avec sa garde et à s'approcher de l'emplacement des canons, les Paliokastrites avaient achevé leur sanglant ouvrage et s'étaient volatilisés. Omar avait déjà aligné par terre, côte à côte, les canonniers tués : soixante-deux cadavres. Plus tard, quand ils fouillèrent parmi les tentes renversées, ils en découvrirent d'autres.

« Je dois avouer, mon vénéré Padischah, que le coup est très dur, soulignait le sérasker dans son rapport. Je n'aurais pas imaginé qu'ils pousseraient l'audace, ou plutôt l'imprudence, jusque-là. S'ils avaient attaqué les unités les plus avancées, s'ils s'étaient jetés sur les azabs ou sur les corps de garde, cela ne m'aurait pas surpris : comme l'indiquent certains rapports que j'ai consultés dans les archives du grand vizir, c'est la tactique que les Paliokastrites ont toujours suivie. Or, cette fois, ils ont frappé au cœur même du camp, ils ont pris beaucoup de risques, ce qui montre que dans ce siège ils ont l'intention d'adopter une stratégie différente. S'ils se sont rués avec une telle fureur sur les canonniers étrangers, c'est parce qu'ils savent qu'il nous est difficile d'en trouver d'autres rapidement, que nous ne pourrons pas remplacer du jour au lendemain les officiers autrichiens, français et italiens.

« Mais le pire, c'est qu'ils ont pris des otages.

« Ces renards de Grecs sont d'une engeance diabolique, mon Padischah. Ils savent bien que lorsqu'on aprendra la chose en Europe (ceux qui les soutiennent s'appliqueront à la répandre), cela fera grand bruit. Nous les connaissons, les Européens, les rapports de tes ambassadeurs parlent constamment de leur hypocrisie, de leur politique à double visage. Il est certain qu'ils seront très ennuyés quand le secret émergera au grand jour, quand on saura partout que des centaines de militaires européens sont à la solde du sultan, au service de son armée, qu'ils se battent aux côtés des infidèles contre les Grecs, des chrétiens, qu'ils aident les Ottomans, qu'ils se sont alliés avec les musulmans.

« Ils connaissent bien le monde, les Paliokastrites. Même s'ils n'entretiennent pas de relations avec des États étrangers, s'ils n'ont pas d'ambassadeurs dans les capitales européennes. Ce peuple, mon Padischah, a beaucoup appris dans son existence, et il a tout minutieusement enregistré dans sa mémoire. Les Grecs n'ont pas oublié ce qu'ils ont enduré des Européens, les coups de Jarnac des Francs, les mauvais tours des Occidentaux ; ils ont parfaitement saisi leur mentalité. Ils se disent qu'ils ont intérêt à ce que l'Europe coupe les ponts avec les Turcs, à ce que les Grands commencent à s'entre-dévorer.

« Toutefois, je crois que l'affaire des otages risque de

leur porter préjudice. Car si, comme c'est très probable, ils en exécutent quelques-uns pour faire du chantage (sinon, pour quelle raison les avoir pris ?), beaucoup de ceux qui les soutiennent en Europe les traiteront de barbares comme ils disent de nous, la Grèce commencera à perdre de son prestige, ses amis se retrouveront dans une position délicate. Ils sont ainsi, les Européens, mon Padischah, ils aiment jouer la comédie, jongler avec les mots, ils se cachent derrière eux, ils travestissent la réalité, la camouflent sous un tas de fanfreluches. Leurs crimes à eux se font au nom de la civilisation, alors que ceux que commet l'Orient sont des actes de barbarie. »

Sans que Sélim pacha s'en fût rendu compte, l'aube était arrivée. Dans le lointain, aux limites septentrionales du camp, la voix d'Omar retentit une fois encore à travers l'épaisse brume qui recouvrait toute la plaine ; une sentinelle lui répondit. Bientôt résonneraient par endroits les trompettes du lever, l'armée tout entière s'éveillerait, l'espace se remplirait de bruits, une rumeur s'élèverait de toutes parts.

Le sérasker n'avait encore rien décidé pour la journée qui allait commencer. Il avait eu beau analyser la situation pendant qu'il écrivait son rapport, il n'était pas du tout sûr encore de la tactique qu'il devait suivre. Avant l'incursion des cavaliers, il était prêt à ordonner une attaque massive sur tout le front de la plaine, espérant parvenir, sinon à s'approcher des remparts, du moins à installer quelques unités de l'armée sur le flanc de la montagne paliokastrite et, de là, à briser une à une, en les harcelant sans répit, toutes les lignes de défense de l'ennemi. Mais à présent les choses avaient changé, il n'était pas possible d'ignorer les otages que détenaient les Paliokastrites, de se désintéresser du sort qui les attendait. Peut-être était-il préférable de voir d'abord ce que donnerait le message qu'il avait laissé au monastère du Prophète Élie, si les moines rapporteraient une réponse des assiégés.

Sélim se retourna et regarda le monastère.

A travers le voile brumeux de l'aube se profilait le clocher de son église, les formes floues des platanes de sa cour se dessinaient peu à peu plus nettement. Comme chaque matin, dès que résonnerait le simandre, les moines sortiraient un à un de leurs cellules pour aller se laver à la fontaine, au pied de cette antique statue, puis ils se dirigeraient en silence vers l'église pour la prière matinale. De toute la communauté, seul un moine ne répondrait pas à l'appel du simandre. Il se lèverait du lit de bois où son vieux corps se reposait chaque nuit, ferait son signe de croix mais ne bougerait pas de son poste, ne quitterait pas la bibliothèque du monastère, n'abandonnerait pas ses précieux livres et manuscrits.

Sélim était sûr que tous ces trésors qui avaient disparu de la petite salle ne devaient pas se trouver bien loin, que les moines les avaient cachés quelque part sur la montagne, dans une grotte ou dans un puits sec. Il les connaissait bien, les rayas grecs, écrivait-il au sultan, tous deux en avaient d'ailleurs souvent parlé ensemble. Sélim lui avait bien dit que c'était une vieille race de matois que ces gaillards-là : ils avaient traversé de rudes épreuves dans leur histoire et pourtant ils avaient survécu, ils n'avaient pas dégénéré comme tant d'autres peuples, ils n'avaient pas oublié leur origine, leur langue. Mais aucun des sultans qu'avait donnés l'Empire jusqu'à présent n'avait pris la peine d'étudier ce phénomène, de l'analyser et d'en tirer des conclusions utiles pour gouverner plus efficacement ses provinces.

« Te souviens-tu, mon Padischah, de ce que je t'ai dit un jour ? » écrivait Sélim vers la fin de son rapport.

« Nous n'avons pas bien fait de laisser les monastères intacts dans ce pays, de considérer que la religion et la tradition de chaque peuple ne sont pas des choses dangereuses. Bien sûr, je reconnais qu'il est commode (du moins pour un temps) de gouverner les peuples soumis en utilisant leurs propres institutions, en ne touchant pas à leurs habitudes, en n'allant pas à l'encontre de leur histoire et de leur tempérament. Il est vrai que lorsqu'on ne peut pas maîtriser un cheval avec un nouveau mors, il vaut mieux lui repasser celui qu'il a toujours porté. Tels sont les hommes, mon Padischah : ils se courbent plus facilement (parfois même volontiers) pour recevoir les coups quand c'est un fouet qu'ils ont toujours connu.

« Mais je me demande ce qui se passera lorsque certains peuples de l'Empire qui sont aujourd'hui sans instruction, entreront en contact avec le monde extérieur, quand ils commenceront à fréquenter les instituteurs, les lettrés de l'Europe, quand ils se mettront à envoyer leurs enfants dans leurs écoles... Comment pourrons-nous contenir les Grecs, les tenir en bride, lorsqu'ils perceront pour de bon les secrets de leur histoire, lorsqu'ils prendront conscience de leur passé, qu'ils s'apercevront que leur mémoire recèle des trésors ? Comment pourrons-nous mater les Égyptiens, les Perses, les Arabes, quand ils se mettront eux aussi à farfouiller dans leur passé ? »

Au monastère du Prophète Élie, la cloche appelait à laudes.

Sélim pacha prêta l'oreille, on eût dit qu'il comptait les coups, qu'il essayait de deviner jusqu'où pouvait porter le son de cette cloche. A l'époque où il séjournait au monastère, ce moine de la bibliothèque lui avait dit qu'elle avait été offerte au Prophète-Élie par de riches commerçants grecs installés à Kiev. Elle avait une telle résonance que, lorsqu'elle carillonnait, les vitres de l'église vibraient, les icônes tremblaient sur les murs, tandis que les moines se bouchaient les oreilles avec les mains. Un jour que le sérasker était monté l'observer de près, il remarqua qu'elle portait, gravée, une inscription : « Messagère de liberté — 1732 ».

La disparition des livres et des trésors de la bibliothèque l'avait beaucoup plus impressionné que l'attaque nocturne des Paliokastrites. Tout le long de l'entretien qu'il eut avec l'higoumène et les moines qui l'accompagnaient, il ne cessait de considérer discrètement les étagères et les armoires vides, son regard s'attardait sur les traces qu'avaient laissées sur les murs les icônes décrochées, sur les meubles qui cachaient peut-être de leur masse une porte secrète. Soudain, il s'aperçut que les yeux du vieux bibliothécaire étaient fixés sur lui et le suivaient.

Il se sentit mal à l'aise.

Tandis qu'il expliquait à l'higoumène ce qu'il en coûterait aux Paliokastrites s'ils ne libéraient pas les otages, alors que ses lèvres prononçaient des menaces, sa mémoire se mit à égrener l'un après l'autre les jours qu'il avait passés au monastère, il revivait en esprit un tas de petits événements insignifiants auxquels il n'avait accordé alors aucune importance, il entendait résonner en lui des paroles dont il n'aurait jamais pu imaginer qu'elles ressusciteraient. Lorsque de temps à autre il regardait à son tour Isidore à la dérobée, il lui semblait réentendre sa voix douce et paisible, comme naguère, quand le moine bavardait avec lui et lui racontait l'histoire du monastère, quand il venait lui offrir un petit verre de raki avec une poignée de noix ou d'amandes, quand il passait le soir lui souhaiter bonne nuit après avoir pris soin de lui verser un peu d'huile dans la lampe. Sélim pacha avait l'impression que ces souvenirs innocents s'étaient plantés dans son cœur comme autant d'aiguilles magiques ainsi faites que l'on ne ressent rien du tout au moment où elles nous transpercent le corps, mais dont on éprouve la piqûre longtemps après, parfois seulement des années et des années plus tard.

« Comment pourrons-nous faire autrement ? » écrivait-il dans son rapport au sultan, « les guerres ne se gagnent pas à coups de soupirs et de bons sentiments, les empires ne se gouvernent pas avec de beaux souvenirs et de douces paroles. On aura beau chercher dans l'Histoire, on ne trouvera pas d'époques idylliques, de siècles sans flots de sang, sans infamies. Apparemment Dieu l'a voulu ainsi lorsqu'il a incité l'homme à laisser tomber la pioche et la bêche, lorsqu'il lui a murmuré à l'oreille d'abandonner ces instruments bénis et de prendre les armes, de ne plus se courber au-dessus de la terre et de se mettre à marcher, à voyager, à faire le tour du monde.

« C'est ainsi que le mal a commencé, mon Padischah : avec le déplacement, avec les roues, avec les voitures et les chevaux, avec les bateaux. Sans cela, il n'y aurait pas de gâchis dans le monde, chacun serait resté dans son coin de pays, sur sa terre, allant seulement jusqu'où ses ancêtres étaient allés. Cela fait des milliers d'années que les animaux s'entre-dévorent sans dévaster la terre, sans bouleverser l'ordre d'Allah. A-t-on jamais vu les lions d'Afrique franchir les mers pour aller chasser en Asie ? A-t-on déjà entendu dire que des loups soient partis d'Europe pour venir manger des agneaux en Orient ?

« Mais ce qui est arrivé est arrivé, le monde ne rebrousse pas chemin. Le mieux que nous ayons à faire est de nous préparer pour les temps qui viennent.

Désormais, chaque peuple luttera à sa manière, selon ses forces, selon ses habitudes, qui avec ses armes et qui avec son savoir, chacun avec sa propre histoire, avec son propre passé. Les chacals avec les chacals et les brebis avec les brebis. Comment faire autrement ? Est-ce qu'il est possible de renvoyer l'humanité entière à la chasse et aux champs ? Peut-on revenir au temps de l'ignorance bénie ?

« Appelons un chat un chat : les États qui ont été créés par la violence et par le sang sont condamnés à continuer avec les mêmes procédés, ils n'ont pas d'autre choix, pas d'autre solution. Que veux-tu, quand on fait sans arrêt la guerre, quand on soumet des peuples, c'est inévitable. Qui sème la haine récolte la haine. Et comment peut-il en être autrement lorsqu'on gouverne un empire fait d'un tas de nations différentes qui ont chacune leur langue ? Comment éviter les querelles, les insurrections, les conflits ?

« Qui sait, peut-être que plus tard, lorsque nos ossements mêmes n'existeront plus, que la terre aura digéré jusqu'à nos cendres, les hommes n'auront pas ce genre de problèmes, peut-être que le monde ne sera plus qu'un seul et unique empire, avec le même pouvoir partout, avec la même langue, avec la même religion, que la planète tout entière sera soumise au même fouet. Alors la terre aura la paix, ce sera la fin des querelles, la fin des guerres. Qui se révoltera pour réclamer sa liberté et son indépendance, qui pourra bien parler de république et autres fariboles quand ces mots auront disparu du vocabulaire des hommes ou qu'ils ne signifieront plus rien, quand tous les rêves nuisibles seront éteints et qu'il n'y aura plus aucune mémoire renfermant les événements du passé, quand l'histoire aura été oubliée pour de bon ?

« Voilà pourquoi, mon Padischah, il faut se débarrasser de tous les Paliokastros, détruire jusque dans leurs fondements les monastères comme celui du Prophète Élie, faire un gros tas de tous ces livres et manuscrits et y mettre le feu. Sois sans crainte pour ce qui est des réactions des étrangers, ne te soucie pas des cris que pousseront les Européens, des menaces de leurs rois et de leurs empereurs, des protestations de leurs ambassadeurs. Avec le temps, ça leur passera, ils oublieront, ils se lasseront. Peut-être même qu'un jour ils nous imiteront. Ne nous ont-ils pas déjà montré le chemin avec la Sainte Inquisition ? N'ont-ils pas jeté aux flammes une multitude de savants avec leurs livres et leurs manuscrits ? Est-ce que ce ne sont pas eux qui à Rome roulaient les chrétiens dans la poix et en faisaient des torches vives ? »

Le jour s'installait.

Peu à peu, tandis que le soleil pointait le nez, le camp s'éveillait, on entendait déjà les aboiements des officiers qui secouaient leurs troupes, qui donnaient leurs ordres. Sélim pacha jeta un dernier coup d'œil sur le monastère du Prophète Élie, puis se retourna pour rentrer dans sa tente mais s'arrêta, un sourire s'esquissa sur ses lèvres : devant ses pieds, le tas de têtes tranchées des gardes qui avaient été pris en train de dormir montrait que tout allait bien, qu'Omar avait fidèlement exécuté ses ordres.

16

Le point du jour trouva Costa Békas achevant son inspection matinale sur les remparts et se préparant à aller jeter un coup d'œil dans la ville.

La plaine avait l'air calme, les Turcs ne feraient pas d'attaque aujourd'hui. Le capétan ouvrit sa longue-vue, la dirigea vers la tente de Sélim pacha mais ne remarqua rien de suspect, aucun mouvement particulier, ne vit pas d'officiers s'affairer ni de messagers surgir et filer dans toutes les directions. A coup sûr, l'attaque nocturne avait bouleversé les plans du sérasker. Sélim avait dû rester éveillé toute la nuit, avaler pas mal de verres de raki et fumer nerveusement son narguilé — peut-être avait-il envoyé une note à Constantinople, au sultan, pour lui demander des instructions.

Voyant le soleil apparaître et entreprendre son ascension quotidienne dans le ciel, Costa Békas fit halte, il ôta son fez et se signa. A travers la brume de l'aube, la lumière ressemblait à un nuage insaisissable mais resplendissant qui s'étendait lentement au-dessus de Paliokastro, qui se posait sur le toit des maisons et, glissant de mur en mur, descendait dans les ruelles et avançait, repoussait les dernières sentinelles de l'obscurité qui avaient commis l'imprudence de rester et de résister à sa force.

Loué soit Dieu qui a bien voulu accorder encore un jour de vie à la cité, songea le capétan. Que ses habitants jouissent de cette nouvelle aube, qu'ils profitent aujourd'hui encore du chant des oiseaux qui s'envolaient par nuées du feuillage de ses arbres, de tous ces bruits quotidiens et familiers qui sortaient de ses entrailles, de la rumeur de sa population.

Ce n'était pas la première fois qu'il remerciait Dieu pour de semblables petites choses, pour des joies simples et ordinaires de la vie, pour la lumière du soleil et la fraîcheur de l'eau, pour la pluie qui tombe du ciel, pour la douce caresse de l'air. Mais comment pouvait-il faire autrement ? A part les rochers, la solitude et l'isolement, à part les impitoyables brûlures de l'été et les gels féroces de l'hiver, quels autres présents Paliokastro avait-il reçus de la Nature, de quoi d'autre avait-il hérité ? « Tout ce que nous possédons, nous l'avons acquis tout seuls, par nos luttes, sans l'aide de personne », murmura Costa Békas, « nous n'avons jamais voulu d'une liberté d'emprunt, jamais tendu la main pour qu'on nous jette une poignée de dignité. Je ne sais pas si nous avons bien fait ou mal fait, mais ce dont je suis sûr, c'est que jusqu'à présent nous sommes restés maîtres chez nous, seigneurs sur nos humbles terres, souverains sur nos rochers, dans notre solitude. Les armes, les canons et les munitions, nous les avons pris à nos ennemis ou achetés de nos propres deniers aux étrangers, nos femmes ont vendu pour cela leurs colliers et leurs modestes parures, leurs chaudrons de cuivre. »

Lorsque Étienne de Brissac était venu à Paliokastro et qu'il avait vu la pauvreté qui régnait là, il avait dit au capétan que dès qu'il serait de retour dans son pays, il remuerait les philhellènes et les philanthropes, organiserait des collectes et réunirait des fonds, mobiliserait des amis. Costa Békas fut pris dans un dilemme : il savait bien que la ville manquait de bien des choses, il était parfaitement conscient du dénuement de ses habitants, mais, d'un autre côté, il connaissait les dangers de ce genre de rapports avec autrui, les conséquences qu'entraîne toujours dans l'existence des gens la mendicité, qu'elle soit manifeste ou déguisée. Peut-on tendre la main et garder en même temps la tête haute ? se disait-il. A-t-on jamais vu un mendiant remercier fièrement, ne pas se courber avec humilité, ne fût-ce qu'un peu, devant celui qui lui fait l'aumône ? Existe-t-il au monde un seul exemple d'aide gratuite, donnée sans contrepartie ou sans la moindre arrière-pensée, sans condescendance affichée ou dissimulée ?

Malgré sa longue discussion avec Étienne de Brissac et son interprète, malgré toutes les questions qu'il lui posait, le capétan ne trouvait aucune intention suspecte dans les propositions de l'aristocrate français. D'après ses propos, cet homme si cultivé découvrait une Grèce différente de celle qu'on lui avait enseignée dans les écoles, de celle qu'il avait imaginée en étudiant un tas de livres. Il disait et redisait à Costa Békas qu'avant de poser le pied sur ce sol, il avait l'impression, comme tant d'autres voyageurs ou philhellènes, que la Grèce n'était pas un pays vivant qui appartenait au monde d'aujourd'hui, mais un immense musée rempli de ruines, semé de marbres et de vestiges de temples, avec des tronçons de colonnes ornant le flanc des collines, avec des gradins de théâtres s'ouvrant au pied des montagnes. Personne ne lui avait jamais parlé des gens qui continuaient à vivre sur cette terre, dans les villes et les villages que leurs ancêtres avaient fondés des milliers d'années auparavant, personne ne lui avait rien dit de la servitude où les Ottomans les tenaient depuis des siècles, de leurs luttes pour en sortir, de leurs perpétuelles révoltes. Certains voyageurs étrangers, qui de retour chez eux écrivaient leurs impressions de voyage, racontaient dans leurs livres que nulle part en Grèce, dans aucun des lieux qu'ils avaient visités, ils n'avaient vu de Grecs tels que les décrivaient les auteurs classiques qu'ils avaient lus : les hommes ne portaient pas de chlamyde, les femmes n'avaient pas d'himation drapé sur les épaules, pas de cordelettes de couleur dans les cheveux, pas de sandales aux pieds. Quant aux philosophes, aux poètes et aux artistes, ils n'en avaient même pas trouvé un seul échantillon : la Grèce n'était peuplée que de paysans incultes et de bergers rustauds, de Turcs, d'Orientaux, de Slaves, d'Albanais...

Voilà pourtant que les Grecs existaient bel et bien, Étienne de Brissac les voyait autour de lui de ses propres yeux, il les entendait parler leur langue, lui raconter leurs combats incessants pour chasser les barbares ottomans, pour libérer leur patrie asservie.

Bien que l'aristocrate français évoquât avec chaleur et sincérité ce pays et la dette immense et sacrée qu'avait l'Europe envers ce peuple illustre et malheureusement asservi, Costa Békas persistait à refuser l'aide qu'il lui proposait ; il disait que la Grèce ne se libérerait réellement qu'avec les luttes et les sacrifices de ses enfants, qu'avec ses propres moyens et son propre sang, comme elle avait toujours fait dans son passé. Le capétan ne voulait ni aumônes ni bienfaisances, il n'aimait pas les charités. « Se faire libérer par autrui, c'est comme faire engrosser sa femme par un autre homme », dit-il un jour à Étienne de Brissac.

C'était un proverbe qu'il tenait de son défunt père. Lambro Békas racontait que, jadis, les notables de

Paliokastro l'avaient lancé à un groupe de religieux francs, des capucins, qui voulaient bâtir un monastère sur une montagne voisine pour honorer, à ce qu'ils disaient, la sainte Vierge qui était apparue là à des marchands vénitiens, au temps de Byzance. Si les Paliokastrites leur permettaient d'en entreprendre la construction, les capucins garantissaient à la cité la protection de Venise et du pape, ils promettaient monts et merveilles, aide militaire, guerre contre les Turcs.

Pas question, avaient répondu les notables : toute la curaille romaine de l'Europe affluerait peu à peu sur le sol de Paliokastro, toutes les montagnes environnantes se trufferaient de couvents catholiques. Peut-être que les Turcs occupaient la Grèce depuis plusieurs siècles, mais eux au moins n'avaient jamais demandé aux Grecs de se convertir, ils ne catéchisaient pas de force leurs enfants, ne leur interdisaient pas d'aller dans leurs églises. Les Ottomans exigeaient obéissance et ordre, ils tuaient sans pitié les rayas qui s'insurgeaient, mais ils ne s'en prenaient jamais à la religion comme le faisaient les Occidentaux, ils ne cherchaient pas à acheter leur âme, leur conscience.

En vain Étienne de Brissac expliquait-il que Paliokastro n'avait aucune raison de se méfier, que la France n'avait rien à voir avec Venise. Dans son pays, disait-il, la situation avait beaucoup changé ces dernières années, le peuple souffrait, avait faim, le chaudron de sa colère bouillait. Tôt ou tard les gens se soulèveraient et réclameraient au roi des réformes, ils acquerraient des droits, des libertés. Dans toutes les grandes villes d'Europe, on se réveillait, un tas d'idées nouvelles se répandaient partout. En Autriche, en Angleterre, mais aussi dans d'autres pays, les monarques s'inquiétaient, les gouvernements tremblaient. La Grèce avait intérêt à se mettre dès maintenant du côté de ceux qui seraient au pouvoir dans quelques années et qui représenteraient une grande force. C'était eux qui l'aideraient dans sa lutte contre les Turcs pour qu'elle retrouve sa liberté, sa grandeur de jadis.

« Nous ne voulons pas de grandeur, répondit Costa Békas. Celle dont nous avons hérité nous a déjà coûté assez cher. »

Voyant Étienne de Brissac le regarder avec stupéfaction, le capétan lui expliqua que les Grecs n'avaient jamais cessé de faire les frais de cet héritage ancestral, de se battre et de verser leur sang pour payer les dettes inépuisables que l'Histoire leur avait laissées. « Cela va sans doute te paraître étrange, mais sache que nous ne nous sommes jamais sentis vraiment libres dans ce pays, ajouta-t-il. Où que nous allions, quoi que nous fassions, jour et nuit, ces fichus ancêtres sont constamment sur nos talons à nous observer, à nous engueuler, à nous piquer comme si nous étions des bœufs, ils ne nous accordent pas un instant de répit, ne nous laissent pas vivre tranquillement comme tant d'autres peuples, sans autre souci que de veiller sur nos maisons, d'élever nos enfants, de labourer nos champs. Pour eux, tout ce que tu me dis là n'a pas d'importance, ça leur est bien égal que le monde ait changé ; quand ils regardent notre temps, ça les fait rire, ils se moquent de nous. Vois-tu, ils savent bien que leurs exploits, leurs chefs-d'œuvre, leur civilisation seront difficilement surpassés — si tant est qu'ils le soient jamais —, que vous tous, les savants et lettrés d'aujourd'hui, que vous le vouliez ou non, vous remâchez leurs paroles mais n'avez jusqu'à présent rien trouvé de nouveau à dire, à faire. Comment veux-tu que ces hommes si fiers, ces combattants si intransigeants se satisfassent de nos pseudo-libertés, de nos indépendances de pacotille ? Comment veux-tu qu'ils ne méprisent pas un monde qui a oublié ce que veut dire honneur, liberté, dignité, lorsqu'ils voient de l'Hadès leur pays plein d'esclaves qui courbent la tête ? Comment nous justifier ? Que leur dire ? Que nous allons inventer un nouveau système, de nouvelles recettes pour échapper à la tyrannie et nous gouverner ? Que c'est en implorant notre liberté, en la mendiant, que nous l'aurons ? Vous les Européens, vous avez du temps devant vous pour commettre les erreurs que nous avons mille fois commises, pour croire, comme nous l'avons cru, que demain est toujours meilleur qu'hier et que des époques magnifiques et bienheureuses vous attendent. Dans le fond, ce n'est pas de votre faute, vous avez bien le droit, vous êtes de nouveaux venus dans l'Histoire. Mais nous autres, nous venons de si loin, nous en avons tant vu, tant entendu. Comment oublier, comment effacer tout ce qui est inscrit dans notre mémoire ? »

Le jour où Étienne de Brissac se remit en route pour regagner son pays, Costa Békas l'escorta à cheval, fit un bout de chemin avec lui comme il faisait avec tous les étrangers qu'il estimait, en témoignage de son amitié. Mais cette fois il accompagna le Français bien au-delà de la grand-route, il gravit avec lui le flanc d'une montagne et donna des conseils aux muletiers sur l'itinéraire qu'ils devaient suivre pour éviter les mauvaises rencontres, pour ne pas que la nuit les surprît dans un coin dangereux, sur un sentier perdu, loin de toute auberge.

Soudain, à proximité d'une gorge, le capétan se tourna et regarda derrière lui : Paliokastro n'était plus visible, une hauteur l'avait caché, la plaine avait disparu, le clocher du Prophète-Élie ne surplombait plus l'horizon. Il y avait longtemps qu'il ne s'était pas éloigné autant de la ville, qu'il n'avait pas perdu de vue les lieux qui lui étaient familiers, ses repères de toujours. Il n'avait jamais eu envie de voyager, de courir le monde comme ça, au gré de sa fantaisie, pour connaître d'autres contrées que la sienne. Ce qu'il avait pu voir et entendre autour de lui tout au long de sa vie, les histoires et les récits que lui avaient égrenés différents étrangers de passage dans la cité, lui avaient suffi pour comprendre combien le monde est vaste, vaste et inénarrable, que ses peines et ses souffrances ne tiennent pas dans l'esprit de l'homme, que ses larmes forment une mer, un océan tout entier. En une vie, songea Costa Békas, c'est à peine si l'on parvient à échanger quelques paroles substantielles avec les gens qui vivent autour de soi, avec sa famille et ses amis, avec ses voisins, à pénétrer le sens des fables et des légendes que l'on a entendu raconter par les vieux dans son enfance, à percer l'essentiel des secrets séculaires de l'histoire de son pays. A quoi sert de voyager, de vagabonder dans des endroits lointains où l'on parle d'autres langues, quand on n'a pas réussi à découvrir et à savourer les immenses richesses que cache la langue de son pays, quand on n'a pas encore appris à parler avec sa terre natale.

Voyant que le capétan était resté en arrière et qu'il tardait, Étienne de Brissac retint son mulet et attendit. Bien qu'il s'en aperçût, Costa Békas ne se pressa pas, ne piqua pas son cheval qui marchait lentement, la tête basse, comme sous le poids de ses pensées ou comme s'il devinait celles qui taraudaient l'esprit de son maître. Même mon cheval raccompagne cet étranger le cœur lourd, se dit le capétan, lui aussi a pris en sympathie cet homme qui est venu de l'autre bout du monde et qui a manifesté de l'amitié, de l'estime pour les gens et la terre de Paliokastro. Un simple Français, qui n'a pas l'expérience des guerres et des sièges, a compris quels sont les grands besoins de cette ville, il a vu le piètre état de ses remparts, il a deviné que si jamais les Turcs lançaient contre elle une armée puissante et organisée, elle ne tiendrait pas le coup, ne s'en sortirait pas toute seule.

Paliokastro retrouverait-il un ami comme lui ? pensait Costa Békas en voyant Étienne de Brissac qui l'attendait. Qui d'autre, étranger ou non, se préoccuperait jamais du sort d'une vieille cité isolée, d'une poignée d'hommes qui vivaient depuis des siècles dans ces montagnes sauvages, qui semblaient être des vestiges de mondes anciens, disparus. Malgré tout ce que disait Photis, les Européens ne pouvaient pas être tous des menteurs et des hypocrites, ils n'étaient pas tous pourris par leurs richesses, par leur vie facile. En fin de compte, où l'instituteur avait-il fait ses études ? Qui l'avait instruit, formé ? Qui avait étalé devant lui livres et papiers, qui lui avait ouvert les yeux ? Il devait bien encore exister ici et là en Europe quelques-uns de ces hommes droits et intègres, de ces opiniâtres et inflexibles combattants de la liberté et de la dignité. Peut-être devaient-ils se cacher, peut-être étaient-ils traqués aujourd'hui par les rois et les tyrans, mais, tôt ou tard, lorsque les temps changeraient, comme disait Étienne de Brissac, lorsqu'une époque nouvelle arriverait, tous ces esprits purs, tous ces irréductibles sortiraient de leurs cachettes, quitteraient les catacombes et se déverseraient dans les rues, ils formeraient de véritables armées et abattraient la tyrannie, ils montreraient à d'autres peuples asservis le chemin qui mène à la liberté.

Que gagnerait Paliokastro à décourager les rares amis et alliés qu'il avait en ce monde, à refuser leur solidarité et leur aide ? N'étaient-ils pas les fils adoptifs de la Grèce, comme disait Étienne de Brissac ? Ne leur avait-on pas enseigné à l'école son histoire et sa civilisation ? Les idées qui avaient allumé en eux des feux inextinguibles n'étaient-elles pas celles qui avaient gouverné jadis certaines de ses illustres cités ?

A l'entrée de la gorge, le capétan s'arrêta.

Il se sentait indécis. Les rares mots qui arrivaient jusqu'à ses lèvres tentaient en vain de se rapprocher l'un de l'autre et de s'unir, de former un au revoir, une simple parole amicale. Les muletiers avaient avancé à l'intérieur de la gorge, on entendait tout au fond leurs pas, les pierres et les gravillons qui dégringolaient, le battement d'ailes des oiseaux sauvages effarouchés par le bruit que faisaient les sabots des mulets.

Costa Békas comprit qu'il était trop tard.

Pendant qu'il réfléchissait tout à l'heure, une volonté qui n'était pas la sienne avait profité de l'occasion pour l'envahir sans qu'il s'en rendît compte, elle avait affermi en lui sa domination, assis son autorité, imposé ses lois. Ce serait peine perdue de lui résister. Il savait bien ce qu'il disait lorsqu'il parlait à Étienne de Brissac du pouvoir que détenaient les morts dans ce pays, du contrôle qu'exerçaient sur lui les ancêtres et des innombrables moyens qu'ils trouvaient pour s'insinuer sans se faire remarquer dans la mémoire et dans le cœur des hommes, pour troubler leurs rêves, pour bercer leurs espoirs...

Le capétan mit vite pied à terre, sortit de sa chemise un mouchoir et se baissa pour recueillir un peu de terre, afin de l'offrir à Étienne de Brissac. C'est ainsi que faisaient jadis ceux qui s'en allaient, qui partaient très loin, qui savaient qu'il s'écoulerait longtemps avant que ne vînt l'instant sacré, l'instant béni où ils reverraient leur patrie. Cette poignée de terre, ils la gardaient toujours avec eux, la plupart la mettaient dans un petit sac qu'ils cousaient et suspendaient à leur cou, ils l'avaient ainsi tout contre leur poitrine, serrée sur leur cœur.

Costa Békas eut beau balayer le sol de la main, il trouva peu de terre. Avant de la déposer dans le mouchoir, il observa un instant le minuscule tas qu'elle formait au creux de sa paume et auquel s'était mêlé un filet de sang : il avait dû se blesser les doigts sur une pierre coupante alors qu'il grattait la dure terre, l'âpre terre de son pays.

Rassemblées depuis l'aube sur la place, les femmes travaillaient sans relâche, elles fabriquaient des cartouches, affûtaient des yatagans, préparaient de la charpie et des onguents pour les combattants.

Costa Békas s'arrêta, il les regarda d'un air pensif.

Elles, elles n'avaient pas besoin de longs discours pour se mettre à l'ouvrage, il ne leur était pas nécessaire de philosopher pendant des heures ou d'étudier l'histoire pour saisir couteaux et fusils, pour se poster devant le seuil de leur maison et y guetter l'ennemi. Elles savaient parfaitement ce qui les attendait le jour où les Turcs entreraient dans Paliokastro, quand ils se déverseraient dans les rues, quand ils pénètreraient dans les cours, kandjar au poing...

Elles avaient bien des fois laissé là foyer et enfants pour prendre les armes, pour aller se battre aux côtés des hommes, aussi vaillamment qu'eux. Un jour, lors d'une bataille difficile contre des Albano-Turcs, alors que les ennemis se lançaient à l'assaut des retranchements situés sur la montagne, en vue d'atteindre ensuite les remparts, leur chef vit tout à coup surgir de l'autre extrémité de la plaine une petite troupe de femmes qui attaquèrent les baraques où les Albano-Turcs avaient installé leur intendance. Poussant des cris sauvages, brandissant des torches et des yatagans, les femmes bondirent comme des louves affamées sur les sentinelles et les taillèrent en pièces, puis elles se ruèrent sur les tentes et les baraques et commencèrent à incendier, à frapper, à égorger. Voyant que son armée risquait de rester sans munitions, sans nourriture et sans eau, le chef des Albano-Turcs fut contraint de retirer du cœur de la bataille plus de deux cents hommes pour les envoyer contenir ces femmes qui avaient entre-temps dévasté le campement, qui mettaient le feu aux réserves de poudre, qui éventraient les sacs d'orge et d'avoine destinés aux chevaux.

C'est ce qu'attendaient les palikares qui se battaient sur la montagne.

Dès qu'ils virent les Albano-Turcs battre en retraite, ils débouchèrent de partout et contre-attaquèrent, ils profitèrent de la confusion que les femmes avaient provoquée par leur manœuvre de diversion et se jetèrent avec un courage nouveau sur les ennemis, les mirent en déroute et les coincèrent dans leur camp.

Costa Békas n'oublia jamais l'image de ces femmes revenant de la bataille toutes baignées de sang et de sueur, les cheveux collés au visage, l'œil farouche. Était-ce bien ces mêmes femmes qui tenaient leur maison en sages et paisibles ménagères ? Qui marchaient dignement dans la rue et qui n'élevaient jamais la voix lorsqu'elles parlaient à leurs maris ? Celles qui s'étaient jetées sur les Albano-Turcs étaient de vrais fauves, elles maniaient le yatagan comme si elles n'avaient fait que cela dans leur vie, elles n'avaient fléchi à aucun moment de la bataille, elles n'avaient pas montré le dos à l'ennemi.

Seuls les vieillards, qui en avaient vu beaucoup de leurs yeux, qui avaient entendu d'innombrables histoires dans leur jeunesse, ne trouvaient là rien d'étonnant, rien d'extraordinaire. C'était monnaie courante dans le temps, disaient-ils, ce n'était pas la première fois que les femmes sauvaient le pays du désastre, qu'elles montraient à tous les Paliokastrites, à tous les Grecs, la bonne voie, le chemin du salut. C'étaient elles qui tenaient entre leurs mains le destin de tout le pays, elles qui élevaient les enfants, qui dirigeaient la famille, qui enseignaient à tous, filles et garçons, leur devoir. Un peuple qui engendre des femmes dignes de ce nom, expliquaient-ils, n'a rien à craindre. Cela fait des siècles et des siècles que les lionnes donnent naissance à des lions, et les tigresses à des tigres. Tant que les femelles ne s'abâtardissent pas, ne dégénèrent pas, aucun fauve au monde n'est en danger, sa race ne s'éteint pas, sa nature ne change pas.

En observant les femmes de Paliokastro qui travaillaient sur la place, Costa Békas se souvint d'Étienne de Brissac lorsqu'il faisait leur portrait à la fontaine, tandis qu'elles attendaient à la file pour remplir leurs cruches, ou quand elles se rendaient le dimanche à l'église dans leurs beaux habits, tenant leurs enfants par la main, portant leurs bébés dans leurs bras. Il s'étonnait de ce qu'elles s'habillaient sobrement, marchaient sans manières, évitaient les falbalas et les ornements voyants. Il disait au capétan que dans son pays, dans son milieu, il avait affaire à un tout autre genre de femmes, il lui parlait des belles et impressionnantes dames de la noblesse qui fréquentaient châteaux et salons, toutes scintillantes et pomponnées jusqu'au bout des ongles, avec leur perruque poudrée sur la tête, avec du fard sur les yeux, sur les joues, sur les lèvres. Elles, expliquait-il, elles n'avaient pas les mêmes soucis que les femmes de Paliokastro, elles ne souffraient pas les affres de la guerre, elles n'avaient jamais tenu d'armes de leur vie, elles ne savaient pas ce que voulaient dire privations, pauvreté, faim. Elles appartenaient à une catégorie de gens qui menaient une vie dorée, à qui rien ne manquait et qui n'avaient presque pas de rapports avec le reste de la société.

Quand il leur montrerait les croquis et les portraits qu'il avait faits à Paliokastro, elles ne chercheraient pas à connaître l'histoire des femmes qu'il avait dessinées, elles ne s'intéresseraient pas le moins du monde à leur vie et à leurs tourments, à tout ce qu'elles enduraient pour survivre dans ce coin perdu où leur destinée les avait jetées. Mais elles ne manqueraient pas de lui poser mille questions sur les toilettes à la mode en Grèce, sur la façon dont les Grecques s'y prenaient avec leurs maris et leurs amants, elles lui demanderaient de leur raconter leurs jeux amoureux, leurs secrets d'alcôve. Il leur serait quasiment impossible de comprendre comment il se faisait que les femmes de Paliokastro avaient d'autres problèmes, d'autres tracas, elles trouveraient étrange qu'elles ne s'adonnent pas aux bals, aux fêtes et aux galanteries, qu'elles travaillent aux champs et se battent comme les hommes.

En Occident, disait Étienne de Brissac, la plupart des gens cultivés étaient persuadés qu'il n'existait pas d'autre manière de vivre que la leur, ils s'imaginaient que leur façon de penser était la seule valable, qu'ils avaient toujours le bon droit de leur côté. C'est pourquoi ils ne cessaient de discuter de la manière dont ils allaient mettre de l'ordre dans le monde entier, le civiliser, lui indiquer le chemin à suivre.

Étienne de Brissac n'avait-il pas raison quand il écrivait que les Paliokastrites devaient sauver les femmes et les enfants ? se demanda soudain Costa Békas. A quoi servirait, en vérité, leur sacrifice ? Qui resterait-il pour dénoncer au monde la mort injuste de Paliokastro ? Qui vengerait son sang ? La survie des femmes et des enfants, c'était l'espoir que tout ne disparaîtrait pas, qu'une histoire qui avait duré tant de siècles ne s'achèverait pas dans le silence et l'indifférence.

Le capétan s'avança vers les femmes pour leur parler. Au début — chose qui ne lui était jamais arrivée — il s'embrouilla à plusieurs reprises dans ses propos comme s'il ne savait pas ce qu'il voulait dire exactement. Puis, voyant que les femmes le regardaient étonnées, il essaya de démêler ses pensées et se mit à parler de cette guerre qui n'était pas comme les autres, du grand danger qui menaçait Paliokastro. Tout montrait, leur dit-il, que Sélim pacha n'avait pas l'intention de s'en aller avant de s'être débarrassé de la cité, de l'avoir réduite à néant. Bien sûr, les Paliokastrites feraient comme toujours leur devoir, ils se battraient dur, frapperaient les Turcs avec acharnement. Mais il ne fallait pas se faire d'illusions : jamais encore la ville n'avait affronté pareille concentration de forces, on ne voyait même plus la plaine tant elle grouillait de troupes.

Les femmes gardèrent le silence, même lorsqu'elles entendirent le capétan annoncer qu'il proposerait aux notables d'envoyer un message à Sélim pacha pour lui dire que, quoi qu'il arrivât, en aucun cas la cité ne se rendrait, qu'elle ne marchanderait pas un instant sa liberté, qu'elle ne vendrait pas son indépendance après tant et tant d'années de vie libre. Cependant, si le sérasker laissait les Paliokastrites faire sortir de la ville les femmes et les enfants pour les envoyer en lieu sûr, les mercenaires qu'ils détenaient en otages seraient libérés et regagneraient leur camp.

« Un lieu sûr, dis-tu, capétan ? Et où ça, tu peux nous le dire ? » demanda alors une vieille.

Elle avait aligné devant elle des petits pots de terre

cuite et les remplissait d'opiats et d'onguents qu'elle avait préparés chez elle, mettait dans des sachets des herbes médicinales et des feuilles séchées qui arrêtent le sang, qui empêchent les plaies de s'infecter. Elle avait aidé les Paliokastrites dans bien des guerres grâce à son art et à ses remèdes : il n'y avait pas un seul blessé qui n'eût senti ses douleurs s'apaiser avec ses baumes, qui n'eût repris courage en la voyant se pencher sur lui au fort de la bataille, ouvrir sa besace et sortir sa charpie et ses médicaments. Costa Békas l'avait lui-même vue maintes et maintes fois courir de tous côtés sans se soucier de la mitraille qui pleuvait autour d'elle, il l'avait admirée tandis qu'elle se précipitait pour aller d'un retranchement à un autre, intrépide, avec sa besace en bandoulière.

Les femmes de Paliokastro n'étaient pas surprises d'entendre la vieille Irini parler en leur nom : tout le monde connaissait son bon sens et sa sagesse, les plus anciens disaient même que la voix qui sortait de sa bouche n'était pas la sienne mais celle de la terre elle-même, la terre nourricière des plantes, des buissons et des arbres où elle prenait fleurs et feuilles pour confectionner ses baumes et ses onguents.

« J'en discuterai avec les notables et nous verrons », répondit Costa Békas, quelque peu embarrassé.

Sans interrompre son travail, remplissant toujours ses sachets et ses pots, la vieille Irini jeta un coup d'œil à la ronde, puis son regard s'éloigna, s'attarda un instant tout en haut des remparts mais s'envola vite vers les montagnes voisines, franchit des cols, monta sur des sommets, se posa au bord de gorges profondes où le soleil ne pénétrait jamais.

« Ah, si Paliokastro pouvait être un oiseau, lui aussi s'en irait loin et serait sauvé ! » dit soudain la vieille femme comme si lui revenaient là les paroles d'une chanson qu'elle avait entendue chanter dans sa jeunesse par ses parents.

Les autres femmes continuaient leur travail en silence.

Tandis qu'il les regardait, Costa Békas avait l'impression qu'elles aussi retissaient en elles des histoires d'autrefois, des légendes anciennes qu'elles tenaient de leurs mères et de leurs grands-mères. Les paroles de la vieille Irini semblaient avoir ouvert en grand la porte de leur mémoire et appelé leurs aïeules qui allaient apparaître d'un instant à l'autre pour donner leur avis, pour les conseiller.

« Mais même si c'était un oiseau, aurait-il le cœur de quitter son nid, pourrait-il voler avec les ailes coupées, sans sa moitié, pourrait-il abandonner ses œufs ? » poursuivit la vieille Irini.

C'est ainsi qu'elle parlait toujours, lentement, gravement, avec peu de mots, mais des mots lourds de sens, qui se transmettaient de bouche en bouche et faisaient le tour de Paliokastro avant de partir pour de lointaines contrées, avant de voyager suspendus aux lèvres des gens qui erraient de pays en pays, accompagnant les troupes de musiciens ambulants, les caravanes de marchands. Et comme les saisons passaient, comme les années s'écoulaient, personne ne savait plus finalement comment les paroles de la vieille Irini étaient arrivées aussi loin, comment elles avaient pu échapper aux mauvaises rencontres et aux pièges du chemin, au noir oubli qui guette toutes les œuvres de l'homme.

« As-tu jamais entendu dire, capétan, qu'on ait vu pareille chose ? Peux-tu nous citer un exemple ? Nous aimerions bien le savoir, et pour notre gouverne et pour en faire profiter d'autres », ajouta la vieille femme.

Sa main, qui fouillait au fond d'un grand sac,

ressortit avec une pleine poignée de feuilles et de fleurs séchées, entre ses doigts osseux pendaient de petites racines encore parsemées de terre. La vieille Irini étala tout sur un drap et se mit à faire le tri, à disposer en petits tas les bonnes herbes, les plantes salutaires.

Le silence régnait sur la place.

Costa Békas sentit son cœur se serrer, une angoisse l'envahit, comme s'il était descendu, sans s'en rendre compte, dans les profondeurs de la terre, comme s'il marchait à travers des ténèbres insondables.

TROISIÈME PARTIE

17

Cela fait des jours que les Turcs se sont approchés pour de bon, qu'ils se sont installés sur la montagne et tiennent solidement leurs positions, qu'ils ne cessent de lancer des assauts violents, furieux. Jusqu'à présent les Paliokastrites ont réussi à éviter la prise de la cité grâce aux tunnels qui leur permettent d'opérer des diversions au moment critique, d'envoyer la nuit des cavaliers pour frapper les arrières de l'armée de Sélim, pour incendier ses dépôts de munitions et ses installations, pour attaquer ses convois de ravitaillement.

Mais personne n'a plus d'espoir.

Chaque fois que Costa Békas revient avec sa cavalerie de ses attaques nocturnes, il y a toujours des palikares qui manquent à l'appel. Le matin, quand il fait le tour des retranchements qui résistent encore devant les remparts, il trouve de moins en moins d'hommes qui n'aient pas de bandages aux bras ou à la tête, dont le visage ne soit pas rendu méconnaissable par des flots de sang séché. Puis, lorsqu'il monte sur les murailles et jette un coup d'œil autour de lui, il voit là encore les terribles ravages de l'ennemi, les créneaux restés çà et là sans défenseurs, les trous et les brèches ouverts du côté de la plaine par les boulets turcs. C'est que les pauvres canons de Paliokastro sont bien insuffisants désormais, ils ne savent plus où donner du tir. Quand les troupes de Sélim pacha se ruent vers la montagne et commencent à grimper, la terre est submergée par la marée turque, la montagne entière tremble comme sous la charge de milliers de buffles, les Paliokastrites en fauchent à tour de bras mais d'autres troupeaux déferlent.

La prise d'otages n'a finalement rien donné.

Les assiégés eurent beau les amener ligotés en haut des remparts, leur passer la corde au cou, brandir des serpes en menaçant de les égorger comme des boucs devant les yeux de leurs camarades, en vain : quand Sélim pacha vit la scène à la longue-vue, il donna aussitôt l'ordre aux crieurs du camp de s'avancer vers la cité pour l'avertir que c'était en pure perte qu'elle ferait couler le sang des étrangers, que ce crime ne lui servirait à rien. Le vénéré sérasker, précisèrent-ils, n'avait nullement l'intention de mordre à l'hameçon des giaours, de traiter avec eux. S'ils voulaient tuer les étrangers, qu'ils les tuent. Cela ne changerait rien. Mais ils devaient savoir que si par miracle la ville en réchappait, elle aurait ensuite affaire aux Autrichiens, aux Anglais et aux Français qui débarqueraient avec leurs armées et leurs canons et la réduiraient en cendres.

Entre-temps, les Paliokastrites avaient saisi les otages par les cheveux et, les serpes levées, attendaient la décision de Costa Békas. Malgré leur situation critique, bien que la lame des serpes s'appuyât déjà sur leur gorge, les étrangers semblaient calmes, ils ne criaient pas, n'imploraient pas grâce.

Photis, qui s'était précipité comme tout le monde sur les remparts, les observait d'un regard sombre. Tous ces derniers jours, il était souvent allé les voir dans la remise où on les avait enfermés et, un peu avec l'italien qu'il savait, un peu avec le français qu'il baragouinait, il avait pas mal parlé avec eux. La plupart étaient des hommes de sac et de corde, des aventuriers qui cherchaient à s'enrichir avec le sang et les larmes du pauvre monde et qui n'hésiteraient pas un seul instant à s'engager comme mercenaires dans l'armée du diable en personne. Certains, qui étaient déjà des déserteurs avant d'aller offrir leurs services au sultan, disaient qu'ils se contrefichaient du sort qui les attendait. S'ils revenaient dans leur pays, ils se feraient emballer par les gendarmes et on les enverrait vite fait à la potence. C'étaient des militaires professionnels, en somme des peaux vendues, aujourd'hui ici et demain là, toujours prêts à tuer, à massacrer à la solde d'un prince ou d'un autre, de n'importe quel roi ou sultan. Ils s'étaient habitués depuis longtemps à l'idée que ce n'était pas là un travail comme les autres, ils savaient que de toute manière cela se terminerait mal pour eux et qu'ils ne mourraient pas dans leur lit.

Soudain, Costa Békas tira son yatagan.

Peut-être pensait-il qu'en le voyant se préparer, les otages prendraient peur, qu'ils se jetteraient à genoux, supplieraient les Paliokastrites, leur demanderaient de les laisser s'adresser eux-mêmes aux Turcs, adjurer Sélim pacha de parlementer, de faire quelque chose pour les sauver.

Photis eut un sourire amer.

Il était sûr que les mercenaires ne broncheraient pas. Ils connaissaient bien les Grecs, lui avaient-ils dit un jour, ils s'étaient souvent battus contre eux dans l'armée du sultan, ils avaient remarqué leurs points faibles. C'étaient peut-être de vaillants guerriers, qui donnaient leur vie sans compter pour leur pays, mais jamais ils n'utilisaient des procédés lâches ou ignobles — ils préféraient crever que d'entendre dire qu'ils avaient failli à leur honneur. « Si vous continuez à vous battre avec cet esprit-là, vous ne vous en tirerez pas avec les Turcs », avaient-ils dit à Photis. « Vous vous croyez encore dans l'antiquité ? Si vous ne changez pas de mentalité, vous êtes foutus, le monde ne fera qu'une bouchée de vous et vous avalera, vous digérera. Même si vous réchappez aux Ottomans, ce seront les Slaves qui descendront vous tailler en pièces ou nos propres armées, autrichiennes, anglaises, françaises, qui vous écraseront jusqu'au dernier. Et croyez-nous, on sait de quoi on parle, on a bourlingué dans tous les pays, on a fait la guerre un peu partout. Vous feriez mieux d'apprendre nos méthodes, de remiser vos considérations humanistes et autres scrupules, de ne pas tout passer au crible, de ne pas vous occuper des détails. Ou alors, restez sagement dans votre coin et ne cherchez plus ni liberté ni indépendance, ne vous colletez pas avec des empires tout entiers. »

Voyant Costa Békas attendre avec son yatagan dégainé, Photis s'approcha. En le reconnaissant, les mercenaires sourirent.

« Voyons si notre ami a bien retenu la leçon », dit un Italien d'un air moqueur.

Aux oreilles de Photis résonnèrent les piques et les propos ironiques qu'il lui était arrivé d'entendre à l'époque où il faisait ses études en Europe, quand on l'invitait avec ses compatriotes dans les grandes demeures de l'aristocratie et qu'il décrivait et redécrivait le terrible joug qui pesait sur son pays, qu'il quémandait solidarité et aide. Il avait l'impression que la plupart des philhellènes se fichaient, au fond, de la Grèce, que ce qu'ils faisaient pour sa cause, ils le faisaient par habitude, par ennui, pour passer le temps tout en ayant une occupation qui seyait à leur position sociale et à leur rang. De même que d'autres dans leur milieu avaient leurs pauvres qui attendaient le dimanche sur les marches de l'église, eux, ils avaient leurs Grecs qui les attendaient dans leurs salons pour solliciter leur bonté.

Photis discernait dans leurs propos un étrange contentement, même si le plus souvent ils parvenaient à le dissimuler quelque peu sous un tas de politesses creuses et d'habiles artifices de langage. Leur empressement à aider la Grèce asservie avait pour moteur secret, inavoué, ce sentiment de satisfaction qu'ils éprouvaient à faire la charité à un pays qui les avait civilisés et à s'acquitter ainsi de leur vieille dette, à racheter d'une certaine façon leur progrès et leur civilisation. Ils pouvaient désormais non seulement se sentir et se comporter comme tous les grands vis-à-vis des petits, mais jouir également du plaisir des parvenus qui font l'aumône à des princes déchus et ruinés.

« Allez, décidez-vous, qu'on en termine », dit l'Italien à présent énervé.

Costa Békas se tourna vers l'instituteur :

« Eh bien ? »

La question du capétan remua dans l'esprit de Photis une foule d'interrogations sans réponses, de ces dilemmes qui tourmentent les gens de ce pays depuis les temps les plus anciens et que l'Histoire, suivant un plan secret — qui sait dans quel mystérieux dessein ? — engrange et conserve au fond de leur mémoire, en choisissant de temps en temps quelques-uns pour les travailler dans son atelier, pour les transformer en légendes et en mythes, pour en faire des épopées, des tragédies, des poèmes.

« Parle, Photis », insista Costa Békas.

Tout ce que ressentait clairement l'instituteur en cet instant, c'était une colère impuissante devant l'injustice que la destinée avait faite à ce petit peuple infortuné, devant le supplice qu'elle lui avait imposé en semant en douce dans son âme le besoin de discuter avec les dieux, de critiquer la manière dont ils ont fait le monde, de vouloir à tout prix connaître leurs secrets sans jamais s'accommoder de leurs explications.

Rassemblés sur les remparts, les Paliokastrites regardaient en silence, quelques femmes pleuraient, d'autres se signaient en se mordant les lèvres d'angoisse. Même dans le camp des Turcs, la rumeur habituelle s'était tue, les crieurs tenaient leur porte-voix sous le bras et attendaient les ordres du sérasker.

Soudain, un vieillard se détacha de l'assemblée et s'avança :

« Non, capétan, cria-t-il. Ne déshonore pas la cité par un acte honteux, n'attire pas sur elle la malédiction de Dieu. Il n'est pas juste de faire couler ainsi le sang. Laisse ces étrangers libres ; quand ils rentreront un jour dans leur pays, ils ne pourront pas dire que les Paliokastrites sont des monstres enragés et non des hommes, qu'ils se battent avec des procédés infâmes. »

Photis jeta un rapide coup d'œil sur le capétan et s'adressa au vieillard :

« De quel acte honteux parles-tu ? lui demanda-t-il. Pour les capturer, ceux-là, nous avons perdu des hommes, nous nous sommes battus. Depuis quand est-il injuste de faire payer un sang injustement versé ? Les étrangers que tu vois là sont venus de l'autre bout du monde pour aider les Turcs à nous massacrer, pour se remplir les poches avec leur argent. Et tu attends d'eux qu'ils aillent parler de nous en Europe ? Mais, là-bas, chez eux, personne ne se préoccupe de notre sort, la Grèce que tu connais n'existe pas pour eux, ils ne connaissent que celle que décrivent leurs livres, celle qu'admirent leurs lettrés et leurs savants. Nous les Grecs d'aujourd'hui, ils nous considèrent comme des fourmis, des parasites, des vers de terre, nous ne sommes pour eux qu'une sous-tribu qui s'est retrouvée sur cette terre Dieu sait comment et pourquoi. D'ailleurs, peu leur importe qui habite ce pays, tout ce qu'ils regardent, eux, c'est leurs cartes, leurs intérêts. Les malédictions et les infamies dont tu parles, ils s'en fichent comme d'une guigne, ce ne sont pas des novices en matière de crimes : partout où ils sont passés, partout où ils ont débarqué avec leurs bateaux, ils ont mis la terre à feu et à sang, ils ont tout pillé, tout détruit. Et quand certains d'entre eux disent qu'ils nous admirent et chantent nos louanges, ne t'y trompe pas : il ne s'agit pas de nous mais de nos ancêtres, c'est pour les Grecs morts qu'ils ont du respect, pas pour les vivants. Les anciens, vois-tu, ne prennent pas de place, ils ne se révoltent pas contre les Turcs, ils ne bouleversent pas leurs projets.

— Mais si nous tuons les étrangers, est-ce qu'ils nous respecteront, est-ce qu'ils nous aideront ? » lança ironiquement un notable.

Même s'ils ne comprenaient pas la langue, les otages devinaient qu'il était question d'eux, que les Paliokastrites n'étaient pas tous d'accord sur leur sort. La stupéfaction se lisait sur leurs visages, leur regard montrait clairement qu'ils se demandaient s'ils étaient bien vivants ou si ce n'était que leur âme qui suivait depuis l'autre monde ce spectacle incroyable.

Cependant, dans la plaine, les Turcs se préparaient pour une nouvelle offensive, leurs troupes faisaient mouvement et prenaient position pour la bataille sous les yeux des assiégés qui discutaient comme s'ils ne voyaient pas le danger, comme s'ils n'avaient pas remarqué ce qui se passait autour d'eux.

« Que nous importe leur opinion et leur aide ? répliqua Photis. Nous avons vécu tant de siècles sans eux, nous ne leur avons jamais demandé de ratifier nos actes et nos décisions, de nous dire s'ils approuvaient ou non notre sagesse ou notre folie. »

Tout à coup, des trompettes retentirent dans le camp des Turcs.

Voyant les Paliokastrites s'attarder, Sélim pacha en profita pour redéployer ses bataillons, il poussa les akindjis plus près des dernières lignes fortifiées de la montagne, envoya les janissaires prendre position derrière eux pour tenter de pénétrer par les brèches qu'ils ouvriraient.

Costa Békas jeta un coup d'œil sur la plaine :

« Tous à vos postes ! » hurla-t-il d'en haut.

Les palikares qui tenaient encore certains retranchements en divers points de la montagne étaient déjà prêts, yatagans au poing, fusils en joue. Le capétan entendit les sifflements d'alerte que se renvoyaient ses hommes : tous étaient en position de combat et attendaient.

« Remmenez-les », ordonna Costa Békas à ceux qui gardaient les otages.

Le rassemblement s'était dispersé de lui-même. Tous ceux qui avaient des armes étaient déjà derrière les créneaux, dans les bastions, aux canons. Certains avaient quitté les remparts nord, qui n'étaient pas encore menacés, et couraient renforcer les effectifs qui guettaient les Turcs sur le flanc de la montagne, là où Sélim pacha jetterait bientôt toutes ses forces pour parvenir cette fois jusqu'aux murailles et lancer ensuite, le lendemain peut-être, son dernier assaut.

« Bonne chance, capétan », cria Photis.

Costa Békas n'eut pas le temps de lui répondre. Partout dans la montagne et dans la plaine résonnaient les tambours turcs qui battaient la charge.

Les enfants attendaient l'instituteur dans le plus grand silence.

Ils avaient à leurs pieds leur petit baluchon, certains le serraient déjà entre leurs bras. Photis les rassura : non, le moment n'était pas encore venu. Debout parmi eux, pistolet et poignard à la ceinture, il leur expliqua une fois de plus ce qu'avaient dit les notables, le capétan et leurs parents lors de leur dernière réunion. Paliokastro avait encore assez de ressources pour se défendre — si Dieu le voulait, les murailles ne seraient pas prises aujourd'hui. L'école se trouvant au point le plus élevé de la ville, les Turcs mettraient du temps pour arriver jusque-là, les Paliokastrites résisteraient vaillamment, ils les combattraient de quartier en quartier, de rue en rue, chaque maison serait un fortin.

La dernière bataille aurait lieu non loin de la cour de l'école, là-bas, près des ruines de l'antique tour de guet, qui serviraient de retranchement.

L'instituteur et les enfants seraient partis depuis longtemps.

Vers les remparts nord il n'y aurait pas de Turcs, personne ne les apercevrait au moment où ils sortiraient. Ils prendraient les sentiers qu'ils connaissaient et qui les conduiraient sans danger au fond des gorges qui ceinturaient la ville de ce côté ; ils avanceraient et pénétreraient alors dans le ravin est, puis ils continueraient jusque sous le pont. A partir de là, ce serait à la grâce de Dieu. S'ils atteignaient sans accroc les montagnes les plus proches, ils y chercheraient une grotte, un abri, ils auraient avec eux des cordes pour descendre se cacher dans de vieux puits. Avec un peu de chance, ils tomberaient peut-être sur des klephtes et se réfugieraient dans leurs repaires [1].

« Et après, maître ? » demanda un enfant.

Photis sentit cet « après » se planter dans son cœur comme un couteau. Que dire, comment expliquer, où trouver le courage d'avouer qu'il ne savait pas...

« Après, nous verrons », parvint-il à murmurer.

Que verraient-ils donc ? Ce qu'avaient vu des générations et des générations de Paliokastrites, ce qu'avaient vu tous les Grecs depuis des siècles et des siècles. Les tombes étaient les unes sur les autres dans les cimetières, en labourant leurs champs les paysans ne cessaient de trouver des squelettes et des ossements, dans les plaines et dans les passages montagneux bûcherons et chaufourniers déterraient des casques, des boucliers, des pointes de lances. Là où s'étaient déroulées de grandes batailles décisives, s'élevaient des tertres funéraires, et non loin, parmi les herbes folles, blanchoyaient des morceaux de marbre, des pierres tombales, des stèles portant des inscriptions à l'attention des passants, pour qu'ils sachent et n'oublient pas que leurs ancêtres s'étaient sacrifiés pour refouler l'ennemi, là les Perses, un peu plus bas les Romains, à quelques pas de là d'autres barbares. Ce ne sont pas les guerres, les catastrophes, les déracinements, qui manquèrent dans ce pays. Torrents de sang et de larmes, douleur et lamentations sans fin, myriades de poèmes et de chants dits et redits devant la cheminée à la veillée, que les enfants apprennent de leurs parents et de leurs grands-parents et qu'ils transmettent plus tard à leurs propres

1. Rebelles à l'occupant turc qu'elles attaquaient et pillaient, ces bandes armées montagnardes protégeaient les populations rurales. Les klephtes incarnèrent peu à peu la résistance armée de la Grèce. (N.d.T.)

enfants. Puis, lorsque la vie est écoulée et que l'heure approche de fermer les yeux, de clore à jamais les lèvres, ils sentent que leur mémoire n'a plus d'autres trésors, plus d'autres biens à léguer : ils ont raconté à leurs descendants tout ce qu'ils avaient à raconter, ils leur ont laissé un héritage inestimable, l'histoire de leur terre.

Photis tendit l'oreille vers la plaine.

Devant les remparts, sur tout le flanc de la montagne, la bataille avait commencé, on entendait la ruée hurlante des cohortes turques, de tous côtés retentissaient coups de feu et fracas de yatagans qui s'entrechoquaient en l'air et luttaient d'abord entre eux avant de s'abattre sur des têtes et des corps, avant de trancher des gorges.

L'instituteur bondit au-dehors et courut vers l'antique observatoire d'où il pourrait tout voir. La montagne était noire sous la multitude ottomane qui s'y était déversée et qui montait, qui s'attaquait avec rage aux derniers retranchements paliokastrites et qui les recouvrait, les inondait. Et pourtant, malgré toute cette nuée grouillante qui leur était tombée dessus, les Paliokastrites réussissaient encore à se battre, ils résistaient, reculaient en bon ordre, se retranchaient plus haut. Les Turcs tentaient en vain de percer leurs lignes et de les encercler, de les frapper par-derrière et par-devant : les palikares de Paliokastro contre-attaquaient et les repoussaient, les tenaient loin des remparts.

C'est alors que Photis aperçut Costa Békas qui se tenait au pied des remparts, il reconnut ses longs cheveux argentés qui flottaient comme un étendard, son grand et lourd yatagan. Le capétan ne s'était pas encore jeté dans la bataille, il attendait avec une centaine d'hommes autour de lui, les meilleurs, les plus valeureux guerriers de son armée.

Soudain, le maître d'école le vit tirer son buccin de sa ceinture et le porter à ses lèvres.

Au même moment, débouchant de l'ouest de la plaine comme s'ils avaient jailli de terre, comme si c'était les broussailles et les buissons de thym qui les cachaient jusqu'à cet instant, surgirent les cavaliers de Paliokastro. Yatagans brandis, éperonnant leurs chevaux, les stimulant avec des cris, ils foncèrent sur le flanc de l'armée turque tandis que Costa Békas et ses hommes l'attaquaient de front. Pris au dépourvu, les Turcs restèrent quelques secondes comme cloués sur place, ce qui brisa leur élan. Malgré leur faible nombre, les hommes de Costa Békas parvinrent à former une poche qui s'enfonçait presque jusqu'au cœur de l'armée ottomane, pendant que de l'autre côté les cavaliers frappaient eux aussi et progressaient, se frayaient un passage avec leurs longs kandjars en essayant d'opérer une jonction avec les palikares que conduisait leur capétan. S'ils réussissaient, une grande partie des troupes de Sélim pacha se retrouverait coupée du reste de l'armée et harcelée de tous côtés par les Paliokastrites. Pour ne pas essuyer un grand revers, le sérasker serait contraint de retirer du point le plus sensible de la montagne ses akindjis et ses janissaires, d'interrompre son attaque, de modifier la disposition de ses forces.

Dans cette mêlée furieuse, Photis ne distinguait plus rien, il lui était impossible de discerner où se trouvaient les Paliokastrites et où les Turcs, à quel camp appartenaient les cadavres qui s'entassaient sur les rochers, devant et à l'intérieur des retranchements, autour des murailles. Par moments, dans la cohue, il lui semblait apercevoir Costa Békas mais il le perdait de vue aussitôt pour le revoir ensuite plus loin, toujours plus profondément enfoncé dans la houle ennemie, il avait l'impression que le capétan nageait dans une mer déchaînée, qu'il luttait contre les vagues.

L'instituteur entendit des roulements de tambours. Sélim pacha avait donné l'ordre d'arrêter l'offensive mais, pour ne pas fournir aux Paliokastrites l'occasion de contre-attaquer pendant que ses troupes changeraient de disposition sur la montagne, il maintint provisoirement ses unités aux positions qu'elles occupaient.

Photis perdit de vue Costa Békas.

Lorsqu'il le vit une dernière fois, il était encerclé par une troupe d'akindjis. Se battant farouchement, tantôt les refoulant à coups de yatagan et tantôt reculant, le capétan essayait de leur échapper et de se dégager de l'étau, de rejoindre ses palikares qui s'étaient aperçus qu'il se trouvait en difficulté et qui faisaient tout ce qu'ils pouvaient pour se rapprocher de lui.

Quand il revint à lui et entrouvrit les yeux, il vit au-dessus de lui la vieille Irini qui avait déjà remis sa besace en bandoulière et qui s'apprêtait à sortir pour courir à nouveau vers les remparts, pour aller soulager avec ses onguents et ses simples d'autres Paliokastrites blessés.

Dès que la vieille femme fut partie, Photis s'agenouilla près de lui.

Jamais il n'aurait cru qu'il verrait un jour le corps de géant de Costa Békas gisant dans un coin de la classe, couvert de plaies et de sang. Comment aurait-il pu imaginer pareille chose au temps où il était encore un tout jeune maître d'école, où il n'avait pour tout souci que les livres et les papiers, à l'époque où, lorsqu'il tendait l'oreille le soir, il n'entendait pas au loin le tumulte de la guerre...

« Photis... »

L'instituteur se pencha :

« Je suis là, capétan. »

Grimaçant sous la vrille de la douleur, Costa Békas se mit à palper sa poitrine.

« Ne remue pas trop, capétan, jusqu'à ce que le sang s'arrête », conseilla l'instituteur.

Il se souvint que tout à l'heure, alors qu'elle pansait ses blessures, la vieille Irini avait touché quelque chose sur la poitrine de Costa Békas. Elle avait pris l'objet pour une amulette et le lui avait laissé. D'ailleurs, malgré son état, malgré la douleur, le blessé le tenait serré contre lui.

« Attends que je t'aide », dit Photis.

Le capétan avait déjà tiré de sa chemise un carnet graisseux et ensanglanté, presque coupé en deux par un coup de kandjar. L'instituteur le prit dans ses mains :

« Voilà que l'école a trouvé moyen de te protéger », plaisanta-t-il en souriant.

Dans sa mémoire s'étaient gravés à jamais le visage et la large silhouette du capétan de Paliokastro tel qu'il entrait chaque matin dans la classe et s'asseyait sur le premier banc pour ne pas perdre un mot de la leçon, pour bien voir le tableau. Lorsqu'il se levait pour écrire un mot, ses gros doigts inhabitués serraient fort la craie comme si c'était le manche de son yatagan, l'écrasaient, la pulvérisaient. Les enfants riaient, mais l'instituteur ne les grondait pas, le capétan riait lui aussi avec eux, jamais il ne prenait en mauvaise part leurs innocentes moqueries.

Il s'était lassé de venir à l'école à la nuit tombée, de s'esquinter les yeux à la lueur de la lampe à huile, d'ânonner sa leçon à voix basse tout en regardant en coulisse vers la cour et la rue comme s'il faisait quelque chose de répréhensible. « École qui se cache, liberté qui boite », avait-il dit un soir à l'instituteur en lui annonçant qu'il viendrait désormais le matin, en même temps que les enfants.

« Je n'ai pas eu le temps de terminer l'école, Photis, murmura-t-il en serrant les dents pour contenir la douleur qui le transperçait.

— Ne t'en fais pas, capétan. Échappons aux Turcs et nous continuerons », répondit Photis.

Costa Békas montra d'un signe les enfants qui étaient tout autour, les uns assis sur les bancs, les autres sur leurs baluchons :

« L'instruction, c'est bien, mais n'oubliez pas les armes. Comme tu vois, l'alphabet seul ne suffit pas pour s'en sortir », soupira-t-il.

Photis acquiesça d'un hochement de tête et resta silencieux. Une détresse accablante avait envahi son cœur, il la sentait monter du fond de ses entrailles comme un souffle glacial et lui geler, lui paralyser les lèvres. Pour la première fois de sa vie il saisit combien il était impuissant devant le destin de son pays, il comprit combien l'Histoire exerçait en Grèce un pouvoir immense et invincible. C'était en vain qu'il y avait périodiquement quelques grands hommes qui relevaient la tête et qui s'évertuaient à lui résister, à l'égarer, à lui faire changer ses plans, c'était en vain que coulait le sang des Grecs. Intouchable, ayant une longue expérience et une patience infinie, cette divinité immémoriale les laissait quelque temps agir à leur guise, satisfaire leur égoïsme, et puis, d'un geste dédaigneux, les écartait, les ignorait, n'attachait aucune importance à leur existence.

Les remèdes de la vieille Irini avaient commencé à faire effet, Costa Békas sentait ses douleurs s'apaiser, il avait fermé les yeux. Photis fit signe aux enfants de rester bien sagement auprès de lui et d'être vigilants.

Puis il enfouit le carnet ensanglanté sous sa propre chemise et sortit pour regagner l'antique tour de guet derrière les ruines de laquelle plusieurs palikares s'étaient déjà retranchés.

« Comment va le capétan ? » demandèrent-ils.

Photis les rassura : la vie de Costa Békas n'était pas en danger, mais il ne pouvait pas tenir un yatagan, se battre. Les hommes le rassurèrent à leur tour, lui dirent de ne pas s'inquiéter, la ville avait encore pas mal de défenseurs — ils étaient largement assez nombreux pour tenir les retranchements qui leur restaient, pour résister sur les remparts.

L'instituteur jeta un coup d'œil sur la plaine.

Voyant que le soleil déclinait et que le jour n'allait pas tarder à tomber, les Turcs n'entreprenaient plus d'autres attaques, ils se contentaient de renforcer les positions qu'ils avaient conquises sur la montagne, ils transportaient des munitions en vue de leur prochaine offensive, ils traînaient leurs canons plus près des remparts. Au loin, au bord du ravin, là où ils avaient installé leurs cuisines, les flammes s'agitaient avec frénésie sous les chaudrons de soupe, bientôt retentirait la première sonnerie de trompettes et les soldats se précipiteraient l'écuelle à la main.

A l'autre extrémité de la plaine, non loin de la rivière, des imams priaient, les bras tendus vers le ciel, implorant Allah d'accueillir dans son paradis tous ces fidèles dont les corps s'amoncelaient devant eux, raides et glacés.

18

Monastère du Prophète Élie — 6

« Fais attention, les marches sont glissantes. »

Comme il a déjà pénétré dans la crypte souterraine, sa voix semble venir d'un autre monde. La lumière de sa torche électrique bringuebale dans l'obscurité, elle disparaît et réapparaît tour à tour, on dirait qu'elle se trouve à la proue d'une petite barque partie dans la nuit à la pêche au lamparo et tombée dans des eaux houleuses.

« Voilà, c'est dans cette grotte qu'étaient les livres. »

Il lève la torche. Çà et là sur le roc pendent encore à leurs anneaux de fer les chaînes qui retenaient en hauteur les coffres pleins pour les préserver de l'humidité qui se concentre sur le sol. Dans une niche creusée dans la pierre, une lampe à huile au godet rouillé se balance imperceptiblement devant une icône du prophète Élie.

« C'est ici que le prophète Élie est apparu à cet ermite qui fut le premier à venir sur cette montagne. C'est pourquoi nous avons là son icône. »

Du petit panier qu'il a pris avec lui il sort une burette

d'huile, des mèches et un nouveau lamperon[1]. Bientôt, une douce et humble petite flamme tremblote devant le visage du saint qui est assis sur une pierre, échevelé et méditatif, à l'entrée de sa caverne ; venu se percher sur son épaule, apparaît un faucon qui se penche et regarde d'un œil rond et brillant le parchemin couvert d'une écriture serrée qui se déroule à la main du prophète.

Mélétios fait son signe de croix et baise l'icône.

« Ils sont restés un siècle entier là-dedans, les livres. Quand les Turcs sont partis, les frères ont préféré les laisser à l'abri car ils avaient peur de voir revenir les Ottomans. Ensuite la Révolution est arrivée[2], et les coffres sont restés à leur place parce qu'il y avait un tas d'armées qui passaient par ici. Et jusqu'à ce que la région se soit libérée à son tour, il s'est encore écoulé pas mal d'années. Une guerre à peine terminée, une autre commençait. Les Turcs nous ont finalement débarrassé le plancher mais d'autres étrangers ont débarqué[3], et les guerres ont continué. Avec les Allemands, on a vidé à nouveau la bibliothèque, on a tout remis dans les coffres et tout redescendu ici. Après, tout est encore resté là pendant des années, il valait mieux être prudents, avec tout ce qui se passait[4]. Les nôtres étaient pires que les Allemands, les milices et les flics traquaient partout les gens de gauche, les

1. Languette de liège qui porte la mèche. (N.d.T.)

2. 1821. La guerre d'Indépendance dura près de dix ans. (N.d.T.)

3. Les grandes puissances, qui avaient imposé à la Grèce en 1832 un roi bavarois, ne cessèrent de se disputer l'avenir des provinces de l'Empire ottoman qui se disloquait, n'hésitant pas à intervenir militairement. Les troupes anglaises et françaises occupèrent même la Grèce de 1854 à 1857. (N.d.T.)

4. Allusion à la sanglante guerre civile (1946-1949). (N.d.T.)

communistes. On en a sauvé pas mal du peloton à l'époque. »

Il se signe à nouveau devant l'icône, ses lèvres remuent. Peut-être prie-t-il Dieu pour les milliers d'hommes qui furent plaqués au mur durant ces années-là, pour ceux qui n'échappèrent pas à la prison et aux tortures, aux camps de concentration dans les îles [1], qui n'eurent pas la chance de trouver un monastère où se cacher, une grotte où se réfugier. Quant à ceux qui vivaient dans la clandestinité, ils n'avaient plus un instant de répit ; toujours poursuivis, toujours harcelés, ils couraient la nuit de cachette en cachette, de cave en cave, passaient l'hiver dans des granges au fin fond des campagnes les plus isolées, prenaient la montagne en été, dormaient dans des bergeries avec les troupeaux. Lorsqu'il leur arrivait malheur et qu'ils mouraient, il n'y avait pas de pope pour les enterrer, on les trimballait de nuit comme si c'étaient des pestiférés et on les ensevelissait en vitesse dans les cimetières, sans rien inscrire sur leur pierre tombale pour que la famille n'ait pas d'ennuis avec la police.

« C'est ici qu'on les cachait, on leur donnait une natte ou une couverture pour qu'ils ne gèlent pas et qu'ils puissent s'allonger par terre. Certains sont restés plusieurs années là-dedans. Pour passer le temps, ils prenaient des livres dans les coffres et lisaient. Je les admirais parce que, malgré tous leurs malheurs, ils avaient encore le courage de parler politique, de discuter philosophie, histoire, langue. Un jour, je descends leur porter à manger et je les trouve rassem-

1. Situés dans les îles les plus arides de la mer Égée, ces camps ne furent fermés qu'à la fin de la dictature des colonels (1967-1974). Certains n'avaient quasiment pas cessé de fonctionner depuis la dictature du général Métaxas (1936). (N.d.T.)

blés ici exactement, sous l'icône du prophète Élie pour que la lampe les éclaire, en train de se disputer, de parler de Marx et de Lénine, de la Révolution d'octobre et du socialisme. “ Ça ne vous suffit donc pas tout ce que vous endurez déjà ? ” que je leur dis au bout d'un moment, “ vous ne voyez pas que vous avez tout le monde contre vous ? Ils ne vous laisseront jamais tranquilles, ils n'arrêteront pas de vous traquer jusqu'à ce qu'ils se soient débarrassés de vous, jusqu'à ce que vous en ayez assez et que vous renonciez. ” Alors, il y en a un qui se lève et tu sais ce qu'il me dit ? “ Et vous, les moines, les popes et tout le saint-frusquin, pourquoi n'avez-vous pas encore renoncé à votre foi et à votre Dieu ? Est-ce que vous n'en avez pas bavé durant tant de siècles ? ” “ Mais nous, c'est pour notre religion ”, que je lui réponds. “ Et nous, c'est pour la nôtre, à chacun ses saints ”, qu'il me fait. »

Il avance en marchant avec précaution, il sait où se trouve chaque caillou, chaque anfractuosité.

« C'était un homme d'une quarantaine d'années, quelqu'un d'instruit, un instituteur ou un professeur, quelque chose comme ça. Il est resté à peu près trois ans là-dedans, je descendais souvent bavarder avec lui. Un jour, il en est venu un nouveau qui lui a apporté un message comme quoi le parti avait besoin de lui pour l'envoyer je ne sais où. Avant de partir, il est venu me trouver et m'a dit : “ Peut-être qu'on ne se reverra plus, mais je n'oublierai jamais cette grotte. Tu te souviens de ce que je t'ai dit une fois ? Nous, notre religion, vous, la vôtre. Tu sais, tout ce qui s'est fait de bon en ce monde, c'est toujours un tout petit nombre qui l'a fait. Ceux qui détruisent sont les plus nombreux, parce que c'est facile de détruire, tu n'as qu'à prendre une barre et cogner, tu vois tout de suite le résultat. Tandis que construire, ça exige beaucoup de patience, ça demande de la sueur et des larmes, ça demande du sang. Le plus souvent, une vie entière ne suffit pas pour voir le résultat. ” Voilà ce qu'il m'a dit. »

Mélétios s'arrête un instant et s'appuie contre un rocher pour se reposer. D'en haut, de la bibliothèque, parviennent des bruits sourds, comme des choses qui tombent ou que l'on traîne par terre. Ce doit être l'équipe de l'inventaire qui ramasse ses affaires. Le travail est terminé, ils s'en vont demain. Le vieux bibliothécaire n'a pas l'air d'y faire attention, il semble plongé dans ses pensées, une expression d'amertume s'est répandue sur son visage :

« Dieu a fait que nous nous sommes revus. Il y a environ trois ans. Je ne voulais pas croire que c'était lui quand je l'ai vu avec des cheveux tout blancs et une canne, aussi délabré que moi. Nous avons à peu près le même âge. Il m'a dit qu'il était venu exprès pour me voir, il était content de me trouver en vie, j'étais content moi aussi parce que je l'avais pris en affection, nous avions beaucoup parlé tous les deux. Et puis il a demandé à revoir la crypte et nous sommes descendus, il entre et ne voit plus rien, ni livres ni icônes. “ Pourquoi les avez-vous enlevés ? ” me dit-il. Je lui dis que nous les avons remontés dans la bibliothèque pour que les gens puissent les voir. “ Vous n'auriez pas dû, me répond-il, comme nous n'aurions pas dû non plus sortir de là si tôt. Sais-tu qu'à présent nous sommes un parti officiel, légal [1] ? On nous a donné des bureaux, on nous permet de nous présenter aux élections, nous portons costumes, cravates et attaché-cases, nous parlons à l'Assemblée. ” “ Eh bien, ce n'est

1. Le parti communiste grec ne fut légalisé qu'après la dictature des colonels. (N.d.T.)

pas ce que vous vouliez ? Ce n'est pas pour ça que vous luttiez ? " que je lui dis. Nous étions ici-même, exactement à l'endroit où nous sommes toi et moi, je me souviens bien de ce qu'il m'a dit, je l'entends encore comme si c'était maintenant : " Non, ce n'est pas ça que nous voulions, nous n'avons pas lutté pour changer ce que l'homme a sur le dos mais ce qu'il a dans la tête, nous avons lutté pour la liberté et pour la dignité, non pas pour participer à cette comédie qui dure depuis des années et des années. Mais nous nous sommes trompés, nous avons fait fausse route, nous sommes entrés dans la danse comme les autres, nous dansons sur la même musique. " Il pleurait en parlant, il allait de-ci de-là et touchait les parois de la grotte, regardait la terre à ses pieds, embrassait le roc comme si c'était une relique sacrée. " Tu te rappelles ce que nous disions autrefois à propos de la religion ? " me dit-il soudain. " Toi qui es moine, dis-moi, qu'arriverait-il à ton avis si demain vous abandonniez le monastère pour le monde, si vous alliez vivre comme tous les autres gens, si vous faisiez pareil qu'eux ? Combien de temps résisteriez-vous ? Ici où vous êtes, vous priez jour et nuit, vous faites des messes, des nocturnes, vous jeûnez, et malgré tout cela vous n'êtes pas à l'abri de la tentation, vous restez constamment sur le qui-vive pour ne pas y céder. Que se passerait-il hors du monastère ? Comment tiendriez-vous le coup ? Est-ce qu'on peut lutter pour un monde meilleur quand on accepte de s'incliner devant celui qui existe autour de soi, de se soumettre à ses lois, de se plier à ses exigences ? C'est là la politique que suivent toutes les putains du monde vis-à-vis de leurs maquereaux. Mais, en dehors de Marie-Madeleine, tu en connais beaucoup qui soient devenues des saintes ? " Qu'est-ce que je pouvais bien lui répondre, il avait raison. Ils ont tous raison, chacun à sa manière, chacun avec sa recette, avec sa religion. Mais je n'en connais pas beaucoup en ce bas monde qui aient payé un si lourd tribut pour leurs idées, pour leur foi. Alors, il est allé s'asseoir là-bas, sur cette pierre, ses jambes lui faisaient mal, les rhumatismes lui aussi, la vieillesse... " Quand je suis parti d'ici, me dit-il, je ne suis pas resté libre très longtemps. Ils m'ont arrêté et envoyé dans un camp, sur une île. Nous étions parqués dans des tentes, l'été en pleine fournaise, l'hiver à crever de froid. J'en ai vu là-dedans, tortures, exécutions, crimes, camarades qu'ils enfermaient dans un sac avec un chat et qu'ils jetaient à la mer, d'autres qu'ils tabassaient, qu'ils bourraient de coups de pied, qu'ils faisaient marcher à genoux sur les ronces et les cailloux. Mais rien à faire, ils ne reniaient pas leurs idées et leurs convictions, ils ne signaient pas la déclaration de repentir qu'on leur mettait tout le temps devant les yeux. Même s'ils étaient noirs de coups, même s'ils ruisselaient de sang, même si on les replongeait dans la mer avec le chat... Ceux qui avaient la chance d'être libérés retournaient dans la clandestinité, continuaient la lutte jusqu'à ce qu'on les arrête à nouveau, et ça recommençait depuis le début, interrogatoires, tortures, nouvelle déportation. Le même refrain pendant des années et des années, sans un jour de tranquillité, sans jamais pouvoir goûter aux plus simples joies de la vie — nous n'avons pas vu nos enfants grandir, nos familles se sont désagrégées... " »

De quelque part, un peu plus loin, arrive une pâle lueur. Ce doit être la lumière du jour qui s'infiltre dans la grotte par l'autre extrémité, par son orifice. Mététios pose sa torche sur une proéminence de la paroi pour la prendre au retour et avance — la lumière s'intensifie.

La voix du vieux bibliothécaire se fait entendre à l'instant même où apparaît la bouche de la grotte :

« Il me racontait ses tourments, évoquait l'un après l'autre tous ses camarades morts et sanglotait comme un gosse. " Sais-tu à quoi tous ces tourments ont abouti ? " me dit-il tout à coup. " A de la paperasse, à des compromis, des marchandages, à quelques sièges dans un coin de l'Assemblée, à de la parlotte, à une mascarade. Mieux valait rester dans cette grotte, en compagnie des papyrus et des parchemins, de ces livres qui renferment dans leurs pages les plus vieux rêves du monde, mieux valait continuer à être de silencieux et dignes combattants de l'ombre. Qu'avons-nous gagné à sortir au grand jour ? Nous avons fini par devenir nous aussi des mendiants, comme tant d'autres. A la seule différence que nous ne tendons pas la main pour qu'on nous donne une pièce, mais pour qu'on nous concède un petit morceau de dignité. " »

Mélétios laisse son regard errer hors de la grotte. De cet endroit on découvre presque toute la plaine de Paliokastro, les montagnes qui l'environnent, le ravin qui marque sa frontière à l'est. Sur la gauche, vers le couchant, les maigres eaux de la rivière papillotent à travers d'épaisses touffes de roseaux, puis vont se perdre un peu plus loin sous une haie de lauriers-roses tout en fleur.

« Il est resté quelques jours au monastère et nous avons pas mal parlé. Un matin, il me montre les journaux que des pèlerins avaient apportés. Il y avait des titres grands comme ça, qui faisaient toute la page, ça parlait des Roumains, des Russes, des Polonais, de la pagaille qu'il y a dans leurs pays. " Je crois que les années à venir seront pires que celles que nous avons connues, me dit-il, on n'a pas fini d'en voir des horreurs. " " Que Dieu nous prête secours ", que je lui réponds. En m'entendant parler de Dieu, il a secoué la tête avec tristesse. “ Cette fois, me dit-il, même le bon Dieu aura des ennuis ; maintenant qu'ils ont commencé à détrôner nos dieux à nous, ils vont s'attaquer à tous les autres, tu verras. De nos jours les religions dérangent, car elles font naître en l'homme des espérances. Celui qui respecte l'invisible, qui lutte pour l'immatériel, consent difficilement à se prosterner devant le visible. Il y a des millions de gens dans l'histoire qui se sont battus pour une religion ou pour une autre, qui se sont sacrifiés pour une idée, pour la liberté ou pour la démocratie. Mais a-t-on jamais entendu dire que quelqu'un ait accepté d'endurer prisons et tortures, de se faire fusiller pour une banque ? ” »

Au loin, au pied de la montagne paliokastrite, un troupeau de chèvres s'est répandu parmi les rochers pour brouter, on entend les chiens de berger qui aboient en s'efforçant de contenir quelque peu les bêtes indisciplinées pour les empêcher de trop s'éparpiller, de s'éclipser. Mais rien à faire, elles ne tiennent aucun compte ni des chiens furibonds ni du berger qui court de tous côtés en brandissant son bâton, elles escaladent des rochers plus dangereux, elles sautent des précipices.

Mélétios montre une large pierre à l'entrée de la grotte :

« C'est ici qu'Isidore écrivait, de là il pouvait voir les troupes turques qui avaient ceinturé la ville. Tous les matins, dès l'aube, il se levait, faisait sa prière, jetait un coup d'œil sur les coffres pleins de livres pour voir si tout était en ordre, puis il venait s'asseoir sur cette pierre. Un seul regard lui suffisait pour savoir si Paliokastro était en danger. Il dit quelque part dans sa chronique qu'il avait pris comme repère un grand cyprès, là-bas, sur le flanc de la montagne, et qu'il existait une vieille prophétie au sujet de cet arbre : tant qu'il vivrait, la cité ne risquerait rien, aucune armée ennemie ne menacerait ses remparts, sa terre demeurerait libre. »

Sur la montagne de Paliokastro les aboiements retentissent de plus belle. Bondissant de rocher en rocher, les chèvres montent de plus en plus haut. Fatigués de grimper et de courir derrière elles, les chiens abandonnent un à un la lutte, restent en bas et attendent en hurlant, dépités, impuissants.

Qui aurait dit que les Turcs referaient brusquement une attaque... Mais pas tous, les janissaires seulement. Une sonnerie de clairons a retenti depuis la tente de Sélim pacha et ils se sont élancés. Mais au lieu de se diriger vers les retranchements des Paliokastrites, ils ont foncé sur le pauvre cyprès avec leurs kandjars en l'air.

Au début, les Paliokastrites n'ont pas compris ce que les Turcs voulaient faire, pour quelle raison ils changeaient subitement de tactique. C'est pourquoi ils n'ont pas bougé de leurs positions.

Quand ils ont compris ce qui se passait, il était déjà trop tard, les janissaires avaient encerclé l'arbre et poussaient des cris de triomphe ; en bas, dans leur camp, les tambours battaient. Les nôtres ont bondi en vain de leurs retranchements pour se précipiter sur eux, le sol ... . reculé pour ne pas laisser les remparts sans défense.

L'arbre est resté seul. Et j'ai vu les Turcs apporter des haches et des scies et se jeter sur lui, ils lui ont ouvert un tas de plaies, puis ils ont creusé la terre tout autour. En haut, sur les remparts, tout le monde regardait, et c'étaient des lamentations, les femmes se tiraient les cheveux et maudissaient les Turcs .... jour sombre et funeste ....

. . . . attaché le cyprès avec des cordes, ils ont tiré et l'ont abattu. Ensuite ils l'ont traîné jusqu'au camp, sa cime qui ondoyait autrefois dans le vent était couverte de terre.

. . . . battre encore les tambours et tous les Turcs se sont agglutinés pour regarder. Le bourreau et ses aides lui ont d'abord coupé toutes les branches, puis ils l'ont tronçonné à la hache. Et le soir ils ont fait la fête, danse, instruments et tout, je les ai entendus chanter toute la nuit.

C'est fini. Dieu nous a abandonnés, il n'y a plus d'espoir.

Mélétios désigne un endroit dans la plaine :

« Tu vois ce creux là-bas ? C'est là, dit-on, que le cyprès a subi son martyre. Nous y allons une fois par an et nous faisons une commémoration. C'est comme ça qu'ont toujours fait les frères qui nous ont précédés. L'évêque nous l'interdit, il dit que c'est péché, paganisme. Personne ne l'écoute... Lui, il vit avec son temps. »

En bas, au pied de la montagne, les gens de l'équipe chargent leurs appareils dans les voitures qui les attendent. Le vieux bibliothécaire les regarde avec indifférence :

« Eux aussi vivent dans leur temps. Mais nous, nous avons derrière nous des années et des années, nous sommes liés à un tas de choses. Comment débrouiller l'écheveau, comment distinguer là-dedans ce qui est bon et ce qui ne vaut rien ? La vie de l'homme, c'est comme un tricot : tu regardes, tu vois un fil qui dépasse, tu le tires mais par-derrière il est attaché à un autre. Finalement, à force de tirer, tu défais tout et tu restes sans tricot. »

En face, sur la montagne paliokastrite, le berger remue ses chiens pour qu'ils aillent chercher les chèvres qui se sont dispersées pour de bon. Certaines, les plus indociles, les plus téméraires, ont grimpé sur les rochers les plus hauts et se tiennent tout au bord, elles regardent en bas, aussi indifférentes que Mélétios.

« Au début, Isidore a pensé à une trahison, mais il n'arrivait pas à l'admettre — cette terre n'avait jamais donné de traître. Il lui a fallu longtemps avant de comprendre, avant de faire le rapprochement avec Sélim pacha qui avait passé des semaines dans la bibliothèque avant d'entreprendre le siège, qui avait feuilleté un grand nombre de livres, étudié quantité d'histoires et de légendes que les anciens avaient couchées par écrit. »

Regroupées à présent sur un petit terre-plein, les chèvres attendent le signal du berger. La journée va bientôt s'achever, les bêtes sentent la puissance du soleil diminuer et bêlent d'impatience, elles veulent rentrer à la bergerie avant la tombée de la nuit.

D'un mouvement de la tête Mélétios désigne les gens de l'équipe qui chargent leurs derniers appareils :

« Je crois bien que nous n'allons pas tarder nous non plus à être assiégés », soupire-t-il.

19

En entendant cris et lamentations sur les remparts, il comprit.

Serrant les dents pour contenir les douleurs qui le tenaillaient, Costa Békas se leva, parvint avec mille peines jusqu'à la porte de la classe et sortit dans la cour. Au premier coup d'œil qu'il jeta depuis l'antique observatoire, il vit les janissaires traîner le cyprès coupé en le tirant avec des cordes, l'exhiber à travers tout le camp. En le voyant passer parmi eux, ramper à leurs pieds, les soldats de Sélim pacha hurlaient de joie, certains crachaient sur lui, d'autres lui donnaient des coups de pied ou coupaient des bouts de branches avec leur kandjar pour les garder en souvenir du siège, pour les montrer plus tard aux amis, à la famille, quand ils seraient de retour au pays.

Devant l'estrade du bourreau, le cortège s'arrêta.

Pour faire durer le spectacle tout en donnant une leçon aux troupes avant l'assaut général du lendemain où elles devraient prendre pied sur les remparts, Sélim pacha fit amener deux azabs condamnés à mort. « Des déserteurs ou des poltrons qui se sont défilés au moment de se battre », pensa le capétan en voyant les aides du bourreau les amener les mains liées derrière le dos et les faire mettre à genoux de part et d'autre du cyprès qui était étendu en diagonale sur l'estrade et dont les extrémités dépassaient de plusieurs brasses à chaque coin.

Le bourreau attendait les bras croisés.

Lorsque bientôt apparut le sérasker, ce fut une tempête d'acclamations dans tout le camp, sur son passage les soldats se jetaient à genoux et se prosternaient, certains tombaient face contre terre et embrassaient les traces que laissaient les pieds du pacha. L'armée hurlait si fort qu'on eût dit venue la fin du monde, Costa Békas avait l'impression que ce terrible vacarme se déversait du ciel comme la colère de Dieu, c'était comme si le Tout-Puissant avait soudain donné le droit à tous les démons d'en faire à leur guise sur cette terre.

Sélim pacha leva la main.

En deux coups de kandjar bien ajustés le bourreau en termina vite avec les azabs : leurs têtes roulèrent et se perdirent dans le feuillage du cyprès. L'arbre frissonna de tout son corps comme s'il avait senti que c'était son tour à présent.

Costa Békas détourna le visage.

Ainsi donc, après d'innombrables années, cette histoire se vérifiait, ainsi donc les légendes attendaient parfois des siècles pour se venger de ceux qui ne leur attachaient pas d'importance, qui ne croyaient pas à ce qu'elles racontaient. Il aurait mieux valu que Dieu ne lui donnât pas de mémoire et qu'il ne se souvînt de rien, qu'il n'eût jamais compris ce que signifiaient les paroles ancestrales reçues en héritage, les mystères séculaires dont ce pays était le dépositaire.

En entendant les Turcs se remettre à hurler, le capétan regarda à nouveau vers le camp. Au lieu de kandjars, le bourreau et ses aides tenaient maintenant des scies et des haches.

Sélim pacha leva de nouveau la main.

Aux premiers coups de hache qui s'abattirent sur le tronc du cyprès, l'estrade vacilla, les Turcs poussèrent des cris de triomphe. Soudain, le bourreau saisit la cime coupée de l'arbre et la brandit bien haut pour que tout le monde la voie, puis il la lança au loin, au milieu de la foule déchaînée. Les Ottomans se jetèrent dessus comme des fous furieux, se battant à qui prendrait le plus gros morceau, tirant sur les tendres rameaux, les arrachant avec les dents, s'empoignant, se poignardant.

Costa Békas tourna les yeux vers la cité.

Tous les Paliokastrites étaient sur les murailles. Les rues, les cours, les maisons étaient désertes. Blessés ou non, armés ou pas, jeunes ou vieux, tous avaient accouru pour assister leur arbre bien-aimé, pour lui donner du courage dans ses derniers instants, pour lui montrer qu'ils ne le laisseraient pas mourir tout seul, abandonné. Qui parmi eux ne connaissait pas la prophétie qui se rattachait à la vie du cyprès, qui ne savait pas ce que signifiait sa présence, quel malheur annonçait sa disparition...

Soudain, le bourreau se mit à lui trancher le pied.

Contenant comme il pouvait non la douleur que lui faisait sa blessure mais celle qui lui transperçait le cœur, Costa Békas mit ses mains en porte-voix autour de sa bouche :

« Saluez-le, les gars ! » cria-t-il de loin à ses hommes.

Tous les palikares qui étaient encore devant les remparts levèrent leurs yatagans et les agitèrent comme si c'étaient des étendards.

Le bourreau prit de l'élan et donna un coup de hache plus violent.

Le cœur lourd, enténébré, le capétan parcourt les remparts, inspecte une dernière fois sa petite armée, échange çà et là quelques paroles avec ses hommes. Bien qu'ils sachent ce qui les attend, leur moral est intact, chacun est à son poste, serein, résolu. En voyant le cyprès mourir lentement sur l'estrade du bourreau, non seulement ils n'ont pas perdu courage mais ils ont fait le serment de venger sa mort, d'envoyer en cadeau à Charon [1] un bon paquet de Turcs pour chacune de ses branches, jusqu'à la plus fine de ses ramilles. L'arbre a peut-être fini ses jours, disent-ils, mais la lutte continuera. Si Paliokastro tombe, la terrible nouvelle se répandra dans toute la Grèce, on en fera une complainte, une chanson dont les paroles iront de bouche en bouche, traverseront les vallées, circuleront à travers les montagnes, grimperont jusqu'aux repaires des klephtes. Avec le temps, les combattants se multiplieront, d'autres Grecs prendront les armes, se soulèveront, le pays tout entier se remplira de révolutionnaires.

Costas Békas écoute ses palikares mais ne dit rien.

Paliokastro a fait plus que son devoir, songe-t-il, il a voyagé libre à travers l'Histoire pendant des siècles, il n'a jamais accepté la férule d'aucun maître. Mais le voici à bout de forces, l'heure est venue pour lui de se retirer, de remettre ses armes à d'autres, pour qu'ils poursuivent le combat. S'ils veulent, tant mieux. S'ils ne veulent pas, qu'ils se soumettent, qu'ils courbent la tête, qu'ils rampent. On doit être ou tout à fait libre ou tout à fait esclave. Il n'y a pas de demi-liberté, comme il n'y a pas de femme à demi vierge.

1. Le nocher des Enfers de la mythologie grecque n'a pas cessé depuis l'Antiquité de symboliser le passage dans l'autre monde. Les Grecs utilisent encore couramment son nom pour personnifier la mort. (N.d.T.)

Costa Békas voit deux vieillards élever des barricades dans la cour d'une maison, transporter des pierres et des planches, fabriquer un retranchement de fortune. Ils ont les gestes calmes, mesurés, rien dans leur attitude ne révèle de l'inquiétude. En voyant le capétan passer dans la rue, ils lui disent bonsoir, échangent quelques mots avec lui, puis continuent leur travail, préparent les fusils, les balles.

Il descendit lentement les marches.

La salle souterraine occupait tout le sous-sol de l'église, se prolongeait sous la place et, tout autour, donnait accès à de petites grottes qui ressemblaient à des cryptes. Les anciens disaient qu'aux premiers temps de Byzance les païens venaient se cacher là chaque fois que les troupes de l'Empereur arrivaient de Constantinople pour leur faire rallier de force le Christ et les nouveaux saints, pour les passer par le fer s'ils s'obstinaient à vouloir adorer les dieux de leurs pères. Lorsque plus tard les Paliokastrites commencèrent à creuser les fondations de leur église, ils trouvèrent un tas de pierres et de vieux marbres, des morceaux de statues, des figurines de bois, des stèles funéraires avec des inscriptions. Les vieillards ne laissèrent pas les terrassiers et les maçons toucher à ces objets anciens, les notables interdirent qu'on dérangeât sépultures et ossements. Et pour être sûrs que les futurs Paliokastrites n'enfreindraient pas leur ordre, ils levèrent la main et donnèrent leur malédiction à tous ceux qui oseraient troubler la paix des morts, qui profaneraient leurs tombes, qui ne respecteraient pas leur dernière demeure.

La cité se bâtit peu à peu tout autour.

Dans les années qui suivirent, chaque fois que le

pope célébrait une messe en mémoire des Paliokastrites morts, il descendait ensuite dans la salle souterraine pour se recueillir sur les tombes antiques et allumer les lampes à huile qui étaient posées près d'elles.

Costa Békas frappa à la lourde porte de fer.

Grinçant sur ses gonds, le vantail s'entrouvrit et laissa paraître le visage parcheminé mais tranquille de la vieille Irini. C'était la première fois depuis longtemps que le capétan voyait la vieille femme sans son sac d'herbes et de simples suspendu à l'épaule.

Un sourire bienveillant glissa sur ses lèvres desséchées :

« Tu n'aurais pas dû, capétan », dit-elle en effleurant le pansement que Costa Békas avait sur la poitrine.

Le capétan hocha la tête :

« Ne t'inquiète pas, ce ne sont pas les blessures visibles qui sont les plus dangereuses », murmura-t-il.

Dans l'obscurité que quelques lampes à huile allumées ici et là essayaient en vain de chasser, il avait la sensation d'être environné de fantômes qui s'approchaient de lui, il lui semblait que l'endroit était peuplé de corps immatériels qui se déplaçaient, qui erraient dans les airs. Puis, peu à peu, à mesure que ses yeux s'habituaient à cette obscurité, il se vit entouré par un tas de présences bien tangibles, qui avaient dû sortir sans qu'il s'en aperçoive des grottes et des recoins de la salle souterraine, il entendait des froufroutements de jupes, de légers bruits de pas.

Il sentit le souffle de la vieille Irini sur son visage.

« Nous sommes prêtes », dit la vieille femme.

Le capétan la tira un peu à l'écart :

« Vous avez bien réfléchi ? Pourquoi ne partez-vous pas avec les enfants ? »

Il montra le fond du souterrain qui était plongé dans les ténèbres :

« De là vous pouvez rejoindre la grande galerie et sortir par le nord. De ce côté-là il n'y aura pas de Turcs. Le temps qu'ils découvrent les tunnels, vous serez déjà loin.

— Si loin que ça, capétan ? » demanda ironiquement la vieille femme.

Au lieu de lui répondre, il se perdit quelques instants dans la contemplation d'une pierre tombale. Une veilleuse éclairait confusément un visage de femme sculpté au milieu de la dalle. Il était descendu mille fois dans ce souterrain mais jamais il n'avait remarqué ce visage ancien au sourire étrange, aux lèvres entrouvertes. Jamais non plus il n'avait entendu dans ces lieux obscurs la moindre voix, le moindre chuchotement.

La vieille Irini s'assit sur la pierre tombale :

« Jusqu'où faut-il aller pour perdre tout souvenir de son pays, pour ne plus entendre sa voix au fond de soi, pour ne plus sentir sa chair dans la sienne ? » soupira-t-elle.

Elle parlait à la manière de l'antique Sphinx qui se tenait à un carrefour et posait aux passants des énigmes insolubles, leur demandait d'expliquer des oracles, leur disait des paroles incompréhensibles.

« Réfléchissez encore. Vous avez toute la nuit devant vous », insista Costa Békas.

D'un geste las, la vieille femme lui montra tout autour les marbres épars :

« Qu'est-ce qu'une nuit de réflexion devant toutes ces années... murmura-t-elle. Il faut se rendre à l'évidence, capétan, notre monde a vieilli, il n'y a plus d'huile dans sa lampe. Nous n'avons pas à nous plaindre, Dieu nous a accordé de vivre des siècles sans déchoir, sans nous avilir... Personne ne pourra nous accuser d'avoir bradé notre pays et notre liberté, personne ne pourra venir cracher sur la terre qui recouvrira nos os. »

Elle se leva avec peine, en se tenant les reins :

« Dis au maître d'école qu'il prenne bien soin des enfants de Paliokastro. Que Dieu les aide à échapper au sabre des Turcs, à trouver quelque part un endroit où se poser, où vivre libres et dignes, comme il convient de vivre. »

Elle s'apprêtait à partir mais s'arrêta :

« Dis-lui bien aussi de rester toujours vigilant, de ne pas les laisser s'abaisser, s'humilier. Si jamais il voit qu'il n'y a pas moyen pour eux de vivre la tête haute, sans implorer la charité, sans demander l'aumône aux uns et aux autres, s'il s'agit pour eux d'échapper aux Turcs pour tomber sous la coupe d'un quelconque protecteur, qu'il n'hésite pas : qu'il prenne son yatagan, qu'il fasse taire son cœur et qu'il les tue. »

Costa Békas baissa la tête. D'après les discussions que les femmes avaient entre elles ces derniers temps, il avait compris qu'il n'y avait plus aucun salut possible, que la cité ne s'en sortirait pas. La destinée du pays avait beau être inscrite en lettres invisibles sur l'inaccessible registre de Dieu, les femmes de Paliokastro, elles, trouvaient toujours moyen de le lire, de le consulter, elles s'y référaient pour éduquer les enfants, elles avaient leur manière à elles de garder vivante la tradition de la ville, de l'empêcher d'oublier son histoire, de dévier de sa route. Et voici qu'à présent, après tant et tant de siècles, elles décidaient d'apposer clair et net leur signature au bas du décret de Dieu qui lui signifiait sa fin, de couper de leurs propres mains le fil de sa longue vie.

A l'entrée du souterrain apparurent peu à peu les hommes. Ils venaient par petits groupes dire adieu qui à une épouse ou une mère, qui à des filles, des sœurs, des grands-mères. Calmement, dignement, sans effusions et sans pleurs, les familles se retiraient dans un coin, échangeaient rapidement quelques paroles à voix basse, s'étreignaient, s'embrassaient. Costa Békas regarda pensif une Paliokastrite qui avait réuni autour d'elle tous les hommes de sa maisonnée et qui leur donnait des conseils, les réconfortait, les stimulait. Il y avait eu un grand nombre de combattants illustres dans sa famille, et la ville entière avait un immense respect pour cette femme qui avait donné à son tour, comme toutes celles qui l'avaient précédée, de valeureux fils.

Soudain, alors qu'ils s'en allaient déjà pour regagner leurs postes sur les remparts, la femme les rappela près d'elle, les fit s'agenouiller, étendit sa main droite au-dessus de leur tête et leur donna sa bénédiction.

L'obscurité s'acharnait en vain à éclipser la clarté diffuse de la lune. Impuissante à imposer partout son pouvoir, la nuit rampait sournoisement le long des rues, se faufilait dans les cours, s'agrippait au rebord des fenêtres et regardait furtivement à l'intérieur des maisons vides et muettes, rasait les murs comme une voleuse, comme une lamie.

Tout à coup, aux abords de la place, surgit d'une porte l'ombre légère et souple d'une femme qui avança sans bruit et s'arrêta au milieu de la rue déserte. Au même instant, venant de l'autre bout de la rue, apparut une autre silhouette qui marchait à grands pas pressés, une fustanelle se mit à blanchoyer.

Les deux passants nocturnes se rejoignirent et s'enlacèrent.

Devant l'entrée du souterrain, Costa Békas et la vieille Irini regardaient en silence le couple qui se disait adieu, qui se séparait quelques secondes pour se ressouder aussitôt, s'enlacer à nouveau. Puis la femme quitta les bras de son compagnon et s'éloigna la première, elle passa en courant devant le capétan et la vieille Irini, descendit l'escalier et se fondit parmi les autres femmes de Paliokastro qui l'attendaient.

« Elles sont toutes là ? demanda la vieille Irini.

— Aucune ne manque », répondit d'en bas une voix.

Toute ronde, lumineuse, la lune s'était élevée et voguait lentement au-dessus des confins de la plaine, sa lumière froide se répandait sur les remparts et glissait silencieusement de meurtrière en meurtrière, passait indifférente parmi les sentinelles qui allaient et venaient avec leurs fusils et leurs yatagans.

« Ma petite armée est au complet », soupira la vieille femme.

Elle montra au capétan les tonneaux de poudre que les femmes avaient rassemblés au centre du souterrain :

« Vous, vous en faucherez autant que vous pourrez, mais nous aussi nous en emporterons un bon nombre avec nous », ajouta-t-elle.

Elle regardait au loin vers les remparts et ses yeux lançaient des éclairs comme si elle voyait déjà les Turcs enjamber les murailles, assaillir par vagues leurs derniers défenseurs, déferler dans la cité, inonder les rues... Paliokastro n'avait pas dit son dernier mot, ses palikares reculaient mais se battaient, résistaient, se retranchaient toujours plus haut... Cependant, les hordes d'infidèles ne cessaient d'affluer, elles s'abattaient de tous côtés comme des nuées de sauterelles, les Ottomans hurlaient, exultaient... Embusqués derrière des murets, juchés sur des toits ou à l'affût derrière les fenêtres, les vieillards guettaient, le fusil prêt. Certains, n'ayant pu trouver un bon retranchement, se tenaient hardiment à découvert devant le seuil de leur maison, le yatagan à la main. Mais combien de temps tiendraient-ils, combien de Turcs pourraient-ils arrêter...

« C'est de là qu'ils déboucheront », dit sèchement la vieille Irini.

Elle désignait au capétan deux rues qui menaient à la place. Les Turcs, expliqua-t-elle, se précipiteraient d'abord dans toutes les maisons et toutes les boutiques du coin pour les piller. Puis ils cerneraient l'église comme un essaim de guêpes furieuses, ils entreraient et la dévasteraient, ils se jetteraient sur les fresques avec leurs kandjars et arracheraient les yeux des saints, ils piétineraient les icônes, les lampes, et pour finir ils mettraient le feu.

« Nous autres, nous les attendrons là-dedans. »

Son plan était établi, elle avait prévu tous les mouvements des Turcs l'un après l'autre, elle connaissait bien leurs habitudes. Il leur faudrait un bon moment pour défoncer la lourde porte à coups de hache, et jusque-là les femmes auraient terminé leurs préparatifs, les barils de poudre seraient disposés çà et là dans les galeries et dans les grottes. Les premiers infidèles qui entreraient verraient en face d'eux quelques femmes qui attendraient là exprès, et leurs yeux pétilleraient, ils pousseraient des cris de triomphe. Pour les faire tomber plus facilement dans le piège qu'elles leur avaient tendu, les femmes se mettraient à courir vers le fond du souterrain, se disperseraient et s'enfonceraient dans les galeries, l'obscurité les recouvrirait. Les Turcs, bien sûr, les suivraient, l'endroit se remplirait d'Ottomans qui fouilleraient partout dans l'espoir de trouver quelque part des trésors cachés, des coffres pleins de pièces d'or, qui chercheraient à capturer des femmes pour les marchés aux esclaves, pour les harems des pachas.

La vieille Irini montra la place :

« Nous attendrons autant que nous pourrons jusqu'à ce qu'il y en ait beaucoup, le plus grand nombre possible. Elle peut en contenir des milliers, cette place. Dessous aussi ce sera une véritable fourmilière. Alors, nous mettrons le feu aux poudres. »

Elle l'annonçait tranquillement, sans aucune émotion. Le seul sentiment que trahissait sa voix était quelque chose comme du soulagement, tandis que son visage était empreint d'une étrange sérénité. En l'observant, Costa Békas se la remémora à l'époque où Paliokastro n'avait pas encore d'instituteur et qu'elle réunissait les enfants chez elle pour leur dire des contes, pour leur apprendre une foule de légendes des temps anciens. Chaque fois qu'elle achevait une longue histoire, dès qu'elle prononçait les toutes dernières paroles, son regard dénotait le même soulagement, la même paix.

20

Sans escorte, accompagné seulement d'Omar, Sélim pacha avance lentement sur la route. C'est la première fois depuis le début du siège qu'il s'éloigne du camp au milieu de la nuit. Mais il n'y a plus rien à craindre désormais, les Paliokastrites sont coincés comme des rats, la ville est cernée de toutes parts, elle ne peut pas en réchapper. Demain, dès le lever du soleil, l'artillerie commencera par la canonner, les boulets pleuvront sans arrêt pendant une heure, puis les trompettes sonneront la grande charge, l'assaut final.

Depuis que cet arbre a été coupé, tout a changé.

Lorsque le sérasker réunit les officiers dans sa tente pour leur annoncer son plan, il remarqua les regards qu'ils se lançaient à la dérobée, il devina qu'ils se demandaient s'il avait toute sa raison. « Ils n'ont pas tort de s'étonner, de ne pas comprendre », songea-t-il. « Qui a jamais entendu dire qu'on ait livré bataille pour un cyprès, qu'on ait fait couler le sang pour son feuillage, qu'on ait envoyé des centaines d'hommes à la boucherie pour lui arracher les racines de terre ? » Pour les rassurer, mais aussi pour ne pas risquer une mutinerie au moment de la phase la plus décisive du siège, il leur montra l'ordre qui était arrivé de la capitale à ce sujet : le sultan exigeait une obéissance aveugle et absolue, il étendait même les pouvoirs du sérasker, lequel avait toute latitude pour faire exécuter son plan sans tolérer la moindre discussion.

Pour avoir l'esprit tranquille, Sélim pacha lui avait écrit depuis longtemps, il lui avait expliqué son projet et demandé son avis. Il lui avait parlé de cette prédiction à propos de l'arbre qu'il avait lue dans un livre à la bibliothèque du monastère, quand il y faisait ses recherches. Il était sûr, écrivait-il au sultan, que tous ces récits recelaient quelque mystère, qu'ils sous-entendaient, dissimulaient quelque chose. Les Grecs avaient une histoire longue de milliers d'années, soulignait le sérasker, leurs savants avaient laissé des œuvres immenses et importantes, ils avaient bien étudié le monde. Peut-être avaient-ils compris avant tout autre peuple que certaines vérités ne peuvent rentrer dans la cervelle du commun des mortels que si elles prennent l'apparence de mensonges, que si elles se présentent sous la forme de contes.

« Je suis d'avis, mon Padischah, disait Sélim en terminant sa lettre, que lorsque les révoltes seront matées et que l'Empire pourra souffler un peu, il faudra s'occuper sérieusement de toutes ces choses qui nous paraissent aujourd'hui anodines et ridicules. Quelque chose me dit que dans les années qui viendront, ce n'est pas uniquement pour leur liberté que les peuples se révolteront et se battront, mais aussi pour ces histoires et ces légendes qui sont consignées dans les très vieux livres de leurs monastères, pour les contes et les chansons que renferme leur mémoire. »

Sélim pacha retient son cheval et allonge le bras vers Omar qui s'est arrêté à côté de lui et qui lui tend une longue-vue. Tranquillement, sans se presser, le sérasker la dirige vers la montagne de Paliokastro : pas un mouvement dans la citadelle assiégée. La lumière froide de la lune baigne ses remparts, inonde les cours de ses maisons, tente de s'infiltrer dans les plaies sombres et béantes que les boulets de canons ont ouvertes autour de ses bastions.

Ce calme ne plaît guère à Sélim pacha. Comment se fait-il que les patrouilles qui surveillent les passages sur la montagne, qui contrôlent les sentiers, ne lui aient rien signalé ? Les Paliokastrites n'ont donc pas cherché à sauver du massacre leurs femmes et leurs enfants ? Ils ont donc décidé de se sacrifier tous, jeunes et vieux, hommes et femmes, pour leur ville, pour leur rocaille ?

Le sérasker sourit de ses propres pensées.

Ces gens-là ne se sont jamais comportés comme les autres rayas de l'Empire. Ce n'est pas maintenant qu'ils vont commencer... Ce sont bien des Grecs, ils mesurent le monde à leur propre aune, ils n'obéissent qu'à leurs propres lois, ils ne vénèrent que les dieux qu'ils ont façonnés eux-mêmes, à leurs dimensions.

Brusquement, le visage de Sélim pacha se rembrunit.

Sur les murailles de Paliokastro marche fièrement un homme d'une stature imposante, ses cheveux blancs jouent avec le souffle froid du vent, le fourreau de son yatagan jette des reflets mats sous la lumière blafarde de la lune.

Le promeneur nocturne fait encore quelques pas et s'arrête.

D'un sifflement discret, Sélim pacha fait comprendre à son cheval qu'il ne doit pas bouger d'un pouce, il règle sa longue-vue, mobilise toute son attention. Comme s'il avait senti des regards se fixer sur lui, suivre ses mouvements, le mystérieux Paliokastrite se tourne tout d'un coup, prend lui aussi une longue-vue, la colle à son œil et la déplace lentement, observe attentivement la plaine, examine la route.

« Il peut nous voir, mon pacha, avec cette lune, dit Omar à voix basse.

— Il nous a déjà vus », répond Sélim sans décoller de l'œil sa longue-vue.

La taille de ce Paliokastrite lui rappelle quelque chose, dans la clarté lunaire il reconnaît la grande houppe de son fez et les pistolets damasquinés qui dépassent de sa large ceinture.

« Il va se battre tout seul ? » ironise Omar, qui a reconnu lui aussi Costa Békas.

Le sérasker ne prête aucune attention au chef des janissaires.

Sur les remparts, le capétan a abaissé sa longue-vue et regarde à l'œil nu vers l'horizon, on dirait qu'il observe la marche de lointains nuages qui montent tout doucement dans le ciel. Bientôt ils atteindront la lune et l'encercleront, ils tenteront de cacher sa lumière. Certains joueront les indifférents et la contourneront, ils iront lui tendre une embuscade plus loin, ils se jetteront sur elle soudainement, sournoisement.

Sélim pacha règle mieux sa longue-vue et regarde silencieux, comme fasciné. Il a l'impression que l'homme qui se tient droit et immobile sur les murailles n'est pas fait de chair mais de pierre, que c'est une statue qui se dresse là depuis des temps immémoriaux : même si toutes les armées du monde lui passaient dessus, il ne sentirait rien, pas un mot ne sortirait de ses lèvres de pierre. A la manière dont il lève la tête et observe les nuages, on dirait qu'il a engagé une conversation mystérieuse, insonore, avec les astres du ciel, avec la lumière de la lune qui se répand pour une ultime fois au-dessus de sa ville.

Costa Békas se tourne et regarde vers l'école. D'un instant à l'autre, Photis dira aux enfants de prendre leurs baluchons et de se mettre en rang comme il le leur a indiqué : les plus grands devant et à la fin, au milieu les petits, qui ne marchent pas vite. Silencieux, disciplinés, ils sortiront par la cour et descendront vers la place. Un peu plus bas ils entreront dans une écurie donnant accès au tunnel qui les mènera dans les gorges. Dieu bénisse ces femmes qui découvrirent jadis ce passage secret, pense le capétan, elles furent bien inspirées de se mettre à la recherche du serpent qui avait disparu dans le ventre de la terre, elles trouvèrent ainsi le chemin que suivraient plus tard les enfants de la ville.

Au moment où ils passeront devant l'église, leurs mères seront rassemblées près de la porte et sur les marches du souterrain pour les voir une dernière fois, leur dire adieu et leur donner leur bénédiction, ne serait-ce que de loin. Dans la clarté languissante et blême de la lune, elles ne pourront distinguer leurs visages, les paroles tendres que prononceront leurs lèvres s'adresseront à des ombres, des larmes rouleront de leurs yeux.

En vain supplieront-elles la vieille Irini de leur permettre de courir vers eux pour les serrer un bref instant dans leurs bras. La guérisseuse leur répondra qu'il ne sied pas à des Paliokastrites, à des Grecques, de laisser éclater leur douleur devant les enfants. Mieux valait qu'ils apprennent dès maintenant à affronter les moments difficiles la tête haute, avec dignité. Comme tout le porte à croire, leur dira-t-elle, ces enfants vivront des années encore plus noires que celles-ci et ils doivent s'y préparer, mettre à la place de leur cœur un bloc de pierre.

Costa Békas secoue la tête tristement.

Elle n'a pas tort, la vieille Irini, se dit-il. Ses yeux ont peut-être commencé à se troubler avec l'âge, à ne plus bien voir les choses qui sont autour d'elle, mais le regard de son âme est capable de voyager loin, il voit le siècle qui vient, les tourments nouveaux, inédits, qu'il contient. Les Turcs ont compris que les temps changent, ils pressentent que l'Empire ne tiendra pas très longtemps et que tôt ou tard l'Europe entrera dans la danse. C'est pourquoi ils sont pris de rage et massacrent, détruisent, brûlent à tour de bras. Ils sont comme les ânes moribonds qui décochent les plus violentes ruades juste avant de mourir. C'est maintenant qu'ils vont frapper le plus fort, avec le plus de férocité, c'est maintenant que l'esclavage va devenir encore plus cruel, encore plus intolérable. Bon gré mal gré, la Grèce se soulèvera, elle se battra farouchement pour la liberté, beaucoup de sang coulera... Nous, nous avons fait un début, nous avons été les premiers à aller au-devant de la mort. Il en va toujours ainsi depuis qu'il y a des hommes sur la terre : ceux qui luttent le plus durement pour ne pas perdre leur liberté sont toujours les plus pauvres, les plus isolés, ceux qui n'ont pas d'autre bien qu'elle. Quoi que nous fassions, nous les Grecs, nous ne pourrons pas changer notre destin ; Dieu a choisi de nous faire habiter le pire endroit du monde, comme dit Photis nous ne sommes ni l'Orient ni l'Occident, nous ne faisons la paire ni avec les Européens, ni avec les Turcs. Nous ne sommes pas des anges, nous avons comme tout le monde nos défauts et nos travers, un bon nombre de malédictions qui nous poursuivent depuis les temps les plus anciens de notre histoire. Si seulement nous pouvions nous débarrasser de toutes ces plaies que nous avons sur nous, si nous pouvions les guérir en les léchant comme font les chats... Que Dieu nous accorde d'y parvenir. Autrement, s'il s'agit de faire appel à des guérisseurs étrangers pour qu'ils essayent sur nous leurs remèdes, mieux vaut rester avec nos maladies, nous empoisonner avec nos propres drogues, nous détruire par nos propres moyens, sans l'aide de personne.

Obéissants, muets, les enfants avancent l'un derrière l'autre au creux du ravin, ils empruntent les sentiers les plus secrets, les plus obscurs. Ils connaissent bien les lieux, ils sont descendus mille fois pour jouer parmi les roseaux et les joncs, pour patauger dans l'eau qui ruisselle paisiblement, pour chasser des oiseaux au lance-pierres. Tandis qu'ils marchent dans la nuit, courbés et rapides, ils reconnaissent chaque pierre et chaque herbe qu'ils foulent, les buissons, les arbustes sauvages qu'ils frôlent, ils sautent les fossés avec confiance.

Photis ouvre la marche, un pistolet à la main.

Il connaît lui aussi tous les secrets du ravin, il y allait souvent dans son enfance, mais non pour baguenauder et s'amuser. Il prenait un des livres posés sur le lutrin de l'église et venait là pour chanter, pour pouvoir s'exercer tranquillement, être seul à entendre ses fausses notes et ses erreurs, sans avoir le chantre derrière le dos pour le reprendre. Comment aurait-il pu imaginer en ce temps-là qu'un jour viendrait où il serait obligé de quitter son pays la nuit, comme un voleur, comme un malfaiteur traqué... Combien le capétan avait raison quand il lui avait dit qu'on ne sait jamais où peuvent mener les lettres, les études, que livres et papiers risquent d'apporter un grand chamboulement dans la vie de l'homme...

Il s'arrête, tend l'oreille.

Le calme règne dans le camp, ce soir les patrouilles n'ont pas dû sortir. Qu'est-ce que les Turcs ont à craindre à présent ? Ils sont certains de leur victoire, ils savent que la fin de la cité approche, ils dorment sur leurs deux oreilles. Là-bas, vers les baraquements où se trouvent les cuisines, un soldat mugit dans son sommeil, il pousse des cris menaçants. Il doit rêver que la dernière bataille sur les remparts a déjà commencé et qu'il court égorger des Paliokastrites, il doit être pressé de s'enfoncer dans les rues de la ville, de pénétrer dans ses maisons, de partager ses trésors avec ses camarades.

Photis sent son cœur se serrer.

Oubliant la recommandation du capétan de ne s'attarder nulle part, il fait signe aux enfants de ne pas bouger et se met à grimper en vitesse et sans bruit. Depuis un bon moment il a remarqué que des nuages montent lentement de l'horizon, ils ne vont pas tarder à rattraper la lune, ils l'atteindront juste au moment où elle se tiendra toute ronde en plein milieu du ciel, ils la recouvriront, ils masqueront sa lumière. L'instituteur veut jeter un ultime regard sur la cité avant que la nuée s'épaississe et que tout s'efface soudain de sa vue, avant que les ténèbres n'envahissent son âme.

Paliokastro semble plongé dans le silence.

Mais Photis sait que derrière les meurtrières, partagés en petits groupes, tous les Paliokastrites encore vivants veillent, qu'ils attendent, résolus. Dans quelques heures, dès que poindra l'aube, ils se prépareront, ils se verseront un peu d'eau de leurs gourdes dans les mains, se laveront, feront leur signe de croix. Le pope sera déjà monté sur les remparts, il aura lui aussi son yatagan à la ceinture, le manche de son pistolet dépassera de son étole. Devant lui marchera Costa Békas, portant bien haut le drapeau de la cité. Le grand étendard noir, que défendirent de génération en génération tous les capétans de Paliokastro, se verra de loin, et sous les premiers rayons du soleil se détacheront les lettres rouges tracées au milieu, LIBERTÉ ET PATRIE. Quand ils verront le pope s'approcher en tenant le ciboire, les palikares s'agenouilleront et communieront l'un après l'autre, ils baiseront pieusement le drapeau et diront adieu à Costa Békas.

Soudain, Photis écarquille les yeux.

Au sommet des remparts, vers l'est, il reconnaît le capétan qui regarde à la longue-vue vers le ravin, la brise de la nuit joue avec sa fustanelle et sa barbe, la lumière de la lune glisse le long de ses cheveux blancs. Photis a l'impression de faire un rêve, cet homme semble ne pas être de chair et de sang, c'est comme une apparition, on dirait une divinité qui aurait subsisté là-haut depuis la plus lointaine antiquité.

L'instituteur sent son cœur battre à grands coups, des larmes roulent sur ses joues. Jetant un rapide coup d'œil sur le ciel, il voit les nuages qui ne cessent de monter, ils affluent, deviennent épais, noirs. Certains se sont déjà rapprochés dangereusement de la lune, ils entourent son disque, menacent sa lumière. Même si l'obscurité sera pour lui et les enfants une aide précieuse, Photis ne la souhaite pas, ne la veut pas, car il sait qu'au même instant Paliokastro disparaîtra de sa vue, sera englouti par les ténèbres qui règneront sur la montagne.

Sa pensée travaille vite, intensément.

Ah, s'il pouvait avertir Costa Békas que pour l'heure tout va bien, qu'il a réussi à arriver avec les enfants jusqu'à l'autre bout de la plaine sans éveiller les soupçons des Turcs... Si seulement il existait un moyen de signaler sa présence uniquement au capétan, de lui faire son rapport comme un soldat, de lui dire que comme tous les Paliokastrites il fera lui aussi son devoir jusqu'à la fin, il accomplira sa mission...

Sur les remparts, Costa Békas continue à observer à

la longue-vue, à scruter le ravin empan par empan, à suivre les patrouilles turques dans le camp.

Un souvenir surgit tout à coup dans l'esprit de Photis.

Il y avait peu de temps qu'il était revenu d'Europe, qu'il avait terminé ses études, on n'avait pas encore commencé à bâtir son école. Une ou deux fois par semaine, le capétan venait le tirer de force de l'église où il faisait la classe aux enfants et l'emmenait patrouiller avec lui dans les montagnes environnantes, il lui apprenait un à un les sentiers secrets, les passages dérobés, les grottes qui pourraient servir de cachettes en cas de besoin, il lui enseignait les astuces de la guerre. Quelquefois, quand la nuit les surprenait là, le capétan lui montrait comment il pouvait avertir les hommes qui montaient la garde sur les remparts, comment siffler pour se faire reconnaître, comment imiter les cris des oiseaux de nuit, les hurlements des chacals et des loups.

Photis met ses mains en porte-voix autour de sa bouche, il remplit d'air ses poumons.

Le cri qui jaillit de sa poitrine est perçant, sauvage, mais les Turcs ne s'inquiètent pas, n'y attachent pas d'importance, ils savent que les alentours sont pleins de bêtes sauvages. Cependant, sur les remparts, Costa Békas a déjà interprété ce hurlement de chacal, il a compris d'où il vient, ce qu'il signifie, et il y répond aussitôt en abaissant sa longue-vue, en faisant son signe de croix.

Le maître d'école jette un ultime regard sur la cité.

Voyant le capétan qui s'éloigne lentement, d'un pas assuré, il le remercie mentalement de tout son cœur pour toutes les leçons qu'il lui a données. Malgré son instruction, malgré toutes les études qu'il a faites, il n'avait pas compris jusqu'à présent que l'enseignement le plus précieux était celui que Costa Békas lui avait apporté. C'était lui qui lui avait appris à hurler comme un loup ou un chacal pour signaler à quelques-uns, à une toute petite poignée d'hommes, sa présence secrète dans le désert, dans la nuit noire.

21

Monastère du Prophète Élie - 7

Cela fait un bon moment que Mélétios s'affaire à ranger la bibliothèque, qu'il essaie de mettre un peu d'ordre. Les livres sont restés éparpillés dans tous les coins, les manuscrits gisent pêle-mêle, les icônes s'entassent par terre. Tout autour, la plupart des armoires sont béantes comme des bouches paralysées de stupeur, les volumes qui manquent ont laissé des trous noirs, les étagères ont l'air de mâchoires édentées.

Le vieux bibliothécaire est fatigué, il se déplace en serrant d'une main sur sa poitrine évangiles, manuscrits byzantins, psautiers et livres d'heures, tandis que de l'autre il tient ses reins qui lui font mal. Tout à l'heure, l'higoumène a envoyé des frères pour l'aider, mais il a refusé. C'est comme si un terrible fléau avait sévi chez lui, leur a-t-il dit, comme si sa propre maison avait été ravagée par une grosse grêle, dévastée par une violente tempête. C'est lui qui a le devoir de s'occuper de sa famille qui a souffert, qui s'est subitement retrouvée sans protection, sans toit, dispersée aux quatre vents.

Le chef de l'équipe a laissé sur un coin de la table, dans une chemise, l'acte d'inventaire. Mélétios le prend, y jette un regard de mépris, puis le lève en le tenant du bout des doigts par un coin comme s'il était contaminé :

« Après tant et tant de générations, après tant de tourments et de sacrifices, il y a des pignoufs qui viennent te dire “ on s'en balance de tout ça, on n'est pas là pour vénérer vos reliques ”. Les gens se comportent avec l'Histoire comme les enfants avec leurs parents : ils s'installent autour de la table, ils mangent, boivent, mais ne demandent jamais ce que la mère et le père ont enduré pour faire bouillir la marmite, pour que la soupe fume dans les assiettes, pour que tout soit prêt. »

Il hoche la tête :

« L'humanité aussi est un gosse qui n'arrive pas à grandir, à réfléchir, à comprendre. »

Sans interrompre son monologue, il remet les icônes en place, les accroche aux murs, époussette avec un plumeau les évangiles dorés, range les objets sacrés, les reliques.

« Sais-tu ce que m'a dit un jour un historien ? Que dans l'antiquité il y avait un tas de gens qui savaient par cœur et en entier l'*Iliade* et l'*Odyssée,* que les œuvres d'Homère ne se trouvaient écrites nulle part. C'est beaucoup plus tard, à l'époque de Pisistrate, que les Athéniens se sont mis à les écrire, qu'ils en ont fait des livres. »

Il prend un rouleau de papyrus qui a été rejeté dans un coin et le remet dans son étui, ses doigts le touchent avec tendresse.

« Qu'est-ce qui leur a pris tout à coup, après tant de siècles ? Ils avaient certainement une raison, peut-être qu'ils avaient peur de quelque chose, peut-être que les devins leur annonçaient des temps difficiles, leur prédisaient de grands malheurs, des catastrophes, des guerres. Qui sait, devaient-ils se dire, ce qu'il adviendra de notre ville, quelles calamités elle connaîtra, quel peuple barbare la conquerra... Que deviendront toutes ces œuvres que nous gardons dans notre mémoire s'il nous arrive pareille infortune, si nous perdons notre liberté ? Qui s'en souciera lorsque nous serons plongés dans la servitude, lorsque les ténèbres de la barbarie nous auront enveloppés ? »

Il s'efforce d'accrocher à sa place une icône qui représente la Résurrection : le Christ vient de sortir du tombeau et monte dans le ciel, son visage est souriant, sa main droite bénit le monde.

« L'autre jour, j'ai reçu une lettre de cet ami dont je t'ai parlé. Il m'écrit que le gouvernement a récemment ordonné à la Sûreté de brûler tous les dossiers qui sont dans ses armoires, afin que personne ne sache plus quelles tortures des millions de Grecs ont subies pendant un demi-siècle, tout ce qu'ont souffert les patriotes, les démocrates, les communistes. Les fours fonctionnent à plein régime, les camionnettes transportent des tonnes de documents, les flammes anéantissent tout, les plus grandes hontes de notre histoire disparaissent en fumée. »

Il rit, mais son rire est triste, tragique :

« Jusqu'à présent, partout dans le monde, le pouvoir s'en prenait à ceux qui se révoltaient et luttaient pour un avenir meilleur. Mais j'ai comme l'impression que désormais il va traquer ceux qui cherchent à préserver de ses griffes le passé. Il me le disait bien, autrefois, cet ami, que nous avions de la chance, nous les moines, en nous cloîtrant dans nos monastères nous avons pu garder intacte notre religion, nous n'avons pas oublié nos saints, nos martyrs. Selon toute apparence, il y en a d'autres maintenant qui vont devoir se mettre en quête d'un refuge, chercher asile dans des grottes, vivre dans des catacombes. »

Il s'est arrêté au bord de la trappe qui conduit à la crypte, son regard est absorbé par l'obscurité qui commence à ses pieds. Sa voix est lointaine, affaiblie, comme si elle sortait du fond de la terre :

« Que Dieu nous aide. »

Que Dieu nous aide, murmurait aussi Isidore chaque matin en se levant, avant d'aller s'asseoir sur cette pierre à l'entrée de la grotte pour poursuivre sa chronique, achever son histoire. Au premier coup d'œil qu'il jetait dans la plaine, il voyait jusqu'où les Turcs avaient progressé, s'ils étaient prêts pour le dernier assaut. Chaque fois qu'il entendait retentir tambours ou trompettes, le cœur lui battait, la plume tremblait entre ses doigts, l'Évangile lui glissait des mains.

Sachant qu'Isidore était paliokastrite et que, malgré toutes les années qu'ils avaient passées au service de Dieu, il n'avait pas oublié sa terre natale, l'higoumène descendait de temps à autre dans la crypte et parlait avec lui, le réconfortait, le préparait. « Affermis ton cœur, lui disait-il, le Tout-Puissant a voulu que tu voies ton pays disparaître peu à peu devant tes yeux, il éprouve ta foi. Non, tu ne dois pas oublier que tu es un Paliokastrite, tiens bon, toi aussi, à ton poste : écris tout ce que tu peux, tout ce que tu auras le temps d'écrire, continue ta chronique jusqu'au bout. La plume que tu tiens est aussi une arme, bats-toi à ta manière pour ta patrie. »

Un soir, Isidore vit les préparatifs des Turcs et comprit.

L'armée de Sélim pacha avait ceinturé la ville pour de bon, les Ottomans avaient pris position à quelques pas des murailles, les nouveaux artilleurs envoyés par le sultan déplaçaient les canons pour les rapprocher de leur cible. D'un bout à l'autre, le camp bourdonnait comme une ruche, azabs et akindjis affûtaient leurs haches et leurs kandjars, les janissaires quittaient pour la première fois leurs tentes installées dans la plaine et s'apprêtaient à passer la nuit devant les portes de Paliokastro, yatagan au poing.

Isidore se prépara lui aussi à une nuit de veille.

Dès le coucher du soleil, il s'enveloppa dans une houppelande, se blottit à l'entrée de la grotte et laissa son regard vagabonder au loin, voyager au-dessus des maisons de la citadelle, caresser leurs toits, descendre dans leurs cours. Si son défunt père ne l'avait pas pris autrefois par la main pour l'amener au monastère, il serait à présent, comme tous les autres vieillards, embusqué dans son retranchement, à l'affût des Turcs, il défendrait son quartier, sa rue, sa maison. Avant de voir les infidèles déboucher au carrefour, il entendrait les coups de fusil des autres vieux de la ville et il éprouverait une joie intense, une joie sauvage aux clameurs qui jailliraient une dernière fois de leur poitrine, il ajouterait son cri à leurs cris.

Mais il n'y avait pas de Paliokastrites autour de lui.

Ses compagnons d'armes à lui demeuraient silencieux et impuissants à l'intérieur de la grotte, ils ne tenaient ni fusils ni épées, leurs corps étaient faits de papier. Si les Turcs s'attaquaient au monastère, s'ils découvraient la trappe qui menait à la crypte, les livres ne leur résisteraient pas. Malgré les siècles qui pesaient sur leur dos, malgré toute la sagesse que renfermaient leurs pages, ils ressembleraient à de tout petits enfants, ils resteraient là naïfs, ignorants de leur sort, et en l'espace d'un instant tout serait fini, aucun cri ne s'échapperait de la grotte.

Serrant sur lui sa houppelande, Isidore se leva et rentra dans la crypte.

La petite flamme de la veilleuse qui brûlait au-dessus des coffres de livres et d'icônes ondoya comme pour l'accueillir. Le vieux bibliothécaire prit la burette et la nourrit d'un peu d'huile, la lumière se renforça.

Soudain, venant de quelque part dans la plaine, quelque chose retentit.

C'était comme un hurlement de bête sauvage. En d'autres temps, en d'autres nuits, Isidore n'y aurait pas attaché d'importance : les bruits et les rumeurs de la plaine paliokastrite avaient tenu compagnie à ses oreilles une vie entière, il avait appris à reconnaître et à comprendre la langue de chaque animal, à interpréter le lointain murmure de la rivière, la moindre rafale de vent qui passait parmi les arbres de la montagne. Or, ce hurlement lui parut étrange parce que ce n'était pas l'heure où sortaient d'habitude les bêtes sauvages, parce qu'il savait qu'à cause de la guerre les loups s'étaient retirés sur les hauteurs environnantes, que même les intrépides chacals avaient déserté leurs anciens repaires.

Il sortit de la grotte et tendit l'oreille.

Lorsque le hurlement retentit à nouveau, il comprit qu'il provenait du ravin, de quelque part près du pont, non loin de la route. Au même instant, il lui sembla distinguer comme une ombre de forme humaine en haut des remparts de Paliokastro, à l'est. Mais non, ce n'était pas une ombre mais bien un homme en chair et en os, il portait une fustanelle. A coup sûr, il avait dû entendre lui aussi ce cri perçant qui avait franchi la plaine, peut-être qu'il l'attendait depuis longtemps, qu'il savait ce qu'il signifiait.

C'était certainement un signal, il se passait quelque chose.

Subitement, une pensée traversa l'esprit du vieux moine : et si c'était un Paliokastrite qui apportait un message au monastère ? Peut-être que Costa Békas avait changé d'avis et qu'il essayait de mettre à l'abri les femmes et les enfants, ou peut-être qu'il avait trouvé quelque chose pour sauver la ville... Mais y aurait-il un frère pour aller avertir l'higoumène, pour courir jusqu'à sa cellule et le faire lever, se dépêcher... Lui-même ne pouvait rien faire : prévoyant que Sélim pacha ne tarderait pas à frapper un grand coup, à déclencher l'offensive finale, les frères avaient condamné la trappe qui donnait accès à la crypte, ils l'avaient murée. Ils ne la rouvriraient que lorsque tous les Turcs seraient partis, que lorsqu'il n'y aurait plus personne dans la plaine.

... *Qu'est-ce que je pouvais bien faire ainsi enfermé ? J'ai pensé un moment descendre le flanc de la montagne rocher par rocher, mais je n'avais pas les jambes et les bras assez solides. Maudite vieillesse qui nous joue de mauvais tours.*

....

.... *et je me suis dit : je vais essayer, on verra bien. Je savais, j'avais appris quand j'étais petit, comme tous les gosses de Paliokastro. J'ai pensé : si c'est un des nôtres, il me répondra. J'ai mis mes mains en porte-voix vers le ravin et j'ai fait deux ou trois fois le cri du chacal.*

J'ai attendu, mais rien. Un peu après j'ai encore essayé. Alors, j'ai entendu deux hurlements de suite. Que Dieu qui est grand nous aide, ai-je dit et j'ai fait mon signe de croix. .... *voilà où nous en sommes réduits, nous les Paliokastrites, à nous parler d'une montagne à l'autre en hurlant comme des loups.*

Peu importe, tous les cris viennent de Dieu. Et le chant de l'oiseau, et le sifflement du serpent, et la parole de l'homme. Chaque animal en ce monde a son parler.

Les Turcs n'ont rien soupçonné.

Ensuite j'ai encore entendu le hurlement, plus près, mais cette fois je n'ai pas répondu parce que j'avais peur qu'à force les Turcs nous repèrent. Et puis tout à coup . . . . des cailloux, les ronces et les buissons de thym bruissaient comme s'il y avait des bêtes sauvages qui passaient. Qui est là ? dis-je tout doucement . . . . qu'il était de Paliokastro et je l'ai aidé à monter, je l'ai fait entrer dans la grotte. Je suis Photis, l'instituteur, me dit-il. Mais comment as-tu fait pour venir ? que je lui fais. J'ai les enfants avec moi, qu'il me répond.

. . . . . il est allé les chercher un à un dans les rochers comme si c'étaient des hérissons, la grotte était presque pleine. Et toi, qu'est-ce que tu fais là-dedans ? me dit-il. Je garde les livres et les reliques, que je lui réponds. Nous aussi nous sommes des reliques, qu'il me fait, est-ce que tu peux nous garder nous aussi ? Pour sûr que je vais vous garder, lui dis-je, mais nous ne pourrons pas sortir d'ici tant que les Turcs ne seront pas partis, nous sommes emmurés. Il nous faudra peut-être rester des jours et des jours là-dedans. Comment va-t-on faire avec les enfants ?

Ce ne sont pas des enfants, me dit-il, ce sont des Paliokastrites. A partir de maintenant, il faut qu'ils apprennent à vivre comme des bêtes sauvages.

Mélétios feuillette, songeur, un grand registre aux pages jaunies par le temps, remplies de noms et de signatures :

« Ce registre, c'est Isidore qui l'a inauguré, il y a

inscrit les noms des enfants de Paliokastro qui ont échappé aux Turcs et qui sont venus se cacher ici. Depuis lors jusqu'à nos jours, il en est passé du pauvre monde par le monastère du Prophète Élie... Il y en a qui sont restés quelques jours, d'autres plusieurs mois, certains des années entières. Tout est inscrit là-dedans, chaque époque avec ses opprimés. La grotte n'est jamais restée vide bien longtemps. »

Il parcourt les pages du registre et lit au hasard des noms, des dates qui rappellent de sombres époques, des persécutions, des guerres. Quelques-uns de ceux qui se réfugièrent dans la crypte y relatent eux-mêmes leurs tourments, leur martyre.

« L'équipe ne l'a pas répertorié dans son inventaire. Heureusement qu'ils sont encore novices dans le métier, ils n'ont pas d'expérience, ils ne savent pas que la véritable histoire des hommes est écrite dans de vieux registres comme celui-là, sur des papiers auxquels personne n'attache d'importance. »

Il demeure quelques instants pensif, tourne machinalement les pages :

« Cela fait des milliers d'années que notre peuple applique le système du Petit Poucet, il laisse derrière lui de petits repères, il sème des légendes, des contes, des chansons, il coupe son histoire en petits morceaux et les cache pour les préserver de ceux qui veulent faire disparaître les époques et les événements qui ne les arrangent pas. C'est sa manière à lui de ne pas s'égarer, il sait ainsi qu'après la tourmente il pourra retrouver son chemin. »

... Avec l'instituteur nous avons compté les enfants. Ensuite, lui il me disait les noms et moi je les écrivais sur

un registre que j'ai trouvé dans un coffre. Ça nous a pris un bon moment ce travail.

Il était plus de minuit quand nous avons terminé.

.... nous ne voulions pas que le jour se lève. Moi, pour ne pas oublier tout ce que j'avais vu ce jour-là, j'ai pris mon Évangile pour écrire quelques mots. Qu'est-ce que tu écris là ? me demande l'instituteur. Mes tourments, lui dis-je. Est-ce qu'il y aura quelqu'un pour les lire ? qu'il me fait. Peut-être, va savoir, lui dis-je .... assis dans un coin et il pleurait amèrement d'avoir laissé Costa Békas tout seul, il voulait me laisser les enfants et partir, retourner à Paliokastro. Je lui ai dit : tu n'y arriveras pas, le jour va se lever d'un moment à l'autre, ils vont t'attraper et t'écorcher vif, ils vont t'embrocher et te faire rôtir comme un agneau. J'en ai eu du mal pour le retenir.

.... pour la première fois de ma vie je ne voulais pas voir le soleil sortir et éclairer le monde. Mais que faire, j'ai rassemblé mon courage et je me suis préparé.

Tout à coup, alors que le jour se levait, nous avons entendu les tambours, ensuite les canons ont commencé. Alors, nous avons réuni tous les enfants qui étaient éparpillés çà et là dans la grotte, et nous les avons menés devant l'entrée. Quand ils ont vu la fourmilière turque dans la plaine, ils se sont mis à pleurer mais je leur ai dit qu'il ne fallait pas, que les larmes leur brouilleraient les yeux et les empêcheraient de bien voir, qu'ils devaient graver dans leur tête tout ce qu'ils verraient et ne rien oublier.

Mélétios ferme le registre et le range dans une armoire :

« Jusqu'à présent, cahin-caha, nous nous sommes débrouillés, nous avons tenu le coup, nous avons conservé toutes nos reliques. Mais je crois que désormais il faudra, comme tu dis, nous organiser autrement. »

Il a mal au dos, ses reins lui donnent par moments des coups de vrille qui le font grimacer, serrer les dents, retenir son souffle.

« Mais moi, je suis trop vieux maintenant, j'arrive au bout du rouleau. Ce sera à mon successeur de s'en occuper, au frère que l'higoumène nommera bibliothécaire à ma place », soupire-t-il.

Comme chaque soir, quand approche l'heure des vêpres, il s'arrange un peu, puis va s'agenouiller devant son icône bien-aimée, celle de l'Apocalypse, avec les deux archanges qui vinrent l'assister le jour de sa tonsure et qui ne l'abandonnèrent jamais, qui furent à ses côtés tout au long de sa vie, dans tous les moments difficiles.

22

Les boulets pleuvent sur Paliokastro, le pays est ébranlé par le tonnerre des canons, la montagne tremble. Toutes les gorges des alentours résonnent de la clameur des Ottomans qui escaladent les remparts de tous côtés, qui pénètrent par les brèches ouvertes par les canons, qui brandissent des haches, des sabres, des kandjars. Les Paliokastrites ont beau se précipiter par ici, courir par là pour contenir toutes ces hordes furieuses, ils ont beau se battre comme des lions, rien ne peut arrêter cette lave humaine, les Turcs ne cessent d'avancer, sur leur passage le sol se jonche de cadavres.

Soudain, tout là-haut, depuis la vieille tour de guet, retentit le buccin de Costa Békas.

Les palikares qui résistent encore près des remparts se replient en bon ordre et courent prendre position plus haut, derrière les parapets de la deuxième ligne de défense. Les canons turcs cessent de tirer, non seulement parce que leurs boulets risquent de tomber sur des têtes turques, mais aussi parce que ce n'est plus la peine d'ouvrir d'autres brèches, de détruire d'autres maisons : l'armée de Sélim pacha se déverse de toutes parts dans la ville et l'inonde comme un torrent impétueux et grondant, le reste de la besogne est son affaire.

Retranchés aux carrefours et dans les cours, les vieillards résistent comme ils peuvent, ils donnent le temps aux palikares qui se replient d'atteindre leurs nouvelles positions. Certains tirent d'abord quelques coups de feu des toits ou des fenêtres, puis descendent et attendent les Turcs sabre au clair, ils aperçoivent bon nombre de leurs compagnons qui nagent déjà dans le sang, devant le seuil de leur maison.

Voyant que les Paliokastrites n'ont pas l'intention de se rendre, les Ottomans redoublent de rage, livrent assaut sur assaut. Ils n'arrivent pas à comprendre comment il se fait qu'une poignée d'hommes s'obstine à résister à cette tempête, pourquoi ils ne filent pas à toutes jambes, pourquoi ils n'essayent pas de fuir par les remparts nord pour se réfugier dans les montagnes voisines. Mais que diable espèrent-ils en montant de plus en plus haut, en se battant d'étage en étage, qu'attendent-ils ? Ils s'imaginent peut-être que lorsqu'ils seront coincés au sommet de la ville, des anges descendront du ciel pour les sauver !

Des ruelles qui sont à proximité des remparts s'élèvent des flammes. Trouvant les maisons désertes, vides, sans femmes ni enfants à vendre comme esclaves, sans argent ni trésors dans les coffres, les Turcs les incendient. Des soldats laissent tomber haches et kandjars, prennent des pics et des pioches et se mettent à creuser comme des enragés dans les jardins et les cours, espérant déterrer des cassettes de bijoux, d'autres éventrent édredons et oreillers, croyant y trouver de l'or et des pierres précieuses. Mais ils ont beau fouiller, saccager, remuer la terre, ils ne découvrent rien qui vaille, il n'y a que de misérables meubles, que des nattes de chanvre et de jonc au lieu de lourds tapis de valeur, que de vieilles icônes de bois noircies par l'encens. « Où sont donc les richesses dont nous parlaient les hodjas et les derviches ? » rugissent certains. « Mais que diable défendaient-ils avec tant d'acharnement, ces giaours ? C'est pour cette camelote qu'ils se sont battus si longtemps comme des lions, qu'ils ont versé leur sang ? » se moquent quelques autres.

Autour d'eux, il n'y a plus personne pour leur répondre.

Le sang qui a giclé sur les murs blancs des maisons reste muet. Les cadavres des palikares et des vieillards qui parsèment les rues et les cours, ont les lèvres scellées pour toujours. Mais d'en haut, des nouveaux retranchements qu'occupent les hommes de Costa Békas, un feu de salve arrive comme une réponse.

Sous la place, dans le souterrain, la vieille Irini a allumé la torche et attend. Par moments, sous les éclairs fugaces de la flamme, se dessinent les visages des femmes qui ont fait cercle autour de la vieille guérisseuse, la lumière joue quelques instants avec leurs cheveux, scintille sur les larmes qui coulent de leurs yeux. Aucune d'elle n'a souvenir d'avoir jamais connu pareille détresse — même les plus âgées cherchent en vain au fond de leur mémoire. La cité a pourtant affronté de cruelles épreuves au cours des siècles, mais jamais les femmes n'eurent besoin de descendre dans ce souterrain pour y entasser des barils de poudre et se tenir prêtes à y mettre le feu. Il restait toujours un espoir, il se produisait toujours un miracle au dernier moment, et Paliokastro échappait à la catastrophe, obtenait de Dieu un nouveau délai.

Mais cette fois, rien ne peut plus même faire illusion.

Les ennemis ont franchi les derniers retranchements paliokastrites devant les murailles et ils ont grimpé, ils sont entrés en hurlant par les brèches ouvertes par les canons. Les moindres ruelles de Paliokastro se sont remplies d'Ottomans, bientôt l'armée de Sélim pacha se déversera sur la place, l'endroit sera noir de Tatars, de Kurdes, de Circassiens.

La vieille Irini serre fermement la torche.

Elle aussi a les larmes aux yeux, mais ce n'est pas du chagrin qu'elle éprouve, c'est un autre sentiment, quelque chose qui ressemble au désarroi de quelqu'un qui a soudain perdu son chemin dans la nuit, qui se retrouve seul dans un lieu désert, encerclé par des ténèbres opaques. En vain la vieille guérisseuse cherche-t-elle aussi dans sa mémoire, tout comme les autres femmes de Paliokastro : aucun souvenir ne vient à son secours, aucun des contes qu'elle connaît, aucune des prophéties ancestrales ne parle de ce jour. N'était-ce donc qu'un songe la vie que vécurent les Paliokastrites sur ces montagnes pendant tant et tant de siècles ? Est-ce donc ainsi que doit s'achever une lutte millénaire pour la liberté et l'indépendance ? Avec une flamme qui attend au-dessus d'un tas de tonneaux de poudre ?

Aux oreilles de la vieille Irini parviennent des hurlements.

Au même instant, des coups de fusil retentissent aux abords de la place. Ce doit être les vieux, se dit la guérisseuse. En d'autres temps et en d'autres moments, ils seraient assis dans les cafés et bavarderaient paisiblement, ils fumeraient leurs chibouks, leurs narguilés. Mais à présent ils doivent être retranchés dans l'église avec le pope, ils doivent attendre avec leurs fusils et leurs yatagans. Ils vendront cher leur peau, les derniers Paliokastrites, ils écraseront encore bon nombre de Turcs, leur sang éclaboussera les visages des saints sur les icônes, les cadavres s'amoncelleront devant l'autel.

Le hourvari de l'armée turque se rapproche de plus en plus.

« Pour des gens comme nous, il n'y a pas d'autre solution, murmure la vieille Irini comme si elle s'adressait à la flamme de la torche. A quoi bon vivre si c'est pour ramper devant des maîtres, pour être tenus sous la coupe d'un sultan ou d'un roi, pour se soumettre à des lois qui ne sont pas les nôtres, qui ne nous ont pas été léguées par nos ancêtres... Il est trop tard pour que nous changions notre façon d'être et de penser, pour que nous apprenions à vivre autrement, comme nous le conseillaient autrefois ces étrangers venus d'Europe. Les peuples sont pareils aux gens, ils prennent dès l'enfance l'habitude de vivre de telle ou telle manière, ils ne retournent pas à l'école quand ils sont vieux. »

Au-dessus des femmes la terre tremble. Les Turcs ont dû envahir la place, l'église doit être submergée par la foule grouillante des infidèles.

« Mieux vaut plier bagage, soupir la vieille guérisseuse, il ne faut pas trahir notre passé. Nous devons respecter les cheveux blancs de notre histoire. »

Tout à coup, un tumulte sauvage se fait entendre dans l'escalier qui mène au souterrain, les premiers coups de hache s'abattent sur la porte.

La vieille Irini jette un regard sur ses compagnes :

« Vite, femmes, vite ! Quittons ce monde libres ! » s'écrie-t-elle.

Les femmes de Paliokastro courent déjà vers le fond du souterrain, elles s'enfoncent dans les tunnels, les ténèbres les engloutissent. Encore quelques pas et elles se retrouveront dans cette vieille galerie que découvrirent jadis leurs aïeules, à l'endroit où disparut le serpent sacré de leur cité. Plus il y aura de Turcs qui se lanceront à leur poursuite, mieux ce sera : l'armée de

Sélim pacha doit payer le plus cher possible sa victoire, elle doit partir de ces montagnes décimée.

La porte tombe, les Turcs entrent.

La vieille guérisseuse les laisse d'abord avancer à l'intérieur du souterrain, puis, d'un geste rapide et résolu, elle met le feu aux tonneaux de poudre.

La montagne de Paliokastro tressaillit de tout son corps.

Photis et Isidore virent ses entrailles s'ouvrir en plein cœur de la ville, sur la place, et projeter dans le ciel pierres, rochers, terre. Sous le souffle de l'explosion, l'église se souleva comme un jouet de papier et vola en éclats, son clocher fusa dans les airs, on entendit le tintement sourd de la cloche qui retomba lourdement sur le sol.

Lorsque les nuages de poussière et de fumée commencèrent à s'écarter, à se dissiper, un grand cratère sombre apparut. Terrifiés par cette secousse qui avait tout ébranlé à la ronde, plaine, montagnes et ravins, les oiseaux s'étaient envolés par milliers, ils étaient montés haut et tournoyaient en poussant des cris stridents. Mais soudain, semblant obéir à l'ordre de l'un d'entre eux, ils se partagèrent en petites grappes et s'élancèrent à tire-d'aile vers tous les points de l'horizon.

Isidore leva la main et montra à Photis quelques-uns d'entre eux qui passaient au-dessus de la montagne du Prophète Élie :

« Ils sont partis répandre la mauvaise nouvelle dans toute la Grèce, dire à tous les rayas que c'est fini, Paliokastro n'existe plus », murmura-t-il.

L'instituteur ne répondit pas.

Il avait cessé de regarder la cité, il observait lui aussi

les oiseaux qui s'en allaient, qui s'éloignaient de plus en plus, qui ressemblaient maintenant à des taches mouvantes au-dessus de la ligne de l'horizon. Bientôt, ils laisseraient derrière eux les montagnes de l'Épire et se dirigeraient vers la Roumélie, vers le Péloponnèse et vers la Thessalie, d'autres mettraient le cap sur l'Attique et les îles de la mer Égée, sur la Thrace, sur la Macédoine. Les rayas entendraient leur triste chant et comprendraient, leur cœur saignerait, les larmes leur monteraient aux yeux. Qui désormais lèvera l'étendard de la révolte, qui osera braver les Turcs, défier leurs armées ? diraient-ils. Tout le pauvre peuple des villes et des campagnes aurait la mort dans l'âme, perdrait tout espoir. Phanariotes, riches propriétaires et grands prélats s'empresseraient comme d'habitude de profiter de l'occasion, ils recommanderaient la patience aux klephtes et à tous les rebelles qui vivaient dans les montagnes et qui brûlaient de voir tous les Grecs s'unir pour attaquer les Turcs de partout ; ils leur diraient que le moment n'était pas propice, qu'il valait mieux attendre. Dans leur for intérieur ils seraient soulagés, ils remercieraient Dieu que Paliokastro ait été balayé, que le sultan se soit enfin débarrassé de cette cité qui donnait depuis tant d'années le mauvais exemple, qui ne laissait pas s'éteindre l'espoir de la liberté.

Des oiseaux étaient restés çà et là et volaient lentement au-dessus de la cité, la saluaient. Par moments, ils quittaient tous ensemble leurs hauteurs et plongeaient vers la terre, ils rasaient les toits des maisons qui étaient encore debout, effleuraient les ruines de leurs ailes. Chaque fois qu'ils les voyaient approcher, les Turcs brandissaient leurs yatagans d'un geste menaçant et leur lançaient des pierres comme s'ils avaient peur de leur présence, comme s'ils soupçonnaient que leur vol était un mauvais signe.

Brusquement, les oiseaux changèrent de cap.

Véloces, décidés, ils filèrent vers le sud, arrivèrent en quelques secondes à l'autre bout de la plaine et se mirent à tournoyer au-dessus de la montagne chauve du Prophète Élie, à passer et à repasser devant la grotte. Soudain, semblant reprendre de l'assurance ou exécuter un projet qu'ils formaient depuis longtemps, quelques-uns s'élancèrent vers Photis et Isidore, leur frôlèrent la tête et s'enfoncèrent dans la crypte, puis d'autres les suivirent, tous entrèrent jusqu'au dernier. Le temps de bien comprendre ce qui s'était passé, les deux hommes les virent voltiger dans la pénombre, se percher un peu partout, sur les saillies des rochers, sur les coffres de livres et d'icônes.

Saisi par ce signe inexplicable que Dieu envoyait une nouvelle fois au monastère, Isidore se signa.

« Seigneur des Puissances, fais qu'il soit de bon augure », pria-t-il.

Bien que ce fût le cœur de la journée, les oiseaux ne manifestaient aucun désir de quitter la grotte, de ressortir à la lumière du soleil, ils semblaient indifférents à tout ce qui pouvait se passer désormais au-dehors, au sort qui attendait leurs territoires, leurs nids, le sol qui avait vu naître et mourir leurs ancêtres durant des milliers d'années. Blottis çà et là, les ailes ramassées, ils regardaient autour d'eux avec de grands yeux ronds comme pour s'habituer à l'obscurité, comme pour apprendre à voir dans le noir.

Lorsque Costa Békas les vit à la longue-vue s'abaisser vers la montagne du Prophète Élie et pénétrer dans la grotte, il comprit, eut un soupir de soulagement et fit son signe de croix : Dieu avait trouvé un moyen pour lui faire savoir que Photis et les enfants s'étaient réfugiés au monastère, qu'ils se trouvaient dans la crypte où les moines enfouissaient leurs objets de culte chaque fois que les Turcs arrivaient. Pour le moment, ils ne risquaient rien. Quand il en aurait fini avec Paliokastro, Sélim pacha ne s'attarderait pas, il s'en irait vers le sud terroriser les rayas, nommer de nouveaux gouverneurs militaires, installer dans les provinces les plus indociles des beys à poigne, remplacer ici et là les garnisons.

Mais combien de temps tiendrait ce nouvel ordre qu'il imposerait ? Les grands et les puissants de ce monde avaient beau être de fins calculateurs, les peuples aussi savaient faire leurs comptes, ils ne disaient rien mais ils avaient un petit carnet secret où ils inscrivaient les créances. Même s'ils mettaient souvent longtemps pour recouvrer leur bien, ils y parvenaient toujours, rien n'était oublié, rien n'était effacé.

Costa Békas regarda encore une fois à la longue-vue.

Aucun oiseau ne volait plus au-dessus du monastère. En ce moment, Photis et Isidore devaient s'efforcer de rassurer les enfants, de les consoler, d'organiser le séjour des réfugiés de la terre et du ciel dans les profondeurs de la montagne, de résister à la peur, au désespoir. Ils réussiraient, ils tiendraient le coup. Hommes et oiseaux se partageraient pendant quelques jours les morceaux de pain à demi moisis qu'Isidore tirerait de son petit baluchon, ils boiraient de l'eau à sa cruche. Puis, quand les Turcs seraient partis, les réfugiés ailés sortiraient les premiers de la grotte et se dirigeraient vers Paliokastro, ils verraient d'en haut les remparts détruits, les ruines de la cité, partout le désert et la désolation. Les pauvres oiseaux n'oseraient pas descendre, ils ne voudraient pas toucher de leurs petites pattes le sol noirci par le feu, ils n'auraient pas le cœur de chercher leurs nids dans les décombres.

Le capétan posa sa longue-vue sur une pierre.

Elle ne lui était plus nécessaire : les Turcs étaient à une cinquantaine de pas du vieil observatoire, il entendait clairement leurs propos, les ordres que donnaient leurs officiers. Après l'explosion, Sélim pacha avait arrêté l'offensive car il craignait que les Paliokastrites ne leur aient tendu un autre piège plus haut, qu'ils ne mettent le feu à d'autres poudrières. A des acclamations qui retentirent, Costa Békas devina que le sérasker entrait en ce moment dans la ville pour examiner la situation de près.

Le capétan se dépêcha de dire adieu à ses hommes.

Il se réjouit de les voir l'accueillir comme toujours, échanger avec lui quelques mots simples et discrets, le serrer dans leurs bras avec retenue, sans paroles amères et sans larmes. Tous les Paliokastrites savaient que jusqu'au dernier instant rien ne devait changer dans la vie de la cité, que tout se terminerait comme tout avait commencé jadis, des siècles et des siècles auparavant, dans la ténacité et le silence, dans la dignité. A quoi bon pleurer et se lamenter, à quoi auraient servi quelques paroles de plus... Costa Békas se souvint de toutes les lettres qu'il avait envoyées et reçues depuis qu'il était capétan, des messages que lui avaient adressés de tous les coins de Grèce notables, chefs militaires et hauts dignitaires de l'Église, des conseils que lui avaient donnés les Phanariotes, les amis qu'il avait en Europe, Étienne de Brissac et ses camarades révolutionnaires. Chacun avait ses idées, ses recettes, ses théories. Certains intellectuels d'Italie, d'Autriche et de Valachie écrivaient un tas de textes et de poèmes sur le combat que menait Paliokastro, ils les lisaient lors des réunions qu'organisaient les philhellènes pour récolter de l'argent, ils les publiaient dans des brochures. Combien les choses étaient faciles sur le papier... En une seule et unique page naissait, vivait et mourait une nation tout entière, une ligne suffisait pour qu'un peuple se couvre de gloire, en quelques mots s'éteignait une civilisation.

Costa Békas jeta un coup d'œil à la ronde, inspecta un à un du regard les derniers retranchements, puis considéra d'un air songeur les ruines, les remparts désormais inutiles, les fumées qui s'échappaient encore du cratère ouvert sur la place. Les femmes de Paliokastro étaient déjà dans le monde des ténèbres et attendaient leurs maris, leurs fils, leurs frères. Rassemblées devant la porte d'Hadès, elles allaient bientôt assister à l'ultime bataille que la cité livrerait pour la liberté, leurs âmes vaillantes donneraient une dernière fois du courage aux palikares. Fières des mâles qui étaient sortis de leurs entrailles, de ceux qui se couchaient auprès d'elles, des amoureux et des fiancés qui n'avaient pas eu le temps de goûter à l'amour dans leurs bras, elles appelleraient Charon et lui diraient de regarder lui aussi, de voir comment les Paliokastrites dépenseraient le dernier instant de leur vie, comment ils laisseraient sur les pierres et la terre leur chair en lambeaux.

Tout à coup, une trompette retentit, tandis qu'au même moment un Turc montait sur un monceau de gravats et mettait ses mains en porte-voix autour de sa bouche :

« Rendez-vous ! » cria-t-il.

Costa Békas eut un sourire ironique. Comme si c'était maintenant que les Paliokastrites allaient se rendre, eux qui ne s'étaient jamais rendus dans toute leur histoire, comme si c'étaient des moutons pour se laisser emmener ligotés chez le boucher, pour mettre d'eux-mêmes le cou sous la lame de son couteau... Il y avait plus de trois siècles que les Ottomans essayaient de les assujettir, ils s'étaient battus mille fois contre eux, et pourtant ils n'avaient pas compris que ce peuple-là n'était pas de ceux qui marchandent la liberté, qui se contentent d'en acheter un morceau plus ou moins grand, selon le prix du produit au marché.

« Sélim pacha vous laisse la vie sauve si vous jetez les armes ! » continua le Turc.

Jeter les armes, abandonner les retranchements, sortir du vieil observatoire les mains nues, la tête courbée, le corps prêt à ramper... Aussitôt, un grondement résonnerait dans les cieux, quelque chose comme un coup de tonnerre interminable, assourdissant, dans les montagnes les bêtes sauvages pousseraient des hurlements lugubres, les aigles et les faucons bondiraient de leurs nids et se jetteraient dans les précipices sans ouvrir les ailes. Puis, lorsque les Turcs enchaîneraient les bras des Paliokastrites, des profondeurs de la terre s'élèveraient les huées des ancêtres.

« Vous entendez, Paliokastrites ? » cria de nouveau le Turc.

Comment pouvaient-ils entendre, quand leurs oreilles étaient envahies de bruits d'une autre nature, quand leur tête résonnait d'histoires et de légendes que leur avaient racontées leurs parents et leurs grands-parents, d'une foule de chansons et de poèmes qu'avaient égrenés lors des fêtes les chanteurs et les aèdes qui passaient par leur cité... Tous étaient sûrs que si, en cet instant, ils sortaient un peu la tête du retranchement, ils apercevraient au loin, sur les cols des montagnes, des milliers de Grecs d'autrefois qui auraient obtenu de Charon la permission de regagner le monde d'ici-bas pour assister au dernier combat de Paliokastro, ils verraient réunis là Macédoniens, Thessaliens et Rouméliotes, farouches klephtes du Parnasse et de l'Olympe, capétans péloponnésiens, indomptables Crétois, toute une multitude de révolutionnaires qui agiteraient bien haut yatagans, bannières, drapeaux.

Costa Békas regarda autour de lui, pensif.

Il n'y avait pas d'autre solution pour les Paliokastrites : ils quitteraient l'arène de l'histoire comme ils y étaient entrés, la tête haute, les armes à la main. D'autres à leur place ne s'embarrasseraient pas de scrupules, ils déposeraient aussitôt leurs yatagans et leurs fusils et se jetteraient à genoux, supplieraient, renieraient leur foi. Chaque peuple se comportait selon son passé, son histoire, certains avaient des ancêtres fiers et inflexibles qui ne toléraient pas de voir leurs descendants bafouer leur sang et leurs sacrifices, souiller leur honneur ; d'autres se composaient de petites gens veules et complaisantes, qui mettaient facilement de l'eau dans leur vin, qui se fichaient éperdument de la déchéance de leur lignée.

Le crieur des Turcs ne se fit plus entendre.

Costa Békas se dirigea vers l'école. Ces derniers jours, il l'avait fait fortifier, les fenêtres étaient murées, l'entrée resserrée, quelques trous s'ouvraient çà et là pour les fusils. C'était dans ce bastion de fortune que le capétan attendrait les Turcs. Entouré d'une poignée d'hommes, il livrerait la dernière bataille de sa vie là où Photis faisait la classe aux enfants de Paliokastro, il se battrait à l'endroit même où l'instituteur lui avait appris à écrire, en grandes lettres majuscules, le mot LIBERTÉ.

Les Turcs lancent assaut sur assaut.

Autour du vieil observatoire les Paliokastrites se défendent avec bravoure mais les Ottomans ne leur cèdent en rien, ils se battent tout aussi farouchement, imperturbables, même au milieu des cadavres de leurs camarades qui s'entassent à la ronde. Avec Omar à leur tête, les janissaires tentent de percer les lignes de défense paliokastrites et de s'approcher de l'école, au mépris des balles qui les fauchent. Leur chef ne cesse de les exhorter à grand renfort de cris, il leur hurle des promesses — avancements, or, médailles, il leur suffit de capturer vivants Costa Békas et ses derniers hommes.

Le capétan, qui les entend, a un sourire ironique.

Il sait que dans toute l'histoire de la cité il n'y a qu'un seul Paliokastrite qui fut fait un jour prisonnier par les Turcs lors d'une bataille, et uniquement parce qu'au milieu de la mêlée sanglante il n'eut pas le temps de sortir son couteau et de se poignarder. Les infidèles pavoisaient, ils l'avaient enfermé dans une cage et le promenaient de village en village et de ville en ville, ils l'exhibaient comme un ours de foire, comme un oiseau exotique. Puis, lorsqu'ils se furent suffisamment amusés de lui, lorsqu'ils en eurent assez, ils le jetèrent dans un cachot. Mais, au moment où les geôliers cadenassaient la porte de la cellule, le Paliokastrite fit son signe de croix, prit son élan, se précipita contre un mur et se fracassa le crâne.

Costa Békas jette un coup d'œil par une meurtrière.

Quelques janissaires pénètrent dans la cour et s'y déploient en tirailleurs, ils s'embusquent tant bien que mal et attendent du renfort afin d'attaquer en masse. Autour du vieil observatoire les coups de fusil s'espacent de plus en plus, les palikares tirent leurs dernières balles. C'est la fin de Paliokastro, songe le capétan, la citadelle expire, il ne reste plus qu'une dizaine d'hommes retranchés dans la salle de classe pour l'assister dans ses derniers instants, les derniers aussi pour eux. Si l'instituteur pouvait voir là les pupitres entassés devant la porte, dressés en barricade, les livres empilés autour de sa table et, çà et là, éparpillés, des cahiers, des feuilles de papier... Les enfants de Paliokastro n'ont pas eu le temps de s'instruire beaucoup mais ça ne fait rien, le reste ils l'apprendront dans la grotte du Prophète-Élie, comme cela se passe dans d'autres monastères, dans toute la Grèce asservie. L'école secrète dure maintenant depuis près de quatre siècles. Les enfants se mettent en route à la nuit noire et cheminent dans les montagnes, avançant avec mille précautions comme des bêtes traquées, des palikares armés jusqu'aux dents ouvrent la marche pour les protéger en cas de mauvaise rencontre. Ici et là, dans des coins sauvages, dans des bergeries abandonnées ou des chapelles isolées, dans des cavernes profondes, des moines ou des popes les attendent, ils posent sur un rocher leur lanterne sourde et à sa pâle clarté leur enseignent l'alphabet, leur apprennent à lire et à écrire leur langue, leur racontent de vieilles histoires qui parlent de liberté, qui évoquent les luttes de leur pays pour briser son joug. Parfois, ils prennent un bout de bois et tracent par terre, sur le sol, la carte de la Grèce, ils mettent des cailloux aux endroits où s'élèvent les plus hautes montagnes, ils représentent les îles de l'Égée et de la mer Ionienne avec de petites feuilles qu'ils cueillent aux arbres.

Costa Békas hoche la tête et fait son signe de croix. Que Dieu protège tous ces maîtres d'école improvisés, souhaite-t-il, tous ces anonymes qui entretiennent le feu de la liberté dans le cœur des hommes, qui, lorsque viendra l'instant béni de la révolte, souffleront sur les braises et feront jaillir des étincelles. Eux, ils ne frayent pas avec les gouvernants de l'Europe comme le font les Phanariotes et certains notables nantis, ils n'attendent pas des étrangers qu'ils viennent un jour, une fois la Grèce libérée, leur conférer de hautes dignités, leur accrocher des décorations sur la poitrine, leur mettre des perruques poudrées sur la tête. Un seul souci les hante : garder vivante la mémoire du peuple asservi, ne pas laisser le raya oublier sa langue, ni ses enfants abandonner leur foi.

Le capétan se sent étrangement serein.

Tout ce qui s'est passé dans cette ville depuis les premières années de son existence jusqu'à ce jour, lui paraît logique, inéluctable, nécessaire. Cette aventure millénaire, cette incroyable épopée ne pouvait pas s'achever autrement : Paliokastro fixa son destin le jour où ses habitants taillèrent de gros blocs de pierre et commencèrent à élever des murailles autour de la cité, dès l'instant où ils décidèrent de vivre pauvres mais libres en ces lieux solitaires, avec, jour et nuit, les armes à la main.

La cour de l'école est pleine de janissaires.

Costa Békas inspecte son fusil, s'assure que les deux pistolets qu'il a à la ceinture sont chargés, puis il tire son yatagan de son fourreau et l'appuie contre le mur, près de lui.

Soudain, depuis l'autre bout de la plaine, résonne la cloche du Prophète-Élie.

Regardant par la meurtrière, le capétan voit le soleil qui s'apprête à rejoindre le couchant. Bientôt il s'arrêtera au-dessus du monastère et le baignera d'une lumière pourpre, donnant l'impression que tout le sommet de la montagne s'est embrasé, que ses rochers sont chauffés au rouge par quelque feu souterrain. Jetant alors un dernier regard vers Paliokastro en ruines, les moines s'éloigneront des fenêtres de leurs cellules, ils se signeront et, les yeux pleins de larmes, se dirigeront vers l'église, le vieil higoumène commencera les vêpres, on entonnera prières et psalmodies. Presque au même instant, rassemblés autour du vieil observatoire, les mains tendues vers le ciel, les hodjas remercieront Allah d'avoir accordé cette grande victoire à Sélim pacha, puis l'armée fera la fête, toute la nuit retentiront tambours, saz, chansons.

« Ton heure a sonné, capétan Békas ! » crie quelqu'un.

Son heure... Une balle en plein front ou bien un coup de kandjar, un coup plus violent, plus efficace que tous les autres... Cette fois, le petit cahier qu'il avait l'autre jour sur la poitrine ne le sauvera pas, les quelques mots que Photis a eu le temps de lui apprendre ne lui seront d'aucun secours. Mais, même s'il en connaissait d'autres, même s'il en savait une kyrielle, qu'est-ce que cela changerait ? Tout ce qu'il a appris en vivant dans ce pays ne s'écrit pas, n'entre dans aucun cahier, dans aucun livre. Existe-t-il une encre qui soit faite de sang et de larmes ? Peut-on coucher sur du papier les tourments qui fourmillent dans le cœur de l'homme ?

Dehors, dans la cour, un coup de fusil claque. Les hommes de Costa Békas ne ripostent pas, ils économisent leurs balles.

Qui sait, se dit le capétan, s'il n'y aura pas un jour quelqu'un pour raconter notre histoire, pour évoquer ce que nos yeux ont vu pendant des siècles et des siècles, pour retracer la naissance et la fin de notre cité... Peut-être que, dans de lointaines années, l'un de ces chanteurs ambulants qui sillonnent la Grèce tissera une chanson sur elle, peut-être qu'on réentendra son nom, que son sacrifice ne sera pas vain. Qu'il ait ma bénédiction et que Dieu lui inspire de venir sur notre terre interroger les pierres et les ruines qu'il trouvera parmi les herbes folles, parler avec les animaux sauvages, écouter ce que lui diront les oiseaux. Et peu importe si les hommes ne croient pas facilement ce que leur disent et leur rabâchent les poètes, les musiciens et les comédiens, peu importe s'ils prennent leurs paroles pour de la fiction, pour des mensonges, pour des contes. Même s'ils n'y croient pas, ils y puisent consolation et réconfort, ils y trouvent toujours de quoi prendre patience, tenir bon. N'est-ce pas ainsi que nous avons pu tenir nous aussi jusqu'à présent ? N'est-ce pas à l'aide de récits et de chansons que nous nous en sommes sortis jusqu'à cet instant ? C'est le seul bien que nous ayons acquis dans ce désert de pierres, nous n'avons pas d'autre fortune à laisser derrière nous.

Des pas précipités, des hurlements retentissent dans la cour.

« Feu, palikares ! » crie le capétan.

Mais ce n'est pas une pauvre salve qui peut refouler les Ottomans, ce ne sont pas cinq ou six cadavres qui font peur aux janissaires. Le temps que les Paliokastrites rechargent leurs fusils, Omar et ses hommes s'élancent vers la porte, l'enfoncent comme des béliers furieux, renversent les pupitres, la classe se remplit de Turcs.

Retranché derrière un coffre de livres de Photis, Costa Békas vide d'abord l'un de ses pistolets sur la poitrine d'un janissaire qui se jette sur lui avec son kandjar, puis décharge l'autre sur deux tonneaux de poudre.

23

Dimos se confond avec son cheval, il est collé sur son dos comme une sangsue, la crinière noire de l'animal lui balaye le visage. De temps à autre, le courrier de Paliokastro tend la main pour s'assurer que la sacoche que Dallapiccola lui a remise est toujours solidement attachée à la selle, puis il touche le pistolet bien chargé qu'il porte à la ceinture, palpe sa giberne de cuir où il a sa poudre et ses balles. Pour le moment, il ne risque aucune mauvaise rencontre, l'endroit est ouvert, sans arbres, la route ne tourne pas brusquement, ne descend pas dans des gorges ou des ravins, il n'y a pas de rochers qui l'enserrent.

Si tout va bien, il arrivera à Paliokastro avant le soir.

Il a passé toute la nuit à la proue du caïque qui l'amenait de Corfou, enveloppé dans une houppelande, la sacoche près de lui, les yeux grands ouverts. Comment trouver le sommeil... A chaque instant il sortait la tête et essayait de distinguer quelque chose dans la nuit sans lune qui recouvrait la mer — il essayait mais ne voyait rien. Les deux Corfiotes qui formaient l'équipage lui disaient de ne pas s'inquiéter, la terre était encore loin : il ne l'apercevrait dans le lointain qu'au moment où l'aube rosirait, que lorsqu'il entendrait crier les premiers oiseaux de mer.

Il a fait maintes fois ce trajet, mais il n'a jamais pu s'y habituer, il n'aime pas ne pas marcher sur la terre ferme, ne voir autour de lui ni arbres, ni champs, ni vallées, ne pas entendre les clochettes des troupeaux dans les montagnes. L'immensité déserte de la mer jette le trouble dans son âme, une angoisse profonde l'envahit. Chaque fois qu'il traverse la mer Ionienne, il se demande comment les marins arrivent à trouver leur chemin, comment ils peuvent voyager pendant des jours, des semaines, des mois, sans voir, ne serait-ce que de loin, quelque chose de familier, une maison, une auberge, un carrefour. Un jour, le capitaine d'une goélette qui le ramenait de Zante lui montra une boussole. Dimos regarda avec curiosité cette aiguille qui tremblotait dans son boîtier rond : on avait beau la faire tourner dans un sens et dans l'autre, elle revenait toujours à sa position première. « Elle indique tout le temps le nord », lui expliqua le capitaine.

Dimos, lui, a sa boussole dans le cœur.

C'est son capétan, Costa Békas. Le messager de Paliokastro n'a qu'à fermer les yeux une seule seconde pour le voir avec le regard de son âme, pour admirer une fois de plus sa haute et noble silhouette qui se dresse sur le vieil observatoire, sa fustanelle de neige, son fez rouge. Costa Békas attend toujours impatiemment le retour de Dimos, avec une inquiétude fébrile ; il ne quitte pas un instant son poste, on lui apporte à manger sur place, il a là-haut une natte où s'allonger la nuit venue mais il ne dort jamais que d'un œil.

Dimos ne lui apporte pas de bonnes nouvelles aujourd'hui.

Dallapiccola lui a dit que l'aide en provenance de la France n'est pas arrivée, que le bateau chargé de munitions n'a pas encore paru dans les eaux de Corfou. Selon le banquier, il a peut-être été pris dans une tempête qui l'a contraint à changer de route, mais peut-être aussi qu'il est tombé sur des pirates ou qu'il s'est fait arraisonner par des bricks anglais. De toute façon, dès qu'il arriverait, Dallapiccola ferait l'impossible pour acheminer la cargaison dans les plus brefs délais, il s'était déjà entendu avec des klephtes pour qu'ils attendent avec des mulets dans la petite crique convenue.

Dimos n'est pas parti de Corfou les mains vides.

Dallapiccola lui a mis dans une sacoche des lettres adressées à Costa Békas par ses amis français, il lui a aussi remis certaines brochures en lui recommandant la plus grande prudence : ces imprimés ne devaient pas s'égarer, tomber dans n'importe quelles mains. Ce sont des documents dangereux, lui a-t-il expliqué, qui ont envoyé et qui continuent d'envoyer en prison une foule de gens dans toute l'Europe, en Italie, en Autriche, en Russie et dans tous les Balkans.

« Et ça, qu'est-ce que c'est ? » demanda Dimos en montrant un rouleau de papier qui ressemblait à la longue-vue de Costa Békas.

« Les droits de l'homme », répondit Dallapiccola.

Dimos n'imaginait pas que ces choses-là pouvaient être consignées sur le papier et voyager en bateau, en voiture, à cheval, enfouies dans des malles, dans des sacs de blé, de farine ou de légumes secs. Il n'en croyait pas ses oreilles en entendant Dallapiccola lui dire que dans la plupart des pays d'Europe régnaient la tyrannie et la peur tout comme dans l'Empire du sultan, qu'en Russie les esclaves se vendaient et s'achetaient dans les marchés comme des bœufs, des cochons ou des poules.

Après la révolution qui avait eu lieu en France, expliqua le banquier, la situation s'était aggravée dans les autres pays : redoutant la propagation des idées révolutionnaires, les gouvernements et les rois serraient de plus en plus la bride. Pour aller d'un endroit à l'autre, il fallait un tas d'autorisations et de passeports, la police perquisitionnait pour un rien, dans toutes les villes les prisons étaient pleines, des milliers de gens étaient sauvagement torturés. Indicateurs et policiers en civil surveillaient de près ceux qu'ils soupçonnaient d'être en relation avec des révolutionnaires, ils suivaient des marchands qui se déplaçaient fréquemment pour leurs affaires, des musiciens et des comédiens qui allaient de pays en pays, ils faisaient des rapports détaillés sur leurs faits et gestes.

Dimos tâte la sacoche qui est accrochée à la selle.

Dans la situation où se trouve Paliokastro, à quoi pourront bien lui servir toutes ces paperasses, se demande-t-il, quel genre d'aide peuvent bien lui apporter ces lettres qui viennent de France... Il a raison, Photis, les Européens adorent les discours, ils sont maîtres dans l'art de palabrer, inégalables dans la simagrée et dans l'hypocrisie. Pour envoyer messages, conseils et promesses, ils en envoient, des livres et des papiers en veux-tu en voilà. Mais où sont les armes, la poudre, les balles ?

Le cheval fut le premier à sentir le malheur.

Il sembla subitement en proie à un accès de fièvre, des frissons lui parcoururent le corps, il ralentit son allure. Dimos eut beau employer la douceur puis la sévérité, le cheval galopa encore un peu pour lui faire plaisir mais s'arrêta bientôt et se mit à pousser des hennissements répétés, inquiets, à tourner la tête vers son cavalier comme s'il voulait lui dire quelque chose.

Dimos comprit, il mit pied à terre.

C'est alors seulement qu'il vit dans le lointain, derrière la dernière montagne qui cachait Paliokastro, une fumée noire s'élever lentement dans le ciel, se mêler aux nuages qui s'ourlaient d'or sous les ultimes rayons du soleil à son déclin, sur le point de se coucher, de s'éclipser, de disparaître. Dans ce lieu solitaire dont le silence lui oppressait le cœur, il entendit une nuée de corbeaux qui croassaient lugubrement, la grande cloche du Prophète-Élie qui sonnait le glas.

Il alla s'asseoir sur une pierre au bord de la route.

Pour la première fois depuis que Costa Békas l'avait choisi pour être le messager de la cité, depuis le jour où il avait commencé à sillonner jour et nuit les montagnes, à franchir les cols et longer les défilés, à s'enfoncer dans des gorges ténébreuses, il sentit la solitude tomber sur lui et l'envelopper comme un brouillard, il lui sembla qu'en un instant il était devenu le frère de toutes ces bêtes sauvages qui errent toute leur vie de forêt en forêt et de grotte en grotte, qui n'ont pas d'endroit fixe, pas de gîte, qui ne construisent pas de nid.

Soudain, il sentit une présence tout près de lui.

Portant à tout hasard la main à son pistolet, il se retourna mais ne vit que son cheval qui avait penché la tête au-dessus de lui et qui le regardait avec ses grands yeux.

Que n'avaient-ils pas enduré aussi, lui et ses congénères, dans ce pays, combien de sang n'avaient-ils pas versé eux aussi pour la liberté, songea-t-il... Comme les Paliokastrites, ils avaient appris à braver la pauvreté, à oublier la faim et la soif, à ne pas se plaindre. Une poignée de paille, deux ou trois gorgées d'eau et une rapide caresse du cavalier leur suffisaient pour s'élancer au combat dans la plaine, pour se ruer sur l'ennemi.

Dimos caressa avec tendresse les joues de l'animal.

Ils ne nous ont jamais laissés tranquilles, lui dit-il en soupirant, ça fait des siècles qu'ils essayent de nous balayer. A force, ils ont fini par y arriver, ils en ont terminé avec nous. Les gens n'aiment pas que tu vives dans ton pays comme ça te plaît, que tu ne doives ta liberté à personne, que tu sois maître chez toi. Même si tu ne déranges personne, même si tu vis pacifiquement avec tous tes voisins, il y aura toujours quelqu'un qui viendra de l'autre bout du monde s'en prendre à toi, te faire la guerre, réduire en cendres ton village ou ta ville. Même s'il ne t'a jamais vu de sa vie, même s'il n'a encore jamais entendu parler de toi, s'il ne sait même pas dans quel coin se trouve ta patrie. Il lui suffit d'apprendre un jour que tu existes et que tu vis autrement que lui, que tu parles une autre langue, que tu as une autre religion.

Le cheval souffla tout doucement.

Au loin, à l'horizon, au-dessus de Paliokastro en flammes, la fumée ne cessait de monter. Dimos se leva de la pierre, enlaça le cou en nage de l'animal et enfouit le visage dans sa crinière poussiéreuse comme s'il voulait cacher ses larmes.

Tout à coup, le cheval se mit à gratter le sol avec impatience.

Tu as raison, lui dit Dimos, nous n'avons pas encore fini notre travail. Que dirait Costa Békas s'il nous voyait arrêtés ainsi au bord de la route à perdre notre temps...

D'un bond il remonta en selle et serra les rênes.

La nuit avait commencé à tomber pour de bon. Et lorsque, un peu plus tard, le cheval déboucha d'un ravin au grand galop, la plaine était plongée dans l'obscurité. Cette fois, du haut de la montagne paliokastrite, ce ne furent pas les sifflements habituels des sentinelles qui accueillirent Dimos, mais des musiques turques, des chansons orientales, des tambours. C'étaient les akindjis qui faisaient la fête. Avant de s'en aller avec le reste de son armée, Sélim pacha leur avait laissé la tâche d'incendier, de raser, de faire disparaître de la surface de la terre la vieille citadelle rebelle.

Dimos siffla tout doucement, à plusieurs reprises.

Il mit toute son adresse dans ce sifflement, comme le jour où le capétan l'avait soumis à cette épreuve avant de lui confier sa première mission, il attendit le résultat avec presque la même anxiété.

Rien. Tout là-haut, à la porte du monastère, autour de la plate-forme de bois où était fixé le treuil, le silence régnait.

Soudain, il lui sembla qu'à travers les ténèbres qui enveloppaient de toutes parts la montagne du Prophète-Élie, des centaines de regards l'observaient, que çà et là, derrière des rochers, derrière des buissons, dépassaient des fez, des fusils, des yatagans de Paliokastrites. Dimos se frotta les yeux comme lui avaient dit de faire en pareil cas les anciens messagers de la ville, il se signa pour chasser les visions, respira profondément. Mais pourquoi les Paliokastrites le regardaient-ils de l'autre monde, qu'attendaient-ils de lui ? Paliokastro n'existait plus, n'avait plus besoin de messager, plus besoin de courrier. Pendant quelque temps encore, Dallapiccola continuerait de recevoir d'Europe lettres et brochures adressées à la cité, mais il les fourrerait dans un tiroir, peut-être même les jetterait-il dans cette corbeille qu'il avait à côté de son bureau, avec tous les autres papiers inutiles. Plus tard, il se trouverait bien quelqu'un pour écrire à Étienne de Brissac de cesser d'envoyer des messages, de ne plus perdre son temps avec Paliokastro, pour lui annoncer que la cité de Costa Békas avait disparu du monde. Comme disait le capétan, d'autres rebelles se révolteraient en Grèce dans les années à venir, dans les montagnes les klephtes s'organiseraient mieux, des luttes âpres et difficiles s'engageraient contre le Turc. Si Étienne de Brissac et ses amis avaient toujours envie d'aider les Grecs, le travail ne leur manquerait pas, ils ne sauraient pas où donner de la main.

Dimos refit le sifflement de reconnaissance. Cette fois, des pas résonnèrent sur la plate-forme.

Qui se souviendrait de la malheureuse cité de Paliokastro lorsque le jour béni de la liberté se lèverait... Qui désormais se soucierait de savoir avec combien de sang et de sacrifices la flamme de l'indépendance fut entretenue sur cette terre, combien fut cruelle la vengeance du Turc... Dans quelques jours, les akindjis de Sélim pacha auraient rasé la ville, démoli toutes les maisons jusqu'aux fondations. Puis ils transporteraient les pierres et les décombres dans des charrettes et les déverseraient dans les ravins environnants pour qu'il n'en reste pas une trace, ils remblaieraient les puits, déracineraient un à un les pavés des rues. Viendrait alors le tour des remparts. Ce ne serait guère difficile car les canons les avaient déjà en grande partie détruits. Ils attacheraient les blocs de pierre avec des câbles que tireraient des bœufs et des chevaux et les feraient dégringoler le long de la montagne, puis ils mettraient à l'ouvrage carriers et casseurs de pierres pour qu'ils les réduisent en miettes, en poussière.

Brusquement, le treuil se mit à grincer.

Il n'avait pas caché son intention, Sélim pacha, songea Dimos, il en avait averti Costa Békas et les notables dès le premier jour du siège, il leur avait dit clairement qu'il ne laisserait pas pierre sur pierre, qu'il détruirait la ville de fond en comble, qu'il la réduirait à néant. Et comme si cette menace ne suffisait pas, le sérasker en avait ajouté une autre, encore pire : après le passage des Turcs, avait-il dit, rien sur cette terre ne rappellerait plus Paliokastro et ses habitants, les akindjis avaient ordre de défoncer même le cimetière de la cité, d'entasser les ossements et de les brûler, de faire disparaître toutes les tombes.

Voyant la masse sombre du couffin qui descendait lentement du monastère, le cheval de Dimos eut un hennissement d'inquiétude.

N'aie pas peur, le consola son maître, je ne pars pas, je ne te laisse pas seul. Qu'avons-nous à faire nous autres avec les moines ? Est-ce que nous pouvons vivre dans des cellules, sans voir les montagnes se succéder à l'infini, sans galoper libres le long des défilés et sur les grands chemins, sans plus repasser par nos sentiers familiers ? Il est trop tard pour changer d'habitudes, le métier de messager nous est entré dans le sang, nous avons parcouru la Grèce entière, nous sommes même allés dans des îles. Qui sait, mon petit cheval, peut-être Dieu nous accordera-t-il de porter un jour la nouvelle de la Grande Révolte, d'annoncer les premiers que l'heure de la liberté a sonné.

Dimos détacha la sacoche de la selle, la mit dans le couffin qui s'était posé par terre, à ses pieds, et tira trois fois sur la corde pour signaler aux moines qu'ils devaient actionner le treuil.

Le courrier se mit à monter vers le ciel, tranquillement, sans bruit. Soudain, alors qu'il regardait tout en haut, Dimos crut distinguer parmi les astres le visage de Costa Békas. Le capétan souriait, content, et semblait toujours aussi impatient de tenir entre ses mains la sacoche de courrier, de pouvoir commencer à ouvrir comme d'habitude les lettres destinées à sa cité bien-aimée.

24

Monastère du Prophète Élie — 8

Mélétios a ouvert portes et fenêtres pour bien aérer la bibliothèque avant que le soleil ne prenne de la hauteur et ne commence à frapper, la pièce est rangée, elle respire la propreté. Les livres s'alignent en ordre sur les étagères, les objets sacrés et toutes les reliques du monastère sont retournés dans leurs vitrines, les icônes ont retrouvé leur place sur les présentoirs et les murs.

Rien ne rappelle plus le passage de l'équipe.

Le vieux bibliothécaire se promène pour jouir de l'ordre et de l'espace qui règnent dans la bibliothèque, il a l'air d'éprouver une véritable délectation à entendre résonner ses propres pas, à écouter grincer le vieux plancher usé. Soudain, tandis qu'il passe à côté de son unique lecteur, il s'arrête un instant et jette un coup d'œil sur le livre qu'il écrit à propos de Paliokastro. Bien que le travail ait pris du retard avec le remue-ménage qu'a fait l'équipe, le nombre de pages a pas mal augmenté ces derniers temps.

Chaque fois qu'il en trouvait l'occasion, Mélétios prenait le manuscrit et le feuilletait, lisait, s'informait de l'évolution du siège, apprenait comment allaient les choses sur la montagne d'en face. Quand il vit les femmes de Paliokastro mettre le feu aux tonneaux de poudre et sauter avec les Turcs qui avaient inondé la place, il demeura un long moment tête basse, pensif : « Dieu seul peut juger leur acte, lui qui a fait tous les hommes libres, soupira-t-il. Nous autres aujourd'hui, que savons-nous de la liberté pour nous permettre de les juger ? Les Paliokastrites ne pouvaient vivre ni dans l'enclos des Ottomans ni avec le troupeau des Européens. Eux qui n'avaient jamais rampé devant les Turcs, les Slaves, les Normands, les Vénitiens et les Génois, auraient-ils accepté de courber le front devant les Anglais, les Français, les Russes et les Autrichiens ? »

Il lit les titres d'un journal que quelqu'un de l'équipe a laissé sur la table : en Albanie, la situation s'envenime de plus en plus, le chômage fait des ravages, les gens s'entassent sur de vieux rafiots et quittent le pays pour gagner les rivages d'en face. Mais là, dès que les Albanais débarquent, les Italiens parquent ceux qu'ils peuvent dans des camps et rembarquent les autres, ils les renvoient chez eux.

Mélétios a un petit sourire ironique :

« Tu imagines les Paliokastrites dans notre société ? Est-ce que tu peux te représenter Costa Békas implorant secours dans les capitales européennes, baisant les pieds des étrangers comme nous le faisons aujourd'hui ? Comment ces gens-là pourraient-ils vivre dans un monde comme le nôtre, qui ne sait pas ce que veut dire fierté, qui n'a pas de dignité ? »

Le soleil monte, sa lumière s'intensifie.

Mélétios rabat les persiennes et tire les rideaux pour protéger les livres de la réverbération. Le temps que les yeux s'habituent à la pénombre, dans la pièce tout paraît flou, confus, le vieux bibliothécaire ressemble à une ombre mouvante en suspension. Lorsqu'il parle, on a l'impression que ce sont les saints des icônes accrochées aux murs qui parlent, que les armoires renfermant parchemins et manuscrits ont une bouche et sont douées de parole.

« J'ai dit à l'higoumène que tu auras bientôt terminé. N'oublie pas d'aller le voir avant de partir, il veut te donner sa bénédiction. Tu en auras besoin dans ce monde où tu vas retourner. Quant à moi... »

D'un geste lent, circulaire, il montre les étagères à la ronde :

« Pour l'instant je ne peux pas laisser tout cela à la grâce de Dieu. Vieillesse ou pas, il faut que je reste à la bibliothèque jusqu'à ce qu'on trouve un remplaçant. Ce n'est pas facile... Les livres, c'est comme les enfants : il y en a beaucoup qui les aiment, mais peu qui savent toute la peine que ça demande, tous les tourments que ça donne. »

Tandis qu'il va et vient, il tend la main ici et là et touche délicatement le dos d'un livre, comme ça, au hasard, il ne cesse de ranger. Au bout d'un moment, il s'arrête et sort de son étui de cuir un rouleau de parchemin, il l'approche de son visage et, plissant ses yeux fatigués, l'examine attentivement.

« Certains frères me disent que c'est un péché, qu'il ne faut pas se prendre de passion pour les choses d'ici-bas, pour les choses sans âme. »

Il lève le document, le brandit comme si c'était un drapeau :

« Peut-être bien qu'elles n'ont pas d'âme ces choses-là, mais elles ont sauvé celle d'une foule de gens jusqu'à présent. »

A la manière dont il tient en l'air le parchemin à moitié déroulé, il rappelle l'icône du prophète Élie qui se trouve dans la grotte. Au bas du document, on aperçoit la marque rouge d'un sceau et la signature calligraphiée d'un empereur byzantin.

... Chaque matin le maître d'école rassemble les enfants dans la bibliothèque et leur fait la classe, il ne les laisse pas paresser un instant, d'une main il tient le livre et de l'autre la baguette d'olivier ....
.... ensuite il les emmène dehors, sur le flanc sud de la montagne, là où les rochers ne sont pas trop abrupts. Quelques frères qui ont été klephtes dans leur jeunesse descendent avec eux et là, ils leur apprennent à manier les armes, à tous, garçons et filles, à bâtir des retranchements et à se battre.

.... pas mal d'enfants des villages voisins. Ils viennent la nuit sous bonne escorte et on les fait monter par petits groupes dans le couffin. Que Dieu les protège. Ils partent avant le jour .... je les regarde ce soir, ils sont là, rassemblés autour de l'instituteur comme les brebis autour du berger, ils écoutent sagement, Photis leur apprend l'alphabet et un tas d'autres choses .... les fait descendre dans la grotte, leur montre les vieux livres et les documents anciens, il leur explique l'histoire de la Grèce ....
.... il nous a dit de les laisser là où ils sont, de ne pas les remonter, car les Turcs peuvent refaire leur apparition.

Qui sait jusqu'à quand la Grèce devra courir ainsi la nuit pour pouvoir s'instruire, combien d'années encore nous vivrons dans la servitude. Que Dieu accorde à ces petits Paliokastrites de voir le jour de la liberté, de retourner sur leur terre et d'y faire une messe en commémoration de leurs parents.

....

.... je vais leur donner ma lampe pour qu'ils voient mieux.

Hier soir, tandis que j'écrivais ces lignes, je me suis endormi et j'ai fait un rêve. Plaise à Dieu que ce rêve soit de bon augure. J'ai vu un ange du Seigneur qui descendait des cieux. Son visage brillait comme un soleil, ses ailes agitaient l'air et faisaient tourner les pages de l'Évangile. Je suis tombé à genoux pour me prosterner devant lui, mon front touchait terre, je n'osais pas lever la tête.

.... et j'ai entendu sa voix au-dessus de moi. Regarde-moi, me dit-il, tu te souviens de moi ? Tu me reconnais ? .... tant d'années depuis que je l'avais vu en rêve, quand il nous avait distribué les glaives de feu pour combattre le dragon et .... Qu'est-ce que je t'ai donné à toi, me dit-il, tu t'en souviens ?

Je lui ai montré la plume que j'avais pour écrire. Alors il s'est approché, il me l'a prise tout doucement de la main et il l'a remise là où il l'avait arrachée autrefois, à son aile droite.

Alors, j'ai vu qu'à cet endroit-là il avait une toute petite plaie qui saignait.

L'Évangile d'Isidore est fermé.

Mélétios a posé la main sur le livre comme s'il avait peur qu'il s'ouvre tout seul, comme s'il ne voulait pas lire les derniers mots qu'écrivit dans la marge son lointain prédécesseur.

« Je ne sais pas combien de temps encore Dieu me laissera ici-bas. »

Il regarde du côté où se trouve la trappe :

« En cas de nécessité, n'hésite pas, viens me trouver. Comme tu as vu, la crypte existe toujours. Et si je ne suis plus là, l'higoumène aura mis quelqu'un d'autre à ma place. »

Il a l'air inquiet :

« Il faut s'attendre à tout désormais, les tourments du monde n'ont pas de fin. Tu te souviens de ce que je t'ai dit un jour ? Si l'homme était capable de se mettre un peu de plomb dans la cervelle, il l'aurait fait depuis bien longtemps avec tous ces bouquins, ces livres d'histoire, ces parchemins, ces ouvrages savants. »

Il ouvre en grand la porte de la bibliothèque pour laisser entrer la fraîcheur du matin dans la salle de lecture. Il sait que le soleil ne va pas tarder à déployer toute sa force, à embraser le cœur de la journée.

D'un mouvement de la tête presque imperceptible, il désigne le manuscrit qui relate l'histoire de Paliokastro :

« Nous avons tout essayé pour trouver le salut, tout, sauf les contes. »

Il se penche au-dessus de la table et dit à voix basse :

« Il faut faire vite. Avant qu'ils ne soient frappés d'interdiction. »

LA LITTÉRATURE ÉTRANGÈRE CHEZ FAYARD

Leopoldo Alas, dit Clarín : *La Régente ; Son fils unique.*
Isabel Allende : *La Maison aux esprits ; D'amour et d'ombre ; Eva Luna ; Les Contes d'Eva Luna.*
Anthologie de la prose albanaise, présentée par Alexandre Zotos.
J. G. Ballard : *La Bonté des femmes ; Fièvre guerrière.*
Vitaliano Brancati : *Les Années perdues ; Le Vieux avec les bottes*, suivi d'un essai de Leonardo Sciascia ; *Don Juan en Sicile ; Rêve de valse*, suivi de *Les Aventures de Tobaïco ; La Gouvernante*, suivi de *Retour à la censure.*
Joseph Brodsky : *Loin de Byzance.*
Hermann Burger : *La Mère Artificielle ; Blankenburg.*
Varlam Chalamov : *La Quatrième Vologda ; Récits de Kolyma.*
La Chanson des Nibelungs, traduite, présentée et annotée par Jean Amsler.
Cyril Connolly : *Le Tombeau de Palinure ; Ce qu'il faut faire pour ne plus être écrivain.*
Joseph Conrad, Ford Madox Ford : *L'Aventure.*
Julio Cortázar : *Les Gagnants.*
Alfred Döblin : *Hamlet ou La longue nuit prend fin ; Wang-loun*, avec un essai de Günter Grass.
Aris Fakinos : *La Citadelle de la mémoire.*
J. G. Farrell : *Le Siège de Krishnapur ; Hôtel Majestic.*
Paula Fox : *Personnages désespérés ; Pauvre Georges !*
Eleonore Frey : *État d'urgence.*
Mavis Gallant : *Les Quatre Saisons ; L'Été d'un célibataire ; Voix perdues dans la neige.*
Juan Goytisolo : *Paysages après la bataille ; Chroniques sarrasines ; Chasse gardée ; Les Royaumes déchirés ; Les Vertus de*

l'oiseau solitaire ; L'Arbre de la littérature ; A la recherche de Gaudí en Cappadoce.
Grimmelshausen : *Les Aventures de Simplicissimus.*
Erich Hackl : *Le Mobile d'Aurora.*
Zbigniew Herbert : *Monsieur Cogito et autres poèmes.*
Henry James : *L'Américain ; Roderick Hudson.*
Francesco Jovine : *Signora Ava.*
Roberto Juarroz : *Poésie verticale.*
Ismail Kadaré : *Les Tambours de la pluie ; Chronique de la ville de pierre ; Le Grand Hiver ; Le Crépuscule des dieux de la steppe ; Avril brisé ; Le Pont aux trois arches ; La Niche de la honte ; Invitation à un concert officiel et autres récits ; Qui a ramené Doruntine ? ; L'Année noire,* suivi de *Le cortège de la noce s'est figé dans la glace ; Eschyle ou l'éternel perdant ; Le Dossier H. ; Poèmes (1958-1988) ; Le Concert ; Le Palais des rêves ; Printemps albanais ; Le Monstre ; Invitation à l'atelier de l'écrivain,* suivi de *Le Poids de la Croix ; La Pyramide.*
Jerzy Kosinski : *Le Jeu de la passion.*
Édouard Kouznetsov : *Roman russe.*
Hartmut Lange : *Le Récital,* suivi de *La Sonate Waldstein ; Une fatigue,* suivi de *La Promenade sur la grève.*
Hugo Loetscher : *Si Dieu était suisse... ; La Tresseuse de couronnes.*
Russell Lucas : *Le Salon de massages et autres nouvelles.*
Luigi Malerba : *La Planète bleue ; Clopes ; Le Feu grégeois.*
Thomas Mann : *Les Buddenbrook ; La Montagne magique ; La Mort à Venise,* suivi de *Tristan.*
Monika Maron : *La Transfuge ; Le Malentendu.*
Stelio Mattioni : *Les Métamorphoses d'Alma.*
Predrag Matvejevitch : *Bréviaire méditerranéen.*
Vladimir Maximov : *La Coupe de la fureur.*
Mary McCarthy : *Cannibales et Missionnaires ; L'Oasis et autres récits ; Le Roman et les Idées, et autres essais ; Comment j'ai grandi.*
Migjeni : *Chroniques d'une ville du Nord,* précédé de *L'Irruption de Migjeni dans la littérature albanaise,* par Ismail Kadaré.
Czeslaw Milosz : *Visions de la baie de San Francisco ; Milosz par Milosz,* entretiens de Czeslaw Milosz avec Ewa Czarnecka et

Aleksander Fiut ; *Empereur de la terre ; L'Immoralité de l'art ; Terre inépuisable,* poèmes ; *Chroniques,* poèmes ; *De la Baltique au Pacifique.*

Karl Philipp Moritz : *Anton Reiser.*

Vladimir Nabokov : *Ada ou l'Ardeur ; Regarde, regarde les arlequins ! ; La Transparence des choses ; Machenka ; Littératures I* (Austen, Dickens, Flaubert, Stevenson, Proust, Kafka, Joyce) ; *Littératures II* (Gogol, Tourguéniev, Dostoïevski, Tolstoï, Tchekhov, Gorki) ; *Littératures III (Don Quichotte) ; L'Homme de l'URSS et autres pièces.*

Kenji Nakagami : *Mille ans de plaisir ; La Mer aux arbres morts.*

Edna O'Brien : *Un cœur fanatique ; Les Filles de la campagne ; Les Grands Chemins ; Qui étais-tu, Johnny ? ; Les Victimes de la paix ; Lanterne magique.*

Fernando del Paso : *Palinure de Mexico ; Des nouvelles de l'Empire.*

Leo Perutz : *Turlupin ; La Neige de saint Pierre ; La Troisième Balle ; La Nuit sous le pont de pierre ; Où roules-tu, petite pomme ? ; Le Maître du Jugement dernier.*

Frederic Prokosch : *Voix dans la nuit.*

James Purdy : *Dans le creux de sa main ; La Tunique de Nessus ; L'Oiseau de paradis.*

Barbara Pym : *Crampton Hodnet ; Jane et Prudence ; Comme une gazelle apprivoisée.*

Peter Rosei : *Comédie,* suivi de *Homme & Femmes S.a.r.l. ; Les Nuages,* suivi de *Quinze mille âmes ; L'Insurrection,* suivi de *Notre paysage : descriptif.*

Herbert Rosendorfer : *Stéphanie et la Vie antérieure ; Les Saints d'or ou Colomb découvre l'Europe.*

Anatoli Rybakov : *Sable lourd.*

Alberto Savinio : *Souvenirs ; Hermaphrodito ; La Maison hantée ; La Boîte à musique.*

Leonardo Sciascia : *Mots croisés ; Petites Chroniques ; Œil de chèvre ; Monsieur le député,* suivi de *Les Mafieux ; La Sorcière et le Capitaine ; 1912 + 1 ; Portes ouvertes ; Le Chevalier et la Mort ; Faits divers d'histoire littéraire et civile ; Une histoire simple ; Heures d'Espagne.*

Richard Sennett : *Les Grenouilles de Transylvanie ; Une soirée Brahms.*

Alexandre Soljénitsyne : « *Œuvres complètes* (version définitive) : tome 1 : *Le Premier Cercle ;* tome 2 : *Le Pavillon des cancéreux, Une journée d'Ivan Denissovitch,* et autres récits ; tome 3 : *Œuvres dramatiques ;* tome 4 : *L'Archipel du goulag,* vol. 1 ; *Les tanks connaissent la vérité ; Les Invisibles, La Roue rouge* (version définitive) — *Premier nœud : Août 14 ; — Deuxième nœud : Novembre 16 ; Troisième nœud : Mars 17.*

Osvaldo Soriano : *Jamais plus de peine ni d'oubli ; Je ne vous dis pas adieu.*

Muriel Spark : *Intentions suspectes ; La Place du conducteur ; L'Unique Problème ; Ne pas déranger ; Une serre sur l'East River ; Les Célibataires ; Pan ! pan ! tu es morte ; L'Appropriation ; Le Pisseur de copie ; L'Ingénieur culturel ; Les Consolateurs ; Le Banquet ; Les Belles Années de mademoiselle Brodie ; L'Abbesse de Crewe.*

Christina Stead : *L'Homme qui aimait les enfants.*

Patrick Süskind : *Le Parfum ; Le Pigeon ; La Contrebasse.*

Anthony Trollope : *Les Tours de Barchester.*

Albert Vigoleis Thelen : *L'Île du second visage.*

Alice Walker : *Le Cœur noir.*

Ernst Weiss : *Georg Letham, médecin et meurtrier ; Le Séducteur ; L'Aristocrate.*

Adam Zagajewski : *Solidarité, solitude ; Coup de crayon ; Palissade. Marronniers. Liseron. Dieu.*

Theodore Zeldin : *Le Bonheur.*

Histoire de la littérature japonaise (trois tomes), par Shuichi Kato.

Histoire de la littérature polonaise, par Czeslaw Milosz.

Histoire de la littérature russe, ouvrage dirigé par Efim Etkind, Georges Nivat, Ilya Serman et Vittorio Strada.

— *Le XXe siècle :* tome 1 : *L'Age d'argent ;* tome 2 : *La Révolution et les années vingt ;* tome 3 : *Gels et dégels.*

— *Des origines aux Lumières.*

Histoire de la littérature américaine, par Pierre-Yves Pétillon.

— *Notre demi-siècle (1939-1989).*

*Cet ouvrage a été composé
par l'imprimerie Bussière*

Impression réalisée sur CAMERON par
BRODARD ET TAUPIN
La Flèche

pour le compte des Éditions Fayard
en septembre 1992

Imprimé en France
Dépôt légal : septembre 1992
N° d'édition : 0005 - N° d'impression : 1548G-5
Codification : 35-67-8919-01
ISBN : 2-213-02977-6

35.8919.9